MARK HILL

# Ich räche dich

*Buch*

Vor zwanzig Jahren wurde die kleine Tatia von einem wohlhabenden Ehepaar adoptiert. Sie schien sich bei ihnen wohlzufühlen, fügte sich gut ein. Doch dann kam der jüngste Sohn der Familie bei einem tragischen Unfall ums Leben – und Tatia wurde beschuldigt, für seinen Tod verantwortlich zu sein. Die Eltern verstießen sie, trennten sie von ihren Adoptivgeschwistern Joel und Poppy.

Nach nichts sehnt Tatia sich mehr als nach einem eigenen Zuhause. Wenn sie also mitbekommt, dass Familien in den Urlaub fahren und ihre Häuser unbeaufsichtigt lassen, dann zieht sie selbst dort ein. Schließlich tut sie niemandem damit weh, in Abwesenheit der eigentlichen Bewohner für kurze Zeit deren Leben zu leben. Warum aber kommt es immer wieder dazu, dass Menschen sterben?

Als sich in gehobenen, vermeintlich sicheren Wohngegenden mehrere gewaltsame Todesfälle ereignen, setzen Detective Ray Drake und seine Partnerin Flick Crowley alles daran, eine Verbindung zwischen den Opfern zu finden und den Täter aufzuspüren. Doch Ray Drakes eigene dunkle Vergangenheit droht erneut alles zu zerstören.

*Autor*

Mark Hill ist Journalist und Drehbuchautor und arbeitet außerdem als Producer beim Radio. Er lebt mit seiner Familie im Norden Londons. Nach seinem Debüt *Ich vergebe nicht* ist *Ich räche dich* sein zweiter Roman um den Ermittler Ray Drake.

MARK HILL

# ICH RÄCHE DICH

Thriller

Deutsch
von Sabine Schilasky

blanvalet

Die Originalausgabe erschien 2018 unter dem Titel
»It Was Her« bei Sphere, London.

Das Zitat von Emily Dickinson auf S. 7 stammt aus:
Emily Dickinson, Sämtliche Gedichte 1850–1886,
übersetzt von Gunhild Kübler,
Carl Hanser Verlag, München 2015.



Dieses Buch ist auch als E-Book erhältlich.

FSC
www.fsc.org
MIX
Papier aus verantwortungsvollen Quellen
FSC® C014496

Verlagsgruppe Random House FSC® N001967

1. Auflage

Redaktion: Ulrike Nikel
Umschlaggestaltung: © Johannes Wiebel | punchdesign,
unter Verwendung von Motiven von Shutterstock.com
(Marcin Mierzejewski; ShutterStork; Helen Hotson; photolinc)
AF · Herstellung: sam
Satz: Buch-Werkstatt GmbH, Bad Aibling
Druck und Bindung: GGP Media GmbH, Pößneck
Printed in Germany
ISBN 978-3-7341-0330-8

www.blanvalet.de

*Für*
*Pete und Doreen*

War Jahre nicht Daheim
Stand vor der Tür, wagt nicht
Hineinzugehen aus Angst mich starrt
Ein unbekannt Gesicht

Nichtssagend an und fragt
Was mich hierher geführt
»Ich such nur mein verlassnes Leben
Ob so was hier wohl blieb?«

*Emily Dickinson*

# 1

## Nach Will

*Eben war Will noch da, und im nächsten Moment war er fort.*

Grasbüschel zitterten am Rand der Kreideklippe. Eine Wolkenarmada jagte über den Horizont weit hinten, wo der Himmel aufs Meer traf.

Aber alles, was von Will blieb, war die Ahnung einer Bewegung. Ein Schemen im leeren Raum, dort wo er gerade noch gewesen war, über dem bebenden Gras und dem weißen Felsen, und wo nun, einen Lidschlag später, nichts mehr von ihm zu sehen war.

Joels Eltern rannten den Hang hinunter. Ihre Schreie und Rufe wurden vom heulenden Wind in seinen Ohren erstickt. Die Augen seiner Mutter weiteten sich vor Entsetzen, als sie über den unebenen Boden stolperte. Sein Vater brüllte, sie sollten zurückbleiben, weg von der Kante, um Gottes willen, zurück! Joel sah Poppy angelaufen kommen. Tränen strömten ihr übers Gesicht.

Sarah hingegen beugte sich über den Klippenrand und blickte nach unten, wo Hunderte Fuß unter ihnen die Wellen wütend gegen das zerklüftete Kreidegestein peitschten. Sie hatte die Hände fest auf die Knie gestemmt, damit sie nicht umkippte, und die Böen rissen und zerrten an ihrem Haar, wehten es ihr in das hübsche Gesicht.

Die Stimme seines Dads war heiser. »Weg da! Geht zurück!«

»Will! Will!«, kreischte seine Mum.

Sarah drehte sich um zu dem Geschrei hinter ihr, und ihr Blick traf auf Joel.

Sie lächelte. Es war ein breites Grinsen, das ihr Gesicht überzog.

Eben war Will noch da, und im nächsten Moment …

# 2

## Heute

Dies, entschied sie, war ihr das liebste Zimmer von allen. Hier gab es so viele schöne Dinge.

Sie saß an der antiken Frisierkommode und berührte die Fläschchen und Tiegel, die dort in allen erdenklichen Formen und Größen standen: Magenta, Türkis, Jade, alle Farben des Regenbogens, die im sanften Schein der Spiegelbeleuchtung glitzerten. Das Bett war das größte, das sie je gesehen hatte, und auf ihm türmten sich Kissen und Überwürfe. Und es war ein Genuss, die Zehen in den zart gewebten, weichen Teppich zu graben.

Die Frau ging zum Kleiderschrank, der so in die Wand eingelassen war, dass man ihn kaum bemerkte. Und als die Tür mit einem leisen Wispern aufglitt, enthüllte sie ordentliche Reihen von Kleidern, Röcken und Blusen sowie säuberlich sortierte hübsche Schuhe: High Heels, Ballerinas, Stiefel, Sandalen.

Bügel klackerten aneinander, als sie ein Sommerkleid mit blassblauem Blumenmuster herausnahm, es sich vor den Körper hielt und sich vor dem Spiegel betrachtete. Das gescheckte Holzpferd mit der silbernen Mähne, die ihm über ein Ohr fiel, schaute ihr von seinem Platz im Erker aus zu. Polierte Steigbügel und Schnallen blitzten am Ledersattel. Die Frau erkannte Zustimmung in den aufgemalten Augen.

*Ja, das.*

Diesen Raum mit seinen schimmernden Wänden und dem Silber und Gold, das aus dem Schmuckkästchen auf der Frisierkommode quoll, dem funkelnden Kronleuchter und dem wuchtigen antiken Wandspiegel, dessen Oberfläche einige blinde Stellen vom Alter aufwies, fand sie noch bezaubernder als die anderen.

Zuvor hatte sie ein Bad in der ovalen Wanne genommen, sich bei flackerndem Kerzenlicht entspannt, dabei den Duft der Badesalze, Seifen und Cremes genossen, die nach Granatapfel, Blaubeere und Wintergewürzen rochen, und sich von der dampfenden Hitze alle Sorgen und Nöte aus den Muskeln und Knochen treiben lassen.

Plötzlich aber hatte sie wieder das schreckliche Bild des armen Mannes vor sich gesehen. Es war aus dem Nichts gekommen, hatte ihr mit einem Mal vor Augen gestanden und bewirkte, dass sie mit einem stummen Schrei aufschrak. Wasser war über den Wannenrand geschwappt und mit einem lauten Platschen auf den Fliesen mit dem Karomuster gelandet.

Von jetzt auf gleich war ihre Fassung dahin gewesen.

Völlig verkrampft war sie aus der Wanne gestiegen, hatte nach dem dicken Badehandtuch aus ägyptischer Baumwolle gegriffen, das auf dem beheizten Gestell vorgewärmt worden war, und es vermieden, sich dabei nackt im Spiegel zu betrachten – die hängenden Brüste und dicken Schenkel, den schlaffen Bauch, das grobe Narbengewebe an ihren Schultern und auf dem Rücken, das musste sie nicht sehen.

Stattdessen hatte sie das Laken um sich geschlungen,

den Badezimmerschrank geöffnet, um die Auswahl an Lotionen zu betrachten, eine kühlende Gesichtscreme auf ihre erhitzten Wangen aufgetragen und anschließend den großen Wandschrank inspiziert.

Das Kleid, das sie ausgewählt hatte, lag bereits ausgebreitet auf dem Bett, damit es keine hässlichen Falten bekam. Bevor sie es anzog, trug sie erst mal Make-up aus goldenen Tuben und kleinen schwarzen Dosen auf, das ein Kaleidoskop von Farben auf ihrem blassen und vom Kummer gezeichneten Gesicht explodieren ließ. Schließlich musste ein Lippenstift ausgewählt werden. Ihre Finger verharrten eine Weile über den unterschiedlichen Farbtönen, ehe sie sich für ein leuchtendes Rot mit einem matten Glanz entschied und sich vom Schaukelpferd bewundern ließ.

*Ja,* sagte es. *Genau der.*

Die Frau nahm eine Haarbürste mit Elfenbeingriff und Perlmuttintarsien, die ein hübsches Muster aus Schnörkeln und Kringeln bildeten, und zog sie durch ihr Haar. Die Borsten knisterten auf ihrer Kopfhaut, und die Reibungselektrizität bauschte ihre ohnehin wirren Locken noch mehr auf.

»Alles fertig!«, rief eine Stimme.

Wieder zuckte sie bei dem Gedanken an jenen Mann zusammen, den sie einfach dort zurückgelassen hatten. Es nützte nichts; der ganze Abend wäre ruiniert, wenn sie nichts unternahm, um ihr Gewissen zu beruhigen.

Also holte sie aus ihren Cargoshorts, die zusammengeknüllt auf dem Boden lag, ein Handy heraus und schaltete es ein. Die Frau zögerte. Was sie vorhatte, war riskant. Doch als die Tastatur erschien, begriff sie, dass sie ohnehin nicht telefonieren konnte, weil sie die PIN-Nummer nicht kannte.

»Komm schon nach unten!«

Die Stimme machte sie nervös. Versuchsweise tippte sie willkürlich Zahlen ein. Ein kurzes Summen, sonst nichts. Es war sinnlos. Die Frau schaltete das Handy wieder aus und steckte es zurück in die Tasche ihrer Shorts, ging an dem Pferd auf seinen Schaukelkufen vorbei ans Fenster und zog den Vorhang ein wenig zur Seite.

Im Laternenschein der frühen Morgenstunden wirkte die Straße verlassen. Und dennoch wusste sie, dass in all diesen großen, schönen Häusern Menschen sicher in ihren Betten lagen, ein tröstlicher Gedanke. In der Ferne verklang das Röhren eines Automotors. Die Frau wünschte dem Fahrer alles Gute und hoffte, er möge bald wieder mit seiner Familie vereint sein, mit den Menschen, die er liebte.

»Es wird alles kalt«, rief die Stimme.

Das Kleid, das sie ausgesucht hatte, war zu eng, den Reißverschluss würde sie niemals zubekommen, aber da keine Zeit blieb, ein anderes zu probieren, ließ sie es einfach so und begab sich nach unten.

Die Küche, die im rückwärtigen Teil des Hauses lag, war riesig. Ein Oberlicht zog sich über die gesamte Länge, sodass der Raum bei Tageslicht bestimmt hell und freundlich war – jetzt machte ihn die indirekte Beleuchtung anheimelnd. Ein Edelstahlherd war in einen umgebauten Kamin eingelassen, die Schränke hatten Türen, die aufschwangen, sobald man sie antippte, und die lange Kücheninsel hatte eine Abdeckplatte aus glänzendem Granit. In der Spüle allerdings stapelten sich lauter Töpfe und Pfannen – ein Chaos, das der lange, elegante Wasserhahn, der an einen Schwanenhals erinnerte, missbilligend von oben herab betrachtete.

Ihr Begleiter saß gebeugt am Tisch und schaufelte sich Essen in den Mund, unterbrach die Nahrungsaufnahme kurz, als sie sich hinsetzte, drückte ihre Hand und sah sie bewundernd an.

Es war spät, sie waren beide müde und hungrig.

»Iss«, sagte sie zu ihm.

Die Zinken seiner Gabel klapperten auf dem Porzellan, als er eine Muschelnudel von seinem Teller aufspießte. Die Frau hingegen stocherte in dem Essen – es war verbrannt und gummiartig. Schließlich nahm sie einen Bissen, konzentrierte sich ganz auf die gemütliche Atmosphäre der Küche und versuchte das widerliche Schmatzen ihres Gefährten zu ignorieren. Dabei dachte sie an die seltsamen Wege, die sie zu diesem Mann und in dieses Haus geführt hatten.

Ein Geräusch ließ sie beide erschrocken aufblicken.

Die Haustür wurde geöffnet und wieder zugeschlagen. Sie hörten besorgte Stimmen in der Diele, Fetzen einer hastigen Unterhaltung. Räder, die über den Holzboden rollten.

Sekunden später schwang die Küchentür auf, und eine sonnengebräunte Frau in heller Kleidung stand auf der Schwelle. Als sie aufschrie, drängte sich ein Mann an ihr vorbei und ließ den Griff seines Koffers los. Sein Gesicht unter dem stahlgrauen Haar war von einem schönen Bronzeton, auf Armen und Hals indes hatte er einen üblen Sonnenbrand.

Für einen Moment sahen die beiden ungleichen Paare einander sprachlos an, dann fragte der Mann an der Tür erbost: »Was bitte machen Sie in unserem Haus?«

Die Frau am Tisch überfiel eine furchtbare Traurigkeit. Sie erhob sich, schob ihren Stuhl so heftig zurück, dass die

Stuhlbeine laut kreischend über die Fliesen schabten. Der Mann ließ seine Gabel klappernd auf den Teller fallen, und als er aufsprang, kippte sein Stuhl nach hinten. Die Sehnen an seinen Handgelenken zuckten angespannt.

Währenddessen dachte die Frau an dieses Haus, das der erlesene Geschmack, die Sorgfalt und die *Liebe* des Paares vor ihnen zu einem wunderschönen Heim gemacht hatte.

Tatia wünschte, es müsste nicht wieder so enden.

# 3

Über die Leiche zu steigen kam nicht infrage. Sie lag ausgestreckt im Flur, einen Arm über das Gesicht geworfen, den anderen zur Treppe ausgestreckt, wo die Fingerspitzen sich an die untere Stufe pressten wie die eines Schwimmers an den Beckenrand.

Simon Harrows rosa Hemd war über dem Bauch nach oben gerutscht, sein blutverkrusteter grauer Haarschopf klebte am Fliesenboden fest, während eines seiner Beine, offenbar gebrochen, mit der Ferse nach oben an der Wand lehnte. Zähne lagen verstreut wie Würfel herum.

Die Leiche verursachte einen Stau. Wenn die Polizei oder die Tatortermittler ins Esszimmer wollten, wo Melinda Harrow zusammengekrümmt unter dem Stutzflügel lag, mussten sie hinten herum durchs Wohnzimmer gehen.

»Ich will der Autopsie nicht vorgreifen«, sagte Detective Constable Millie Steiner. Die junge schwarze Beamtin trat zurück, um den Schürhaken zu betrachten, der voller Haare und Knorpelfragmente und überdies blutverschmiert zu Füßen des Opfers lag. »Aber ich tippe, dass sie damit erschlagen wurden.«

Eddie Upson zwinkerte. »Erstklassige Polizeiarbeit, Millie«, sagte er spöttisch und bekam postwendend ihren knochigen Ellbogen in die Rippen gerammt.

Währenddessen beugte sich Detective Inspector Ray Drake über die Leiche.

Die Haut an Harrows Bein war eingerissen, aufgeplatzt unter der Wucht des Schürhakens wie ein reifer, vom Baum gefallener Pfirsich. Muskeln und Sehnen quollen aus der Wunde, und ein leicht gebogener weißer Knochen war zu erkennen. Hämatome, verursacht von brutalen Tritten, verliefen im Zickzack am Wundrand.

»Der Mörder hat offenbar zunächst so heftig gegen das Schienbein getreten, dass er zu Boden geworfen wurde, und dann wie entfesselt mit dem Schürhaken zugeschlagen.«

Drake zog die Beine seines weißen Schutzanzugs hoch und hockte sich hin, um sich die gekrümmten Finger des Opfers und die Risswunden und Abschürfungen an den Armen und Schultern genauer anzusehen. Wahrscheinlich waren es Abwehrverletzungen, die Harrows sich zugezogen hatte, als er am Boden lag und sich zu schützen versuchte.

Millie beobachtete Drake aufmerksam. Sein strenges Gesicht mit den eingefallenen, zerfurchten Wangen, der geraden Nase, dem spitz zulaufenden Kinn und den blassblauen Augen, deren Farbe weiter zu verblassen schien, je länger man hinsah, faszinierte sie. Nicht dass Ray Drake jemals zulassen würde, dass man ihm lange in die Augen blickte.

Millie kam er immer wie ein reservierter Mann vor, der einen gesunden Abstand zu seinem Team wahrte.

»Die Kriminaltechniker sind ganz happy«, sagte sie. »Sie finden reichlich Fingerabdrücke im ganzen Haus, jede Menge forensische Beweise, und sie scheinen bei ihrer Tätigkeit sogar ihren Wortschatz zu erweitern. Total poetisch. Einer von ihnen sprach von einem *Füllhorn* an Beweisen.«

»Ich war mal in einem Restaurant, das so hieß«, warf Eddie ein. »War ein krass teurer Schuppen.«

»Und sie sagen, es gibt haufenweise Fußspuren«, fügte Millie hinzu, die es nicht wert fand, Eddies Einwurf zu kommentieren.

Ein schwacher Fußabdruck war es dann, der das beste Ergebnis erbrachte. Deutliche Fußspuren waren nämlich oft schwer zu lesen. Insbesondere blutige, denn die Feuchtigkeit lief ins Muster und vernichtete die Signatur, die sich durch Tragen und Abnutzung ergab. Jede Schuhsohle war anders, einzigartig, genauso wie jeder Fingerabdruck oder jeder Waffenlauf.

»Schön, Sie wieder dabeizuhaben, Boss«, sagte Millie.

»Danke.« Drake lächelte, ohne von Simon Harrows grausamen Verletzungen aufzublicken. »Das hier … ist nicht die klassische Vorgehensweise.«

»Nein«, stimmte die junge Beamtin ihm zu. »Nicht die klassische.«

Drake betrachtete das Baumwollhemd des Opfers, die Dreiviertelhose und die Segelschuhe, die jemand einfach in den Flur geworfen hatte. Er ging hinüber zu Melinda Harrows Leiche, die im Nebenzimmer nicht mal einen halben Meter vom Telefon entfernt lag. Wie ihr Mann war auch sie mit fast absoluter Sicherheit mit dem Schürhaken erschlagen worden, hatte mehrere tödliche Hiebe auf Kopf und Körper bekommen.

Melinda trug eine elegante Bluse und einen Seidenrock. Ein einzelner Espadrille hing von einem sonnengebräunten Fuß mit den himmelblau metallic lackierten Zehennägeln, die das Licht reflektierten, der andere war gegen ein Bein des Flügels gekickt worden.

In der Küchentür lag umgekippt ein Rollkoffer, an dessen Griff ein Gepäckanhänger hing. Ein weiterer, größerer Koffer aus demselben Set stand innen vor der Haustür zusammen mit Mrs. Harrows Hermès-Handtasche. In einem Seitenfach befanden sich zwei Reisepässe und zwei Boardingkarten.

Jeder von ihnen kannte das Gefühl der Erleichterung, aus einem Urlaub zurückzukehren. Verreisen war schön, doch nach Hause zu kommen barg eine besondere Freude. Wasser im eigenen Wasserkocher zu erhitzen, sich die Zähne am eigenen Waschbecken zu putzen. Sich unter eine frische Bettdecke zu legen, umgeben von geliebten Dingen, die man ein Leben lang angesammelt hatte. Stattdessen kamen die Harrows nach Hause, um sich unvermittelt einem Kampf auf Leben und Tod stellen zu müssen.

Einem Kampf, der katastrophal verlaufen war.

Auf dem Küchentisch standen zwei Teller mit Resten einer angebrannten Pasta. Oben brannte Licht. Ein Kleid war auf den Schlafzimmerfußboden geworfen worden. Ein Schmutzrand in der Badewanne und ein feuchtes Badelaken ließen vermuten, dass jemand das Bad benutzt hatte.

Jemand war hier gewesen, war eingedrungen ins gemütliche Heim der Harrows. Vielleicht jemand, den sie kannten, der auf das Haus aufpasste: Freunde, Nachbarn oder Bekannte von außerhalb, denen sie ihre Wohnung für die Dauer ihres Urlaubs überlassen hatten. Was allerdings nicht das aufgebrochene Fenster erklärte.

»Was wohl so ein Haus wert ist?«, rätselte Millie.

Bestimmt mehr, als sie sich vorzustellen vermochte. Immerhin handelte es sich um ein riesiges, viergeschossiges Gebäude mit sechs Schlafzimmern in einer begehrten Ecke von Tottenham. Und alles hier war vom Feinsten.

Eddie zerrte am Kragen seines Schutzanzugs. Schweißperlen standen ihm auf der Stirn. Der Frühlingsmorgen erwärmte sich merklich. Zeit, dass die Leichen weggeschafft wurden.

»Garantiert einen Haufen Kohle«, meinte er, »selbst wenn die Gebote derzeit sekündlich weiter nach unten rauschen.«

»Ich hätte nie gedacht, dass ich das mal sage, Eddie«, mischte sich Drake ein. »Aber Ihre Sprüche haben mir gefehlt.«

Vergnügt zwinkerte Eddie seiner Kollegin zu.

Ein paar Officers standen an der Haustür und unterhielten sich lebhaft mit dem eintreffenden Pathologen über Rugby. Streifenwagen und Kleintransporter von Polizei und Kriminaltechnik parkten an der Straße. Eine kleine Frau drängte sich zwischen den Männern hindurch. Die Kapuze ihres Schutzanzugs erhob sich unnatürlich hoch über dem runden Gesicht, und ihre Schuhhüllen spannten sich straff über hochhackigen Stiefeln. Um ihren Hals baumelte ein Ausweis an einem Band. Sie war ganz auf ihr Handy konzentriert, tippte mit den Daumen darauf ein und bemerkte die Leiche in der Diele kaum, als sie nach oben ging.

»Wer ist das?«, fragte Drake.

An einem Tatort kamen und gingen eine Menge Leute, und wenngleich es nahezu unmöglich war, dass jemand unbemerkt zwei Absperrungen überwand, gefiel Drake die Vorstellung nicht, dass hier jemand herumwanderte, den er nicht einzuordnen wusste.

»Wer ist was?« Eddie blickte auf, doch die Frau war bereits weg.

»Egal.« Drake störte wie immer das laute Reden und das wiehernde Gelächter der Männer an der Tür. »Tun Sie mir einen Gefallen, Eddie, und sagen Sie den Leuten, sie sollen sich draußen unterhalten.«

»Wird gemacht, Chef.«

Der DI richtete sich aus seiner gebückten Haltung auf und bewegte seine verspannten Schultern. Die Wunde, die er sich vor Monaten zugezogen hatte, war verheilt, aber der Muskel verkrampfte sich nach wie vor sehr schnell.

»Wo ist DS Crowley?«, fragte er Millie.

»Im Garten.«

Tatsächlich. Durchs Küchenfenster sah er Flick Crowley draußen auf dem Rasen, wo sie mit einem Fahndungsberater sprach. Einen Moment lang beobachtete er sie, und seine Nervosität nahm zu. Als er sich wieder der Leiche zuwandte, trat DC Vix Moore neben ihn.

»Ich habe mit dem Taxifahrer gesprochen«, informierte sie ihn.

»Warten Sie, wir gehen woandershin, hier versteht man ja sein eigenes Wort nicht mehr.«

Seit Eddie sich zu den Constables an der Haustür gesellt hatte, war es noch lauter geworden als zuvor, weshalb Drake es vorzog, sich im Wohnzimmer mit Vix weiter zu unterhalten.

Ein weiterer, ebenso geschmackvoll wie teuer eingerichteter Raum. Abstrakte Gemälde, Originale natürlich, sorgten für Farbtupfer an den strahlend weißen Wänden. Ein anthrazitfarbenes Sofa und passende Sessel standen im rechten Winkel zum Kamin, und eine große Bogenstehlampe ragte weit ins Zimmer.

In der Mitte des Kaminsimses entdeckten sie eine gerahmte Fotografie von Simon und Melinda Harrow an einem weißen Sandstrand vor einem spektakulären Sonnenuntergang. Ein gut aussehendes Paar in den Fünfzigern, das entspannt und glücklich an einem Tisch am Rand der Wellen sitzt, die Füße umspielt von silbrigem Wasser, in den Händen Sektkelche. Simon, sonnengebräunt und durchtrainiert, präsentiert sich in Tenniskluft, Melinda trägt ein weit ausgeschnittenes, von Pailletten gesäumtes Top, die im roten Abendlicht funkeln. Zwischen den leicht geöffneten vollen Lippen blitzen weiße Zähne hervor.

Und jetzt lagen sie übel zugerichtet in ihrem wunderschönen Heim und würden nie mehr weiße Strände und rote Sonnenuntergänge sehen.

Der kostbare Teppich war ein Stück weit aufgerollt, damit die Kriminaltechniker Spuren sichern konnten: Abdrücke, Flüssigkeiten, Flecken. Schließlich lag nicht weit entfernt nebenan im Esszimmer Melinda Harrows Leiche.

»Also, ich habe mit dem Taxifahrer gesprochen«, wiederholte Vix. »Mr. und Mrs. Harrow sind exakt um 0 Uhr 45 in Gatwick in seinen Wagen gestiegen.«

»Waren sie allein?«, fragte Drake.

»Ja, sie haben mit ihm über ihren Urlaub geredet, das Essen und das Wetter.«

»Keiner von beiden hat irgendwo angerufen oder Textnachrichten geschrieben? Und niemanden erwähnt, der bei ihrer Ankunft bei ihnen zu Hause sein würde?«

»Sie waren müde, jedoch guter Dinge«, antwortete Vix. »Mr. Harrow erzählte dem Taxifahrer, dass sie nach Hause kommen mussten, weil es in seiner Firma ein Problem gab.«

»Haben Sie mit irgendwem telefoniert?«, hakte Drake nach und fügte, als Vix blinzelte, hinzu: »Sie haben nicht gefragt.«

Die junge Beamtin wurde rot. »Nein.«

Drake ging zurück in die Küche, wobei er achtgab, auf

den durchsichtigen Trittfolien zu bleiben, die auf dem Boden ausgelegt waren. Mit Handschuhen angetan, zog er die Tür des Kühlschranks auf, einem riesigen Designermodell von Smeg im Retrolook. Kühle Luft blies ihm entgegen. Drinnen war so gut wie nichts. Die Harrows mussten alles leicht Verderbliche vor ihrer Reise weggeworfen haben. Im obersten Fach standen Gläser mit Pickles und Oliven, eine Butterdose, irgendwo lag eine einsame Knoblauchknolle. Eine Packung Milch, Eigenmarke Quartley's Supermarket, war in einem Türfach vergessen worden und inzwischen geronnen, wie Drake feststellte, als er sie schüttelte.

»Ich habe die Kontaktdaten des Fahrers«, sagte Vix, die ihm gefolgt war. »Ich spreche noch mal mit ihm und überprüfe das wegen des Telefonierens.«

»Danke, den Rest gehen wir später durch.«

»Ja.« Die Spitzen ihres strengen blonden Bobs vibrierten wie die Fühler eines ängstlichen Insekts. »Ich bin so froh, dass Sie wieder da sind, Sir. Weil ich so viel von Ihnen lernen kann.«

Vergeblich wartete sie auf anerkennende Worte, denn Drakes Blick kehrte immer wieder zum Garten und zu Flick zurück.

Es tat gut, zurück bei der Arbeit zu sein und das zu machen, was er am besten konnte. Dies hier war sein Leben. Allerdings konnte ihm das jederzeit genommen werden. Nicht allein seine Karriere, alles. Seine Familie, sein guter Name, womöglich sogar seine Freiheit.

Es lag ganz bei Flick.

Ray Drake holte tief Luft und schickte sich an, nach draußen zu gehen.

# 4

Er stand neben einem Holztisch samt Stühlen inmitten zahlreicher Terrakottakübel, in denen Grünpflanzen und Blühendes wuchsen und in einem Kräuter. Die Sonne, die über dem Dach stand, warf lange Schatten auf den gepflegten, völlig unkrautfreien Rasen.

Die Harrows hätten heute Morgen hier sitzen und ihr Frühstück genießen sollen, gut erholt von einem sonnigen Urlaub, umgeben von duftenden Edelwicken und Magnolien, von Nelken und Sternblumen, dabei die Bienen beobachtend, die im violetten Lavendel summten. Stattdessen schwärmte ein Team Fahndungsberater der Police Search Advisor, kurz PolSa, im Garten aus und suchte nach Spuren, während die Kriminaltechniker das aufgebrochene Schloss des hohen Gartentors fotografierten.

Neben der Garage und dem Kühler eines silbernen Audi aus der Sechserreihe unterhielt sich DS Felicity Crowley, die jeder nur Flick nannte, mit einem uniformierten Officer.

»Haben wir etwas?«, fragte Drake.

Mit verschränkten Armen, als wäre ihr kalt, kam sie auf ihn zu und nickte zum Ende des Rasens. »Da sind ein paar Teilabdrücke in einem der Beete beim Tor.«

»Drinnen gibt es jede Menge Abdrücke, ich bin sicher, dass wir bald einen Verdächtigen haben. Können wir kurz unter vier Augen sprechen?«, erwiderte Drake und wandte sich dann an den Constable. »Würden Sie uns einen Moment entschuldigen?«

Widerwillig folgte Flick ihm unter eine Magnolie, deren kelchförmige weiße Blüten sich gen Himmel reckten. Drake, der sich sogleich zielstrebig in den Schatten der knorrigen Äste geflüchtet hatte, war bemüht, sich seine Nervosität nicht anmerken zu lassen.

»Wie fühlen Sie sich heute Morgen?«, erkundigte er sich.

Unwillkürlich wanderte Flicks Hand zu ihrer Taille, wo ihr vor Monaten ein Messer hineingestoßen worden war. Man hatte sie notoperiert, um die inneren Blutungen zu stillen, anschließend musste sie Wochen in der Reha verbringen. Ihre Wunde war verheilt, aber Drake wusste aus eigener Erfahrung, dass die psychischen Folgen des Angriffs noch nachwirkten.

»Gut«, antwortete sie. »Mir geht es gut.«

Während sie zu den PolSa-Beamten hinübersah, betrachtete Drake ihr Profil: das schmale Gesicht mit den auffallend hohen Wangenknochen, das braune Haar, das in letzter Zeit deutlich länger geworden war, der Pony, der ihr in die Mandelaugen fiel, und die breiten Schultern, die in einen hochgewachsenen, schlanken Körper mit schmalen Armen übergingen.

»Flick.« Da mehrere Polizisten in der Nähe waren, sprach Drake leise. »Wir hatten bislang kaum Gelegenheit zu reden, seit …«

»Lassen wir das.« Sie hob abwehrend eine Hand. »Lassen Sie uns einfach … unsere Arbeit machen.«

»Sie haben recht, der Zeitpunkt ist ungünstig«, pflichtete er ihr zögernd bei. »Trotzdem müssen wir bald mal darüber reden.«

»Warum?« Sie drehte sich weg. »Warum müssen wir?«

»Weil ich wissen muss, ob Sie wirklich okay sind.«

Drake ging um sie herum, um ihr ins Gesicht zu schauen, denn noch immer hatte sie sich von ihm abgewandt. Ob es ihr gefiel oder nicht, sie steckten gemeinsam in der Sache drin, in den Nachwehen jener entsetzlichen Nacht.

Eigentlich wollte er sie vor allem wissen lassen, dass er wusste, welches Risiko sie einging, indem sie seine Version jener gewaltsamen Ereignisse stützte. Sie hatten bei der Untersuchung der polizeiinternen Prüfstelle angegeben, dass der Mörder es auf jene Beamten abgesehen hatte, die gegen ihn wegen seiner Morde an früheren Bewohnern eines längst geschlossenen Kinderheims ermittelten. Immerhin war ein Mann bereits aus Rache getötet und Drakes Mutter attackiert worden, und seine Tochter hatte man als Köder benutzt, um ihn selbst in eine Falle zu locken.

So weit, so gut, doch sollte jemals die ganze Geschichte jenes Abends herauskommen, wäre sein Ruf dahin.

Nicht nur das, Flick kannte zudem die Wahrheit über Ray Drake. Vor einer halben Ewigkeit war er nämlich jemand anders gewesen, ein verstörter Teenager namens Connor Laird, der sich die Identität eines toten Jungen aneignete. Er übernahm Ray Drakes Namen, sein Zuhause, sogar seine Familie.

Lügen waren Gift. Aber Ray Drake lebte schon so lange mit dieser Lüge, dass er kaum noch wusste, was wahr und was gelogen war. Falls Flick, eine einsame, labile und verwundbare junge Frau, allerdings ihre Aussage änderte, konnte das seine auf Täuschung aufgebaute Welt einstürzen lassen – mit allem, was er sich ein Leben lang mühsam aufgebaut hatte. Und um Flick daran zu hindern, diesen Schritt zu tun, wollte er ihr helfen, das erlittene Trauma zu bewältigen. Ihr Befinden, vor allem das seelische, durfte ihm nicht gleichgültig sein. Um ihretwillen und um seines eigenen Überlebens willen. Bloß ließ sie ihn nicht an sich heran.

»Reden wir nicht hier darüber«, wehrte sie erneut ab. »Nicht mit zwei Toten dort drinnen.«

Drake spürte, dass sie wieder an jene grauenhafte Nacht dachte. An die mörderische Konfrontation in Drakes Haus und das einsame Cottage auf dem Land. An das Blut, das aus ihrer Wunde floss, während er inmitten des Gemetzels stand.

Ein Muskel zuckte in ihrer Wange, und in diesem Moment wusste Drake mit Sicherheit, dass sie ihm etwas verschwieg.

»Ist zwischen uns alles klar, Flick?«, fragte er leise.

Sie beobachtete, wie das Suchteam den Rasen durchkämmte. »Ich weiß nicht, ob ich das schaffe. Die Therapeutin …«

»Was ist mit ihr?« Er achtete darauf, ruhig zu bleiben, obwohl er innerlich bebte. »Was haben Sie ihr erzählt?«

DS Crowley schüttelte den Kopf und senkte den Blick. »Ich habe ihr nichts erzählt«, antwortete sie leise. »Noch nicht.«

Ihm war bewusst, was das hieß.

Sie wollte sich alles von der Seele reden, wollte loswerden, was sie über Drake wusste – und über Connor Laird sowie dessen tödliche Verbindung zu einer Mordserie. Selbst wenn Flick es lediglich einer einzigen Person anvertraute, würde früher oder später alles rauskommen. Die Therapeutin, die im Auftrag der Metropolitan Police, der für Greater London zuständigen Polizeibehörde, mit Flick arbeitete, war zwar zur Verschwiegenheit verpflichtet, aber nur bis zu einem gewissen Punkt. Sie würde alles in ihrer Macht Stehende tun, damit Flick freiwillig und ganz offiziell mit der Wahrheit rausrückte. Eine Lüge nach der anderen würde dann in sich zusammenfallen, alles käme heraus.

Und vielleicht würde ebenfalls das gefährlichste Geheimnis von allen ans Licht der Öffentlichkeit gezerrt.

»Sagen Sie mir, wie ich Ihnen helfen kann.«

Er wollte ihr versichern, dass die schreckliche Schuld, die sie empfand, ebenso wie die Einsamkeit bestimmt vorübergehend sei. Dass sie sich erholen werde und gemeinsam mit ihm weitermachen könne. Waren sie nicht beide gute Leute, die keine Schuld traf und die durch widrige Umstände in eine Kette von schockierenden Ereignissen verstrickt worden waren, über die sie keine Kontrolle gehabt hatten?

Gerne hätte er das behauptet, doch er konnte es nicht.

Stattdessen zwang er sich zum wiederholten Mal zu überlegen, was Flick eigentlich genau in jener Nacht gesehen haben mochte …

»Es ist vorbei, vergangen, und wir haben einen Job zu machen«, sagte er lahm und nickte zum Haus. »Dieser Fall braucht unsere volle Konzentration. Ich verspreche Ihnen, dass ich alles tun werde, um Ihnen zu helfen …«

»Ich werde es ihr erzählen«, platzte Flick heraus.

Drake fühlte sich, als hätte man ihm einen Schlag versetzt, blieb indes trotzdem ruhig. »Ihr was erzählen?«

Zum ersten Mal sah sie in seine blassen Augen, und ihr Blick war trotzig.

»Chef«, hörte er eine Stimme.

»Flick …«, setzte er an.

»Chef«, kam es erneut von hinten.

Fahrig blickte Drake sich um und sah DC Upson an der Tür stehen.

»Die Frau von der Digitalen Forensik will Sie sprechen.«

Drake versuchte seine Gedanken zu sortieren. »Entschuldigen Sie, Eddie, wer?«

»Die Spezialistin für Digitale Forensik. Sie stöbert auf dem Dachboden herum.«

»Geben Sie mir noch eine Minute.«

»Sicher, kein Problem.« Eddie blieb an der Tür stehen.

*»Eine Minute,* bitte.«

Sobald der junge Detective Constable verschwunden war, raffte Flick sich zu einer Erklärung auf.

»Jede Woche gehe ich zu meiner Theapiesitzung und sage nichts. Ich rede über alles, ausgenommen über das, was in der Nacht passiert ist, und genau darüber muss ich reden. Ich kann … das nicht länger für mich behalten.«

»Es betrifft nicht Sie allein. Was in der Nacht geschah, ist uns beiden geschehen.«

»Sie verstehen das nicht, Ray«, sagte sie. »Sie sind nicht die Lösung, Sie sind das Problem. Die Leute haben keine Ahnung, wer Sie sind. Ich schon, ich weiß, wer Sie sind.«

»Ja, das wissen Sie«, bestätigte Drake.

»Und ich glaube nicht, dass ich mit dieser Last auf Dauer umgehen kann. Über Sie Bescheid zu wissen und über das, was passiert ist.«

In diesem Moment wurde ihm mit schrecklicher Gewissheit klar: Sie hatte es gesehen.

Sie wusste, was er getan hatte.

Während Flick zu dem Suchteam ging, war Drake darum bemüht, sich zu sammeln, bevor er ins Haus zurückkehrte. Auf keinen Fall durfte er sich seine Angst anmerken lassen.

Bald würde die Welt die Wahrheit über Ray Drake erfahren. Und es gab nichts, was er dagegen tun konnte.

Zunächst aber stand Arbeit an. Ein Tatort musste untersucht, eine Ermittlung eingeleitet werden. Wenigstens für eine Weile würde er noch das machen, wofür er geschaffen war.

# 5

Als er die Treppe hinaufstieg, versuchte Drake, sich auf den Tatort zu konzentrieren. Er blickte in das geräumige Bad, auf die Wanne, die gestern Abend benutzt worden war und die man wie die Wände mit Luminol abgesprüht hatte, ohne jedoch Blutspuren zu finden. Die Handtücher und der Inhalt des Schranks waren bereits eingetütet und ins Labor gebracht worden.

Im Erkerfenster des großen Schlafzimmers stand ein Schaukelpferd, das Drake blind anstarrte. Die schweren Vorhänge dahinter waren zugezogen. Ein Spurensicherer kniete vor einem Wandschrank und nahm Fingerabdrücke von den Schiebetüren.

Drake ging weiter nach oben zu einem Arbeitszimmer im Dachgeschoss. Das Gespräch mit Flick wollte ihm nicht aus dem Kopf, und er bemühte sich, dessen verheerende Bedeutung zu erfassen.

Er meinte, seinen Namen gehört zu haben, beugte sich über das Geländer: »Hallo?«

Der Spurensicherer kam aus dem Schlafzimmer. »Sir?«

»Haben Sie gerufen?«

»Nein, ich nicht«, antwortete der Mann und verschwand wieder.

An der Tür zum Dachboden stutzte er, bis ihm klar wurde, dass er den breiten Rücken der Frau vor sich hatte, die vor einer Weile ins Haus gekommen war. Immer noch wölbte sich die Kapuze ihres Schutzanzugs komisch um ihren Kopf, und immer noch wischte sie ständig mit den Fingern übers Display ihres Handys.

Im Gegensatz zu den durchgestylten Zimmern in den unteren Etagen wirkte der Raum unterm Dach eher chaotisch-gemütlich. Regale und Glasschränke waren mit Büchern über Kunst, Musik und Reisen gefüllt; ein Poster an der Wand unter einem Rosettenfenster warb für eine Opernaufführung in Berlin, Akten und Papiere stapelten sich auf einem kleinen Sofa oder lagen verstreut auf dem Fußboden. Zwei Schreibtische waren so zusammengeschoben, dass man sich beim Arbeiten gegenübersaß Auf dem einen stand ein MacBook, auf dem anderen ein Laptop.

»Sehen Sie sich das an«, sagte die Frau und blickte endlich auf.

»Ich kann nichts sehen«, erwiderte Drake.

Als sie ihm das Handy hinhielt, fielen Drake der schwarze Nagellack auf sowie ein verschnörkeltes Hennatattoo an ihrem Zeigefinger und die Tatsache, dass sie keine Handschuhe trug.

»Ich hoffe, dieses Telefon ist kein Beweisstück«, meinte er süffisant und deutete vielsagend auf ihre nackten Hände.

»Keine Sorge, das ist meins.« Sie zog das Band mit ihrem Ausweis aus dem Anzug. »Ich bin Grace Beer, Ihre Spezialistin für Digitale Forensik.«

Da die Menschen ihr Leben zunehmend online verbrachten, war es die Aufgabe der Digitalen Forensik, alle relevanten Daten aufzuspüren. Es würde nicht mehr lange dauern, erklärte man Drake ein ums andere Mal, bis alle Haushaltsgeräte und sämtliche Anschlüsse drahtlos miteinander kommunizieren könnten. Kühlschränke mit Toastern, Toaster mit Musikanlagen. Denkbar sogar, dass sich dereinst Wasserleitungen mit Sprinkleranlagen über das Wetter unterhalten würden. Alles ferngesteuert von einer App auf einem Tablet oder einem Smartphone. Und das bedeutete in letzter Konsequenz ebenfalls, dass Fachleute wie Grace Beer, die sich im Wirrwarr unzähliger digitaler Informationen zurechtfanden, bald an jedem Tatort den Vortritt haben könnten.

»Freut mich«, erwiderte Drake. »Und warum sehen wir uns Ihr Handy an?«

»Die Apps.«

Auf dem Display waren reihenweise Icons, und keines von denen ergab irgendwelchen Sinn für ihn.

»Das Ding mit dem kleinen Wikingerhelm?«, fragte er.

»Das ist ein Trash Metal Lyric Generator«, antwortete sie. »Das daneben.«

Drake sah ein Logo, das wie eine Antenne geformt war, umgeben von knisternden Klangwellen. Er erkannte es als das Markenzeichen eines großen Telefonanbieters wieder.

»Das wird Ihnen gefallen.« Sie hielt das Handy an ihre Schulter, stand da wie ein Technikguru vor einer Ansammlung von Jüngern.

»Also im Grunde haben viele öffentliche Orte, Cafés, Restaurants, Flughäfen, Büchereien und so, WLAN-Hotspots. Moment, Sie wissen, was das ist, oder?«

»Ja«, antwortete Drake geduldig. »Ich weiß, was ein WLAN-Hotspot ist.«

Sie zog ihre Kapuze ab und enthüllte ein riesiges Paar Kopfhörer, die über einer komplizierten Flechtfrisur klemmten. Ihre Ohrmuscheln waren mehrfach gepierct, im Nacken ragten tätowierte Engelsflügel bis in den Haaransatz, und ihre Augen waren extrem dunkel geschminkt. Dennoch sah Grace Beer in Drakes Augen nicht älter als zwölf aus.

»Es sind Stellen, an denen man sich ins Internet einloggen kann. Um sich in einen öffentlichen Hotspot zu wählen, muss man sich normalerweise von einer Website aus verbinden. Hat man hingegen eine spezielle App, kann man sich einfach so einloggen.« Sie tippte das Logo an, um es zu öffnen. »Dann passiert es automatisch. Das Telefon kommuniziert mit dem Hotspot und sagt« – hier ließ sie das Handy tanzen, als würde es sprechen –: *»Ich bin hier, lassen Sie mich ins Internet, werter Herr.* Und der Hotspot antwortet: *Willkommen, mein Freund, bitte bedien dich an allem, was ich Schönes biete.* Und dann verbinden Sie sich. Können Sie mir folgen?«

»Ja«, bestätigte Drake, der gut und gerne ohne die bizarr verstellte Stimme ausgekommen wäre.

»Nun zum Wesentlichen. Dieses Haus hat zunächst einen ganz normalen privaten WLAN-Account, in den man sich mittels Passwort einloggt. Aber daneben habe ich in dem Router eine versteckte Technik entdeckt, die das Signal des nächsten öffentlichen Hotspots verstärkt.« Sie sah ihn triumphierend an, wartete auf eine Reaktion, doch als keine kam, fuhr sie unbeirrt fort. »Also, der Serviceprovider nutzt ihn als Hotspot für jeden, der sich in dieser Gegend über sein bezahltes WLAN einloggen will. Wahrscheinlich findet man das ebenfalls in vielen Häusern in der Nachbarschaft. Und jetzt raten Sie mal! Als ich ins Haus kam, konnte ich mich mit der App des Serviceproviders auf meinem Android« – sie schwenkte demonstrativ ihr Handy – »automatisch in den öffentlichen Hotspot einloggen.«

Drake runzelte die Stirn und versuchte mitzukommen. »Und inwiefern hilft uns das?«

»Vielleicht gar nicht, vielleicht schon. Wenn der Router mit meinem Telefon kommuniziert, könnte er es genauso mit anderen getan haben, die hier im Haus waren. Falls die diese App hatten, nur unter dieser Voraussetzung. Dann hätte der Handybesitzer eine E-Mail-Adresse gebraucht, um sich für den Service anmelden, und die würde uns zu einer IP-Adresse führen.«

»Wie stehen die Chancen, dass wir die finden?«, fragte Vix Moore, die soeben hinter Drake erschienen war.

Grace zuckte mit den Schultern. »Es ist ein Schuss ins Blaue. Trotzdem: Wenn ich automatisch eingeloggt wurde, als ich reinkam, laufen hier sicher noch andere herum, bei denen dasselbe passiert.«

»Sofern sie diese App haben«, wiederholte Drake, fasziniert von dem eben Gehörten.

»Ja«, bestätigte Grace. »Und sofern natürlich ihr Handy eingeschaltet und aktiviert wird.«

Vix, deren fester Überzeugung zufolge jede Frau verpflichtet war, eher Grace Kelly nachzueifern und nicht dem finsteren Look von Grace Beer, beäugte kritisch Haar und Make-up der Ermittlerin.

»Und was heißt das alles?«

Drake überlegte kurz. »Wir können beim Serviceprovider anfragen, ob sich letzte Nacht irgendwelche IP-Adressen auf diesem Router eingeloggt haben.«

»Bingo! Falls sie hier waren, kann der Serviceprovider den Besitzer ausfindig machen.« Grace drehte sich zu den Computern um. »Ich schaffe diesen Kram lieber ins Büro, damit ich mich gründlich in ihren sozialen Medien umsehen kann.«

»Wozu sind die?« Vix nickte zu den klobigen Kopfhörern auf dem Kopf der Spezialistin für Digitale Forensik. »Zum Abhören von Telefonnachrichten, Audiodateien oder so?«

»Die? O nein.« Grace zog an einem Kopfhörer, und er schnellte zurück an ihren Hals. »Die sind für meine Musik.«

»Versuchen wir es«, sagte Drake. »Schaden kann es ja nicht.«

## 6

Rays Erfahrung nach zahlten sich Schüsse ins Blaue manchmal, allerdings wirklich bloß manchmal aus.

Dies war einer der Momente. Jemand hatte tatsächlich ein Smartphone mit ins Haus gebracht, das benutzt worden war, denn es hatte sich automatisch mit dem öffentlichen Teil des Routers verbunden. Eine offizielle Anfrage beim Serviceprovider ergab eine IP-Adresse und damit einen Namen und eine Adresse in East Finchley.

DI Drake wagte zu hoffen, dass sie schon bald jemanden wegen der Morde an Simon und Melinda Harrow verhaften und anklagen konnten. Das Handy gehörte einem Gareth Walker, dessen Daten in der Polizeidatei auftauchten, weil er vor Jahren wegen Störung der öffentlichen Ordnung bei einer Demonstration aktenkundig geworden war.

Sein Zuhause, in einer ruhigen Straße gelegen, wurde observiert, doch seit vierundzwanzig Stunden war dort niemand ein oder aus gegangen. Und weil rundum alles verrammelt war, ließ sich unmöglich sagen, ob sich in dem Gebäude jemand versteckte. Diskrete Nachfragen in der Straße ergaben, dass niemand viel über Walker zu sagen wusste.

Dafür jammerten die Nachbarn über eine zunehmende Isolierung. Vor wenigen Jahren habe es noch gemeinsame

Aktivitäten gegeben: Straßenfeste, einen Buchclub und anderes mehr. Inzwischen sei das alles vorbei, jeder bleibe für sich. Oft würden die Besitzer nicht einmal mehr in den Häusern wohnen, viele Immobilien seien reine Anlageobjekte, die von Agenturen verwaltet würden, oder zu Firmenwohnungen umgewandelt worden. Außerdem gebe es eine Menge Leerstand.

Es blieb also nichts anderes übrig, als beim Amtsrichter eine Hausdurchsuchung zu beantragen – und da niemand abzusehen vermochte, was sie drinnen erwartete, wurde eine C020-Einheit angefordert, ein Sonderkommando der Met, spezialisiert auf potenzielle Gefahrensituationen. Drake und sein Ermittlerteam standen in der Einsatzzentrale hoch über dem Verkehrslärm der Tottenham High Road und beobachteten die Erstürmung des Hauses.

Für gewöhnlich war der Fernseher an der Wand stumm, der Ton wurde lediglich zugeschaltet, wenn es einen größeren Zwischenfall in der Hauptstadt gab. Heute hingegen sollte live von der Bodycam eines Sergeants aus dem Sonderkommando übertragen werden.

Erwartungsvoll rollte Drakes Team Stühle vor den noch schwarzen Bildschirm und wartete, wickelte Sandwiches aus oder trank Kaffee. Andere hockten auf dem Rand ihrer Schreibtische und spielten mit ihren Handys.

Der DI selbst war angespannt, nicht ganz bei der Sache, dachte nach wie vor daran, dass eine seiner engsten Mitarbeiterinnen sein Geheimnis, seine Tarnung auffliegen lassen wollte. Seine Zukunft hing an einem seidenen Faden. Er beobachtete Flick, die am anderen Ende des Raumes mit Millie telefonierte, die vor Ort war. Falls sie merkte, dass Drake zu ihr hinsah, ließ sie es sich nicht anmerken.

Ein Stoß ins Rückgrat riss ihn aus seinen Gedanken. Vix quetschte gerade süßlich lächelnd ihren Stuhl in die enge Lücke neben seinem. Eddie hockte auf seinem Schreibtisch und förderte irgendwas aus seiner Nase zutage.

DS Dudley Kendrick, einer der ältesten Mitarbeiter im Team, krabbelte auf dem Boden unter dem Fernseher herum, richtete eine verwirrende Anzahl von Fernbedienungen auf den Bildschirm und drückte scheinbar willkürlich Tasten. Nachdem er einigen Spott geerntet hatte, gelang es ihm schließlich, ein Bild zu kriegen.

Besser gesagt: eine Art Bild, unscharf und ohne Ton. Diffuse Bewegungen im dunklen, beengten Innern eines Polizeitransporters. Undeutliche Gestalten, die sich im Finstern bewegten, aufgenommen von der Schulterkamera des Mannes aus der Spezialeinheit. Drake sah flüchtig Beine und Taschen mit Ausrüstung sowie ein Daumenhoch-Zeichen, als die Kamera über eine Reihe von Männern schwenkte.

»Haben wir keinen Ton?«

Dudley strich mit einem Finger über das Touchpad eines Laptops. »Ja, gleich, ich bin noch dabei.«

Vix entfernte den Deckel von einer Tupperdose, unter dem ein Obstsalat zum Vorschein kam. Sie spießte ein Stück Ananas mit einer Plastikgabel auf und bot es Drake an, der höflich ablehnte.

»Geht jeden Moment los«, verkündete DS Kendrick stolz, und tatsächlich setzte ein ohrenbetäubendes Rauschen und Knistern ein.

Dann wurden die Geräusche differenzierter, ließen sich unterscheiden. Man hörte das Ratschen von Klettverschlüssen und das Klicken von Schnallen, als die Männer ihre Schutzwesten anzogen, desgleichen ihre Scherze, als sie ihre Helme aufsetzten. Dieses Team war vertraut miteinander und aufeinander eingespielt. Jeden Tag waren sie gemeinsam in der Stadt unterwegs, allzeit bereit, bei Terror, Krawallen, Banküberfällen, Geiselnahmen und sonstigen Gefahrensituationen einzugreifen.

Von außerhalb des Transporters war jetzt ein Pochen zu vernehmen, und die Kamera schwenkte zur Tür. Ein Lichtstrahl durchschnitt die Dunkelheit und erfasste Millie, die auf der Straße telefonierte. Das Team sprang aus dem Wagen nach draußen in den hellen Sonnenschein, und man hörte das Knallen der verstärkten Stiefelspitzen auf den Stahlstufen des Transporters.

»Ja, wir können Sie sehen, Millie«, sagte Flick ins Telefon.

Die Kamera bewegte sich über die Straße, hüpfte mit den Laufschritten des Sergeants auf und ab. Drake erkannte einen von Bäumen gesäumten Gehweg, gepflegte Vorgärten und breite Einfahrten, große Einfamilienhäuser, sauber aufgereihte Recyclingtonnen an Zäunen. Es sah nicht wie die klassische Wohngegend eines mordenden Irren aus, doch angesichts des brutalen Angriffs auf die Harrows ging man kein Risiko ein.

»Sie gehen jetzt rein«, informierte Flick die anderen, sobald sie diese Information von Millie vor Ort bekommen hatte.

Drei Officers trennten sich von der Gruppe und liefen zur seitlich gelegenen Gartenpforte. Das Ende einer Ramme war am unteren Bildrand zu sehen, eines rohrähnlichen Teils mit Trommelkopf, mit dem man Türen aufbrechen konnte. Der Chef des Einsatzkommandos wandte sich an sein Team, sagte leise etwas. Einer seiner Männer tippte mit den Fingerknöcheln an den Helm zum Zeichen, dass man bereit sei, woraufhin ein anderer vortrat und sich mit der Ramme bereit machte.

Ein Funkgerät fiepte, die Männer hinterm Haus meldeten, dass sie in Position seien. Die Einheit war zum Sturm bereit, konzentriert wie Schauspieler, die auf ihren Auftritt warteten.

Vix schloss die Tupperdose wieder und stellte sie unter ihren Stuhl.

Noch mehr Funkgespräche, dann durchschnitt der Einsatzleiter auf dem Bildschirm mit der flachen Hand die Luft.

»Das Team hinten: Wir gehen rein!«

Die Ramme schwang nach vorn, krachte in die Tür, die sofort aufflog. Die Männer stürmten rufend ins Haus. Erneut hüpfte die Kamera auf der Schulter des Sergeants auf und ab.

Laute, aggressive Rufe: »Polizei! Polizei!«

Die Männer schwärmten nach links und rechts in den dunklen Flur aus. In den Lautsprechern knackte es. Drake sah farbige Wände, das Funkeln einer silbernen Hängelampe. Am anderen Ende des Flurs explodierte weißes Licht, als die Hintertür aufgerissen wurde und Gestalten ins Haus gelaufen kamen.

Schwere Stiefel donnerten auf dem Parkettboden. Die Kamera fuhr scharf nach links und rechts. Der Sergeant schlich sich in ein Zimmer, sein raspelnder Atem verriet die Anspannung. Es war dunkel, weil die Fensterläden geschlossen waren, einzig der breite Strahl einer Taschenlampe huschte über den Fußboden und erhellte die Szene ein wenig, erfasste verstreute Zeitschriften, Bücher und umgekippte Möbel.

Rufe hallten durchs Haus – kurze, scharfe Befehle, die

jeden Widerstand im Keim ersticken sollten. »Runter! Polizei!«

Die Kamera schwenkte abermals hin und her, rauf und runter, und der Taschenlampenstrahl zuckte von einem Gegenstand zum anderen.

»Was sind das für Punkte?« Vix Moore deutete auf den Bildschirm. »Ist das eine Störung?«

»Fliegen«, sagte Drake. Resigniert rieb er sich die Augen, ahnte bereits, wie das hier ausgehen würde. Gleiches galt für Flick. Lustlos griff sie nach einem Sandwich und ließ es gleich wieder zurück auf den Tisch fallen. Offenbar war ihr der Appetit vergangen.

Ein Telefon läutete.

Dudley Kendrick lehnte sich über einen Schreibtisch und griff danach. »Nein«, sagte er, ohne den Blick vom Bildschirm zu lösen, »da müssen Sie mit der Verkehrspolizei sprechen.«

Jetzt ertönten Gestampfe und neue Rufe, das schwere Trampeln von Stiefeln im oberen Stockwerk des Hauses. Aus dem Funkgerät des Sergeants quäkten Stimmen.

»Polizei!«, riefen die Männer wieder und wieder. »Kommen Sie raus!«

»Küche, sauber!«

»Toilette, sauber!«

»Schlafzimmer, sauber!«

»Hier ist keiner!«

»Niemand im Haus.«

Aus allen Ecken und Winkeln kamen die Zurufe. Die Kamera schwenkte ein weiteres Mal herum, folgte dem Strahl der Taschenlampe. Eine flache Lichtscheibe beleuchtete leere Regale. Bücher waren auf den Boden geworfen, eine Stereoanlage umgekippt, ein Fernseher umgeschmissen worden, die Platte eines gläsernen Couchtischs war in tausend Scherben zerborsten, das ganze Zimmer ein Bild der Verwüstung.

»Hier stinkt es«, sagte der Sergeant. »Und es ist wahnsinnig warm. Hier wurde offenbar schon länger nicht gelüftet.«

»Hier sind überall Fliegen«, ergänzte ein Officer, auf den sich die Kamera nun richtete. »Sehr viele Fliegen.«

»Badezimmer«, rief jemand von oben.

Die Kamera bewegte sich zur Tür. Einsatzleute eilten durch den Flur, dann ging es die Treppe hinauf, immer begleitet von der Kamera.

Gespannt trommelte Drake mit der Hand auf seinen Schenkel.

»Das Bad neben dem Schlafzimmer.«

Die Kamera erfasste erst Männer, die aus den oberen Räumen kamen, und schwenkte in ein dunkles Schlafzimmer. Helles Licht drang aus einer offenen Tür, die in ein gefliestes Bad führte, in dem eine schreckliche Hitze herrschte. Und dort lag eine Gestalt auf dem Fußboden.

Ein gemusterter, kimonoartiger Seidenbademantel war um den nackten Torso eines aufgedunsenen Körpers geschlungen. Die grünliche Haut war von dunklen Flecken übersät. Drake sah Haarbüschel auf dem Boden wie in einem Friseursalon, ein rundes, unförmiges Gesicht und Lippen, die von einer geschwollenen Zunge aufgedrückt wurden.

Boden und Wände waren von schwarzen, sich bewegenden Punkten bedeckt. Fliegen. Dann schwenkte die Kamera weg. Spezialkräfte liefen umher, aber die explosive Energie der Erstürmung hatte sich gelegt.

»Das Haus ist sauber«, meldete der Sergeant in sein

Funkgerät. »Abgesehen davon, dass wir hier eine Leiche haben.«

»Ja«, sagte Flick am Telefon zu Millie. »Das haben wir gesehen.«

»Lassen Sie den Sergeant näher rangehen«, rief jemand im Raum.

»Nicht nötig.« Drake stand auf. »Falls es Gareth Walker ist und er bereits eine Weile dort bei voll aufgedrehter Heizung liegt, kann man ihn ohnehin nicht mehr erkennen.«

Kendrick tippte eine Taste auf dem Laptop an, um die Übertragung zu beenden.

Also drei Tote …

# 7

»Drei Tote in zwei verschiedenen Häusern.«

Drake nahm die Kappe seines Markers ab und schrieb einen weiteren Namen ans Whiteboard.

»Gareth Walker hat freiberuflich als Regisseur für Werbespots gearbeitet. Geschieden, allein lebend. Er ging morgens zu einer Arbeitsbesprechung, danach mit einem Schulfreund zum Mittagessen. Das war vor zehn Tagen, am Freitag. Die Überwachungskameras haben ihn an diversen Stellen eingefangen. Die Ergebnisse der Autopsie legen nahe, dass er Stunden später starb, wahrscheinlich am selben Abend. Totgeschlagen mit einem seiner eigenen Golfschläger.«

Drakes Ermittlerteam war in der Einsatzzentrale versammelt und versuchte sich über den Lärm der zwei Ventilatoren hinweg, die an beiden Enden des Raumes aufgestellt waren, zu konzentrieren. Die uralten Geräte ließen zwar die stickige Luft in dem viktorianischen Gebäude an heißen Tagen beinahe erträglich werden, machten es jedoch so gut wie unmöglich, zudem irgendetwas anderes zu hören. Ein ähnliches Problem bereiteten die Jalousien. Obwohl als Sonnenschutz durchaus nützlich, verursachten sie andererseits nervige Geräusche, weil sie ständig klappernd gegen die Fensterbänke schlugen.

Eddie kritzelte in seinem Notizblock. Millie machte sich Notizen, als hinge ihr Leben davon ab, nur ja jedes kleine Detail mitzuschreiben. Dudley hatte die Hände unterm Kinn gefaltet, wie üblich sprungbereit, um jeden Anruf entgegenzunehmen, der während der Besprechung einging.

»Es sind Nachrichten auf seiner Mailbox von Freunden, Kollegen und seiner Mutter, die in Derby wohnt. Insgesamt lebte Walker wohl sehr zurückgezogen. Meistens fuhr er freitagabends in ein Wochenendcottage in Norfolk. Dem Freund, mit dem er sich mittags zum Essen traf, hat er allerdings erzählt, dass er kommendes Wochenende zu Hause bleiben wollte.«

»Demnach wusste derjenige, der ihn umbrachte, nichts von seinen geänderten Plänen?«

»Dazu kommen wir noch. Zunächst mal zu unseren anderen Opfern, die über eine Woche später ermordet wurden.« Drake schrieb mit quietschendem Marker zwei weitere Namen ans Whiteboard. Simon und Melinda Harrow. Er trat zurück und setzte zu weiteren Erklärungen an. »Mr. Harrow leitete einen Thinktank von Wirtschaftsfachleuten, und Mrs. Harrow hatte sich ein Jahr Auszeit von ihrem Job im Marketing genommen, um ein Kinderbuch zu schreiben.«

»Ein Buch für junge Erwachsene«, korrigierte Millie Steiner ihn.

»Die meisten von uns haben das große Haus in Downhills Park gesehen, wo die Harrows lebten. Sie kamen früher als geplant aus dem Urlaub auf Mauritius zurück und fanden in den frühen Morgenstunden des Montags Fremde in ihrem Haus vor. Wir sind mittlerweile sicher, dass dort eingebrochen wurde. Wie Gareth Walker wurden sie mit Objekten, die vor Ort gefunden wurden, erschlagen. In ihrem Fall war es ein Schürhaken.«

Millie blickte von ihrem Notizblock auf. »Könnte es ein politisches Motiv geben?«

Drake tippte sich mit dem Marker ans Kinn. »Möglich wäre es, aber Simon Harrow war ein Politikexperte mit Mitte-links-Ausrichtung. Also nicht unbedingt ein Ziel für einen Terroristen oder Anarchisten.«

»Warum sind sie früher zurückgekommen?«, erkundigte sich Eddie.

Vix drehte sich auf ihrem Stuhl um. »Dem Taxifahrer haben sie erzählt, dass die Frist für das Einreichen eines Projekts, an dem Mr. Harrow arbeitete, nach vorn verschoben worden war.«

»Ein Golfschläger, ein Schürhaken, Behelfswaffen«, sagte Flick. »Gibt es sonst noch Übereinstimmungen zwischen den beiden Tatorten?«

»Keines der Häuser hatte eine Alarmanlage«, antwortete DC Moore.

»Und in keinem lebten Kinder«, fügte Kendrick hinzu.

»Wir wissen, dass es sich jemand im Haus der Harrows gemütlich gemacht hat. Wir haben Schamhaar in der Badewanne gefunden, Haare in einer Bürste, Speichel an Essensresten, Fuß- und Fingerabdrücke an Fenstern, Türen, Flaschen und Schränken, auf der Fernbedienung des Fernsehers und auf den Schminktiegeln.« Er hielt die Hände in die Höhe. »Und noch so ziemlich überall sonst. Die DNA-Ergebnisse sollten bald da sein.« Drake hielt inne und schaute in die Runde. »Hier wurde anders als im Walker-Haus nichts verwüstet. Dort wurde ja alles aus den Regalen gerissen, Schränke wurden umgekippt, der Fernseher und der Glastisch zerschmettert. Wir gehen die

Zimmer noch gründlich durch, doch vermutlich lässt sich schwer sagen, ob jemand sich dort einige Zeit aufgehalten hat.«

»Falls Mr. Walker wider Erwarten zu Hause war, als die Einbrecher kamen, wäre es eine fiese Überraschung für sie gewesen.«

»Und wie sind sie reingekommen?«

»Nun, an dem betreffenden Freitag war es sonnig und warm, und es sieht aus, als hätte Walker zeitweilig draußen gesessen. Wir fanden ein Glas Wasser und ein Buch auf dem Gartentisch. Denkbar wäre, dass das Gartentor nicht verschlossen war. Außerdem ist es leicht zu übersteigen. Auf das Grundstück zu gelangen dürfte kein Problem gewesen sein. Und dann stand vielleicht die Hintertür offen oder irgendein Fenster.«

»Und warum haben unsere Eindringlinge sich dann die Mühe gemacht, das Haus hinterher zu verrammeln und alle Läden zu schließen?«, warf Millie ein und sprach damit den entscheidenden Punkt an.

Diese Einbrüche passten nicht ins gängige Muster, waren keine Gelegenheitstaten. Normalerweise drangen die Täter in die Häuser ein, schnappten sich so viel Kram wie möglich – leicht zu transportierende Gegenstände, die sich problemlos verkaufen ließen wie Schmuck oder elektronische Geräte – und verschwanden schnell wieder. Ganz anders bei diesen Fällen. Da war nicht einmal klar, ob überhaupt was gestohlen wurde.

»Wir sollten in den Polizeiakten abgleichen lassen, ob und wo es Einbrüche mit einer vergleichbaren Vorgehensweise gegeben hat. Bei denen nichts gestohlen wurde, obwohl wertvolle Dinge vorhanden waren. Oder bei denen im Haus ungewöhnliche Spuren zurückblieben: Essensreste eben, eine benutzte Badewanne, zerstörtes Mobiliar, so was eben. Wir suchen nach auffälligen Verhaltensmustern.«

»Aber warum bricht jemand ein und nimmt nichts mit?«, fragte Vix.

»Keines der Opfer wurde zu Hause vermutet«, erklärte Flick ihr. »Gareth Walker sollte an diesem Wochenende wie immer in Norfolk sein, und der Urlaub der Harrows war eigentlich noch nicht zu Ende. Mir kommt es vor, als wären diese Häuser unter diesem Aspekt ausgespäht worden.«

Dudley blickte von seinem Bildschirm auf. »Dann wurde das Haus also beobachtet.«

»Einbrüche, Diebstähle, die zu Morden führten.« Drake tippte sich mit dem Marker in die Handfläche. »Es wirkt wie das Ende von etwas, oder …«

»Oder was?«, hakte Millie nach, als er mitten im Satz abbrach.

»Oder es liegt eine Persönlichkeitsveränderung vor«, erwiderte er leise, »und die Sache ist eskaliert, total aus dem Ruder gelaufen.«

Auf einem leeren Schreibtisch klingelte ein Telefon. DS Kendrick schaltete den Anruf auf seinen Apparat weiter.

»Gibt es irgendwelche Verbindungen zwischen den Opfern?«, fragte Eddie.

»Unsere Freundin Grace geht ihre Social-Media-Kontakte und die Computerdateien durch, hat bisher allerdings wenig entdeckt. Die Harrows erscheinen auf Facebook im Zusammenhang mit einigen Businessevents, das war's dann auch. Andere soziale Medien haben sie nicht genutzt, sondern weitgehend offline gelebt. Und sie verkehrten, soweit wir es sehen können, in vollkommen anderen Kreisen als unser drittes Opfer. Falls es dennoch eine Verbindung zwischen ihnen geben sollte, dann finden wir sie.« Er deutete pauschal mit der ausgestreckten Hand auf sein Team. »Ihr findet sie.«

»Was, wenn es keine Verbindung gibt?«, wandte Vix ein. »Was würde das bedeuten?«

Flick reagierte als Erste. »Es hieße, dass die Überfälle willkürlich erfolgten und es mehr geben könnte. Jederzeit, überall.«

## 8

Das immer gleiche alte Bild flimmerte durch Joels Kopf wie ein selbst gedrehter Film, den man im Wohnzimmer auf einem als Leinwand aufgehängten weißen Laken abspielte.

Eben war Will noch da, und im nächsten Moment war er fort.

Und dann wieder von vorne, als würde ein Schalter ständig an- und ausgeknipst …

Will kam und ging, war plötzlich da und einen Lidschlag später nicht mehr. Ließ die Grasbüschel zitternd auf dem Klippenrand zurück, den weißen Kreidefelsen, eine Armada von Wolken über der dünnen Linie, wo der Himmel aufs Meer traf.

Joels müder Körper schwankte kraftlos mit jedem Rütteln des Waggons hin und her. Erneut sah er Wills Schopf, sein blondes Haar, das der Wind zerzauste.

Eben stand er noch am Klippenrand und im nächsten Moment …

Fort.

Immer wieder. Den ganzen Tag. Die ganze Nacht.

Es war unmöglich zu sagen, wie viele Male Joel diesen Moment bereits durchlebt hatte. Hunderte, Tausende, Millionen Male und mehr. Er hatte sich in sein Denken eingegraben. War wie eine Doppelbelichtung, die sich über seinen Alltag schob, vierundzwanzig Stunden täglich.

Alle Einzelheiten – die Farbe, die Textur, die Dichte – waren außergewöhnlich klar, in High Definition sozusagen. Will indes, der Star des Films, war weniger greifbar. Er war nichts als ein Schatten, ein flackerndes Phantom, verschwunden in dem eben vergangenen Augenblick.

Der Zug verlangsamte sein Tempo, rollte jetzt ruhiger auf den Stahlgleisen. Joel achtete nicht auf die anderen Fahrgäste, sein Kopf sank erschöpft nach unten. Dann ein explosionsartiger Lärm, gefolgt von einer Durchsage des Zugführers, die von statischem Rauschen verzerrt wurde. Man konnte kaum verstehen, was er sagte.

»Meine Damen und He… aus…stei… Zug…tü…«

Bremsen kreischten, und ruckelnd kam der Zug zum Stehen. Joel richtete sich unsicher auf, stolperte und fiel gegen den Mann neben ihm.

Als die hydraulischen Türen sich seufzend öffneten, blinzelte Joel durchs Fenster zu dem Schild hinüber, um den Namen der Bahnstation zu entziffern. Er las ihn mehrmals, wobei er seine Lippen bewegte, die Wörter in Silben zerlegte und diese wieder zusammenfügte. Nur um ganz sicher zu sein, dass die Wörter auch wirklich zu ihm durchgedrungen waren und er wusste, wo er sich befand.

Caledonian Road.

Caledonian. Road.

Cal-e-do-ni-an. Road.

Der Bahnsteig, die vorbeieilenden Reisenden, alles verschwamm vor seinen Augen. Aus dem Lautsprecher ertönte eine Durchsage, ohne dass er die Wortfetzen zu einem sinnvollen Satz zusammenzufügen vermochte. In seinem Kopf bildeten sie ein einziges Durcheinander. Unverständlich, unbrauchbar. Andere Fahrgäste drängten sich an ihm vorbei in Richtung Tür, rempelten ihn an. Joel presste sich flach gegen die Glastür des Abteils.

Eben war Will noch da, und im nächsten Moment …

Eine Pfeife schrillte, die Türen schlossen sich zischend. Brummend wurde der Motor hochgefahren, der Waggon vibrierte, der Boden ächzte unter den Füßen. Joel wartete auf ein Fauchen, gefolgt von einem heftigen Ruck, und darauf, dass sich der Zug vom Bahnsteig löste, aber nichts geschah.

*Joel!* Im Hintergrund vernahm er eine dumpfe Stimme, sehr dumpf. *Joel!* Dann ein Klopfen.

Ein Mann berührte seine Schulter. »Jemand ruft nach Ihnen.«

Als Joel dem Blick des Mannes folgte, erspähte er eine Frau auf dem Bahnsteig, die vergeblich mit einer Hand auf den elektronischen Türöffner einschlug. Sie war sonnengebräunt und sah hübsch aus in dem hellen, weit ausgeschnittenen Sommerkleid. Eine Versace-Sonnenbrille steckte in ihrem langen braunen Haar.

»Joel!« Jetzt hämmerte sie gegen die Fensterscheibe. »Ich bin's!«

Er starrte sie an, beobachtete, wie sie sich an einen uniformierten Bahnbeamten wandte und heftig gestikulierend auf ihn einredete. Offensichtlich bat sie ihn, die Tür noch einmal zu öffnen.

Der Mann schüttelte den Kopf, und im gleichen Moment rollte der Zug an. Die Frau lief auf dem Bahnsteig nebenher, wich hektisch anderen Passanten aus, an der Hand einen kleinen Jungen, der Mühe hatte, mit ihr Schritt zu halten.

»Ruf mich an!«, rief sie. »Ruf mich bitte an!«

Ein letztes Mal klatschte die Frau ihre Hand gegen das Fenster, dann blieb sie zurück, stand an der Bahnsteigkante, umklammerte die Hand des Jungen und schaute dem Zug nach.

»Sie schien Sie dringend sprechen zu wollen«, sagte der Mann neben ihm. »Wer war das?«

Joel überlegte kurz. »Ich habe keine Ahnung.«

Eben war Will noch da, und im nächsten Moment …

# 9

»Es gibt eine Verbindung zwischen den Harrows und Walker, irgendeine, die wir bisher nicht erkennen. Wir müssen sie nur finden.«

Während Drake sprach, lief eine Pressemitarbeiterin der Met hinten im Raum nervös auf und ab. Die Medien schossen sich allmählich auf die Morde ein. Noch war die Ermittlung im Frühstadium, sodass es kaum aktuelle Informationen gab, aber die Zeitungen spannen sich bereits die absurdesten Geschichten zusammen. Die Nachrichten, egal ob gedruckt, im Fernsehen, im Radio oder online, wimmelten nur so von Reizwörtern, mit denen die Öffentlichkeit in Angst versetzt wurde.

Die Opfer waren schließlich keine Leute, die in Problemvierteln oder in der Nähe sozialer Brennpunkte gewohnt hatten. Im Gegenteil: Walker gehörte zur gut etablierten Mittelschicht, die Harrows waren sogar eher in Richtung Oberschicht einzuordnen. Keiner von ihnen war, soweit erkennbar, in kriminelle oder illegale Machenschaften verwickelt – trotzdem waren sie brutal abgeschlachtet worden. Ausgerechnet an dem Ort, wo sie sich vermutlich am sichersten fühlten. In ihrem Zuhause, in einer vermeintlich anständigen Gegend, einer anständigen Nachbarschaft.

Niemand wusste, ob oder wann es wieder passierte. Und jeder könnte ein potenzielles Opfer sein.

Drake musste viel zu viel Zeit damit verbringen, die Erwartungen seiner Vorgesetzten zu drosseln oder mit aufgeregten Pressesprechern zu diskutieren, die alle nach raschen Ermittlungserfolgen schrien. Zeit, die ihm anderswo fehlte.

»Inzwischen wissen wir zumindest«, sagte er, das Gesicht zum Whiteboard gewandt, »dass Walkers Handy von seinen Mördern mit ins Haus der Harrows genommen wurde und so lange dort eingeschaltet war, dass wir es zurückverfolgen konnten. Ob es darüber hinaus eine Verbindung gibt, müssen wir noch herausfinden.«

»Warum sollten die das tun? Mit einem fremden Handy in einem Haus telefonieren, in das sie eingebrochen sind?«, fragte Eddie. »Das ergibt überhaupt keinen Sinn.«

»Den könnte es sehr wohl geben«, erwiderte Flick. »Gareth Walkers Leiche war zu diesem Zeitpunkt noch immer nicht gefunden worden, er lag seit über einer Woche tot in seinem Haus. Vielleicht sollten wir durch das Handy auf ihn hingewiesen werden. Damit wir ihn finden.«

Drake nickte. »Wäre eine Möglichkeit.«

»Es kommt gleich jemand nach unten«, sagte Dudley Kendrick leise in ein Telefon.

Eddie reichte das als Erklärung für die Beweggründe der Mörder nicht. Er stemmte sich von seinem Stuhl hoch. »Und wieso sollten sie das tun, uns mit der Nase draufstoßen?«

»Entweder weil sie geschnappt werden wollen«, gab Drake lakonisch zurück. »Oder weil sie zu selbstsicher werden.«

Alle dachten einen Moment darüber nach, Schweigen

senkte sich über den Raum, durchbrochen lediglich vom Surren der Ventilatoren und den Geräuschen, die von der High Road heraufdrangen.

Flick seufzte. »Na klasse.«

»Jetzt werfen wir mal nicht gleich das Handtuch. Immerhin haben wir jede Menge Spuren von den Tatorten.« Drake zählte es an seinen Fingern ab. »Fußspuren, Fingerabdrücke in beiden Häusern, reichlich DNA.«

»Ein wahres Füllhorn«, spottete Eddie.

»Die Forensiker sind überzeugt, dass sie einen Treffer landen, und sie wissen, dass dieser Fall absolute Priorität hat. Gehen wir an die Arbeit.«

Alle rollten ihre Stühle zurück an ihre Schreibtische – mit Ausnahme von Flick, die zur Tür eilte.

Als die Pressebeauftragte, eine rothaarige Frau namens Charlotte, zu einer Erklärung ansetzte, bedeutete Drake ihr, kurz zu warten, und folgte Flick, die gerade durch eine Brandschutztür entschwand. In seiner Hast stieß er dabei mit Marion Cresswell zusammen.

»Meine Güte!«, stieß sie hervor und ließ vor Schreck sämtliche Papiere fallen, die sie vor ihrer Brust gehalten hatte.

»Ich helfe Ihnen!« Drake bückte sich und sammelte alles wahllos auf, ohne auf die Reihenfolge zu achten. »Wie geht es übrigens Ihrem Sohn?«, erkundigte er sich beiläufig.

Die Personalabteilung des Metropolitan Police Service, der Met, in der Marion arbeitete, war seit Kurzem zentral in einem Gebäude am anderen Ende der Stadt untergebracht. Deshalb kam Marion nur noch ein paarmal im Monat nach Tottenham, und Drake begegnete ihr eher selten. Aber wenn, versäumte er es nie, nach ihrem Sohn zu fragen, den sie geradezu abgöttisch liebte.

Diesmal klang sie weniger begeistert als sonst. »Den müssten Sie sehen! Er ist inzwischen ein Hulk, ein Riesentrumm, und hat überall Flaum am Kinn«, sagte sie sichtlich unzufrieden. »Außerdem spricht er so wie diese dämliche Comicfigur. Ach, Inspector, mir fehlt mein kleiner Junge. Ich möchte meinen süßen Kleinen wiederhaben.«

Drake, der sich nie an den Namen ihres Sohnes erinnern konnte und nicht wusste, was er sagen sollte, reichte ihr wortlos die aufgesammelten Dokumente. Marion hingegen jammerte weiter.

»Er hat sich in einen mauligen Teenager verwandelt, der den ganzen Tag in seinem Zimmer hockt, Xbox spielt und weiß der Himmel was. Ich habe ihm einen Hund gekauft, einen ganz niedlichen kleinen, weil ich dachte, dann muss er wenigstens zweimal täglich vor die Tür. Tut er nicht, also bleibt alles an mir hängen. Na, zumindest liebt Bernie mich.«

»Bernie?«

»Der Hund. Bernie Battenberg«, erklärte sie. »Nach dem Kuchen, den ich am liebsten mag.« Als Drake das nicht kommentierte, fuhr sie fort: »Ist Ihre Beurteilung eigentlich bald fällig? Ich halte schon mal einen Termin für Sie frei.«

Augenzwinkernd verschwand sie in Richtung der Tür, durch die Flick gerade zurückkam.

»Haben Sie einen Moment?«, fragte Drake und bat sie in ein leeres Büro, sie folgte ihm widerwillig. Es war ein Konferenzraum mit einem großen Tisch und vielen Stühlen. Der DI hob eine Klappe am Boden an, um das Konferenztelefon, das in der Mitte des Tisches stand, auszustöpseln.

»Haben Sie sich entschieden?«

»Ja.« Flick verschränkte die Arme vor der Brust. »Ich werde es ihr erzählen.«

»Verstehe.« Drake kam es vor, als würde in diesem Moment der Countdown für seine Zukunft gestartet. »Es wird für Sie ebenfalls nicht ohne Konsequenzen bleiben – immerhin haben Sie bei der Untersuchung gelogen. Wollen Sie wirklich Ihre Karriere wegwerfen?«

Ohne darauf zu antworten, wandte sie sich der Tür zu. »Ich gehe jetzt.«

»Flick.« Er wollte ihren Arm berühren, doch sie zuckte zurück.

»Ich habe gesehen, was Sie getan haben.« Plötzlich blitzte Wut in ihren Augen auf. »Ich habe es *gesehen!*«

*Sein Freund aus Kindertagen, der an seinem eigenen Blut erstickte.*

Elliot Juniper wäre so oder so gestorben. Er hätte wahrscheinlich höchstens ein paar Minuten länger gelebt, obwohl der Krankenwagen bereits unterwegs gewesen war. Dennoch hatte Drake nicht darauf gewartet. Er war in seinem Leben so weit gekommen, und Elliot wollte, wie Flick jetzt, auspacken und die Wahrheit über die Vergangenheit, über ihre gemeinsame Geschichte sagen.

*Die Augen, rot von geplatzten Gefäßen, die ihn schockiert anblickten.*

Das konnte Drake einfach nicht riskieren, dass sein Geheimnis am Ende noch gelüftet wurde, und während Flick scheinbar bewusstlos dalag, tötete er den Mann, der ihn als Connor Laird kannte.

*Die Augen weit aufgerissen vor Angst, die Hände, die schwach nach einem Ärmel griffen.*

Erst als Elliot tot vor ihm lag, bemerkte Drake, dass

Flicks Augen geöffnet waren und ihn ungläubig anstarrten.

*Sirenen in der Ferne.*

Jetzt konnte er sich nirgends mehr verstecken. Sie kannte seine Vergangenheit. Und falls sie außerdem gesehen hatte, wie er Elliot umbrachte, war es vorbei. Vielleicht blieben ihm noch ein paar Tage oder Wochen, spätestens dann würde sein altes Leben durch ein Klopfen an der Bürotür oder einen Besuch bei ihm zu Hause beendet.

Die interne Ermittlung würde ihre Arbeit aufnehmen und seine bisherige Existenz auslöschen. Alles, was er sich mühsam aufgebaut hatte, wäre zerstört. Er dachte an die Folgen, die es für seine Tochter April haben würde und für Myra, die Frau, die ihm vor vielen Jahren ein neues Leben geschenkt hatte.

»Erzählen Sie mir, wie Elliot gestorben ist«, forderte Flick ihn auf.

»Sie waren bewusstlos, Ihr Gedächtnis spielt Ihnen einen Streich, täuscht Ihnen falsche Erinnerungen vor«, wand er sich.

»Sagen Sie mir einfach, dass Sie ihn nicht umgebracht haben.«

Es sollte das Simpelste überhaupt sein, sie zu belügen. Schließlich lebte er seit Jahrzehnten mit einer Lüge. Mehr noch: Sein Leben selbst war eine einzige gelebte Lüge. Aber er konnte nicht Nein sagen, brachte das Wort nicht über die Lippen.

Eine Weile maßen sie einander mit Blicken, dann riss Flick die Tür auf. »Ich gehe lieber zurück.«

Zitternd strich Drake über die braune Krawatte, die ihm einst seine verstorbene Frau geschenkt hatte.

*Ray,* sagte eine Stimme. *Was machen wir bloß mit dir?*

Voller Panik wagte er nicht in die Richtung zu schauen, aus der die Stimme an sein Ohr zu dringen schien. Stattdessen folgte er Flick hinaus auf den Korridor, wo er sie mit Dudley zusammenstehen sah.

»DI Drake, ich habe einen Anruf für Sie entgegengenommen«, sagte Kendrick. »Unten sind zwei Herren, die angeblich Informationen haben.«

»Nehmen Sie bitte deren Aussagen auf, Dudley.« Sein Herz pochte, er wollte weg. »Ich muss mit dieser Pressesprecherin reden.«

Der altgediente Detective Sergeant musterte ihn verwundert. »Ich dachte, Sie würden es sich nicht nehmen lassen, selbst mit denen zu sprechen. Offenbar geht es darum, dass sie mitten in der Nacht Leute in ihrem Haus entdeckt haben.«

# 10

Unangerührte Plastikbecher mit Tee standen auf dem Tisch vor Douglas Mortimer und Bailey Waghorn, die geduldig warteten, bis Drake und Flick sich gesetzt hatten.

Beide sahen aus wie zwei in die Jahre gekommene Matineestars, die sich sichtlich um ein distinguiertes Auftreten bemühten.

Was sie indes gewissermaßen selbst zunichtemachten.

Douglas' Haar war geradezu irritierend schwarz gefärbt, was weder würdevoll noch altersgemäß wirkte. Er trug ein Halstuch mit Paisleymuster und drehte eine flache Kappe zwischen seinen Fingern. Gegen ihn wirkte Bailey ausgesprochen farbenfroh. Er hatte eine leuchtend gelbe Krawatte umgebunden, die über einem heftig gemusterten Hemd baumelte, dessen Kragen hochgeklappt war und die schlaffen Hautlappen unter dem Kinn stützte. Dazu trug er eine gewagt senfgelbe Weste.

Allein beim Anblick der beiden wurde Drake entsetzlich heiß.

Mr. Mortimer, der Pechschwarze, eröffnete das Gespräch. »Verzeihen Sie, dass wir Sie stören.«

»Nicht doch«, beeilte sich Drake zu versichern. »Wir danken Ihnen, dass Sie hergekommen sind.«

»Es war schwierig für uns«, fuhr Douglas fort. »Sie

müssen wissen, dass wir damals nichts gemeldet haben, was im Nachhinein betrachtet vielleicht ein Fehler war.« Er sah Bailey an, der blicklos über Flicks und Drakes Schultern starrte. »Das erkannten wir, als wir von den Morden an diesen armen Menschen erfuhren.«

»Wie wäre es, wenn Sie uns erzählen, was genau geschehen ist?«, warf Flick ein.

»Nun ja, wir wollten seinerzeit kein Aufsehen«, druckste Douglas herum. »Wissen Sie, meinem Mann geht es nicht sehr gut.«

»Reden wir nicht um den heißen Brei herum.« Zum ersten Mal meldete sich Mr. Waghorn, der Papageienbunte, mit einem erstaunlich vollen Bariton zu Wort. »Ich habe Demenz im Frühstadium.«

»Ihm fällt es gelegentlich schwer, sich an Einzelheiten zu erinnern«, fügte Douglas hinzu.

Bailey war verärgert über seinen Lebensgefährten. »Ich habe mir das nicht ausgedacht …«

Douglas tätschelte seine Hand. »Das weiß ich doch.«

»Könnten Sie uns bitte genau erzählen, was passiert ist und was Sie gesehen haben?«, drängte Flick erneut.

»Ich fand Leute bei uns im Haus vor«, antwortete Bailey. »Das war … im November.«

»Mein Mann ist manchmal desorientiert. Steht etwa nachts auf, um pinkeln zu gehen, und vergisst, wo er ist. Und es kam bereits häufiger vor, dass er aus dem Haus gewandert ist und die Tür offen ließ – deshalb war es uns peinlich, die Sache zu melden«, erklärte Douglas.

»Demnach vermuten Sie also, dass Sie die Leute unwissentlich ins Haus gelassen haben?«

»Nein.« Bailey schüttelte den Kopf. »Ich weiß, dass ich das nicht habe.«

»Immerhin wäre es möglich«, widersprach Douglas.

»Auf keinen Fall«, beharrte Bailey.

»Lassen wir das«, schlug Drake vor. »Berichten Sie stattdessen, was Sie beobachtet oder bemerkt haben, und nehmen Sie sich ruhig Zeit.«

»Ich kann Ihnen genau sagen, was damals geschah.« Bailey klopfte energisch mit den Fingerknöcheln auf den Tisch. »Selbst wenn ich manchmal beim Erzählen ein bisschen durcheinanderkomme.«

»Bailey war Schauspieler«, mischte Douglas sich erneut ein. »Überwiegend stand er auf der Bühne, hatte aber daneben mehrere Auftritte im Fernsehen. Früher lernte er seine Texte beinahe im Schlaf, deshalb deprimiert ihn sein Zustand so.«

»Soll ich jetzt erzählen, was passiert ist, oder nicht?« Bailey wurde sichtlich ungeduldig. »Wie Douglas schon erwähnte, stehe ich nachts oft auf und wandere herum. Normalerweise bringt er mich dann zurück ins Bett.«

»An jenem Abend allerdings«, schaltete sich Douglas ein, »waren wir auf einer Party, und ich hatte mehr getrunken als sonst …«

»Ich muss wohl, statt zurück ins Bett zu gehen, nach unten gegangen sein und sah, dass im Wohnzimmer Licht brannte. Und … da waren Leute. Ein Mann saß in meinem Lieblingssessel.« Bailey wies zu einem Stuhl an der Wand, als säße dort ein Fremder. »Und eine Frau war bei ihm.«

»Eine Frau?« Flick beugte sich vor. »Und dann?«

»Ja, das war äußerst erstaunlich.« Baileys Augen blitzten. »Wir haben getanzt.«

»Tut mir leid.« Verwirrt blickte er sich um. Der Raum war ihm vertraut, schrecklich vertraut. Und da war sein Sessel, der, in dem der Mann gesessen hatte, da war er sich sicher. Dort waren einige Sachen, die er erkannte. Das Sideboard, das seine Mutter ihm vererbt hatte, und der Tisch mit dem Puzzle darauf. Diese höllischen Puzzles – Douglas bestand darauf, dass sie gut fürs Gehirn seien. Bailey wurde das schreckliche Gefühl nicht los, dass er in das falsche Zimmer gegangen war, ins falsche Haus – es wäre schließlich nicht das erste Mal. Es *musste* falsch sein, denn diese Leute durften nicht hier sein.

»Kann ich Ihnen helfen, Sir?«, fragte die Frau.

Bailey zog den Gürtel seines Morgenmantels enger. »Verzeihen Sie, ich …«

Das war sein Sessel, eindeutig. Er erkannte es an den Flecken auf der Armlehne. Doch die Art, wie der Mann ihn beäugte, war Furcht einflößend. Die tiefen Schatten im Zimmer verliehen ihm beinahe etwas Teuflisches. Bailey hatte das schreckliche Gefühl, irgendwie zu stören.

»Meine Güte.« Plötzlich lachte er. »Selena, bist du das?«

Er konnte nicht glauben, dass er nach all den Jahren seine verlorene Liebe wiedersah, und fühlte, wie ihm ganz warm ums Herz wurde.

»Mein Liebling.« Er trat vor, vergaß den unangenehmen Mann und nahm Selenas weiche Hände in seine. »Wo warst du?«

»Was ist denn mit dem los?«, fragte der Mann leise und nervös. »Warum redet der so?«

Sie neigte ihren Kopf zur Seite. »Wer bin ich, Sir?«

»Na, Selena, du Dummchen«, sagte Bailey.

»Ja.« Die Frau hob einen Finger an ihre Lippen, damit der Mann im Sessel still war. »Die bin ich. Ja, ich bin Selena.«

»Dabei dachte ich, du …« Frustriert hielt Bailey inne, weil er sich nicht erinnerte. »Wie lange ist es her?«

»Lange, Sir.« Sie nahm seine Hände. »Und ich habe Sie vermisst, Mr. …«

»Ich bin's, Bailey! Ich wage es kaum zu glauben. Douglas wird dich begrüßen wollen.« Er drehte sich zur Tür. »Eben war er noch … Er war noch … irgendwo hier.«

»Oh, sicher ist er gleich zurück«, beruhigte ihn die Frau. Da war eine komische Betonung, die Bailey nicht recht zuordnen konnte.

»Er hat uns gesehen«, flüsterte der Mann angstvoll. »Er weiß, wie wir aussehen.«

»Nein, er ist vollkommen harmlos. Es ist schön, Sie wiederzusehen, Bailey.« Selena lächelte.

Er erinnerte sich gut, wie das Lächeln ihr Gesicht zum Strahlen brachte. Natürlich, als die Dinge … schwierig wurden, als diese Kälte zwischen ihnen entstanden war, hatte sie nicht mehr so viel gelächelt.

»Und wer ist das?«

Wenn der Mann mit Selena hier war, musste er eine Seele von Mensch sein, dennoch hätte Bailey gut auf ihn verzichten können.

»O Gott.« Im Dämmerlicht glänzten Tränen in den Augen des Mannes. »Jetzt ist alles ruiniert.«

»Was ist mit ihm?«, fragte Bailey leise. »Warum ist er so … traurig?«

»Es ist spät«, sagte sie. »Und er ist müde, dann wird er – wie sagt man gleich?«

»Unleidlich. So geht es mir, wenn ich schlecht schlafe.«

»Er hat uns gesehen.« Der Mann packte die Sessellehnen, und Bailey sah, wie seine Fingerknöchel weiß wurden. »Er weiß, wie wir aussehen.«

Die Frau berührte Baileys Wange. »Ihm geht es nicht gut. Er ist verwirrt.«

»Bin ich?« Bailey wollte Selena nach etwas fragen, das Jahre zuvor mit ihr geschehen war, nach irgendetwas, aber der Gedanke schwirrte sofort wieder aus seinem Kopf wie ein Vogel aus einem offenen Käfig. Egal. Hauptsache, dass sie jetzt hier war. »Tanzt du noch, Selena?«, erkundigte er sich stattdessen.

»Oh.« Selena hob den Saum eines imaginären Abendkleids und knickste. »Es ist mir nach wie vor das Liebste. Möchten Sie tanzen, Sir?«

»Es ist lange her, ich weiß nicht, ob ich es nicht vergessen habe.«

Bailey blickte auf seine fadenscheinigen Hausschuhe. Als er jünger war, hatten die jungen Damen und selbst viele Männer verzückt zugeschaut, wenn er elegant im Ballsaal übers Parkett schwebte. Damals, als seine Beine noch kräftig waren und sein Verstand noch stark, machte es ihm nichts aus, die ganze Nacht durchzutanzen. Die ganze Nacht!

»Zeigen Sie es mir«, flüsterte sie. »Zeigen Sie mir, was für ein guter Tänzer Sie sind.«

Und als Bailey sich erneut umschaute, waren sie zu seiner Verblüffung wieder im Locarno, diesem romantischen und schillernden Ort, der ihm so lieb und teuer war, wo sie in jener fernen Zeit im Scheinwerferlicht über die Tanzfläche geglitten waren. Er sah die Paare an sich vorbeiwirbeln, roch Parfüm und Eau de Cologne, hörte das Orchester spielen. Seltsam, dass er das alles vorher nicht bemerkt hatte. Jetzt führte er Selena langsam und zögerlich auf die Tanzfläche.

»Tut mir leid!«, rief er über den Lärm hinweg, und sie

sagte ihm, dass er nicht rufen müsse, weil sie ihn sehr gut verstehe.

Selena sah so gesund und glücklich aus wie damals, als sie jung und unbekümmert waren, und er wollte sie auf keinen Fall enttäuschen. Im Stillen verfluchte er seine alten Beine und das gestörte Gleichgewicht, schämte sich für seinen Morgenmantel und die Hausschuhe. Einst war er im Ballsaal für seine flinken Füße bewundert worden, nun hatte er zu kämpfen, sich bloß an die einfachsten Schrittfolgen zu erinnern.

Ach, es ging nichts über ein echtes Orchester! Der Dirigent schwang seinen Stab, die Bläser traten geschlossen vor, und der Schlagzeuger hielt mühelos den Rhythmus. Bailey genoss es.

»Es tut so gut, dich wiederzusehen, Selena«, sagte er, während sie sich steif drehten. »Wie lange ist das her!«

»Lange, doch ich erinnere mich, dass Sie immer ein wunderbarer Tänzer gewesen sind.«

»Du hast mir so gefehlt.«

Er fragte sich abermals, wo Douglas sein mochte. Bestimmt wäre er entzückt, Selena nach all den Jahren wiederzusehen, trotz allem, was vorgefallen war. Bailey hatte so viele Fragen – zu dem Unfall beispielsweise, aber er musste sich auf seine Füße konzentrieren, war sich bewusst, dass ihn die Damen und Herren von der Galerie aus beobachteten.

»Die Kinder vermissen dich«, erzählte er ihr jetzt. »Wir sehen sie nicht oft, weil sie inzwischen unten in Devon leben. Und sie haben bereits selbst Kinder. Wir sind Großeltern, Selena, stell dir das vor!«

»Das freut mich sehr.«

Bailey war erleichtert, als die Musik endete, denn er war

erschöpft. Selena trat zurück, und das weiche Licht fiel auf ihr Gesicht und ihr Kleid.

»Du hast einen alten Mann sehr glücklich gemacht.« Sein Hals brannte vor Gefühlen. »Nie hatte ich zu hoffen gewagt, dass wir uns noch einmal begegnen würden.«

Als sie ihm einen Kuss auf die Wange gab, sah er, wie der Mann im Sessel das Gesicht verzog. Bailey hatte fast vergessen, dass er da war.

»Warum hast du das getan?«, fragte der Mann. »Warum hast du ihn geküsst?«

»Wer ist dieser Bursche? Er sieht ...« Baileys Glücksgefühle schwanden zusammen mit den wirbelnden Lichtern. »Er sieht irgendwie ... aufgebracht aus.«

»Er ist eifersüchtig, weil ich mit solch einem gut aussehenden Mann tanze.«

»Ach, ich fürchte, mein Aussehen ist auch dahin.« Bailey schüttelte betrübt den Kopf. »Früher, ja, da war ich ein fescher Bursche ... Weißt du, das Alter ist etwas Fürchterliches.«

»Sie sind sehr distinguiert, Sir. Und ich habe Glück, dass ich mit Ihnen tanzen durfte.«

Als von oben ein Geräusch zu hören war, sprang der Mann aus dem Sessel auf.

»Das ist Douglas«, sagte Bailey.

»Es hat mich gefreut, Sie kennenzulernen, Sir.«

»Bleibst du noch auf einen Tanz?«

»Das wird nicht möglich sein«, antwortete Selena.

Bailey sah, wie sich der Mann durchs Zimmer bewegte und Sachen in seine Tasche steckte. Familienerbstücke und kostbare Andenken, Dinge, die er und Douglas gemeinsam angesammelt hatten. Und als er wieder zu der Frau schaute, erkannte er sie überhaupt nicht.

»Sie sind nicht Selena, oder?«

»Nein, bin ich nicht.« Sie machte einen Knicks. »Trotzdem war es mir eine Ehre, mit Ihnen zu tanzen.«

Bailey verneigte sich. »Sie sind zu freundlich.«

»Wir müssen gehen.« Der Mann packte den Arm der Frau. »Jetzt!«

»Er ist ungehobelt«, bemerkte Bailey, als der Mann sich einen Schmuckgegenstand in die Tasche stopfte.

Die Frau lächelte traurig. »Ja, er ist kein so feiner Gentleman wie Sie.«

»Passen Sie auf der Straße auf. Als ich ankam, war es sehr nass und glitschig.« Bailey wurde nervös. »Sie werden hoffentlich vorsichtig sein, nicht wahr?«

»Leben Sie wohl, Bailey.«

Im Vorbeigehen streiften ihre Fingerspitzen seine Wange, und als er sich umdrehte, war das Zimmer leer. Einen Moment später erschien Douglas auf der Türschwelle.

»Wo bist du gewesen?«, fragte er. »Die Haustür steht offen.«

Bailey berührte seine Wange da, wo sie ihn gestreichelt hatte, und er glaubte, nach wie vor das Lieblingsparfüm seiner verstorbenen Frau in der Nase zu haben.

»Sie haben mit der Frau getanzt?« Drake wusste offenbar nicht, was er von der Geschichte halten sollte.

»Tatsächlich war sie sehr nett«, antwortete Bailey. »Sehr geduldig und sanft.«

Douglas drückte seine Hand und erklärte an die Detectives gewandt: »Bailey hat früher zahlreiche Preise bei Tanzturnieren gewonnen.«

»Und Sie selbst haben niemanden im Haus gesehen?«, drang Flick in ihn.

»Nein, leider. Erst Baileys Stimme hat mich geweckt – Himmel, die kann man durch die Grafschaft hören! Aber als ich nach unten kam, stand er ganz allein da in seinem Pyjama.«

Bailey reckte trotzig sein Kinn. »Ich habe mir das nicht eingebildet.«

»Das weiß ich, keine Sorge«, besänftigte Douglas ihn und wandte sich an Drake. »Ich glaube wirklich, dass jemand im Haus war, denn es fehlten einige Sachen. Kleine Dinge, Schmuckstücke, Dekorationsgegenstände, sentimentaler Nippes.«

»Können Sie beschreiben, wie die beiden aussahen? Der Mann und die Frau.«

Bailey blähte die Wangen auf, atmete aus und musterte Flick. »Ich kann Ihnen eine Beschreibung geben, nur ist die wahrscheinlich von Selena. Der Mann war sehr nervös, das fiel mir auf. Er war sehr groß, so ein Schlägertyp, mehr weiß ich nicht, weil er im Schatten saß. Und da waren viele Schatten.«

»Könnten Sie es dennoch mit der Frau versuchen?«, bat Drake.

»Schulterlanges, lockiges Haar, glatt, glänzend ... Nein, warten Sie, das ist falsch.« Bailey schüttelte den Kopf. »Ich erinnere mich, dass sie ein hübsches Lächeln hatte.«

Flick notierte sich etwas. »Das ist alles sehr hilfreich.«

»Dauert das hier noch lange?« Bailey erhob verärgert die Stimme und war wieder in einer anderen Welt. »Ich habe in wenigen Minuten eine Matinee.«

Douglas lächelte Flick und Drake traurig zu.

»Wir sind fertig«, erklärte Drake. »Vielen Dank, dass Sie gekommen sind.«

Die beiden Männer standen auf, und Douglas half

Bailey in seinen Mantel, den er trotz der Hitze draußen dabeihatte.

»Selena hatte ihn furchtbar schäbig behandelt«, flüsterte er Flick zu. »Hat ihn wegen eines Gebrauchtwagenhändlers verlassen. Er war völlig am Boden zerstört, und ich durfte die Scherben einsammeln. Wir kamen uns näher und – na ja, den Rest kennen Sie.«

»Blieben die beiden in Kontakt?«, erkundigte Flick sich.

»Selena ist 1974 gestorben. Autounfall. Einer der Wagen ihres Gebrauchtwagenhändlers kam bei Schlechtwetter von der Fahrbahn ab. Wir waren bei der Beerdigung, um der alten Zeiten willen.«

»Es war nett von Ihnen, unter den gegebenen Umständen dorthin zu gehen.«

»Oh, ich hatte keine große Wahl. Selena war meine Schwester.« Douglas zog eine Augenbraue hoch. »Allerdings standen wir uns nicht sehr nahe. Sie war eine schwierige Frau, um es gelinde auszudrücken. Immerhin muss ich ihr für Bailey dankbar sein.« Er hakte sich bei seinem Lebensgefährten ein. »Komm, gehen wir nach Hause, du alter Narr.«

»Bitte nicht alt«, protestierte Bailey.

# 11

»Ich liebe sie. Ich liebe sie, ich liebe sie, und wenn ihr irgendwas passiert, bin ich am Ende, das schwöre ich dir.«

Carl hockte neben Joel in dem dunklen Zimmer und wartete auf eine Reaktion. Aber Joel hörte kaum, was er sagte. Sein Denken war ausgefüllt von den quälenden Bildern, Wills wehenden Haaren, als er über den Klippenrand verschwand.

Und wie eine Doppelbelichtung lag darüber noch etwas anderes. Eine Frau, die einen Bahnsteig entlanglief und ihn verzweifelt zu erreichen versuchte.

*Joel! Joel!*

»Deshalb müssen wir für ihre Sicherheit sorgen. Tatia hat schlimme Sachen gemacht, einige *sehr* schlimme Sachen. Du hast ja nicht so richtig gesehen, wozu sie fähig ist, ich schon. Und du musst dich lediglich mal verlaufen oder einen Unfall haben, dann stellt jemand Fragen, und du handelst ihr jede Menge Ärger ein. Eine *Menge* Ärger, Joel. Denk mal darüber nach, ehe du wieder losläufst.«

Carls Stimme klang belegt, Sorge sprach aus ihr, eine große Sorge. Neben ihm kauerte Joel an der Wand, seine dünnen Beine verloren sich beinahe in dem scheußlichen Rautenmuster des abgewetzten Teppichs.

»Du wirst das nie verstehen. Wenn man auf jemand

Besonderen trifft – einen Rettungsanker, einen Fels in der Brandung –, dann ist das wie ein Sechser im Lotto. Das ist kostbar, Joel, und der Gedanke, dass ich sie verlieren könnte …« Er schüttelte den Kopf bei dieser schrecklichen Vorstellung. »Darüber will ich gar nicht nachgrübeln.«

Es war ein Fehler gewesen, nach draußen zu gehen, das wusste Joel, doch manchmal war es schwierig, sich an alle Regeln zu erinnern, die Carl aufstellte, denn die änderten sich so schnell. Jeden Tag gab Carl ihm neue Anweisungen, an die er sich halten musste. Er konnte nicht mal den Vorhang zurückziehen, sich dem Fenster nähern oder an die Tür gehen, obwohl sowieso nie jemand kam.

Es war schwer auszuhalten in diesem heißen, vollgestellten Zimmer, wo gerade mal genug Platz für ein Bett und ein Sofa war. Überall stand irgendwelcher Kram herum, und auf dem Boden lag überall Müll. Der einzige andere Raum war ein winziges Bad, nicht größer als eine Telefonzelle, mit einem schmierigen Waschbecken und einer kaputten Toilette, einer Dusche, aus der es bestenfalls tröpfelte, und einem Ventilator, der stundenlang weiterratterte, obwohl das Licht längst aus war.

Joel saß den ganzen Tag unter der nackten Glühbirne, die so fahl war, dass ihr Schein kaum den Netzvorhang erreichte. Er kannte inzwischen alle Wasserflecke an der Decke auswendig. Manchmal guckte er sie so lange an, dass sie sich ineinanderzuwinden begannen wie Schlangen in einer Grube – und verfolgte, wie die Schatten über die Wände krochen, um den Tag zu verschlingen. Dann wieder wollte er nichts als raus, die Sonne auf seiner Haut fühlen, und er verstand nicht, warum er das nicht durfte.

»Ich werde sie heiraten. Das werde ich machen. Dann heißt es Tatia und ich für immer.« Carl sah Joel streng an.

»Bloß wir beide. Ich kann sie beschützen, und ich sorge dafür, dass die sie nicht mehr wegbringen.«

Sein Gesicht, auf dem eine Pubertätsakne üble Krater hinterlassen hatte, war so dicht an Joels, dass der beißende Körpergeruch sogar den Gestank von zig Take-aways überlagerte. Ein widerliches Gemisch aus Schweiß und ranzigem Fett, das in den ungelüfteten Räumen nie verschwand.

Joel entging nicht, dass sich die Augen des großen Mannes mit Tränen füllten.

»Und ganz abgesehen davon hat sie mir erzählt …« Carl hielt kurz inne. »Sie hat mir erzählt, was mit eurem kleinen Bruder passiert ist. Was sie mit dem gemacht hat.«

Wäre es ihm gelungen, einfach im Hier und Jetzt zu bleiben, hätte er vielleicht bemerkt, wie gemein Carl gerade aussah, aber Joels Gedanken waren bereits wieder abgedriftet zu dem leeren Raum über der Klippe …

»Ich will dir ja nichts einreden, Kumpel«, redete der andere weiter, obwohl Joel kaum zuhörte, »vielleicht ist es ja für alle das Beste, wenn du einfach die Fliege machst und uns allein lässt, mich und Tatia, denn du wirst der Nächste sein. Irgendwann ist sie dich leid, und dann wird sie dich plattmachen, davon bin ich überzeugt.« Carl knackte mit seinen Fingergelenken. »Mal unter uns, wir wissen schließlich, dass sie zu allem fähig ist.«

*Der harte Schlag einer Frauenhand am Fenster des Waggons, als der Zug weiterfuhr. Joel! Joel!*

Und der Name der Frau, die er heute gesehen hatte, war …

In seine Gedanken bohrte sich ein metallisches Klopfen an der Tür. Joel sah, wie Carl warnend einen Finger an seinen Mund legte.

Kurz darauf drehte sich ein Schlüssel im Schloss, und Tatias Umrisse tauchten im fahlen Licht auf.

»Was ist los?«

»Ich habe ihn hier auf dem Boden gefunden«, sagte Carl.

Sie ließ ihren Rucksack fallen, sank auf die Knie und nahm Joel in die Arme, um ihn anders hinzusetzen. Er war es inzwischen gewohnt, dass sie ihn ständig hin und her zerrte, ihn berührte, ihn liebkoste, ihn umsorgte. Sie zog ihn hoch, lehnte ihn mit dem Rücken an die Wand und streckte seine dürren Beine vor ihm aus, als wäre er eine Puppe.

Carl stand schwankend da. »Ich wollte ihm helfen.«

»Geh weg!« Als Carl zögerte, schrie sie: »Da rüber!«

Seine Füße pflügten durch eine Ansammlung von Plastiktüten und Essensverpackungen, als er hinüber zum Bett ging.

»Jetzt bin ich ja hier.« Tatia presste Joels Kopf an ihre Brust, an den rauen Stoff ihres Rugbyshirts. »Ich bin hier.«

»Er war draußen, ist wieder weggelaufen.« Tränen schossen aus Carls Augen. »Wenn er jemanden trifft, den er von früher kennt, wenn er jemandem von uns erzählt …«

»Das würde er nie tun«, fiel Tatia ihm ins Wort.

»Seit er hier ist, geht alles schief.«

»Was hat er zu dir gesagt?«, fragte sie Joel. »Was hat er getan?«

Joel schüttelte den Kopf. Die Einzelheiten dessen, was Carl gesagt hatte, waren ihm entglitten. Irgendwas über seinen Bruder, über Will – und dass er selbst in Gefahr sei. Es fiel ihm so schwer, die Gedanken in seinem Kopf festzuhalten.

Tatia richtete sich auf und winkte Carl zu sich heran. »Komm her.«

»Bitte, sei nicht böse.« Tränen und Rotz sammelten sich

auf seiner Oberlippe. »Ich mag nicht, wenn du böse mit mir bist.«

»Ich habe gesagt, komm her!«

Unglücklich rieb er mit den verschwitzten Händen über seine Schenkel, während er vorwärtsschlurfte. Sein linker Fuß verfing sich in einer Plastiktüte. Dann war er bei ihr, nahm sie in seine mächtigen Arme, umfing sie vollständig und vergrub weinend das Gesicht an ihrer Halsbeuge.

»Ich kann nicht den ganzen Tag aufpassen«, sagte sie ruhig zu ihm. »Ich muss arbeiten. Es ist das einzige Geld, das wir haben. Wenn du mich liebst …«

»Ja, das tue ich – ich kann nicht ohne dich leben.« Carl drückte sie fest an sich und blickte verächtlich über ihre Schulter zu Joel. »Ich würde sterben!«

»Dann musst du …« Als sie zurücktrat, schaute Carl reumütig zu Boden wie ein unartiges Kind. »Du musst meinen Bruder ebenfalls lieben, denn er ist meine einzige Familie.«

Daraufhin umschloss er mit seinen großen Händen ihr Gesicht und strich mit den Daumen über ihre Wangen. »Alles, was du willst. Ich liebe dich. Liebst du mich auch?«

Vorsichtig nahm sie seine Hände, mit denen er ihr den Schädel einschlagen könnte, und sagte: »Wir sollten wieder ausgehen.«

Sofort wurde er munterer. »Dürfen wir?«

»Ein letztes Mal, Carl, und dann ist es vorbei.«

»Ja.« Er nickte eifrig. »Ein letztes Mal.«

»Nur dürfen wir keine Fehler mehr machen.«

»Ich weiß, wohin!«

Er lief durchs Zimmer, hob Kleidung und Müll hoch, schleuderte sie wieder beiseite, suchte nach etwas. Hähnchenknochen landeten zwischen Joels Beinen.

Carl durchwühlte alles, was auf dem Boden lag, warf achtlos Schmuckstücke und Nippes, den er aus den Häusern mitgenommen hatte, beiseite. Sogar unter der Matratze und dem Bett wühlte er herum. Dort fand er schließlich das Gesuchte. Aufgeregt sprang er auf und blätterte hektisch in einem kleinen roten Notizbuch.

»Hier!« Er tippte mit einem schmutzigen Fingernagel auf eine Adresse und eine Postleitzahl – auf eine von vielen auf der Seite. Sämtliche Angaben waren in Tatias kleiner, sauberer Handschrift geschrieben worden.

»Es ist leer«, erklärte Carl hastig, als würde er fürchten, dass sie es sich anders überlegte. »Ich habe meine Hausaufgaben gemacht – wir machen es so, wie du gesagt hast.«

Joel beobachtete, wie sie sich über das Buch beugten, in dem so viele Sachen über so viele Häuser standen, so viele Leben, als wäre es eine Schatzkarte.

Sie studierte die Notizen eingehend. »Daran erinnere ich mich irgendwie nicht.«

»Ich habe alles sorgfältig geprüft.« Carl blinzelte. »Sehr sorgfältig.«

Sie sah ihn streng an. »Wenn du alles genauso gemacht hast, wie du solltest, wenn du alles gecheckt hast, werden wir dort allein sein. Richtig?«

Carl nickte. »Ja, wir müssen keinem wehtun, diesmal nicht. Bitte, lass uns keinem wehtun.« Er senkte den Kopf. »Du und ich, wir haben Sachen gemacht – Sachen, die andere nicht verstehen würden.«

Ihre Stimme sank zu einem verbitterten Flüstern herab. »Ja, das stimmt.«

»Aber wir haben immer uns.«

Lächelnd blickte sie über ihre Schulter. »Und Joel.«

»Ja.« Carl machte eine abfällige Grimasse in seine

Richtung. »Wir werden unser eigenes Zuhause bekommen. Es muss nicht protzig sein. Irgendwo, wo es still ist, draußen auf dem Land. Zwei Zimmer unten, zwei oben. Ein kleiner Garten vielleicht. Eine Terrasse und ein Rasen. Hauptsache, ich habe dich, und du hast mich.«

»Es ist ein Traum und wird ein Traum bleiben.«

»Muss es nicht«, beharrte er.

Joel ertrug es keine Minute länger in diesem dunklen Zimmer, in dem er gefangen war. Den ganzen Tag musste er den Lärm vom Straßenmarkt unten aushalten, die endlosen Rufe der Verkäufer, während über die Decke Schatten krochen. Und nachts störte ihn das laute Knattern der vorbeifahrenden Mopeds und Carls lautes Schnarchen.

»Nehmt mich mit«, flehte er. »Heute Abend.«

»Nein«, erwiderte Tatia. »Du kannst nicht mitkommen.«

Wenn das Haus, in das sie gingen, ruhig und gemütlich war, könnte er vielleicht sogar schlafen, wenigstens ein bisschen, dachte er und versuchte es erneut.

»Bitte«, krächzte er heiser und erschöpft.

Ein undefinierbares Funkeln trat in Carls Augen. »Wir nehmen ihn mit. Was kann es schon schaden?«

»Und danach ist es vorbei, Carl«, beschied ihn Tatia. »Dann sind wir fertig.«

»Wenn du es so bestimmst.« Carl schien nicht begeistert. »Hauptsache, du bist glücklich und dein Herzenswunsch wird erfüllt.«

Sie blickte sich in dem vermüllten Zimmer um. »Und bitte unter die Dusche, bevor wir gehen«, befahl sie.

»Liebst du mich? Vorhin hast du nicht geantwortet, als ich dich gefragt habe.«

»Tue ich.«

»Dann sag es.« Er sah sie nervös an. »Sag mir, dass du mich liebst.«

»Ich liebe dich, Carl.« Joel bemerkte, dass sie dabei die Finger auf dem Rücken kreuzte. »Allerdings nicht, wenn du so stinkst.«

Als Carl in dem winzigen Bad verschwunden war, sah Joel, dass das Gesicht seiner Schwester vollkommen ausdruckslos war. Bloß hatte er keine Ahnung, was das bedeutete. Offenbar spürte sie, dass er sie aufmerksam musterte, denn sie drehte sich unvermittelt um und lächelte. Es war ein breites Lächeln, jedoch rissig wie eine Narbe.

# 12

Die Therapeutin schlug die Beine übereinander. »Also, da wären wir wieder.«

DS Flick Crowley rutschte unbehaglich in ihrem Sessel herum, fand keine bequeme Sitzhaltung. Der Bezug, aufgescheuert von den Rücken vieler Patienten, fühlte sich rau an.

Das Beste wäre, es sofort zu sagen, es hinter sich zu bringen. Die Wahrheit über das zu erzählen, was in jener Nacht geschah. Die Wahrheit über Ray Drake.

Und sie wäre frei.

Flick war bewusst, wenn sie bloß einer Person anvertraute, was sie gesehen hatte, könnte es das Ende ihrer Polizeilaufbahn bedeuten, aber vielleicht wäre es zugleich ein Neuanfang.

Die Praxis der Therapeutin befand sich im ersten Stock eines Gebäudes seitlich der Euston Road, wo sich täglich lange Autoschlangen von einer Ampel zur nächsten durch eine Schlucht aus Glas und Beton schoben. Die Einrichtung des Zimmers, in dem die Sitzung stattfand, war Standard. Ein niedriger Tisch, auf dem ein silberner Spender mit Papiertaschentüchern stand, ein Aquarell mit einem Hafenmotiv, die Teakskulptur eines afrikanischen Kriegers in einem leeren Kamin.

»Okay.« Flick räusperte sich und nickte Sunita zu, einer kleinen Frau mittleren Alters in einer kragenlosen weißen Bluse und einer schwarzen Hose. »Ich habe etwas zu sagen.«

Vergeblich versuchte die Therapeutin ihre Begeisterung über den unerwarteten Durchbruch zu verbergen – Flick war ein zu guter Detective, um es nicht zu bemerken.

Bisher waren alle Sitzungen von langen Schweigephasen geprägt gewesen. Sunita machte es nichts aus, sie wartete geduldig ab, bis Flick bereit war, sich ihr zu öffnen. Manchmal sprach sie über die Arbeit oder ihre Familie, ihren Vater und ihre Einsamkeit, seit ihre Schwester mit der Familie nach Australien gezogen war – nie jedoch über Ray Drake oder die Nacht, in der sie beinahe ermordet worden wäre. Am Ende jeder Sitzung hatte Sunita ihren Kugelschreiber zugeklickt und aufmunternd gesagt: »Wir sehen uns nächste Woche.«

Heute nun war Flick wild entschlossen, mit der Wahrheit rauszurücken. Sie hatte Ray Drake immer für einen verdammt guten Detective gehalten, dazu für einen mit einem hohen moralischen Anspruch. Letzteres war ins Wanken geraten, da sie nicht allein um das Geheimnis seiner falschen Identität wusste, sondern überdies vermutete, dass er getötet hatte, um dieses Geheimnis zu schützen.

In jener Nacht war dreimal mit einem Messer auf Flick eingestochen worden, und obwohl sie immer wieder bewusstlos gewesen war, meinte sie genau gesehen zu haben, wie er Elliot Juniper erstickte.

*Sag es einfach,* forderte sie sich auf. *Erzähl alles.*

Sunita spürte ihre Nervosität. »Worüber möchten Sie denn mit mir sprechen?«

Flick mochte die sanfte Art der Frau, die so ganz anders

war als die der internen Ermittler. Hätten die ihr so ruhig zugehört, sie mit solchem Respekt behandelt, hätte sie ihnen eventuell von ihrem Verdacht erzählt. Aber aus Gründen, die Flick nicht begriff, fühlte sie sich DI Drake so sehr verbunden und zur Loyalität verpflichtet, dass sie schwieg.

»Was war es, das Sie mir sagen wollten?«, hakte Sunita nach.

Flick öffnete den Mund und schloss ihn wieder. »Nein.« Sie stand auf und angelte ihre Tasche unter dem Sessel hervor. »Ich kann das nicht.«

»Wir müssen gar nicht reden, wenn Sie nicht wollen. Wir können genauso gut hier sitzen und die Stille genießen.«

In Flicks Leben gab es genug Stille, sie hatte die ganze Stille satt.

»Danke für alles«, sagte sie hastig. »Ich werde nicht wiederkommen.«

»Warten Sie …«

Flick reagierte nicht, war bereits durch die Tür und entfernte sich. Auf dem langen Korridor stieß sie mit jemandem zusammen, weil sie konsequent den Kopf gesenkt hielt.

»Hoppla, wozu die Eile?«, fragte eine Männerstimme und fügte hinzu: »Sie sind ja kreidebleich.«

»Mir geht es gut«, erwiderte sie wenig überzeugend und hoffte, der Aufzug werde endlich kommen.«

»Hat Sunita Ihnen ihre dreckigen Witze erzählt? Bei ihren Limericks würden Sie rot werden.«

Jetzt erst schaute Flick ihn genauer an. Er trug eine Lederjacke und eine alte Jeans, die tief unter den Hüften saß. Seine Turnschuhe waren schmutzig, und die Sohle links hatte sich weitgehend abgelöst. Sein Babyface versteckte er hinter einem mehrere Tage alten, lückenhaften Stoppelbart, und er strich sich dauernd das Haar aus der Stirn. Er sah aus wie ein Kunstlehrer, der sich unbedingt super mit seinen Schülern verstehen wollte.

»Nach Ihnen«, sagte er, als der Fahrstuhl kam.

Flick stieg ein und drückte die Taste fürs Erdgeschoss, der Mann folgte ihr, lehnte seinen Kopf an die Wand und schloss die Augen. Es roch muffig in der kleinen Kabine. Flick argwöhnte, der Geruch könnte von seiner Jacke ausgehen.

»Ich bin ebenfalls Patient von Sunita oder Klient, wie es manche lieber sagen. Habe den Termin nach Ihnen.« Er streckte ihr die Hand hin. »Sam Wylie.«

»Flick Crowley.« Sein Händedruck war fest und entschlossen, ihrer schwach und widerstrebend. »Sollten Sie dann nicht jetzt rein?«

»Nicht unbedingt. Sie waren superfrüh wieder draußen.« Während sie gemeinsam den Fahrstuhl verließen, redete er munter weiter. »Ich würde mich nicht trauen, eine Sitzung einfach zu verlassen. Wissen Sie, ich bin ein mustergültiger Patient und erzähle Sunita alles, was sie hören will. Von meinen Gefühlsausbrüchen ebenso wie von meiner verkackten Ehe, meinen Panikattacken und Heulkrämpfen, den wochenlangen Besäufnissen. Und wir sind noch nicht mal bis zu meiner beschissenen Kindheit vorgedrungen. Für Sunita bin ich eine faszinierende Quelle unstillbarer Schmerzen. Ehrlich, sie kriegt mittlerweile Krämpfe in der Hand vom vielen Mitschreiben.« Als Flick ihn anstarrte, grinste er und fügte hinzu: »Keine Sorge, ist alles erfunden.«

»Sie schwindeln ihr was vor?«

»Nach Strich und Faden. Ach nein, Moment.« Er verzog das Gesicht. »Meine Ehe ist wirklich beschissen.«

Als sie das Gebäude verließen, wandte Flick sich in Richtung Euston Station, wo sie geparkt hatte, er blieb neben ihr.

»Sie kommen mir ziemlich aufgekratzt vor«, sagte sie und musterte ihn misstrauisch.

»Ich kann nicht anders, weil ich jedem gefallen will. Everbody's Darling, wissen Sie. Sunita kriegt reichlich Stoff zum Mitschreiben, und ich habe ein bisschen Spaß. Die Leute mögen es, wenn man ihnen das Gefühl gibt, dass sie einen tollen Job machen.« Er blieb mitten auf dem Gehweg stehen. »Möchten Sie mit mir einen Kaffee trinken gehen?«

»Sind Sie nicht verheiratet?«

»Kaum noch, außerdem reden wir über Kaffee.«

»Sie kennen mich ja gar nicht.«

»Genau das möchte ich ändern. Sie kommen mir wie eine interessante und, wenn ich das sagen darf, attraktive Frau vor. Wäre immerhin nett, ein kleines bisschen über Sie zu sprechen, bevor ich unweigerlich wieder von mir zu palavern beginne.« Er zückte eine Kundenkarte von einer Café-kette. »Noch ein Stempel, und ich kriege einen umsonst.«

Sie zögerte. »Vielleicht später. Ich kann Ihnen ja meine Telefonnummer geben.«

»Schreiben Sie sie einfach hier drauf.« Er streckte ihr seine Handfläche hin.

Flick begann und brach nach drei Zahlen abrupt ab.

»Haben Sie es sich auf die Schnelle anders überlegt?«, fragte er.

Ja und nein, überlegte sie für sich. Schließlich war sie diesem Mann, einem völlig Fremden, erst vor wenigen Minuten begegnet, doch dann gab sie sich mit einem Mal einen Ruck.

»Okay«, sagte sie, »aber lassen Sie uns etwas Richtiges trinken gehen.«

Er grinste. »Wann?«

»Nach Ihrer Sitzung.«

»Nein, gehen wir gleich.«

»Und was ist mit Ihrem Termin?«

»Für heute sind mir die Lügen ausgegangen.«

# 13

Tatia hockte an der Wand, nahm Joels kalte Hand in ihre und rubbelte sie. Er wünschte sich sehnlich, sie könnte das müde fließende Blut in seinen dünnen Adern wärmen und wieder Farbe in seine abgemagerten Züge bringen. Gelänge ihr das, wäre sie vielleicht sogar imstande, ihn eines Tages wieder zu dem Menschen zu machen, der er früher mal war.

»Ich habe dir Furchtbares angetan, und ich hoffe, du kannst mir vergeben.«

Joel lehnte zusammengesunken neben ihr, ähnlich einer Marionette, deren Fäden man gekappt hatte. Ein fahler Umriss in der Finsternis, ein durchsichtiger Schemen.

Auf der anderen Seite der Badezimmertür erwachte soeben die Dusche ächzend zum Leben, er hörte Wasser rauschen. Allerdings nicht lange, denn der Abfluss war verstopft, und die Duschtasse würde schnell überlaufen.

»Es war mein größter Wunsch, dass wir zusammen sind, kleiner Bär. Der Gedanke, dich wiederzusehen, ist das Einzige, was mich all die Jahre durchhalten ließ. Du musst wissen, dass ich nie vorhatte, dir wehzutun, aber ich habe dich in eine unmögliche Lage gebracht.« Ihre Augen flackerten irre im Dunkeln. »Es war allein meine Schuld, und dafür werde ich in der Hölle schmoren.«

Sie drückte seine Hand so fest, dass er glaubte, seine schwachen Knochen würden unter ihrem Griff zersplittern. Der Gedanke ans Gefängnis bereitete ihr eine entsetzliche Angst. Und wenn sie wieder rauskam – Monate, Jahre oder sogar Jahrzehnte später –, würde sie abgeschoben. Alles, was sie getan hatte, um in diese Stadt zurückkehren zu können, all die Opfer, die sie dafür gebracht hatte, wären umsonst, eine jahrelange Planung vergebens gewesen.

Dabei wollte sie nichts anderes, als dass sie beide glücklich waren – und dennoch schienen Tod und Gewalt ihr wie ein Schatten überallhin zu folgen. Zuerst Will, der vor Jahren von der Klippe gestürzt war, dann die Menschen in diesen Häusern. Sie redete nicht mit ihm über das, was dort passiert war, Carl hingegen sehr wohl – er erzählte ihm gerne alles sehr ausführlich. Drei Leute ermordet, sagte er, abgeschlachtet an der Stelle, wo sie standen.

Als Joel ihr schiefes Lächeln in der Dunkelheit sah, wurde ihm klar, wie wenig er von seiner Schwester wusste …

Bevor sie in sein Leben getreten war, bevor Will starb, war er ein glückliches Kind gewesen, voller Energie und Erwartungen an die Zukunft. Und was war aus ihm geworden?

Eine leere Hülle von einem Mann.

»Für mich ist es zu spät«, sagte sie leise. »Ich bin verflucht. Früher oder später wird mich die Polizei holen.« Ihr Daumen rieb über seinen Handrücken, zog die bläuliche Haut straff. »Du hingegen bist unschuldig, kleiner Bär, doch zunächst werden wir dich irgendwohin bringen, wo du gesund werden kannst. Und wo du in Sicherheit bist.«

Daran glaubte er nicht mehr. Seit seinem Zusammenbruch waren alle Menschen, die ihm Unterschlupf hätten bieten können, einer nach dem anderen aus seinem Leben verschwunden.

Allein sie war geblieben und kümmerte sich um ihn.

Eine Frau, die mitten in der Nacht in fremde Häuser eindrang, um ihre grauenvollen Fantasien auszuleben und sich dabei vorzustellen, dass sie ein normales Leben führe, dass sie genau wie jede andere Frau sei. Dabei war sie gestört, wahrscheinlich sogar eine Mörderin, jedenfalls kein gesunder, anständiger Mensch.

Aber es gab da jemand anderen. Die Frau, die mit den flachen Händen gegen die Waggonfenster geschlagen und seinen Namen gerufen hatte.

Als hätte sie seine Gedanken gelesen, fing Tatia sein Kinn mit einer Hand ein und drehte sein Gesicht zu sich herum. Ihre Augen waren schwache Lichtpunkte in der Finsternis.

»Joel, hör mir zu. Wir werden uns mit Poppy in Verbindung setzen. Sie wird dir helfen.«

»Sie war das.«

Tatia glaubte sich verhört zu haben. »Was hast du gesagt, mein Liebling?«

»Ich habe Poppy gesehen.«

»O Joel, das ist ein Zeichen.« Tatia faltete fast andächtig die Hände. »Hast du mit ihr geredet?«

Er schüttelte den Kopf.

»Egal, wir finden sie, und sie wird für dich sorgen.«

»Und für dich … Sarah«, erwiderte Joel, nannte sie bei dem Namen, den sie vor einer halben Ewigkeit für kurze Zeit bekommen hatte.

»Es war immer mein Traum, wieder Sarah zu sein und dass wir wieder eine Familie sind, eine richtige Familie.«

Bei dem Gedanken leuchtete ihr Gesicht vor Freude auf. »Du und ich und Poppy, wir drei zusammen! Das ist alles, was ich mir jemals gewünscht habe.«

Im Bad war die Dusche abgestellt worden. Wenn Carl rauskam, dachte Tatia, würden sie in die Nacht ziehen, um sich für wenige kurze Stunden ein bisschen Freude im Haus von Fremden zu stehlen, ein letztes Mal.

»Und was ist, wenn sie mich nicht sehen will nach allem, was passiert ist?«

Der Vorfall auf der Klippe vor all den Jahren verfolgte jeden von ihnen. Will wurde umgebracht – und sie war verantwortlich. Sie wussten beide, dass Poppy ihr niemals vergeben würde, was mit ihrem Bruder geschehen war, wenn sie Bescheid wüsste.

»Sie wird sich um dich kümmern«, versprach Tatia. »Das wird sie wollen. Ich habe mir ihre Telefonnummer besorgt für den Fall, dass eine Zeit wie diese kommt.« Sie kramte in ihrer Tasche und zog einen Zettel hervor. »Und du rufst an. Egal, was aus mir wird, wir bringen dich nach Hause. Und wer weiß, vielleicht hat sie ja ein Herz und mag auch mich.«

Gähnend lehnte sie den Kopf zurück an die Wand.

Nacht für Nacht blieb Tatia so lange mit Joel wach, wie sie konnte. Obwohl ihr Job anstrengend und es ein Kampf für sie war, bis in die frühen Morgenstunden bei ihm zu wachen. Er sah, wie ihre Augenlider flatterten.

»Ich habe dir was mitgebracht.« Sie beugte sich vor, zog den Reißverschluss ihres Rucksacks auf und nahm eine Handvoll Schokoriegel heraus, die sie Joel in den Schoß legte. »Iss. Du musst bei Kräften bleiben.«

Als er es nicht schaffte, die Folie zu entfernen, riss sie die Verpackung auf und brach die Schokolade in kleine Stücke.

Dann holte sie eine Dose Cola und öffnete sie, die kleinen Bläschen zerplatzten sanft auf seiner Hand. Joels geschwächter Körper verlangte Tag und Nacht nach Zucker.

»Wir gehen bald.« Sie lehnte den Kopf erneut an die Wand. »Vorher muss ich ein bisschen schlafen …«

*»Ringel, Ringel, Reihe«*, flüsterte er.

*»Wir sind der Kinder dreie …«*, murmelte sie. »Es tut mir so leid«, hauchte sie noch und schlief ein.

Carl würde jeden Moment reinkommen. Der abendliche Straßenlärm füllte Joels Kopf. Dies war die einzige Tageszeit, zu der er eine Ahnung davon bekam, wer er war.

Er beobachtete Tatia. Ihr Kopf war nach hinten geneigt, ihre Augen bewegten sich unter den zitternden Lidern hin und her, ihr Mund zuckte. Er fragte sich, ob sie in ihren Träumen die Gesichter der ermordeten Leute sah. Zu gerne würde er träumen. Selbst schreckliche Träume wären besser als der Albtraum, den er wach durchlebte. Nie würde sie seine totale Erschöpfung nach Monaten ohne Schlaf verstehen, seine Orientierungslosigkeit, während sein Körper sämtliche Kraft verlor, mit jedem Tag ein bisschen langsamer wurde wie die Zeiger einer Uhr, bevor sie stehenblieb.

Joel Bliss war einst imstande gewesen zu schlafen wie jeder andere, doch hatte er diese Fähigkeit verloren. Zwar fiel er, das hatten ihm Ärzte erklärt, irgendwann in den langen Stunden vor Sonnenaufgang unbemerkt in einen Schlaf, sonst wäre er längst tot, sagten sie. Und manchmal fehlten ihm wirklich mehrere Stunden, waren einfach weg wie Sand, der vom Flussufer ins Wasser rutscht – oder wie ein kleiner Junge, der von einer Klippe fällt. Aber er hatte keine Ahnung, wo diese Zeit geblieben war. Und wenn er wach wurde, war er genauso orientierungslos und erschöpft wie vorher. Ein paar wenige Stunden reichten eben nicht, sich zu erholen. Joel sehnte sich nach Tiefschlaf, bei dem die Welt vollständig ausradiert war.

Er betrachtete die Frau, die neben ihm schlief. Ihr Name war Tatia, doch für ihn war sie immer Sarah. Seine Schwester Sarah.

Erneut drifteten seine Gedanken ab, zurück zu dem Tag, als sie nach vielen Jahren wieder in sein Leben trat – es war der allerletzte Tag gewesen, an dem er noch der Mann war, der er sein sollte.

# 14

## Achtzehn Jahre nach Will

Joel stand vor seinem größten Erfolg. Er musste nur noch die Kapitalbeschaffung hinkriegen, dann konnte sein großartiges Projekt starten, mit dem er vielleicht Millionen Menschen helfen würde.

Auf jede Fangfrage, die die Investoren ihm vielleicht entgegenschleuderten, war Joel gefasst. Schließlich wusste er: Wenn man etwas Gutes tun wollte, musste man Leute mitreißen, musste die Argumentation wasserdicht machen, sie immer wieder im Geiste durchgehen ähnlich den Simulatorübungen von Kampfpiloten, die gefährliche Manöver trainierten. Also hatte er den viertelstündigen Vortrag endlos oft vor einem imaginären Publikum gehalten, ihn Satz für Satz auf seine Wirkung abgeklopft und jedes mögliche Szenario, jeden denkbaren Einwand berücksichtigt.

Er *musste* einfach Erfolg haben.

Was er tat, nannte sich PE, positive Einstellung und diente der Leistungs- und Erfolgssteigerung. Sportler unterzogen sich diesem mentalen Training ebenso wie Wirtschaftsbosse. Sie sahen sich durch das Band der Ziellinie fliegen, den Strafstoß verwandeln, den Deal unterzeichnen. Und Joel wollte Leben retten.

Monatelang hatte er mit seinen Freunden an diesem Bewässerungsprojekt gearbeitet, mit dem ganze Regionen von Afrika kostengünstig mit dem lebensnotwendigen Nass versorgt werden sollten. Mehr noch: Mit dem Zugang zu Wasser sicherte man nicht allein das Überleben der Menschen, sondern eröffnete ihnen auch die Chance auf ein besseres Leben. Sie könnten Landwirtschaft betreiben, Vieh halten, ihre eigenen Nahrungsmittel anbauen. Es gab ihnen eine Zukunft. Und mit der richtigen Unterstützung, dem Geld dieser Investoren, wäre erst der Anfang gemacht.

Joel war bereit. Dies war sein Moment, Gutes zu tun, die Welt ein Stück gerechter zu machen. Seine Mutter und sein Vater wären so stolz auf ihn, hätten sie das noch erleben dürfen.

Das alles entscheidende Meeting fand in einem schicken Hotel mit dunkler Holzvertäfelung, silbernen Barocktapeten und eleganten Sofas statt. Sein ganzes Team war energiegeladen und fokussiert, Adrenalin schoss einem jeden durch die Adern wie Atome im Teilchenbeschleuniger. Mit hochfliegenden Erwartungen rauschten sie in die Hotellobby. Die Investoren würden in wenigen Minuten da sein.

Ein letztes Mal besprach Joel sich mit seinen Leuten: dem Manager, den Technikern, dem Mann für die Finanzen, dem fürs Marketing und dem, der die Präsentation designt hatte.

»Wer übernimmt den Empfang?«

Hermeet, der die Kalkulation erstellt hatte, tippte auf das Display seines Handys: *Das bin ich.*

»Sorg dafür, dass sie alles haben, was sie wollen. Tee, Kaffee, Saft.« Joel runzelte die Stirn, als der andere nicht einmal aufblickte. »Alter, hörst du zu?«

»Ich muss schnell diese E-Mail wegschicken.«

»Mach das später.« Er hob beide Hände. »Bitte, Leute, wir sind so dicht dran. Konzentrieren wir uns.«

»Joel«, sagte Denise leise. »Wir sind alle voll bei der Sache.«

Natürlich hatte sie recht. Egal wie viele Fragen er seinem Team stellen würde, sie hätten die Antworten parat, da war er sich sicher. Alle waren top vorbereitet. Wenngleich er das wusste, konnte er nicht anders, als jedes Detail haarklein zu überprüfen. Er war den anderen stets zwei Schritte voraus – nicht einen, zwei – und er hatte gedacht, dass es immer so bleiben würde.

Er streckte eine Hand aus. »Der Stick?«

»Den habe ich Tyrone gegeben«, erwiderte Hermeet.

Doch Tyrone klopfte vergeblich seine Taschen ab, und alle schauten besorgt zu, als er auf die Knie sank und zusehends panisch den gesamten Inhalt seines Aktenkoffers auspackte. Dann blickte er auf, war kreidebleich. Die anderen stöhnten. Ungefähr jetzt hätte Joel guten Grund gehabt, wütend zu werden. Aber er war ein Typ, der stets nach Lösungen, nicht nach Problemen suchte.

»Hast du noch den Ausdruck?«, fragte er Dylan, der prompt eine Mappe aus seiner Tasche zog. »Geh ins Büro und frag, ob wir den Kopierer benutzen dürfen. Wir brauchen zwanzig Kopien, auf dem besten Papier und vollfarbig. Und tacker nicht, nimm Büroklammern. Wir legen einfach ein Exemplar auf jeden Platz.«

Dylan eilte los. »Bin schon weg.«

Tyrone wirkte am Boden zerstört. Joel war zwar enttäuscht, denn sie hatten viel Arbeit in die PowerPoint-Präsentation gesteckt, doch davon würde er sich nicht kleinkriegen lassen.

Positive Einstellung.

»Wir haben genug Zeit, das zu regeln«, beruhigte er seine Mitarbeiter, lauter talentierte Leute, die in einem der Fortune-100-Unternehmen ein Vermögen verdienen könnten und es dennoch vorzogen, sich Joels verrücktem Weltrettungsprojekt anzuschließen. Weil sie Idealisten waren und manche Dinge im Leben eben wichtiger waren als Geld. »Was auch passiert, ich möchte euch allen bereits jetzt für die harte Arbeit danken, die ihr geleistet habt.«

Hermeet klopfte Tyrone, seinem gleichermaßen beschämten wie deprimierten Kollegen, aufmunternd auf die Schulter. Wenn Joel sagte, dass es okay war, dann war es okay. Sein Elan, seine Visionen hatten sie schließlich überhaupt so weit gebracht.

Jetzt hing alles davon ab, dass Joel sich vor diese Investoren stellte – Hedgefondsmanager, Banker, Business Angels – und den Vortrag seines Lebens hielt. Er hatte seine langfristigen Strategien aus dem Effeff drauf, wusste, wie man regionale Ökonomien aufbaute und Handelsbeziehungen förderte. Das Ziel war, an das Wohlwollen dieser enorm reichen Leute zu appellieren, vielleicht an ihr Gewissen, aber vor allem sollte ihr Geschäftsinteresse geweckt werden.

Und für Joel bestand nicht der geringste Zweifel, dass er das spielend schaffte.

Selbst Tyrone, der Unglücksrabe, reckte die Faust siegesgewiss in die Luft. »Wir kriegen das hin!«

»Also, gehen wir an die Arbeit«, sagte Joel.

In seinem schlichten schwarzen Anzug, dem weißen Hemd und der roten Seidenkrawatte sah er perfekt aus. Ein Mann, dem man vertraute und dem man etwas zutraute. Es war ein zeitgemäßer und zugleich klassischer

Look – Denise hatte den Anzug für ihn ausgesucht. Dennoch fuhr er sich nervös mit seinen Fingern unter den Kragen, als müsste er ihn weiten.

Ein Anflug von Unsicherheit, eine dunkle Ahnung?

Während die anderen in den Konferenzraum gingen, nahm Joel Denise beiseite: »Hast du eine Minute?«

»Sicher«, erwiderte sie und folgte ihm in einen leeren Raum. »Was gibt's?«

»Ich wollte bloß … Kannst du mir bitte … Glück wünschen?«

Sie fuhr sich mit der Zungenspitze über ihre makellos weißen Zähne und betrachtete ihn. Ihre lebhaften grünen Augen leuchteten unter dem pechschwarzen Haar. Dann presste sie ihren schlanken Körper gegen seinen, bog die Hüften in dem engen schwarzen Rock nach vorn und berührte mit ihren silbern lackierten Fingernägel seine Wange, bevor sie seinen Kopf zu sich herunterzog und ihre Zunge in seinen Mund glitt. Und während er sich für einen Augenblick in dem Duft ihres Parfüms und der Wärme ihres Körpers unter der roten Seidenbluse verlor, rieb sie sanft mit dem Daumen über seine Lippen, um Reste von Lippenstift zu beseitigen.

»Ach, Joel«, sagte sie. »Du brauchst weder meine guten Wünsche noch die von jemand anderem.«

Und das stimmte. Alles, was geschehen war, all der Schmerz und die schreckliche Tragödie, die seine Familie durchleiden musste, hatten zu ebendiesem Moment geführt. Zum ersten Mal im Leben war er bereit, die Gespenster der Vergangenheit abzuschütteln. Will, Mum, Dad … Sarah. Er war bereit, neu anzufangen.

Joel steckte die Hand in die Tasche, um nach dem Diamantring zu tasten. Sobald die Präsentation überstanden war, wollte er, das hatte er beschlossen, die Frage aller Frahen stellen. Er würde diese Frau heiraten, sie würden Kinder haben und dort leben, wohin seine Arbeit ihn verschlug, ein einfaches Leben führen, unbelastet von materiellen Bedürfnissen.

Er dachte an seine Eltern und wünschte, sie könnten ihn jetzt sehen bei seinem Bemühen, Gutes zu tun, ein lohnenswertes Projekt auf den Weg zu bringen. Und dann kam ihm Poppy in den Sinn. Er erinnerte sich nicht einmal, wann er zuletzt mit ihr gesprochen hatte, und bekam ein schlechtes Gewissen. Sie waren immerhin die einzigen noch lebenden Mitglieder der Familie Bliss. So unterschiedlich ihr bisheriges Leben verlaufen sein mochte – er nahm sich fest vor, sich bei ihr zu melden und alles zu klären. Richtigzustellen, was zwischen ihnen schiefgelaufen war.

»Bist du so weit?«

Joel lächelte. »Aber ja, immer doch.«

Denise hatte recht. Er brauchte kein Glück, denn er würde seine Sache absolut großartig machen.

Und so war es auch.

Sobald die Investoren in dem verglasten Konferenzraum neben der Rezeption saßen und die Hochglanzausdrucke der Präsentation betrachteten, hatte er sie in der Hand. Selbstsicher ging er auf und ab und schilderte, wie sich mithilfe der neuen Technologie Tausende Menschen aus der Armut befreien ließen. Gab seinem Publikum Fakten und Zahlen, Planungsstrategien und Wachstumsprognosen und legte detailliert den Einsatz der Gelder dar – und wie ihre Firmen davon profitieren konnten.

Der fünfzehnminütige Vortrag verlief sogar viel besser, als Joel es sich ausgemalt hatte. Er werde gern noch etwaige

Fragen beantworten, sagte er, und dann stünden Kaffee und Croissants von der Edelbäckerei gegenüber bereit.

Jemand in der ersten Reihe wollte wissen, wie viel es kosten würde, das Bewässerungssystem auf drei Standorte zu erweitern. Unwillkürlich musste Joel schmunzeln, er schien sich wirklich nicht den kleinsten Fehler geleistet zu haben.

Und dann sah er durch die Glasscheibe jemanden in die Lobby kommen, und schlagartig begann die Sache zu kippen.

Es war eine Frau, die er seit einer Ewigkeit nicht mehr gesehen hatte. Nicht in der ganzen Zeit nach Will. Sie blickte sich um, als suchte sie irgendwen: ihn.

Ihre Blicke begegneten sich.

Unter Räuspern wandte er sich wieder dem Mann zu. »Können Sie bitte Ihre Frage wiederholen?«

Sie waren dicht dran, ganz dicht. Sie standen unmittelbar vor dem Erfolg.

Dicht an der Kante.

Der Kante.

*Will.*

Erneut schaute er zu der Frau in der Lobby, die inzwischen richtig erwachsen war und deren Gesicht jetzt ein vertrautes Lächeln überzog.

Und da passierte es …

Ein Bild erschien erstmals in seinem Kopf. Joel sah eine weiße Felsenklippe, an deren Rand Gras wogte. Den Streifen Meer am Horizont, Wolken, die über den Himmel rollten. Und Will, der über die Kante verschwand. Will, der für immer fort war.

»Entschuldigung.« Sein Mund war ausgetrocknet. »Können Sie …«

Der Mann runzelte ungehalten die Stirn, kam aber seiner Bitte nach. »Wie viel würde eine Erweiterung des Bewässerungssystems kosten?«

Joel öffnete den Mund. Die Frage war leicht zu beantworten. Er hatte die Zahlen parat, die Antwort lag ihm auf der Zunge. Und dennoch …

In den Wochen und Monaten nach diesem Meeting, als sein Verstand schwächer zu werden und seine Persönlichkeit sich aufzulösen begann, fragte er sich oft, was in jenem Moment geschehen war. Ein Teil von ihm war überzeugt, dass sein Leben normal weitergelaufen wäre, hätte er jene Antwort gegeben, eine simple Zahl, eine Reihe von Ziffern, die ihm so vertraut war wie seine eigene Schuhgröße. Stattdessen hatte er mit offenem Mund dagestanden und sich im Raum umgeblickt. Die Investoren und seine Leute gesehen – Tyrone, Dylan, Hermeet und Denise –, die ihn alle verwundert und bestürzt beobachteten.

Und hinter dem Glas Sarah, die nach all den Jahren wieder in sein Leben trat.

Sie alle warteten, dass er etwas sagte, irgendwas. Er wusste nicht mehr, wie lange es dauerte, bis er überhaupt einen Ton herausbrachte. Das Einzige, was er wusste, war, dass er den leeren Raum auf der Klippe sah, nicht jedoch seinen Bruder, der bereits über den Rand gestürzt war.

In den darauffolgenden Jahren würde ihn dieses Bild in jeder einzelnen Sekunde verschlingen.

»Ja«, sagte Joel und fiel um.

Als er wieder zu sich kam, war sein altes Leben – und damit alles, was er zu sein dachte, zu werden glaubte – zu Ende, und ein neues begann.

# 15

**Heute**

Ehe sie sichs versah, war es spätabends und sie weit davon entfernt, nach Hause zu gehen. Völlig ungewöhnlich für ihre Verhältnisse. Noch verblüffender allerdings war, dass sie nach wie vor aufrecht stand.

Flick lehnte am Waschtisch der Toilette in einer lauten Bar in Camden Town und wurde von Mädchen angerempelt, die auf eine freie Kabine warteten oder sich zum Spiegel durchdrängelten. Allesamt jünger als sie. Der Laden war rappelvoll und offenbar total angesagt. Keine Location also, in der man sie normalerweise finden würde: Die Musik war brutal laut, und die wummernden Bässe dröhnten bis auf die Straße.

Sie waren den ganzen Nachmittag um die Ecken gezogen, von Pub zu Pub gewandert, hatten sich unterhalten, herumgealbert und gelacht. Flick wusste nicht zu sagen, wann sie sich zuletzt so gut amüsiert hatte. Was vor allem daran lag, dass Sam Wylie ein heiteres Naturell besaß und dazu über einen unangestrengten Charme verfügte – eine Kombination, die einem den Eindruck vermittelte, ihn bereits ewig zu kennen. Jedenfalls hatte Flick jedes Zeitgefühl verloren. Was ein schneller Drink werden sollte, war zu einem ausgedehnten Streifzug durch Londons Szeneviertel ausgeufert, der schließlich in dieser Bar endete.

Eigentlich hatte sie nicht reingehen wollen, als sie zufällig hier vorbeikamen und die vielen Leute sahen, die trinkend, rauchend und lachend hinter einem Absperrseil standen. Hatte halbherzig behauptet, nach Hause zu müssen, weil ihr Dienst sehr früh beginne. Wenn es eines gab, was Flick perfekt beherrschte, dann war es, Nein zu mehr Spaß zu sagen.

Doch er nahm ihre Hand – was bei ihr ein elektrisierendes Kribbeln auslöste – und zog sie mit sich.

Sie gab sofort nach. »Na gut, aber nur einen Drink.«

Da war keine Spur von verlegenem Schweigen gewesen, obwohl sie sich erst mittags kennengelernt hatten und Flick in puncto Flirten nicht gerade die Schnellste war. Wylie hingegen umso mehr. Mann, konnte der reden! Und überreden. Er brauchte bloß den Mund aufzumachen, und schon war's passiert.

Sie fragte ihn, warum er eine Therapie mache, und er erzählte ihr, dass er vor ein paar Jahren einen Unfall hatte, schwer gestürzt sei und seither unter Höhenangst leide. Was in seiner Branche, dem Baugewerbe, äußerst ungünstig sei. Schließlich müsse man ständig über Gerüste turnen. Wie es aussah, arbeitete er je nach Auftragslage und zudem womöglich bisweilen schwarz, denn er hatte einen dicken Packen Bargeld in der Tasche. Außerdem erzählte er ihr lang und breit von seinen drei Söhnen, die völlig verrückt nach Computerspielen seien. Als er indes über die neuesten Renner zu sehr ins Detail ging, schaltete Flick ab, und Wylie wechselte das Thema.

»Es sind nette Kinder«, sagte er und hob seine Bierflasche an die Lippen. »Sind sie wirklich, auch wenn sie sich den lieben langen Tag in der Wolle haben. Man muss natürlich die Trennung und alles bedenken.«

»Siehst du sie oft?«, fragte sie, weil sie Näheres über die Trennung von seiner Frau erfahren wollte.

»Wann immer ich will. In der Beziehung ist Astrid klasse.«

»Astrid«, wiederholte Flick. »Klingt irgendwie majestätisch.«

Er zuckte mit den Schultern. »Stimmt sogar. Sie ist eine Schönheit.«

»Und ihr habt euch endgültig getrennt?«

»Das hast du mich bereits gefragt.« Er lachte, und Flick wurde rot. »Die Antwort lautet immer noch Ja.«

Dann war sie an der Reihe, Auskunft zu geben.

Sam Wylie tat sichtlich beeindruckt, als er erfuhr, dass sie Police Detective war, ein DS immerhin, und in den schrecklichen Morden ermittelte, die derzeit für Schlagzeilen sorgten. Wie man bei so etwas vorgehe, wollte er wissen, und wie die Logistik bei solch einer komplizierten Ermittlung aussehe. Wenngleich sie darauf bedacht war, nicht versehentlich Details auszuplaudern, die sie ihm nicht sagen durfte, fühlte sie sich insgesamt auf vertrautem Terrain, wenn sie über ihre Arbeit, den Ermittlungsprozess und ihre Laufbahn bei der Met redete.

»Ist ja cool.« Bewundernd prostete er ihr zu. »Kommst du gut mit den Leuten klar, mit denen du zusammenarbeitest?«

»Ja.« Sie verzog das Gesicht.

Sam Wylie lachte. »Klang nicht sehr überzeugend.«

Einen Moment war sie drauf und dran, ihm von der Sache mit Drake zu erzählen, aber sie kriegte gerade noch die Kurve, es nicht zu tun.

Offenbar bemerkte er ihr inneres Ringen, denn er legte seine Hand auf ihre.

»Du erzählst es mir, wenn dir danach ist«, sagte er, trank sein Bier aus und knallte die Flasche auf den Tisch. »Gehen wir.«

Vorher wollte sie noch mal zur Toilette und ließ dort, vor dem Spiegel stehend, die Begegnung mit Wylie Revue passieren. Es war alles verrückt gewesen. Einen Wildfremden vor einer Therapeutenpraxis aufzugabeln war eigentlich nicht ihr Stil. Doch davon abgesehen war es letztlich nicht schräger, als zu einem Blind Date zu gehen oder jemanden im Internet kennenzulernen, fand sie. Und beides hatte sie hinter sich – mit jeweils katastrophalem Ausgang.

Flick machte sich auf den Weg zurück an die Bar. Überall herrschte dichtes Gedränge, die Musik dröhnte derart, dass man sein eigenes Wort nicht verstand. Geschweige das der anderen. An ihrem Stehtisch hatten sich inzwischen zwei Mädchen oder junge Frauen zu Wylie gesellt. Sie trugen enge Sommerkleider und offene High Heels, hatten wild gestyltes Haar und Kunstwimpern, mit denen sie Wylie über ihre teuren Taschen hinweg, die vor ihnen auf dem Tisch standen, anklimperten. Er redete auf sie ein, war immer noch so energiegeladen wie vor Stunden.

Flick fühlte sich ein bisschen ausgeschlossen, begriff aber, dass man sich bei Wylie an solche Dinge gewöhnen musste. Er sprach dauernd Leute an, ob sie wollten oder nicht. Den alten Mann, der mit seinem Pint in der Ecke hockte, ebenso wie das junge Paar, das sich selbst genügte, oder den Kerl, der in Ruhe mit seinem Handy spielen wollte. Egal, er quatschte sie alle an, als müsste er unbedingt jeden mit seinem Charme erobern. Immerhin schien er sich zu freuen, dass sie wieder da war, denn ein strahlendes Lächeln erhellte seine Miene.

»Ich bin dran«, sagte er und umfing für einen Moment ihr Gesicht mit beiden Händen, was ein knisterndes Verlangen bei ihr auslöste, »und danach verziehen wir uns.«

Als er in Richtung Toiletten verschwand, tranken die Mädchen erst schweigend ihre Cocktails, bevor sich eine der beiden an Flick wandte und sie von oben bis unten musterte.

»Er steht richtig auf Sie!«, rief sie über die ohrenbetäubende Musik hinweg. »Er kann nicht fassen, wie nett Sie sind. Und er sagt, dass ihr euch heute erst kennengelernt habt.«

»Ja, haben wir.« Flick war verlegen.

»Oh.« Sie verdrehte die Augen. »Wie romantisch! Es ist total schön, wenn sich ältere Leute finden.«

»Danke.« Flick schätzte, dass sie höchstens zehn Jahre älter war als die aufgedonnerten Tussis, wenn überhaupt, wobei sie in ihrem strengen Hosenanzug zugegebenermaßen recht bieder und vielleicht ältlich wirkte. Jedenfalls war es kein passendes Outfit für diesen Laden.

Während sie noch auf Wylie wartete, schickten sich die Mädchen an aufzubrechen und öffneten ihre Taschen, um die Portemonnaies herauszunehmen. Die eine wurde fündig, die andere nicht.

Flicks Instinkt meldete sich. »Stimmt etwas nicht?«

»Sie kann ihr Portemonnaie nicht finden«, antwortete die Freundin.

»Das verstehe ich nicht.« Das Mädchen wurde nervös. »Ich hatte es in meiner Tasche. Gott, da sind alle Kreditkarten drin und ziemlich viele Scheine.«

»Wann haben Sie es zuletzt?«

Für Taschendiebe waren solche Schuppen ein Traum, wusste Flick: dichtes Gedränge, entspannte Leute, die einige Drinks intus hatten und nicht auf ihre Sachen achteten.

»Erst vor einer halben Stunde, als ich die Cocktails geholt habe«, sagte eine der beiden.

»Was ist los?«, fragte Wylie, als er an den Tisch zurückkehrte, und Flick erzählte ihm von dem fehlenden Portemonnaie.

»Meint ihr das hier?« Er reichte es der Besitzerin, die sogleich den Inhalt kontrollierte. Die Karten waren noch da, nicht so das Bargeld. »Das habe ich in der Herrentoilette auf dem Boden gefunden. Ich wollte es gerade an der Bar abgeben.«

»Hier gibt es Kameras«, sagte Flick.

»Unser Tisch befindet sich in einem blinden Flecken.« Wylie deutete zu einer Kamera oben an der Wand, die in die andere Richtung wies. »Brauchen Sie Geld, um nach Hause zu kommen?«

»Ich habe welches«, antwortete die Freundin. »Trotzdem danke.«

Flick taten die beiden leid, die ihr mit einem Mal tatsächlich sehr jung vorkamen. Und unerfahren. War ja auch ein blöder Abschluss nach einem vergnüglichen Abend. Für den Dieb hingegen dürfte es ein krönender Abschluss gewesen sein – sicherlich war er längst über alle Berge.

Als Flick und Wylie gingen, herrschte nach wie vor reger Betrieb auf der Hauptstraße, obwohl die berühmten Modegeschäfte und Piercingstudios längst geschlossen hatten. Desgleichen fehlte das Geschrei der Marktfrauen, die erst morgen früh wieder ihre Stände aufbauen würden.

»Darf ich dich etwas fragen?«, sagte Flick.

Wylie streckte einen Arm aus, um einem Bekannten zu winken.

»Nur zu.«

»Angenommen, du kennst ein Geheimnis von jemandem.« Sie wusste nicht recht zu sagen, warum sie plötzlich davon anfing – vielleicht war es der reichlich genossene Alkohol, der ihre Zunge löste. »Es ist ein furchtbares Geheimnis, und solltest du es jemandem verraten, könnte es das Leben der Person ruinieren, um die es geht, vielleicht sogar dein eigenes.«

»Ein Geheimnis?« Er grinste. »Die liebe ich!«

»Was würdest du tun?«

»Wow, okay.« Er drückte ihre Schultern, und sie lehnte sich dankbar an ihn. »Magst du die Person?«

»Ja, ich glaube schon.«

»Ist sie … ein schlechter Mensch?«

Sie schloss die Augen und legte ihren Kopf an seinen – sie befanden sich etwa auf gleicher Höhe.

»Das denke ich nicht.«

Sie täuschte sich bestimmt, was ihre Erinnerung anging. Drake war ein Mann mit Geheimnissen, sicher, aber sie konnte nicht glauben, dass er zu einem Mord fähig war. Vermutlich projizierte sie all die Spannungen in ihrem eigenen Leben auf ihn, den Weggang ihrer Schwester, ihre Einsamkeit, und das hatte er nicht verdient. Sie wollte nicht noch jemanden verlieren.

»Und ist es das wert, dass du deshalb dein eigenes Leben ruinierst?«, fragte Wylie.

Plötzlich war sie sehr müde und hatte keine Lust mehr weiterzureden.

»Danke für einen tollen Tag.«

»Gern geschehen«, erwiderte er grinsend.

Das Taxi hielt am Randstein. Wylie öffnete die Tür, und Flick stieg ein. Als er draußen stehen blieb, klopfte sie auf den Platz neben sich.

»Bist du sicher?«, fragte er.

Sie beugte sich nach draußen und küsste ihn auf den Mund.

»Ja«, flüsterte sie. »Jetzt, in diesem Moment, bin ich mir sehr sicher. Komm mit mir nach Hause.«

Wylie ließ sich nicht zweimal bitten. Er stieg zu ihr ins Taxi und ergriff ihre Hand. Flicks Herz pochte wie wild. Sie lehnte den Kopf an seine Schulter. Die Nähe war wohltuend, natürlich, fühlte sich gut an. Einen Moment später allerdings traute sie ihren Ohren nicht, denn statt ihrem Zärtlichkeitsbedürfnis entgegenzukommen, schien Wylie sich erst mal mit dem Fahrer verbrüdern zu wollen.

»Alles klar, Kumpel?«, sagte er und klopfte dem Mann auf die Schulter. »Viel zu tun heute Nacht?«

# 16

Zwei Tote zu ihren Füßen.

Joels Herz hämmerte so heftig in seiner Brust, dass er fürchtete, es könnte seine brüchigen Rippen zertrümmern. Blut rauschte in seinem Kopf, dröhnte in seinen Ohren und seinen Schläfen. Seine Arme und Beine zitterten. Ihm war so schwindlig vor Ekel und Panik, dass er zusammenzubrechen glaubte.

Alles war ganz schnell gegangen, innerhalb eines Wimpernschlags. Vor wenigen Momenten noch war dieses inzwischen totenstille Zimmer von den Angstschreien eines Mannes und einer Frau erfüllt gewesen, die um ihr Leben flehten.

Sie hatten keine Chance gehabt.

Joel blickte zu Tatia und Carl auf, die ihn keuchend, die Augen weit aufgerissen vor Schreck, anblickten. Dann bückten sie sich zu den Leichen hinunter.

Der Kopf der Frau war unnatürlich weit nach hinten gebogen, Arme und Beine hatte sie gerade ausgestreckt, Top und Jogginghose waren blutgetränkt. Der Mann lag so auf dem Boden, wie er sterbend hingeschlagen war. Bäuchlings, die Beine unterhalb der Knie angewinkelt, die Arme zur Seite ausgebreitet, das geschwollene, blutige Gesicht im dichten Teppich vergraben.

Ein Ausdruck von ungläubigem Entsetzen verzerrte Carls Gesicht, und ein klägliches Jaulen drang aus seiner Kehle.

»Hör auf«, fauchte Tatia ihn an. »Verkneif dir dieses jämmerliche Gewinsel. Schluss!«

Er sagte etwas, doch es wurde von dem Rotz und den Tränen in Nase und Mund erstickt.

Ihre Stimme klang zwar heiser, aber ihr Tonfall war wie ein Peitschenhieb. »Schon wieder.«

»Was haben wir getan?«, flüsterte Carl, und sein Blick huschte von Tatia zu Joel, blieb dann auf den Körpern ihrer Opfer und den allgegenwärtigen Spuren hängen, die Zeugnis ablegten von der unglaublichen Brutalität ihres Gemetzels, ihrem Blutrausch.

Tatia trat zurück, sodass die manikürte Hand der Frau von ihrem Turnschuh rutschte, wo sie bislang gelegen hatte. »Du hast gesagt, das Haus sei leer.«

Carl wimmerte. »Tut mir leid.«

Wütend erhob sie die Stimme. »Du hast gesagt, das Haus sei *leer.*«

»Dachte ich auch.« Eine Speichelblase zerplatzte auf seinen Lippen. »Die hätten nicht hier sein sollen.«

Schweiß rann über Tatias Nacken und durchnässte ihren Kragen. Abscheu spiegelte sich auf ihren Zügen, weil Joel gesehen hatte, was mit diesen Leuten passiert war. Er hatte es mit angesehen. Sie griff nach vorn, um seine Finger zu berühren.

*Vergib mir,* flehten ihre Augen ihn an. *Vergib, was ich dir angetan habe.*

Doch Joel war wie erstarrt, erkannte ihre stumme Bitte nicht, wollte sie vielleicht nicht erkennen. Stattdessen verfolgte er den Streit zwischen Carl und Tatia, die sich wie ein zänkisches Ehepaar aufführten. Ihre gegenseitigen Vorwürfe kamen in einem solchen Tempo, dass er kaum die Hälfte von dem verstand, was sie sagten.

Carl schien völlig verwirrt. Er sank auf die Knie, um sich über die tote Frau zu beugen, strich mit den Fingern über ihr blutverklebtes Haar und ihr Gesicht, als könnte er sie von den Toten erwecken. Hob sie anschließend auf seine Arme, wobei ihr Kopf nach hinten kippte und ihr langes Haar fast bis zum Boden fiel. Joel fühlte sich unvermittelt an die teuren Friseursalons erinnert, in die er als Kind gerne hineingeschaut hatte.

»Wir müssen gehen«, sagte Tatia.

Carls Lippen bebten. »Nach dem, was wir getan haben?«

»Wir dürfen nicht hierbleiben.«

Ohne auf sie zu achten, neigte er seinen Mund zum Ohr der toten Frau. »Wach auf.« Seine Lippen zitterten. »Wach jetzt auf.«

»Wir können nichts mehr für sie tun.«

»Wie kannst du so kalt sein?« Speicheltropfen flogen über die Leiche, während Carl ihr seine Empörung entgegenschrie. »Diese Leute sind tot, und du fühlst gar nichts!«

»Bitte«, sagte Tatia. Vor ein paar Minuten erst waren die Schreie der toten Leute durch die verlassene Straße gehallt. »Nicht so laut.«

»Du bist so kalt!«

»Carl, hör mir zu.« Sie blickte erneut zu Joel. »Es ist wichtig, dass wir jetzt gehen. Du bist traurig wegen dem, was passiert ist, sind wir beide – trotzdem müssen wir verschwinden.«

»Du bist traurig?«, fragte Carl fassungslos. »So siehst du aber nicht aus!«

»Wir reden, wenn wir zu Hause sind.«

Tatia versuchte, Joel zu beruhigen, damit er aufhörte zu zittern, sein ganzer Körper zuckte wie bei einem epileptischen Anfall.

»Wir gehen, kleiner Bär, wir bringen dich hier weg.«

*Eben war Will noch da, und im nächsten Moment …*

Carl jedoch weigerte sich zu gehen.

»Nein, wenn wir schon mal hier sind«, sagte er, legte die Frau zurück auf den Boden und ging hinüber zu dem großen Regal mit der beeindruckenden Plattensammlung, das sich über eine ganze Wand erstreckte. Dabei stolperte er gegen eine Jugendstilvitrine, die als Barschrank diente und auf der ein Silbertablett mit Flaschen stand. Carl nahm eine, öffnete sie und setzte sie an, um einen großen Schluck zu nehmen.

»Carl …«

Joel bewegte sich langsam an der Wand vorwärts auf der Suche nach einer Stelle, an der er sich zusammenrollen konnte, bis der Albtraum vorüber war. Beim Sofa stieß er mit dem Fuß gegen eine Kiste, in der es klapperte.

Eine Spielzeugkiste.

Alarmiert rückte Tatia das Sofa weg, und zum Vorschein kam eine gelbe Plastikwanne voll mit Stickern, Puppen, Spielen und Büchern, dicken Teilen eines Holzpuzzles und rätselhaften kleinen Plastikteilen.

»Nein«, sagte sie leise. »Das kann nicht sein. Es ist nicht möglich. Da sind keine Fotos an den Wänden, nichts, was darauf hindeutet …« Ihre Angst übertrug sich auf Joel. »Hätte ich gewusst, dass hier Kinder sind, hätte ich das Haus nie, *niemals* in die Liste aufgenommen. Wir gehen.« Sie packte Joels Arm. »Sofort.«

In diesem Augenblick ertönte eine ohrenbetäubende Musik.

Tatia rief Carl zu, er solle sie leiser drehen, aber der Lärm, schrammende Gitarren und dröhnende Trommeln, reduzierte alles andere zu einem Stummfilm. Carl stand mit dem Rücken zu ihnen vor den Regalen, riss Platten heraus und warf sie über seine Schulter auf den Boden.

»Da sind Tausende von den Dingern!«, rief er. »Alles Jazz!«

Sobald er etwas sah, was ihm gefiel, nahm er die Platte aus der Hülle und legte sie auf, nachdem er die vorherige achtlos in die Ecke gefeuert hatte.

»Keine Musik mehr«, herrschte Tatia ihn an. »Willst du um jeden Preis auf uns aufmerksam machen?«

Doch Carl war nicht zu stoppen. Knacken und Knistern füllte den Raum, wenn sich die Nadel auf die Plattenrillen senkte. Jetzt erklang Ska-Musik. Gitarre, Klavier, Bläser. Carl sprang und drehte sich, zuckte mit den Ellbogen, riss die Knie nach oben. Dabei schossen Tränen aus seinen Augen. Er hüpfte umher, warf Arme und Beine in die Luft, krachte gegen die Wand, gegen den Barschrank, von dem Flaschen herunterfielen und zerbrachen. Eine Vase kippte aus einem Regal, ein Bilderrahmen fiel von der Wand. Carl schien den Verstand verloren zu haben.

Joel presste die Hände auf seine Ohren und kniff die Augen zu.

*Eine Klippe, Grashalme, die im Wind zitterten.*

Vergeblich schrie Tatia Carl an aufzuhören, entweder er hörte sie nicht, oder es war ihm egal.

*Eine Frau, die um Gnade bettelte.*

Jetzt ging sie zum Plattenspieler und schlug den Tonarm vom Teller.

*Die Schultern eines Mannes, die auf dem Boden aufschlugen. Ein offenes Auge, das blind über den Teppich blickte.*

Es gab einen kreischenden Misslaut, dem absolute Stille folgte, beinahe so aufdringlich und monströs wie die Musik.

»Du weckst noch die ganze Straße!«

Tatias Wut ließ Carl zusammenzucken. Er wischte sich die Tränen ab, was blutig rote Streifen auf seinem Gesicht hinterließ, und setzte wieder die Flasche an.

»Wir werden geschnappt. Die nehmen dich mir weg. Dann sind wir nicht mehr zusammen!«

»Nicht, wenn wir jetzt gehen.«

Er nickte resigniert. Alle Energie war verpufft, er ließ die Flasche fallen. Gluckernd ergoss sich der Inhalt auf den Teppich.

Dann plötzlich ein Geräusch, ein kurzes, wütendes Läuten an der Tür.

Sie starrten einander an, standen da wie versteinert, wagten kaum Luft zu holen. Sie warteten, dass das Klingeln aufhörte. Atmeten auf, als es nach einer Minute passierte. Tatia zog Joel bereits auf die Beine, um diesen Schreckensort zu verlassen, als die Türglocke erneut ertönte. Und nicht mehr aufhörte.

Carl glotzte Tatia an.

»Bleibt hier«, sagte sie zu den beiden und schlüpfte in den dunklen Flur.

Hinter der Milchglasscheibe der Haustür sah sie eine Gestalt, deren Umrisse im gelblichen Licht der Straßenlaterne schemenhaft zu erkennen waren. Tatia öffnete die Tür einen Spaltbreit und achtete darauf, so weit wie möglich selbst im Schatten zu bleiben.

»Wo sind Bryan und Samantha?« Draußen stand ein Mann in einem Morgenmantel, dessen dünnes Haar im Wind wehte. »Ich möchte mit ihnen reden.«

»Sie sind ...«

»Wer sind Sie überhaupt?«, unterbrach er sie.

»Ich bin ... eine Freundin.«

»Okay, Bryan und Samanthas Freundin«, sagte der Mann sarkastisch, »wissen Sie, wie spät es ist? Haben Sie *irgendeine* Ahnung?«

Joel drehte sich um und sah Carl mit offenem Mund dastehen.

»Tut uns leid«, sagte Tatia zu dem Mann. »Wegen des Krachs.«

»Das reicht nicht.« Der Mann schaute blinzelnd auf seine Armbanduhr. »Es ist fast vier Uhr morgens. Ich muss in einer Stunde zum Flughafen, und wissen Sie was? Wegen dieses verdammten Lärms habe ich noch kein Auge zugetan.«

»Die Musik ist aus«, erklärte Tatia. »Wir sind jetzt leise.«

»Tja, na ja.« Nun, da er seine Meinung gesagt hatte, wurde er ruhiger. »Sagen Sie Ihren Freunden, dass ich so etwas nicht von ihnen erwartet hätte.«

»Wir stören Sie nicht mehr.«

»Dafür ist es zu spät, fürchte ich.« Er zurrte den Gürtel seines Morgenmantels fester. »Ich habe bereits die Polizei gerufen. Denen können Sie erklären, warum Sie hier Gott und die Welt mit Musik und Geschrei wecken.«

Als er weg war, schloss Tatia die Tür und kehrte ins Wohnzimmer zurück.

»Die Polizei kommt.«

Sie blickte zu der toten Frau, zum Teppich, und plötzlich weiteten sich ihre Augen vor Entsetzen.

Joel folgte ihrem Blick und sah, wie der Mann sich langsam auf Händen und Knien in Richtung Küche schob. Er schwankte wie eine Urzeitkreatur, und jedes Heben von

Armen und Knien schien ihn enorme Anstrengung zu kosten. Sein Kopf hing kraftlos nach unten, die Augen waren zu Schlitzen zugeschwollen, und Speichel tropfte aus seinem Mund. Joel hörte das flatternde Rasseln seines Atems. Sein Überlebensinstinkt, der Urtrieb, sich in Sicherheit zu bringen, verlieh ihm die Kraft, sich weiterzubewegen über den Fliesenboden der Küche.

Auf dem Weg hinterließ er eine verschmierte Blutspur.

Carl stürmte zur Tür, aber Tatia streckte einen Arm vor. »Nicht in die Küche!«

Sie beobachteten, wie der Mann auf die Hintertür zum Garten zukroch. Wenige Augenblicke später brach er zusammen und rührte sich nicht mehr.

»Wir müssen gehen.«

Sie nahm Joel bei den Schultern und bugsierte ihn rasch durch den dunklen Flur zur Haustür. Joel blickte nach oben.

Auf der obersten Treppenstufe, von hinten angestrahlt von einem Nachtlicht, hockte ein kleines Mädchen.

»Geht«, befahl Tatia. »Ich komme gleich nach.«

»Sie hat uns gesehen«, wimmerte Carl.

Tatia drehte sich um und fauchte wütend: »Ich sagte, geht!«

# 17

»Wir waren mal gute Freunde, du und ich. Zumindest bilde ich mir ein, dass wir Freunde waren.«

Ray Drake und Elliot Juniper wanderten in den frühen Morgenstunden über weite Flächen von Gras- und Brachland, vorbei an stillgelegten Fabriken und Bahngleisen, wo leere Waggons standen. Durch Straßen, in denen sämtliche Häuser verlassen, die Fenster eingeschlagen waren, wo Dachziegel herunterfielen und das brüchige Pflaster von Unkraut bedeckt war.

Sie gingen meilenweit – erst den Pfad an einem Kanal entlang, dessen braunes, brackiges Wasser sich träge unter ihnen kräuselte, dann auf die hohen silbernen Türme der Innenstadt zu, die vor dem blutroten Himmel schimmerten und glitzerten. Doch obwohl sie schon lange unterwegs waren, schienen die Wolkenkratzer aus Glas und Stahl nie näher zu rücken, und Ray Drake verlor langsam jede Hoffnung, irgendwann von diesem desolaten Ort wegzukommen.

Trotzdem tat es gut, Elliot so unerwartet wiederzusehen. Zu Drakes Überraschung war er guter Dinge und gesprächig. Nur dass er immer, wenn Drake ihn richtig anzusehen versuchte, in die andere Richtung blickte, irritierte ihn.

»Ja«, sagte Drake, »wir waren Freunde.«

Elliot blieb stehen, um Wespen zu beobachten, die den rostigen Rahmen eines Einkaufswagens umsurrten, der aus dem Kanal ragte. Er hatte die Hände tief in seinen Taschen vergraben, sah etwas in der Ferne und deutete darauf.

»Wir werden verfolgt.«

Tatsächlich kam da eine Gestalt in ihre Richtung, war aber zu weit weg, um sie richtig auszumachen. Dieser Ort, dieser Weg kam Drake merkwürdig bekannt vor, wenngleich er nicht sagen konnte, warum.

»Jetzt schaffe ich es nie mehr zu Rhonda zurück.«

Die finstere Vorahnung in Elliots Stimme behagte Drake nicht. Sie beobachteten, wie die Gestalt im Boden zu verschwinden schien, einen Augenblick später aus einer Senke wieder auftauchte.

»Ich bringe dich nach Hause.«

Das meinte Drake ernst. In diesem Moment wollte er es wirklich dringender als alles andere.

»Komm.«

Er nahm seinen Arm, doch Elliot stemmte die Fersen in den Boden, war unfähig, den Blick von der Gestalt in der Ferne abzuwenden, die ihnen folgte und deren Arme und Beine sich mit unheimlicher Stetigkeit bewegten.

»Ich schaffe es nicht.« Elliots Füße stampften so heftig über die trockene Erde, dass sie Staubwolken aufwirbelten. Immer wieder schaute er zurück. »Ich komme nicht mehr nach Hause.«

»Sag so was nicht.«

Drake war genervt, denn Elliots Angst steckte ihn an, lähmte ihn, drohte ihn zu ersticken. Keiner von ihnen wollte zurücksehen. Sie wollten in die Stadt zu jenen hoch aufragenden Gebäuden, die unter dem roten Himmel glänzten und nie näher zu kommen schienen.

»Ich bin einfach keiner von denen.« Elliot packte Drakes Arm und hielt ihn fest. Tränen standen in seinen Augen. »Aber es ist okay, Ray. Jetzt weiß ich wenigstens, dass wir Freunde waren.«

Als der Inspector sich umschaute, sah er, wie die Gestalt ihre Arme schwenkte. Er fühlte sie kommen, fühlte es bis in seinen Bauch und seine Knochen.

»Wir werden immer Freunde sein.«

Und auch das meinte Drake ernst. Sie hatten sich vor langer Zeit gekannt und für eine kurze Weile eine schreckliche Tortur durchlebt. Daher waren sie einander verbunden. Als Blutsbrüder.

Mit einem Mal passierte etwas Merkwürdiges mit Elliot, er sagte Sachen, deren Bedeutung Drake nicht verstand.

»Tut mir leid, dass ich dich im Stich gelassen habe«, sagte er.

»Rede nicht so«, erwiderte Drake. »Du musst dich nicht entschuldigen. Nicht bei mir.«

»Dann vergebe ich dir.« Elliot umarmte ihn, hielt ihn fest und flüsterte ihm ins Ohr: »Dir ist vergeben.« Erneut packte er Drakes Arm. »Wir müssen weg.«

Sie rannten, stolperten über Unkraut, Asphalt- und Schlammklumpen, die von der Sonne gebacken worden waren.

Drake wusste nicht, wer hinter ihnen her war und warum. »Was wird hier gespielt?«

»Sieh nicht zurück.« Elliot keuchte beim Laufen. »Du bist es, den er will.«

Abrupt blieben sie stehen, als ein Zug pfeifend angerauscht kam und ihnen den Weg versperrte. Er schien aus dem Nichts gekommen zu sein, die Gleise kreischten,

Drakes Krawatte und seine Haare flatterten, als sie in den Sog des Fahrtwinds gerieten. Ein Waggon, zwei, drei, vier. Ein Signal ertönte, Funken stoben von den Rädern, die in einem ohrenbetäubenden Takt ratterten. Fünf, sechs Waggons.

»Er darf dich nicht kriegen!«

Elliots Stimme übertönte den Lärm. Panisch sank er auf die Knie, sein Blick irrte gehetzt herum, als wollte er unter dem fahrenden Zug hindurchkriechen. Erst als er vorbei war, konnten sie ihre Flucht fortsetzen.

Drake fuhr herum. Der Verfolger war nun ganz nah, hatte es nicht mehr eilig, schwenkte indes nach wie vor die Arme. Wolken zogen vor die Sonne und ließen die Gestalt bloß noch schemenhaft erscheinen.

Ihn überfiel eine Angst, wie er sie nie zuvor erlebt hatte.

»Elliot!«

Endlich war der letzte Waggon vorbei, der Krach verstummte, und Elliot wollte über die Gleise springen, schrie aber auf. Seine Hände flogen zu seinem Bauch, und als er sie wieder wegnahm, waren sie voller Blut.

Entsetzt beobachtete Drake, wie sich ein dunkler Fleck auf Elliots Bauch ausbreitete und eine rote Flut Jeans und Hemd tränkte.

»Ist okay«, flüsterte sein Blutsbruder, wirkte verwundert, jedoch nicht besorgt. »Das wird wieder.«

Natürlich tat es das nicht.

Elliot erbrach Blut auf die Gleise. Drake hielt ihn, als er zusammensackte und aus einer klebrigen Blutlache zu ihm hochsah. Seine Stimme wurde zu einem brüchigen Flüstern.

»Versprich mir, dass du ihn nie wieder rauslässt.«

»Elliot, ich …«

»Sag es …«

Blutflecken wirbelten in seinen Augen, färbten das Weiße darin wie Tinte, die in ein Wasserglas tropft, sein trüber Blick war auf etwas hinter Drakes Schulter gerichtet. Plötzlich schnellte sein Arm vor, und ein Messer blitzte in seiner Hand, zielte auf das Herz seines alten Freundes.

Schnitt und neue Szene.

Als Nächstes riss Ray Drake im Bett die Augen auf, versuchte vergeblich zu schreien. Seine Arme und Beine funktionierten ebenfalls nicht. Er war gelähmt und musste hilflos zusehen, wie sich ein Schatten, der noch viel schwärzer war als alles drum herum, in der Dunkelheit vom Fußende des Bettes löste. Unfähig, sich zu bewegen oder einen Laut von sich zu geben, und völlig ausgeliefert, beobachtete er, wie sich die Gestalt seitwärts bewegte und die Spitze eines Messers das Bettlaken zerschnitt.

Und eine vertraute Stimme in seinem Kopf sagte: *Ich kann Dinge tun, zu denen du nie fähig sein wirst, Ray.*

Drake wollte »Nein« schreien, doch er brachte keinen Ton heraus.

*Ich kann alles Schlechte verschwinden lassen. Genau wie ich Elliot verschwinden ließ.*

Als der Schatten sich zu Drakes Gesicht herabbeugte, waren seine Züge schwarz wie eine sternlose Nacht, und sein Atem war warm und geruchlos.

*Weil du schwach bist und ich stark bin.*

Als sein Handy summte, schoss er mit einem Aufschrei hoch, griff danach und stieß es versehentlich vom Nachttisch. Entsetzt und mit rasendem Herzklopfen blickte Drake sich in seinem dunklen Schlafzimmer um, bemühte sich, all die Schatten zuzuordnen, die vertrauten Umrisse zu erkennen. Sie waren wieder ganz normale leblose Objekte. Ein Kleiderschrank, ein Sessel, die Frisierkommode seiner Frau. Sobald er sicher war, dass alles stimmte und es keinen Schattenmann gab, schwang er schweißgebadet die Beine aus dem Bett und beugte sich vor, um das Handy aufzuheben. Dann holte er tief Luft und nahm das Gespräch an.

»Eddie.«

»Sir?«

»Wie spät ist es?«

»Sehr früh.«

»Was kann ich für Sie tun?«

»Tut mir leid, dass ich Sie störe, Boss, aber wir haben noch einen.«

Jemand klopfte an die Schlafzimmertür. »Raymond?«

»Warten Sie kurz, Eddie.« Drake hielt das Telefon an seine Schulter und rief: »Alles okay, Myra. Geh wieder ins Bett.«

»Du weckst mit deinem Geschrei die ganze Nachbarschaft auf«, erwiderte sie knapp. »Nimm mal etwas Rücksicht.«

Einen Moment später entfernten sich ihre Schritte den Flur hinunter, und Drake kehrte zu seinem Gespräch zurück.

»Wie viele?«

»Wieder zwei Opfer.« Drake hörte, wie der Motor von Eddies Wagen ansprang. »Ach ja, Sir, da waren Kinder im Haus.«

»Schicken Sie mir die Adresse.« Er rieb sich die Augen. »Bin gleich unterwegs.«

# 18

Was für eine Party! Nur dumm, dass nach der Party verlässlich der Schmerz kam.

Als die Sonne aufging und erste Strahlen durch die Jalousien drangen, war Poppy dank ihrer mörderischen Kopfschmerzen bereits wach. Zweimal musste sie in der Nacht nach unten gehen, um ihr Wasserglas aufzufüllen, denn ihr Mund war total ausgetrocknet. Selber schuld, wenn man zu viel trank, dazu unter der Woche.

»Bist du wach?«, fragte sie Tim leise, doch der schlief tief und fest auf der anderen Seite des Bettes.

Der Wecker zeigte 5 Uhr 45 an. Gabe würde bald aufwachen. Da Poppy wusste, dass sie ohnehin nicht wieder einschlafen konnte, streifte sie ihren Seidenmorgenmantel über und ging nach unten.

Die Küche war ein heilloses Chaos.

Überall standen halb leer gegessene Teller. Blinis, Oliven, kalter Braten, ein Blattsalat, der in der Schüssel welk geworden war. Offene Näpfe mit Dips. Stöhnend betrachtete sie die drei leeren Rotweinflaschen sowie eine noch nicht ganz leere, die verschmierten Weingläser voller Fingerabdrücke, die Schnapsgläser. Eine Untertasse war als Behelfsaschenbecher benutzt worden, und in der Küche stank es nach Rauch. Poppy erinnerte sich voller Abscheu, dass sie ein paar von Alexis Mentholzigaretten geschnorrt hatte. Sie überlegte, wann ihre Putzhilfe kam. Was eigentlich sowieso keine Rolle spielte, weil sie diesen Verhau unmöglich allein der armen Yasmin zumuten durfte.

Als Erstes öffnete Poppy die Fenster, um frische Luft hereinzulassen. Dann stellte sie den Wasserkocher an, kratzte die Essensreste von den Tellern in den Müll, räumte den Tisch ab und belud den Geschirrspüler.

Ihr war schleierhaft, was sie sich bei dieser Fressorgie gedacht hatte. Normalerweise arbeitete sie hart daran, nicht zuzunehmen, war immer stolz gewesen auf ihre Figur, ihre schlanken Arme und Beine, ihren straffen Bauch. Sie machte Yoga, Pilates und einen Zumbakurs – alles, um in Form zu bleiben. Dafür nahm sie jede Mühe auf sich.

Und dann hatte sie letzte Nacht Kalorien in sich reingestopft, als gäbe es kein Morgen.

Eigentlich hätte es ein entspannter, ruhiger Abend sein sollen, aber irgendwie war sie ein bisschen überdreht gewesen und hatte alles darangesetzt, die Gäste zum Bleiben zu bewegen, woraufhin die Sache ausuferte, obwohl sie lediglich zu dritt gewesen waren. Poppy hoffte bloß, dass sie Bella und Alexi, den Food-Fotografen, mit dem ihre Freundin eine On-off-Beziehung unterhielt, nicht restlos verschreckt hatte. Alexi hatte am Ende ausgesehen, als könnte er gar nicht schnell genug vor ihr fliehen. Sie würde später Bella eine Nachricht schreiben und sich entschuldigen.

Gestern Abend hatte Poppy vor allem Ablenkung gebraucht, nachdem sie früher am Tag Joel gesehen hatte. Sie war sicher, dass er es gewesen war. Allerdings hatte er furchtbar abgenommen, und sein Gesicht hinter dem Glas wirkte gespenstisch. Das Schrecklichste jedoch war, dass er sie, als sie ihn rief und auf sich aufmerksam machen wollte, reglos angestarrt hatte, als wäre sie eine Fremde. Und vielleicht waren sie das jetzt ja: Fremde.

Wenn sie darüber nachdachte, hatte sie genau das zutiefst getroffen. Hinzu kam, dass sie Tim derzeit wieder mal kaum zu sehen bekam, weil er ständig arbeitete. All das wirbelte abends in ihrem Kopf herum, und so wurden aus einem Glas Wein zwei, drei und so weiter, Irgendwann hörte sie auf zu zählen und verleitete die beiden anderen zudem zum Schnapstrinken.

O Gott, widerlich war das gewesen, dachte sie und zog eine Grimasse. Bella und Alexi waren nicht gerade begeistert gewesen, denn es war immer eine schlechte Idee, Wein und harte Sachen zu mischen, aber Poppy hatte darauf bestanden und den Wodka aus dem Kühlschrank geholt. Jeder musste einen Toast ausbringen. Bella stieß auf irgendeinen Lifestyleguru an, Alexi auf seine Lieblingsfußballmannschaft und Poppy auf Tim, ihren Mann.

»Wo auch immer er sein mag«, sagte sie genervt, stürzte ihr Glas hinunter und schenkte sich sofort nach.

»Auf Tim!«, stimmten die anderen grinsend ein.

Nicht dass Poppy eine Gewohnheitstrinkerin wäre. Sie war keine von diesen Frauen, die den ganzen Tag miese Laune hatten, bis endlich die Säufersonne aufging. Als sie aber sah, wie Alexi verstohlen auf seine Uhr blickte, wollte sie auf keinen Fall, dass der Abend schon endete, hatte eine von ihren *Now!Dance*-Sammlungen aufgelegt und voll aufgedreht.

Bella sprang sogleich auf, als sie ihren Lieblingssong hörte. Poppy wusste genau, was die Freundin in Stimmung brachte – auf den hatten sie bereits vor Jahren gemeinsam auf Ibiza zwei Wochen lang durchgetanzt. Poppy löste ihren Pferdeschwanz, schüttelte ihr Haar wild, kickte ihre High Heels weg und tanzte wie entfesselt, bis die Küchentür aufging und Tim hereinkam.

»Liebling!«, rief sie.

Sie musste wie eine Irre ausgesehen haben, hochrot im Gesicht, verschwitzt, die Augen vom Alkohol getrübt, während Tim stocknüchtern war.

»Ich muss morgen früh raus«, erklärte er. »Also dann, Gute Nacht.«

»Ist er nicht fies?«, lallte Poppy, die inzwischen komplett abgefüllt war, packte seine Handgelenke und zog ihn mit sich. »Tanz mit mir!«

Die Musik dröhnte eine weitere Ravehymne aus ihrer Jugendzeit. Poppy schwenkte Tims Arme, wollte ihn zum Mitmachen bewegen, doch er entwand sich ihr.

»Viel Spaß noch«, sagte er und ging endgültig.

»Er ist fies!«, kreischte Poppy, die dieses Wort ungemein lustig fand. »Tanzt nicht mal mit seiner wunderschönen Frau. Nieder mit den Fiesen!«

»Peitscht ihn aus!« Bella kicherte, wandte sich dann zu Alexi. »Wir sollten langsam aufbrechen.«

Ihr Freund ließ sich nicht zweimal bitten und schnappte sich seine Jacke.

Poppy hätte Tim umbringen können, weil er den Abend ruiniert hatte.

»O nein, bitte nicht!«

»Tut mir leid, Schätzchen.« Bella umarmte sie. »Alexi hat gleich morgen ein Fotoshooting.«

»Demnächst gebe ich eine richtige Party.« Poppy hielt sich an Bella fest, weil sich der Raum um sie drehte. »Wir haben seit Ewigkeiten keine mehr gemacht und haben eine verdient.«

»Dann komme ich als Erste und gehe als Letzte«, versprach die Freundin.

Poppy ging die Namen derer durch, die kommen würden: Bella, Ange, Suze, Issy und viele, viele andere. Sie würde sich ein Datum überlegen und eine Gästeliste anlegen. Tims Eltern, John und Tanya, könnten Gabriel für die Nacht nehmen. Auf jeden Fall musste es später im Jahr sein. Tim, Gabriel und sie würden bald nach Mexiko fliegen, und außerdem stand der jährliche Familienausflug zu Johns und Tanyas Haus an der Algarve an.

»Pass auf dich auf.« Bella küsste sie zum Abschied. »Und falls du über irgendwas reden willst …«

»Er ist bloß schlecht gelaunt, sonst nichts, hat im Augenblick nichts als seine Arbeit im Kopf. Überdies muss er Leute entlassen, was ihm auf der Seele liegt.«

Währen Poppy noch in der Küche aufräumte, tauchte Gabriel in seinem roten Pyjama auf. Allein sein Anblick vertrieb ihre Katerstimmung ein Stück weit. Wie üblich hatte er sein geliebtes Stofftier im Arm, das John und Tanya ihm zu Weihnachten geschenkt hatten. Keiner wusste zu sagen, ob es sich um einen Drachen oder einen Dinosaurier handelte, bis Gabriel sehr ernst erklärte, es handele sich um eine Drachosaurus.

»Wie sieht das denn hier aus?«, fragte er erstaunt.

»Ja, schlimm, nicht?«, gestand Poppy. »Setz dich hin, und ich mache weiter sauber.«

Sie schaltete den Fernseher an, und Gabe setzte sich auf den großen Sitzsack, in dem sein kleiner Körper beinahe versank, um sich Zeichentrickfilme anzuschauen. Nachrichten wurden eingeblendet. Es hatte erneut einen dieser abscheulichen Einbrüche mit Todesopfern gegeben, gar nicht weit weg von hier. Leider seien in dem Haus auch zwei Kinder gewesen, hieß es. Hastig schaltete Poppy um.

Gabriel sollte nicht dem Irrsinn der Welt ausgesetzt werden.

Kurz darauf läutete ihr Telefon, das sie nach langem Suchen unter einem Kochbuch von Jamie Oliver fand.

»Ja?«, meldete sie sich, aber niemand sprach. »Hallo?«

Etwas mit der Leitung stimmte nicht, dachte sie. Sie wollte gerade auflegen, als sie jemanden atmen hörte.

»Joel?« Poppy zog sich in den Wintergarten zurück, weg von dem lauten Krachen und Pfeifen aus dem Fernseher in der Küche. »Bist du das?«

»Poppy«, sagte eine Stimme, und vor Schreck schlug sie sich eine Hand vor ihren Mund.

Verkatert, die Nerven blank, sank sie auf die kühlen Fliesen und wagte kaum zu hoffen, dass sie sich nach all der Zeit wiedersehen würden.

# 19

»Ich müsste jetzt in einem Flieger sitzen.« Alistair Judd griff nach seinem Kaffeebecher. »In der Business Class mit einer ersten Bloody Mary in der Hand.«

»Tut mir leid, Mr. Judd.« Flick schlug ihr Notizbuch auf. »Das alles hier muss schwierig für Sie sein.«

»So etwas habe ich noch nie erlebt.« Judd beugte sich immer wieder vor, um die Kissen in seinem Rücken zu richten, schien außerstande, eine bequeme Position auf seinem Sofa zu finden. Er war mittleren Alters, hatte leicht schütteres Haar und trug Shorts und Slipper ohne Socken. Offenbar hatte er sich in den frühen Morgenstunden, als es in der ganzen Straße von Blaulichtern nur so zu wimmeln begann, einfach schnell was angezogen. »Seit vierzehn Jahren wohne ich hier, und das Schlimmste, was jemals passierte, war, dass jemand Olivenöl in einen der Briefkästen weiter hinten gegossen hat.«

Drake stand hinter dem Sofa. Er war müde, nervös und musste unentwegt daran denken, dass Flick womöglich bereits eine Kette von Ereignissen in Gang gesetzt hatte, die letztlich zu seinem Untergang führen würden. Doch im Haus nebenan lagen die Leichen von Samantha und Bryan Langley, und darauf musste er sich konzentrieren.

»Wie gut haben Sie die Langleys gekannt?«

»Ich kannte Bryan besser als Sam, um ehrlich zu sein«, antwortete Judd und drehte den Kopf ein wenig nach hinten. »Wir trafen uns manchmal, wenn wir zur Arbeit fuhren, redeten über Alltägliches. Etwa darüber, dass wir beide ein Mäuseproblem hatten. Gut, die Kinder waren manchmal ein bisschen laut, rannten schreiend die Treppe rauf und runter, aber im Grunde hielt sich alles im Rahmen. Bis heute Nacht …« Als sein Telefon auf der Armlehne des Sofas summte, stellte er es ab. »Das ist Zürich. Die können warten.«

»Um welche Zeit waren Sie drüben?«

»Das war nach vier. Ich war wegen des Lärms so außer mir, weil ich kein Auge zumachen konnte und ich wegen des Fluges zu allem Überfluss früh rausmusste.« Judd nahm hastig ein paar Schlucke aus seinem Becher, und Drake fragte sich, ob da noch etwas Stärkeres als Koffein drin war. »Wissen Sie, ich bin keiner von den Nachbarn, die sich gleich beschweren, doch das war einfach zu viel, das ganze Geschrei.«

»Waren Sie kein bisschen besorgt, wenn dieser Lärm völlig ungewöhnlich war?«

»So weit habe ich in meiner Wut nicht gedacht, obwohl ich im Nachhinein sagen muss, dass die Sache mich hätte misstrauisch machen müssen – es war nicht typisch für sie. Bryan drehte zwar gelegentlich mal seine Musik laut auf, allerdings nicht so … Trotzdem bin ich von Partylärm ausgegangen, so hörte es sich einfach an.« Er schwieg eine Weile. »Was die Frau betrifft, die an die Tür kam, die habe ich nicht richtig gesehen. Das Licht in der Diele war aus, und außerdem machte sie bloß einen kleinen Spalt auf.«

»Fanden Sie es nicht seltsam, dass keiner von den Langleys selbst die Tür öffnete?«, erkundigte sich Flick.

»Na ja, wenn man glaubt, dass da eine wilde Party im Gang ist – da weiß man schließlich nie … Jetzt fühle ich mich furchtbar deshalb.«

»Woran erinnern Sie sich bei der Frau?«

»Sie war kleiner als Mrs. Langley und eher … üppig.« Er blickte entschuldigend zu Flick. »Und sie grinste ziemlich albern, zumindest hatte ich den Eindruck.«

»Sonst noch etwas?«

»Ich fand, ihre Stimme war irgendwie …«

Als er die Stirn runzelte, hakte Drake nach: »War was?«

»Sie war komisch.«

»Inwiefern?«

»Sie sprach überdeutlich, extrem bemüht, betonte jede Silbe.«

»War sie Ausländerin?«

»Möglich. Ich bin mir nicht sicher.«

Drake kam um das Sofa herum. »Wissen Sie, ob die Langleys eine Reise geplant hatten, Mr. Judd? Einen Urlaub oder so?«

»Sie waren über Ostern weg. In Cornwall, glaube ich.«

»Fuhren sie so regelmäßig weg, dass es bekannt war, wann das Haus unbewohnt war?«

»Bryan unterrichtete am College, also konnte er während des Semesters eher nicht verreisen. Sam war Vollzeitmutter mit zwei kleinen Kindern.« Er verzog das Gesicht. »Meine Bemerkung vorhin wegen des Kindergeschreis sollte nicht gemein klingen … Ach Gott, jetzt tut es mir schrecklich leid, dass ich mich überhaupt manchmal darüber geärgert habe. Sie waren eine nette Familie.«

»Ist Ihnen in letzter Zeit aufgefallen, dass sich ein Fremder in der Straße herumtrieb?« Flick spielte mit ihrem Kugelschreiber. »Irgendwelche unbekannten Gesichter?«

»Hier kommen viele Leute durch. Um die Ecke sind Läden, und da wird unsere Straße als Abkürzung genutzt. Allerdings bin ich beruflich viel unterwegs und von daher nicht der beste Ansprechpartner.« Judd stellte seinen Becher auf den niedrigen Onyxtisch. »Hätte ich eine Sekunde daran gedacht, dass sie in Not sind …«, sagte er betreten und senkte verlegen den Blick.

»Entschuldigen Sie mich einen Moment? Ich muss kurz mit DS Crowley sprechen.«

Der Mann nickte, und Flick folgte Drake nach draußen. Vor der Haustür bot sich ihnen ein vertrauter Anblick. Polizisten, die um Streifenwagen herumrannten, Transporter, die mitten auf der Straße parkten, Absperrband, das zwischen Laternenpfählen flatterte. Dahinter das gepflegte Langley-Haus mit der großen Einfahrt und den Blumenbeeten, der säuberlich in die Hecke geschnittenen Hausnummer. Und jenseits der metallgrauen Haustür und des polierten Briefkastens lagen die Leichen eines Mannes und einer Frau, einer Mutter und eines Vaters.

»Wenigstens sind die Kinder unverletzt«, stellte Flick fest. »Sie sind mit ihrer Großmutter bei einem Nachbarn. Eine Sozialarbeiterin ist bei ihnen sowie eine Opferschutzbeamtin.«

»Nichts deutet darauf hin, dass die Langleys letzte Nacht nicht zu Hause sein wollten. Was wiederum heißen würde, dass es nicht mehr um leere Häuser geht, nicht um simplen Einbruch, sondern um vorsätzlichen Mord, ganz schlicht und ergreifend.« Drake rief einen Constable heran und gab Order, den Lieferwagen einer Supermarktkette zu verscheuchen, der die Zufahrt zur Straße blockierte. Dann wandte er sich wieder Flick zu. »Können Sie mit den Kindern reden? Die Großmutter hat es erlaubt.«

»Klar.« Flick schickte sich an, zurück ins Haus zu gehen, drehte sich jedoch noch einmal um und beantwortete die Frage, die Drake nicht zu stellen gewagt hatte. »Nur damit Sie es wissen, ich habe nicht mit der Therapeutin gesprochen und werde es auch nicht tun.«

Es dauerte einen Moment, bis er begriff. »Darf ich fragen, warum?«

»Weil ich einfach nicht glauben kann, dass Sie … so etwas tun würden.«

Er schloss kurz die Augen, ließ das Gefühl der Erleichterung auf sich einwirken. Es war vorbei, der Schattenmann würde ihn hoffentlich künftig in Ruhe lassen.

Jetzt konnte er sich mit ganzer Kraft diesem Fall widmen. In den nächsten Stunden würde es reichlich zu tun geben. Besprechungen mit der Kriminaltechnik und dem Pathologen standen an, zahlreiche Anrufe mussten erledigt werden – allen voran einer mit der Pressestelle der Met, die laufend anklingelte.

Überdies hatten sich inzwischen Reporter, Fotografen und Fernsehteams aus aller Welt eingefunden, um Neues über die Morde zu erfahren.

*Haben Sie irgendwelche Spuren? Ist schon jemand verhaftet worden? Muss die Öffentlichkeit gewarnt werden?*

Drake wurde unablässig mit den immer gleichen Fragen konfrontiert. Das anfangs besorgte Murmeln der Medien war zu einem wütenden Brüllen angeschwollen. Die Stadt war in Panik. Makler berichteten von einem enormen Einbruch der Nachfrage nach Immobilien nördlich der Themse. Das Geschäft mit Alarm- und Sicherheitsanlagen hingegen hatte Hochkonjunktur.

Zum Glück habe ich den Kopf wieder frei, dachte Ray Drake und strich über seine Krawatte. Ihm war, als würde sich vor ihm erneut eine schier unbegrenzte Zukunft ausbreiten. Sogar die Stimme in seinem Ohr war verstummt.

»Danke«, sagte er ein weiteres Mal zu Flick und zog sich einen Schutzanzug an, Überschuhe und Latexhandschuhe. »Ich gehe lieber mal zurück nach nebenan und mache dort weiter.«

Er war bereits halb den Weg hinauf, als Alistair Judd hinter ihm herrief: »Sie sehen sich bestimmt noch die Aufnahmen der Überwachungskamera an, schätze ich.«

Langsam wandte der Inspector sich um. »Wie bitte?«

# 20

Flick sah keine Angst in den großen blauen Augen des Jungen, lediglich Verwunderung darüber, dass man ihn in ein fremdes Haus gebracht hatte und er von lauter Fremden umgeben war. Das Trauma würde erst später kommen, aber ein Leben lang anhalten. Im Augenblick klammerte der kleine George sich an seine Großmutter.

Seine ältere Schwester saß neben ihm am Tisch und kritzelte so heftig auf einem Blatt Papier herum, dass ihre blonden Haare in Bewegung gerieten. Daneben lagen ordentlich aufgereiht Filzstifte. Sobald sie mit einem fertig war, legte sie ihn zurück in die nach Farben geordnete Reihe, die aussah wie ein Regenbogen, und wählte einen anderen.

Heute Morgen war für diese beiden Kinder ihr behütetes Leben zu Ende gegangen. Bisher hatte es ihnen an nichts gefehlt. Sie waren geliebt und umsorgt worden, wohnten in einem großen, komfortablen Haus, dem einzigen Zuhause, das sie kannten – jetzt kehrten sie wahrscheinlich nie mehr dorthin zurück.

Bis vor wenigen Stunden war ihr junges Leben in einem steten, vorhersehbaren Rhythmus verlaufen, und niemand hätte erwartet, dass sich das je änderte. Nach dem Montessori-Kindergarten würden sie eine gute Privatschule besuchen, während der Weihnachtsferien Skifahren lernen und die langen Sommerurlaube mit Eltern und Verwandten in einer toskanischen Villa verbringen. Später dann stünde für Emily und George eine renommierte Universität an, um nach ein paar Jahren einen angesehenen akademischen Beruf zu ergreifen und Karriere zu machen. Samantha und Bryan Langley wären stolz auf ihre Kinder gewesen, denen sie die besten Voraussetzungen für ein erfolgreiches Leben mitgegeben hatten.

All diese großartigen Perspektiven waren ihnen geraubt worden. Vor ihnen lag jetzt eine eher ungewisse Zukunft.

»Das ist ein hübsches Bild«, sagte Flick zu Emily, die eine Frau mit wuscheligem gelbem Haar, roten Lippen und einem dreieckigen Kleid gemalt hatte, unter dem Streichholzbeine und Füße wie Backsteine hervorkamen. »Wie alt bist du?«

Das Mädchen sah nicht von seinem Bild auf. »Fünf.«

»Darf ich dir einige Fragen stellen?«

Mit einem sorgenvollen Blick auf ihre Enkelin und zusammengepressten Lippen warf Sylvia Langley, die Großmutter, schnell ein: »Nicht zu viele, ein paar höchstens.«

Ihr Gesicht sah grau aus. Ihre Miene spiegelte die Verzweiflung, in die sie die Morde an Sohn und Schwiegertochter gestürzt hatten. Um ihren Schmerz und ihre Fassungslosigkeit wenigstens einigermaßen zu kontrollieren, tat sie das einzig Richtige in dieser Situation und das einzig Wichtige: sich auf das Wohlergehen ihrer Enkelkinder zu konzentrieren. Doch je mehr Einzelheiten über die entsetzlichen Todesumstände zutage traten, desto mehr würde sie leiden. Der Mord am eigenen Kind, selbst wenn es erwachsen war, warf jeden aus dem Gleis. Für eine ältere Witwe indes, die ihren einzigen Sohn und dessen Familie angebetet hatte, konnte es der Anfang vom Ende sein. Flick fragte sich, wer sich um die Kinder kümmerte, falls die Großmutter nicht mit dem Verlust klarkam und körperlich abbaute. Lebten Samanthas Eltern noch, gab es eine Tante, einen Onkel, Paten, enge Freunde der Familie, die Emily und George bei sich aufnehmen und ihnen eine Zukunft bieten könnten. Sie hoffte bei Gott, dass jemand da war und es ihnen erspart blieb, unter staatliche Vormundschaft gestellt zu werden.

»Hatten deine Mummy und dein Daddy gestern Abend Besuch, Emily?«

»Sie haben gerufen und laute Musik gespielt. Ich habe Mummy gehört …«

»Was hast du gehört?«, fragte Flick behutsam.

Das Mädchen antwortete nicht, seine Hand bewegte sich wie ein Seismograph auf und ab, und das Quietschen des Filzstifts klang in dem stillen Raum so laut wie das Kreischen einer Säge.

Es war schon schlimm genug, mit erwachsenen Angehörigen von Mordopfern zu sprechen, aber diese Kinder, die noch vor Sonnenaufgang in ihren Pyjamas vom Tatort weggebracht worden waren, verstanden nicht, was vor sich ging, und würden es womöglich nie verstehen.

Als Flicks Handy in ihrer Tasche klingelte, schaltete sie es schnell aus, ohne aufs Display zu schauen, hoffte jedoch, dass es Wylie sein möge.

»Weißt du, wie viele Leute unten bei deinen Eltern waren?«

»Da war ein Mann.« Emily hielt sich einen Filzstift quer unter die Nase. »Er war sehr laut. Und eine Frau und noch ein Mann.«

Flick beugte sich vor. »Zwei Männer, bist du sicher?«

»Das reicht«, schaltete sich Sylvia Langley ein, die George auf dem Schoß hatte. »Nicht dass es zu viel wird für Emily.«

Flick nickte. »Eine Frage hätte ich noch. Konntest du die Männer und die Frau sehen?«

»Eigentlich bloß die Frau«, antwortete das Mädchen. »Sie hat mit mir geredet.«

Elektrisiert neigte Flick sich vor. »Was hat sie denn zu dir gesagt?«

Sylvia Langley räusperte sich. »Ich denke …«

Das kleine Mädchen blickte zu Flick auf und sagte mit verstellter, tiefer Stimme:

*»Komm mit, Emily, ich bringe dich wieder ins Bett!«*

Von der Treppe aus beobachtete Emily die fremden Leute. Es war zu dunkel, um ihre Gesichter zu sehen, aber da waren ein großer Mann und ein anderer, der den Kopf nach vorn gebogen und die Schultern eingezogen hatte, als wäre er sehr traurig – oder sehr müde oder beides. Und die Frau, die bei ihnen war, kam plötzlich zu ihr die Treppe hoch.

»Warum bist du wach, mein Schätzchen?«, fragte sie und schien zu schweben, ihre Hand glitt über das Geländer. Außer dem Gesicht und der Hand sah Emily kaum was von ihr.

Der große Mann trat vor. »Was machst du da?«

»Geht«, befahl die Frau. Ihr Gesicht leuchtete pinkfarben im Schein des Nachtlichts oben an der Treppe, und Emily sah ihr komisches Lächeln. »Ich komme gleich nach.«

»Sie hat uns gesehen.«

»Ich sagte, geht!«

»Wer bist du?«, wollte Emily wissen.

»Ich bin eine Freundin von deiner Mama.« Die Frau bückte sich zu ihr hinunter. »Wie heißt du?«

»Emily. Wo sind Mummy und Daddy?«

»Komm mit, Emily, ich bringe dich wieder ins Bett.«

Während unten die Haustür zugeschlagen wurde, nahm Emily die Hand der Fremden, die sich feucht anfühlte.

»Hast du Angst?«

»Ich bin bloß aufgeregt, mein Schätzchen.«

Emily führte sie in das Zimmer, das sie sich mit ihrem Bruder teilte. Die Frau bewunderte die Möbel, Spielsachen und Bücher, die angemalten Tonfiguren, die Emily und George mit ihren Eltern gemacht hatten, ihre Lieblingsstofftiere, die an den Schränken aufgeklebten Bilder. Auf einem kleinen Tisch drehte sich eine Lampe und warf Bilder von Tieren in grünen Rennwagen, gelben Zügen und blauen Segelbooten an Wände und Decke. Die Wagen, Züge und Boote dehnten sich, als würden sie schneller werden, schrumpften dann wieder zusammen.

Emily warf sich bäuchlings auf ihr Bett, eine Faust unters Kinn gestemmt und ein Bein angewinkelt. Und legte einen Finger an ihre Lippen.

»Psst«, flüsterte sie. »Magst du mein Zimmer?«

»Es ist wunderschön«, erwiderte die Frau, und die Farben der Lampe schoben sich über ihr Gesicht, veränderten Form und Farbe. »Ich wäre sehr glücklich gewesen, so ein Zimmer zu haben.«

»Hattest du denn kein eigenes Zimmer, als du ein kleines Mädchen warst?«, erkundigte sich Emily neugierig.

»Nur für sehr kurze Zeit.«

Emily stand vom Bett auf und hockte sich im Schneidersitz vor ein großes Puppenhaus, das von innen beleuchtet wurde.

»Magst du mein Haus?« Emily klopfte auf den Boden neben sich. Die Frau zögerte, setzte sich neben sie. Das Mädchen reichte ihr eine dünne Puppe mit langem, glänzend schwarzem Haar. »Die ist für dich. Sie heißt Skye.«

Dann öffnete sie das Puppenhaus, sodass alle Zimmer zu sehen waren. Jedes war mit hübschen Miniaturmöbeln eingerichtet. Emily setzte eine blonde Puppe auf einen Sessel, der viel zu klein für sie war – wie das ganze Puppenhaus, denn ihr Kopf stieß an die Decke.

»Das Haus ist nicht für Justine«, erklärte Emily. »Was ist denn? Magst du Skye nicht?«

»Doch, sie ist sehr hübsch und sieht wie meine Schwester aus.« Die Frau schien nachzudenken, als sie Skyes dickes Haar berührte. »Ich hatte nie eine Puppe, als ich klein war.«

»Nie?«

»Keine einzige.«

»Möchtest du Skye gerne mitnehmen?«

In diesem Moment erschien erneut dieses seltsame Lächeln auf dem Gesicht der Fremden, bloß sah sie diesmal aus, als würde sie gleich weinen.

»Bist du traurig?«

»O nein.« Die Frau setzte Skye in den anderen Sessel, die langen Puppenbeine spreizten sich nach vorn. »Skye gehört hierher, zu Justine.« Sie stand auf. »Es ist spät.«

Emily schloss die Front ihres Puppenhauses. »Bringst du mich zu Bett?«

»Ja, natürlich.«

Die Frau klopfte ihr das Kissen um den Kopf herum auf, nachdem sie ins Bett gehüpft war.

»Wann kommt meine Mummy?«

Die Frau sah weg. »Ich muss gehen.«

»Ich will zu ihr.«

Emily wollte sich bewegen, aber die Frau steckte die Decke im Holzrahmen des Bettes fest.

»Bald kommen Leute, Emily, Polizisten, und du musst mir hoch und heilig versprechen, dass du dich nicht rührst, bis sie zu dir kommen. Du musst im Bett bleiben und auf deinen Bruder aufpassen. Er wird dich brauchen.«

»Was heißt hoch und heilig?«

»Es heißt, dass du eine Hand auf dein Herz legst, wenn du etwas versprichst. Und sei ganz leise, damit du keinen störst.«

Als sie sich bückte, um die Lampe auszuschalten, richtete sich das Mädchen auf. »Die soll angeschaltet bleiben!«

»Okay«, erwiderte die Frau, »wenn du versprichst, nicht aufzustehen.«

Das Kind legte eine Hand aufs Herz. »Versprochen.«

»Gute Nacht.«

Bevor sie rausging, lächelte die Frau, und ihre Zähne waren rot gefleckt von der Lampe.

Bittend wandte Flick sich an Sylvia Langley, hielt einen Finger in die Höhe, um zu sagen: Noch *eine letzte Frage.*

Widerwillig nickte die Großmutter.

»Kannst du mir erzählen, wie sie ausgesehen hat, Emily?« Sie sprach sehr leise. »An was erinnerst du dich?«

Das Mädchen hob die Augen von dem verkritzelten Papier. »Sie hat so komisch gegrinst.«

»Gegrinst?«

»Ja, so!« Emily drehte langsam den Kopf hin und her, damit alle im Zimmer es sehen konnten. Dabei bleckte sie die fest zusammengepressten Zähne zu einem verkrampften Lächeln und riss gleichzeitig die Augen weit auf. »Wie eine freundliche Hexe.«

# 21

»Die Langleys hatten nicht nur ein Haus mit allem erdenklichen Luxus und allem technischen Schnickschnack, der die Hausarbeit erleichtert – sie leisteten es sich sogar, ein profanes Problem sehr aufwendig zu lösen.« Eddie Upson öffnete seinen Laptop. »Irgendwo in der Küche drangen offenbar regelmäßig Mäuse ein, ohne dass sie die undichte Quelle entdeckten und deshalb – haltet euch fest – installierten sie eine Überwachungskamera.«

Den Spurensicherern war das entgangen. Sie hatten zwar das Unterste zuoberst gekehrt und alles auf Kontaktspuren untersucht, aber die kaum knopfgroße Linse, die versteckt über einer Uhr an der Wand angebracht war, hatten sie offenbar übersehen.

»Die könnte man ja für eine Darmspiegelung nehmen«, witzelte Eddie und drehte sich auf seinem Stuhl zu Drake und Flick um.

»Warum ist sie so klein?«, fragte Drake.

»Keine Ahnung. »Bei solchen Leuten dreht sich alles ums Design.« Er schnippte mit den Fingern, suchte nach dem richtigen Ausdruck. »Um …«

*»Ästhetik«,* schlug Flick vor.

»Genau. Eine große hässliche Kamera hätte die Küche versaut.«

Eddie wischte übers Touchpad und öffnete die Videoaufzeichnung. Von oben blickten sie jetzt auf die Küche. Eine auf Hochglanz polierte Kücheninsel in der Mitte, die wie ein Flugzeugträger auf einem Fliesenmeer wirkte. Weiße Arbeitsflächen und Schränke, eine Spüle am hinteren Ende des Raumes neben einem riesigen amerikanischen Kühlschrank aus gebürstetem Edelstahl. Ganz links führte eine Glastür in den Garten.

Sie beobachteten Samantha und Bryan mit ihren Kindern am Morgen vor ihrer Ermordung beim Frühstück. Eine glückliche Familie. Samantha Langley, gepflegt und hübsch in Jeans und T-Shirt, bewegte sich anmutig hin und her, nahm Schalen und Becher aus einem Schrank, Cornflakes aus einem anderen und Saft aus dem Kühlschrank. Bryan stand an der Kücheninsel, die Brille in sein Haar geschoben, eine Toastscheibe im Mund, und band sich seine Krawatte. Emily und George saßen auf hohen Hockern und schwenkten ihre Arme. Samantha sagte etwas zu ihrem Mann, woraufhin der sich seinen restlichen Toast in den Mund stopfte und nach einem Tablet-Computer griff.

»Gibt es keinen Ton?«, fragte Drake.

»Leider nicht.« Eddie zog den Cursor auf die Zeitleiste und tippte auf Schnellvorlauf. Die Langleys verfielen in hektische Bewegungen, verließen und betraten die Küche in unglaublicher Geschwindigkeit, sodass die Bilder verschwammen. Als der Film zurück auf Normaltempo wechselte, war die Küche leer und in ein schauriges Nachtsichtgrün getaucht. Im Glas der Verandatür spiegelte sich rechts eine andere Tür. Eddie presste einen Finger auf den Bildschirm. »Da geht es ins Wohnzimmer.«

»Seht euch das an.« Flick deutete auf eine Bewegung am Fenstersims hinter der Spüle.

»Was ist da?«, fragte Drake.

»Eine Maus.«

Sie schauten zu, wie die Maus, die kaum größer als ein Punkt auf dem Bild war, hinter eine Topfpflanze huschte. Eddie spulte ruckweise weiter vor, immer näher ran an den entscheidenden Moment.

»Da«, sagte Flick, und Eddie hackte wieder auf die Leertaste. Bryan Langley kroch langsam auf allen vieren von unten rechts ins Bild. Sie beobachteten, wie er sich erschöpft, halb bewusstlos vorkämpfte und eine Blutspur auf den Fliesen hinterließ. Er schaffte es kaum, seine Beine oder Arme anzuheben, aber sein tief verwurzelter Überlebensinstinkt trieb ihn weiter.

Eddie wies auf die Zeitanzeige. »Das ist ungefähr die Zeit, als Alistair Judd an der Haustür war, Minuten bevor die Kollegen eintrafen.«

In der Terrassentür spiegelte sich unscharf eine Gestalt, die in der Wohnzimmertür stand. Groß und imposant. Dann tauchte eine kleinere Gestalt auf und streckte einen Arm aus.

Eddie hielt das Bild an. Die Spiegelung der erstarrten Figuren, von denen lediglich die Umrisse auszumachen waren, vibrierten ein wenig.

»Ein Mann und eine Frau«, sagte Flick.

»Oder ein großer Mann und ein kleiner.«

Sie diskutierten Einzelheiten, die sie erkennen konnten. Das kurz geschorene Haar und den durchtrainierten Oberkörper des Mannes, die breiten Hüften der kleineren Gestalt. »Definitiv eine Frau«, meinte Flick, bevor Eddie auf Drakes Weisung hin die Aufzeichnung weiterlaufen ließ.

Sie sahen, wie Bryan Langley auf dem Boden zusammensackte und die beiden Schatten in der Wohnzimmertür verschwanden.

»Viel bringt uns das nicht«, stellte Flick fest.

»Eines haben wir immerhin erfahren«, warf Drake ein. »Fahren Sie noch mal zurück.«

Eddie stellte auf Rücklauf, bis erneut die geisterhafte Spiegelung ins Bild kam.

»Halten Sie an.« Als Eddie zu langsam reagierte, griff Drake hinüber und machte es selbst, woraufhin eine verschwommene Handbewegung in der Luft erstarrte. »Sie hält den Arm vor seine Brust, will verhindern, dass er in die Küche geht.«

Eddie trank schlürfend einen Schluck aus einer Coladose. »Weil sie weiß, dass da eine Kamera ist.«

»Demnach war sie also schon mal in der Küche«, sagte Drake und starrte auf die beiden Gespenster in der Glastür. »Schicken Sie mir das Video auf meinen Computer.«

»Diesen Teil?«

»Nein, das ganze.«

»Sind Sie sicher? Macht fast zwei Stunden, aufgenommen in über vierundzwanzig Stunden, auf denen sonst nichts Interessantes zu sehen ist.«

»Schicken Sie es mir, Eddie.« Sein Handy klingelte. »Ray Drake«, meldete er sich.

Flick fiel der Anruf ein, den sie heute Morgen weggedrückt hatte. Jetzt zog sie ihr Handy raus, um nachzuschauen. Drei verpasste Anrufe von Sam Wylie.

Sie war bereits früh aufgewacht und benommen umhergewandert, ihr Kopf schwer von den Drinks des gestrigen Abends.

»Ich muss los«, hatte sie gesagt, und Wylie war aus dem Bett gesprungen.

Später hörte sie ihn in der Küche herumwerkeln. Das Radio hatte er vom Nachrichtensender auf laute Musik umgestellt, zu der er leise mitsang, und als sie geduscht und angezogen aus dem Bad kam, reichte er ihr eine Tasse Kaffee.

»Der hilft.«

Sie verzog das Gesicht. Es dürfte der schlechteste Kaffee gewesen sein, den sie je getrunken hatte, egal. Obwohl sie ihm gesagt hatte, dass er noch bleiben könne, verließ er zusammen mit ihr die Wohnung und versprach, sich später zu melden, küsste sie auf der Straße zum Abschied. Sie saß erst Sekunden in ihrem Wagen, als er ihr die erste Textnachricht schickte. *Bis später xx.*

»Danke«, sagte Drake in sein Telefon. »Mailen Sie mir, was Sie haben.« Er beendete das Gespräch und nickte Flick zu. »Wir haben diverse Übereinstimmungen mit den anderen Tatorten und einige neue. Abdrücke, DNA, das volle Programm. Der Typ ist hinlänglich bekannt. Wir suchen nach einem Serieneinbrecher namens Carl Clarke.«

Drake drückte die Tür zum Korridor mit der Schulter auf, Flick eilte ihm nach. Seine Euphorie war deutlich zu spüren. Und sein Jagdfieber. Endlich hatten sie einen Verdächtigen und waren hoffentlich ein gutes Stück weiter, diese Ermittlung zu einem schnellen und erfolgreichen Abschluss zu bringen.

# 22

»Wieso gehen Weltraumpiraten über Planken? Ein Schiff hat Planken, aber im Weltraum gibt es ja kein Wasser.«

All diese Fragen, eine nach der anderen – ihr war rätselhaft, woher die alle kamen. Normalerweise bemühte sie sich nach Kräften, Gabriels unersättliche Wissbegier zu fördern, heute Nachmittag allerdings war sie mit den Gedanken woanders.

Poppy hatte ihren Galaxy am Parliament Hill Lido geparkt und hielt nach einem Sportwagen Ausschau. Es würde sie kein bisschen wundern, wenn Joel in einem schicken, teuren Wagen aufkreuzte. Der Alkohol von gestern bildete einen leichten Schweißfilm auf ihrer Haut, die Beinmuskulatur verspannte sich, als sie in der sengenden Sonne den Hügel hinaufstapfte und Gabriel zum Spielplatz zog. Wenn ihr der steile Anstieg schon zu schaffen machte, wie sollte es da ihrem Jungen mit seinen kurzen Beinen gehen. Trotzdem gönnte sie ihm keine Pause – sie könnte es sich nie verzeihen, wenn sie Joel verpassen würden.

»Mum«, löcherte der Kleine sie erneut. »Wieso gehen Weltraumpiraten über Planken?«

»Vielleicht …« Sie erreichten die Pforte des Spielplatzes, und Poppy blickte sich suchend um. »Vielleicht haben sie ja einen Swimmingpool in ihrem Raumschiff.«

»Ja«, stimmte Gabriel zu. »Sie müssen schließlich fit bleiben.«

Liebevoll schaute Poppy hinunter zu ihrem Sohn und dachte einmal mehr, dass sie ihn nicht verdiente. Er hatte auf dem Weg nicht ein einziges Mal gejammert.

»Du bist ein Wunder, weißt du das?«

Sie entspannte sich ein wenig. Es war ein herrlicher Tag, kaum eine Wolke war am blauen Himmel zu sehen, und es ging eine leichte Brise, die die Hitze etwas erträglicher machte. Viele Mütter waren heraufgekommen mit ihren Sprösslingen und saßen träge oder angeregt plaudernd in der Sonne. Poppy trug ein malvenfarbenes Sporttop, eine enge, knielange Jogginghose, eine Kombi von Sweaty Betty, und dazu ihre orangefarbenen Lieblingsturnschuhe.

»Wie sieht der Mann eigentlich aus?«

»Er ist kein Mann, sondern dein Onkel Joel.«

»Ich habe keinen Onkel Joel.«

»Doch, hast du.« Poppy zog ihren Pferdeschwanz strammer und hielt weiter Ausschau. »Du kennst ihn nur noch nicht.«

Es war traurig, dass Gabe ihrem Bruder nie begegnet war, und sie hoffte, dass er nicht fragte, warum, weil sie ihre verkorkste Familiengeschichte ungern erklären würde.

»Ich gehe in die Sandkiste und zum Klettergerüst«, verkündete er und lief los.

»Aber bleib in der Nähe, wo ich dich sehen kann, okay?«

Poppy beschloss, Joel künftig zu einer festen Größe im Leben ihres Sohnes zu machen. Es wäre für sie beide ein Neuanfang. Überhaupt war es unverzeihlich, dass sie sich derart aus den Augen verloren hatten.

Das Ereignis, das ihre Familie auseinandergebracht, ja zerstört hatte, lag inzwischen lange zurück. Zeit, die

Wunden zu heilen. Sie war gespannt, wie es Joel zwischenzeitlich ergangen war und was er gerade tat. Garantiert irgendwas, um der Menschheit zu helfen, doch selbst gemeinnützige Vorhaben wurden bei ihm zum Erfolg. Ihr Bruder glänzte in allem, was er anfasste, genau wie ihr kleiner kluger Sohn.

Plötzlich bemerkte sie, dass ein klapperdürrer Mann sie anstarrte und langsam auf sie zukam. Poppys Blut gefror trotz der Hitze zu Eis. O Gott, das war Joel? Durch die getönten Scheiben des Zuges hatte sie ihn nicht richtig sehen können, sodass ihr jetzt erst klar wurde, in welch furchtbarer Verfassung er sich befand.

Die blasse Haut seines ausgezehrten Gesichts hing schlaff über den Knochen, als wäre sie zu groß, seine Wangen waren eingesunken, seine Augen lagen in tiefen Höhlen und huschten gehetzt herum, sein strähniges Haar schien an seinem Schädel zu kleben. Und der Rest sah nicht besser aus. Seine Kleidung war billig und ungepflegt. Eine Sportjacke über einem beigefarbenen Kapuzenpullover, eine viel zu weite Jeans, die von einem Gürtel notdürftig über seinen knochigen Hüften gehalten wurde, und schwarze Turnschuhe mit Klettverschluss, die absurd groß wirkten.

Nichts mehr erinnerte an Joels sportliche Figur von früher, an sein gutes Aussehen, seine gepflegte Kleidung und seine schier grenzenlose Energie. Damals war immerzu ein Funkeln in seinen Augen gewesen, denen nichts entging, jetzt waren sie stumpf und müde. Ihr ganzer Bruder wirkte, als hätte er mit dem normalen Leben nichts mehr zu tun, als würde er dumpf in den Schatten dahinvegetieren.

Panik stieg in ihr auf, weil irgendwas ganz und gar nicht

stimmte. Er musste an einer schrecklichen Krankheit leiden, an irgendetwas ganz Schlimmem, das alle Lebenskraft aus ihm heraussaugte. Eine andere Erklärung gab es nicht.

»Hallo, Pops.«

»O Joel, was ist mit dir passiert?«

Sie führte ihn zu einer Bank, wenngleich sie kaum wagte, ihn anzufassen, denn er wirkte so unendlich zerbrechlich. Er setzte sich hin, beugte sich vor und stützte die Hände auf die Knie. Poppy konnte nicht aufhören, ihn anzusehen. Er roch genauso, wie er aussah, bestimmt hatte er sich seit einer Ewigkeit nicht mehr gewaschen und ebenfalls nicht seine Klamotten gewechselt.

»Es ist ein Schock, mich zu sehen, ich weiß«, sagte er lahm. »Mein Problem ist, dass ich praktisch nicht schlafen kann. Nie.«

»Ich werde dir helfen«, erwiderte sie spontan. »Du bist mein Bruder. Egal, was … geschehen ist, ich werde mein Bestes tun.« Sie verstummte und sah hinüber zum Klettergerüst, an dem Gabriel gerade kopfüber baumelte. »Ich habe seinerzeit versucht, dich zu erreichen, dir Nachrichten hinterlassen, aber dann wurde mir gesagt, dass du umgezogen bist.«

Joel sagte nichts, erklärte nichts, zeigte keine Gefühlsregung – er saß einfach da, als fehlte ihm die Energie für jedwede Reaktion. Im Grunde war Poppy genauso schlau wie zuvor. Es war erschütternd, ihn so zu erleben. Dieser Mensch war nicht ihr Bruder.

Bloß war dieses *Etwas* nicht Joel.

»Das da ist mein Sohn«, versuchte sie ihn aus seiner Lethargie zu reißen und deutete auf den Jungen. »Er heißt Gabriel, du wirst ihn mögen. Er erinnert mich an dich, als du …«

»Bist du noch mit …« Er schloss die Augen, offensichtlich fiel ihm der Name nicht ein.

»Mit Tim zusammen, ja.«

Vergeblich bemühte sie sich, das hier zu begreifen. Zudem war es ihr peinlich, neben diesem Wrack zu sitzen, das aussah wie einer, der unter den Brücken schlief. Ein paar Mütter bedachten sie bereits mit scheelen Blicken.

Poppy bemerkte, dass Joel den Kopf zur Seite drehte, und fragte: »Wohin siehst du?«

»Zur Klippe. Wo Will war.«

»O Joel.« Es war lange her, seit sie an die Sache mit ihrem Bruder hatte denken müssen, und ein Knoten bildete sich in ihrem Magen. »Was siehst du?«

»Nur die Klippe«, antwortete er, »Will ist weg.«

»Du darfst nicht …« Sie schüttelte den Kopf. »Denk nicht an das, was dieses Mädchen getan hat.« Energisch wischte sie mit einer Hand durch die Luft. »Tu es einfach nicht!«

»Ich sehe es immerzu.« Hilflos sah Joel seine Schwester an, die diese Erinnerungen nicht wieder an sich heranlassen wollte.

Was auf jener Klippe geschah, war für sie alle der Anfang vom Ende gewesen. Für ihre Eltern, für ihre Familie. Poppy war einfach nicht bereit, an das furchtbare Mädchen, die Ursache ihres Unglücks, zu denken.

»Gabe!« Sie sprang auf, als ihr Sohn auf dem Klettergerüst weiter nach oben stieg. »Komm da runter, sofort!«

»Ich kann das!«, rief er.

»Runter, sofort!«

Der Junge verdrehte die Augen, folgte widerwillig. Gabriel war ihr Ein und Alles, das Wichtigste in ihrem Leben. Ihm durfte nichts passieren. Tim und sie hatten viele

Jahre lang vergeblich versucht, ein Kind zu bekommen, und schon befürchtet, dass es nie klappen würde. Nein, sie würde kein Risiko eingehen mit ihrem Sohn und ihn ganz bestimmt auch keinen Sozialexperimenten aussetzen, wie ihre Eltern das getan hatten, indem sie dieses Mädchen ins Haus holten. Wohin solche Fahrlässigkeit führte, hatte man ja schmerzhaft erleben müssen.

»Etwas Gutes ist passiert«, hörte sie Joel in ihre Gedanken hinein völlig zusammenhanglos sagen.

Sie fragte sich, was er damit meinen könnte. Ihr Eindruck war eher, dass Joel seit Langem nichts Gutes widerfahren war. Als sie seine Hand nahm, wurde ihr beinahe übel davon, wie papiern sich seine Haut anfühlte. Und sofort schämte sie sich dafür.

»Sie ist wieder da«, sagte er.

»Wer? Ich verstehe nicht, was du meinst.«

»Sarah ist zu uns zurückgekommen, Pops.«

Entsetzt riss seine Schwester ihre Hand zurück. Der Schock, ihn so zu sehen, reichte ihr – und jetzt redete er von *ihr!*

»Sie möchte dich treffen.«

Die Hölle würde zufrieren, bevor sie dieses Miststück erneut in ihr Leben ließ.

Als ein Schatten vor ihr auftauchte, blickte sie auf und hätte am liebsten laut losgeschrien, denn da stand sie, inzwischen erwachsen, leibhaftig vor ihr. Sarah, die an allem schuld war und mit der das ganze Unglück angefangen hatte.

»Hallo, wie schön, dich zu sehen. Es ist so lange her.«

»Bleib weg von mir!«

Außer sich vor Empörung über so viel Frechheit eilte Poppy zum Klettergerüst.

»Wir brauchen deine Hilfe.« Tatia musste laufen, um mit ihr Schritt zu halten. »Besser gesagt: Joel braucht deine Hilfe.«

Poppy antwortete nicht, wandte sich stattdessen an ihren Sohn. »Gabe, wir müssen gehen. Runter da!«

»Wir sind doch gerade erst gekommen«, maulte der Junge.

»Ich verstehe, wie du dich fühlen musst.« Tatia zupfte an Poppys Arm. »Hör mir trotzdem bitte zu.«

»Halt dich fern von mir!«

»Du bist so schön«, schmeichelte Tatia. »Eine echt umwerfende Frau. Beneidenswert!«

Die Charmeoffensive verpuffte wirkungslos. Poppy zerrte ihren Sohn vom Klettergerüst und dann zum Ausgang des Spielplatzes, blieb vor Joels Bank kurz stehen.

»Erinnerst du dich, was das letzte Mal passierte, als diese Frau in unser Leben kam? Weißt du noch, was Will passierte?« Sie war den Tränen nahe und glaubte zu wissen, dass sie ebenfalls an Joels Elend schuld war. »Mein Gott, Joel, was hat sie dir angetan?«

Tatia erschien neben ihr. »Wir würden gerne …«

Zum ersten Mal sah Poppy sie richtig an. Früher hatte jeder geschwärmt, wie hübsch Sarah sei, aber aus dem zierlichen jungen Mädchen war eine plumpe Erscheinung mit lauter Fettpolstern geworden. Das schlecht geschnittene Haar sowie die knielangen Cargoshorts, die sich über ihren dicken Schenkeln spannten, die Wanderstiefel und die Strümpfe mit den roten Herzen, das alles verstärkte ihr ungünstiges Aussehen zusätzlich.

Ihr Lächeln allerdings war immer noch dasselbe – ein böses Grinsen, wie Poppy fand.

»Sei still«, fauchte sie die verhasste Adoptivschwester an und richtete das Wort erneut an ihren Bruder. »Mir tut leid, was dir passiert ist, sieh mich an, Joel!« Langsam schaute er vom Boden zu ihr auf. »Dennoch lasse ich nicht zu, dass diese Frau in meine Nähe oder die meines Sohnes kommt. Meines *Sohnes,* Joel.«

»Sarah und ich brauchen deine Hilfe.«

»Nenn sie nicht so«, entgegnete Poppy scharf. »Sie ist Tatia. Tatia irgendwas, Tatia Marmelade.« Sie lachte verbittert. »*Die* ist sie.«

Poppy hatte sich mühsam aus den Trümmern ihrer Kindheit befreit und sich ein neues Leben aufgebaut, eine Zukunft, nachdem dieses Mädchen ihr altes Leben, das voller Freude, Geborgenheit und Liebe gewesen war, unwiederbringlich zerstört hatte.

»Wer ist das?«, hörte sie ihren Sohn mit einem Mal fragen.

Ihr war gar nicht bewusst gewesen, dass Tatia nach wie vor an ihren Fersen klebte.

»Sieh sie nicht an!« Poppy schob ihn vorwärts.

»Er sieht aus wie du. Was für ein hübscher Junge«, ließ Tatia sich vernehmen.

Gabriel musterte sie neugierig. »Magst du Witze?«

»Ja, die mag ich!«

»Bleib weg von ihm«, zeterte Poppy.

»Tut mir leid, ich wollte nie …«

Poppy fuhr herum und funkelte die andere an. »Egal, was du dir in deinem kranken Hirn vorstellst, du bist nicht und wirst nie Teil unserer Familie sein.«

Ihre Worte hallten laut über den Spielplatz, nicht wenige Mütter reckten bereits neugierig die Hälse.

»Joel braucht deine Hilfe.« Tatia packte ihr Handgelenk. »Bitte!«

»Hast du ihm je erzählt, was wirklich passiert ist?«

»Natürlich nicht. Das würde ich *niemals* tun.«

Für den Bruchteil einer Sekunde erwog Poppy, dieser abscheulichen Frau eine Chance zu geben, sie anzuhören. Immerhin schien sie Joel zu lieben. Doch allein die geringste Berührung ihrer Finger verursachte ihr einen maßlosen Ekel. Etwas mit Tatia stimmte nicht, hatte es von Anfang an nicht. Poppy wollte sich von ihr befreien, bloß ließ Tatia nicht locker, drückte ihr einen Zettel mit einer Telefonnummer in die Hand.

Zitternd warf Poppy ihn in ihre Tasche und hielt einen Passanten an.

»Falls diese Frau mir folgt, wenn ich den Spielplatz mit meinem Sohn verlasse, könnten Sie dann bitte die Polizei rufen?«

Der Mann holte sein Handy aus der Tasche und hob es hoch. »Selbstverständlich.«

Einigermaßen beruhigt machte sie sich auf den Weg den Hügel hinunter. Von fern meinte sie indes noch Tatias Stimme zu hören, die »Lebwohl, Poppy!« rief.

Tatia half Joel von der Bank auf ignorierte die misstrauischen Blicke sämtlicher Eltern und verließ mit ihm den Spielplatz.

»Gehen wir zurück.«

Sie dirigierte ihn in die entgegengesetzte Richtung zu der, in die seine Schwester und ihr Sohn entschwunden waren, aber es brach ihr fast das Herz, als sie bemerkte, wie er mit gebeugten Schultern, an Körper und Seele krank, den beiden Personen nachschaute, die ihm von seiner Familie geblieben waren.

»Jetzt sind wir auf uns gestellt, mein Liebling.«

»Ja.« Sein Blick war nach wie vor auf Poppy gerichtet. »Wir werden immer auf uns gestellt sein.«

# 23

## Elf Jahre nach Will

»Dad!« Joel stellte seinen Rucksack ab und hob die Post vom Dielenboden auf. Rechnungen, Wurfsendungen, Prospekte von Lieferdiensten. »Ich muss gleich wieder weg!«

Im Wohnzimmer war es wie üblich dunkel, da Patrick Bliss den ganzen Tag die Vorhänge geschlossen ließ. Die Luft roch säuerlich nach schalem Alkohol, was die Kanarienvögel in ihrem Bauer jedoch nicht daran hinderte, fröhlich zu trillern. Alles wie immer, nur dass sein Vater nicht in seinem gewohnten Sessel am Kamin saß, umgeben von Zeitungen, leeren Flaschen und einer Auswahl von Politikermemoiren. Da er fürchtete, er könnte in einem der oberen Zimmer gestürzt sein, ging Joel hinauf.

Er fand ihn nicht.

War er womöglich ausgegangen? Einerseits würde ein bisschen Bewegung ihm guttun, andererseits war er wahrscheinlich betrunken, verirrte sich und musste wieder von der Polizei nach Hause gebracht werden. Was heute Abend ungünstig wäre, da Joel mit Freunden vom College in einem Pub verabredet war.

»Mach dir keine Sorgen um mich«, pflegte Patrick immer zu seinem Sohn zu sagen. »Ich kann auf mich selbst aufpassen.«

Was er allerdings nicht wirklich konnte. Ohne Joel würde er sich über kurz oder lang zu Tode trinken. Wenn er nach Hause kam, war das Erste, was Joel tat, sämtliche Flaschen einzusammeln, die er im Haus fand. Leider war Patrick mit der Zeit immer gerissener geworden und bunkerte seine Vorräte hinterm Sofa, unter der Matratze und selbst in der Dachrinne. Einmal hatte er sogar die Scheuerleisten abmontiert, um sie dahinter zu verbergen.

Dennoch genoss Joel seine Gesellschaft. Oft saß er bis spätnachts mit seinem Vater zusammen und hörte sich an, was nach dessen Ansicht auf der Welt anders laufen müsste. Joel liebte die Geschichten von den politischen Kreuzzügen, die seine Eltern in ihrer Jugend geführt hatten. Wie sie sich vor dem Verteidigungsministerium angekettet hatten oder wie Jill ihren Mann bei einer Demonstration zwischen den Beinen eines Pferdes hervorgezogen hatte. Bei allem, was in den Jahren seit Wills Tod geschehen war, vergaß man leicht, dass sie einst dynamische, politisch aktive Menschen gewesen waren.

Jill und Patrick Bliss interessierten sich für gesellschaftliche und soziale Fragen, weil es in der Welt schließlich so viel Ungleichheit, so viel Armut gab. Schon früh wollte Joel in die Fußstapfen seiner Eltern treten, engagierte sich für mehrere wohltätige Organisationen und Initiativen, obwohl es nicht leicht war, das alles neben dem Wirtschaftsstudium und seinem Teilzeitjob zu schaffen. Und natürlich musste er sich um seinen Vater kümmern. Manchmal überlegte er, Hallo-wach-Pillen zu schlucken, um nachts zu lernen, aber dann würde er am nächsten Tag im Hörsaal einschlafen.

Joel ging wieder nach unten. Wo sollte er seinen Vater suchen? Im Pub? Eher nicht, denn wie die meisten Alkoholiker trank er lieber allein, um sich keine dummen Kommentare anhören zu müssen.

Okay, dachte Joel, damit war seine Verabredung für den Abend wohl gestorben. Schade, er war in der Stimmung gewesen, mit ein paar Pints zu feiern. Sein Tutor hatte ihm gesagt, dass er großartige Leistungen erbringe und sein Potenzial nach Möglichkeit an einer Spitzenuniversität entfalten sollte. Er schenkte sich ein Glas Wasser ein, trat ans Fenster und blickte in den Garten, entdeckte seinen Vater.

Patrick Bliss hing in einem Baum.

Vermutlich länger schon, denn seine Zunge quoll schwarz zwischen den Zähnen hervor. Seine Hände waren zu Fäusten geballt, was ihm im Tod mit einem Mal etwas Wütendes verlieh. Was mochte er in der letzten Minute seines Lebens gedacht haben?

Joel starrte hinauf zu seinem toten Vater und empfand zu seinem Entsetzen eine unendliche Erleichterung. Schließlich hatte Patrick nichts unversucht gelassen, sich zu Tode zu trinken – eine Bürde, die für seinen Sohn schwer zu tragen gewesen war. Immer musste er auf ihn aufpassen, ihn suchen, ihn ins Bett bringen.

Trotzdem fragte Joel sich, was ihn zu diesem finalen Schritt bewogen haben mochte – nichts an seinem Verhalten hatte darauf hingedeutet. Es gab keinen Abschiedsbrief, keinen wirren Schrieb voller Rechtfertigungen. Die einzige Erklärung war, dass er nie den Verlust seiner Frau und seines jüngsten Kindes verwunden hatte. Mit Wills Tod hatte die Tragödie begonnen.

*Eben war Will noch da, und im nächsten Moment …*

Zittrig tastete Joel nach seinem Handy, um Poppy zu

verständigen, wählte die Nummer und wartete, dass sie abnahm.

»Hi, Joely!« Es knackste in der Leitung, und im Hintergrund war Wellenrauschen zu hören. »Herzliche Grüße aus dem schönen Leben!«

Joel wandte sich von der Leiche seines Vaters ab, um seine verzerrte Miene nicht mehr sehen zu müssen.

»Wo bist du?«

»Wir sind in Kapstadt. John und Tanya haben ein Haus am Strand gemietet. Den müsstest du mal sehen. Die Pinguine kommen geradewegs auf einen zu.«

Sie war im Urlaub. Das hatte er nicht auf dem Schirm gehabt, erinnerte sich nicht mal, wann sie sich zuletzt gesehen hatten. Es musste Wochen, wenn nicht gar Monate her sein. Früher war Poppy regelmäßig vorbeigekommen, neuerdings hingegen verbrachte sie viel Zeit mit Tims Familie. Sie finde es einfach deprimierend, ihren Vater so verloren zu sehen, hatte sie einmal gesagt.

»Was ist los?«, fügte sie hinzu, als er nichts sagte.

Wie sollte er es ihr sagen? Dazu, wo sie weit weg in Kapstadt war? Joel hatte längst gelernt, mit vielem klarzukommen, das hier allerdings überforderte ihn.

»Kannst du bitte nach Hause kommen?«

Er merkte, dass sie gerade anderweitig beschäftigt war, hörte sie lachen und mit jemandem reden.

»Ich muss Schluss machen«, sagte sie anschließend zu ihm. »John hat ein Volleyballspiel organisiert, und alle sind genervt, weil ich am Telefon hänge. Ist alles in Ordnung?«

»Eigentlich …«

»Dann ist es ja gut.« Sie senkte die Stimme. »Entschuldige, dass ich nicht vorbeigekommen bin, ich hatte irre viel zu tun. Ich komme euch besuchen, sowie ich zurück bin, versprochen. Du warst noch nie bei Tanya und John, oder? Musst du unbedingt nachholen – eine Pause von Dad tut dir bestimmt gut.«

»Poppy, ich muss dir was erzählen …«

»Wir verabreden uns, sobald ich wieder zu Hause bin.« Er hörte im Hintergrund die Wellen rauschen. »Bis bald, hab dich lieb!«

Dann war die Leitung tot.

Joel hockte sich auf die Stufen zur Hintertür und blickte hinauf zu den geballten Fäusten seines Vaters. Und er wusste, was immer er in diesem Leben erreichen wollte, er würde es alleine schaffen müssen.

# 24

## Heute

Sie hatten einen Hauptverdächtigen. Carl Clarke war ein Gewohnheitsverbrecher mit einem langen Strafregister, das beinahe zwei Jahrzehnte zurückreichte: Diebstahl, Veruntreuung, diverse Verurteilungen wegen Betrugs und Drogenhandels, aber hauptsächlich Einbruchsdiebstahl.

Eine Suche in der Datenbank der Polizei ergab, dass seine Fingerabdrücke in vielen Häusern aufgetaucht waren, manchmal zusammen mit anderen, die bisher nicht zugeordnet werden konnten. Drakes Team hatte deshalb Kontakte zu den zuständigen Dienststellen aufgenommen.

Clarke zu identifizieren, das war eine Sache – ihn zu finden, eine völlig andere. Er verfügte über keinen festen Wohnsitz, und die letzte, ein Jahr alte Adresse war die eines möblierten Zimmers in Wembley, wo er seither nicht mehr gesehen wurde. Alte Freunde gaben an, er habe gelegentlich bei ihnen gepennt, und in diversen Läden, Pubs oder Clubs war er gesehen worden, doch niemand wusste, wo er sich wirklich aufhielt.

Zum Glück hatten selbst Leute wie Carl Clarke eine Mutter, und Mütter sind seit Anbeginn der Zeit die letzte

Anlaufstelle für Tunichtgute. Jean Clarke lebte in einer Erdgeschosswohnung nahe der Camden Road.

Auf der Suche nach einer Parklücke, die nicht unter einem Baum lag, von dem Vögel herunterkackten, fuhr Drake seinen Mercedes die Straße rauf und runter. Mülltonnen am Gehweg erschwerten zusammen mit Abfallsäcken die Suche.

Flick war die ganze Fahrt über abgelenkt gewesen, und ein Lächeln umspielte ihre Lippen, als lauter Textnachrichten auf ihrem Handy eingingen.

»Arbeit?«, erkundigte sich Drake.

»Nein«, antwortete sie und tippte aufs Display. »Ein Freund.«

Sie hatte heute eindeutig etwas Beschwingtes. Drake wusste nicht, wie oder warum, aber ihre Stimmung schien zu seiner Erleichterung erheblich besser zu sein. Weiter nachzufragen, wagte er nicht. Flick war nicht der Typ, sich groß über ihr Privatleben auszulassen.

Minuten später klopften sie an Jean Clarkes Tür. Eine Sicherheitskette ruckte am Türrahmen, dann stand eine dünne, vogelähnliche Frau vor ihnen, die Drake kaum bis zur Brust reichte.

»Mrs. Clarke?« Der DI hielt ihr seinen Dienstausweis hin. »Dürfen wir Sie kurz sprechen?«

»Das kann ich nicht lesen«, sagte sie barsch. »Wer sind Sie?«

»Detective Inspector Ray Drake.« Er reichte ihr den Ausweis, damit sie ihn näher betrachten konnte. »Und dies ist Detective Sergeant Flick Crowley. Wir würden gerne mit Ihnen über Ihren Sohn reden.«

»Mein Sohn ist hier.«

Drake spannte sich an. »Welcher, Mrs. Clarke?«

»Kevin, mein Ältester.«

»Wir möchten mit Ihnen über Carl sprechen.«

»Carl?« Die alte Frau neigte den Kopf zur Seite. »Ist ihm was passiert?«

»Wahrscheinlich ist es einfacher, wenn wir reinkommen und es Ihnen erklären.«

»Kevin ist hier«, sagte sie, »also warne ich Sie. Falls das irgendein Schwindel ist …«

Sie knallte die Tür zu und ließ sie lange genug geschlossen, dass Flick und Drake sich überlegen konnten, was mit dem Dienstausweis wurde, doch nach einer Weile hörten sie die Kette scheppern, und die Tür ging weit auf.

In der Küche am Ende eines schmalen Korridors saß ein kräftiger Mann, der den Polizeifotos nach seinem Bruder Carl wie aus dem Gesicht geschnitten war. Er ärgerte gerade seinen Hund, einen Pitbull, indem er ihm ein Kauspielzeug so hoch hielt, dass er nicht rankam. Kläffend und knurrend sprang er immer wieder danach. Kevin Clarke hatte ebenfalls schon eingesessen wegen Körperverletzung und schwerer Sachbeschädigung, wobei seine Verurteilungen allerdings viele Jahre zurücklagen.

Drake war froh, als Jean Clarke sie nicht in die Küche, sondern in ein kleines Wohnzimmer führte, in dem gerade genug Platz war für einen Sessel und ein Sofa, einen Fernseher und einen Gaskamin. Ein niedriger Glascouchtisch verschlang den noch übrigen Raum.

Mrs. Clarke sah aus, als würde sie jeden Moment in Tränen ausbrechen.

»Soll ich Kevin dazubitten?«

»Das wäre vielleicht eine gute Idee.«

Sie öffnete die Tür. »Kevin, komm her! Hier sind … Was sagten Sie noch?«

»DI Drake und DS Crowley.«

»Die Polizei ist hier!«, rief sie mit zittriger Stimme durch den Flur. »Die wollen mit uns reden, Kevin. Hör auf, das Tier zu ärgern.«

Drake stieß sich das Schienbein an, als er sich hinter dem Couchtisch aufs Sofa schob, Flick rutschte neben ihn, während Mrs. Clarke sich ganz vorn auf den Sessel am Feuer hockte.

»Sagen Sie mir bitte, dass ihm nichts passiert ist.«

»Wann haben Sie Ihren Sohn zuletzt gesehen, Mrs. Clarke?«

»Bitte, sagen Sie Jean«, bat sie Flick.

»Wann haben Sie Ihren Sohn zuletzt gesehen, Jean?«

»Carl, meinen Sie? Das ist Monate her. Er ist ja Vertreter, also reist er viel und lässt oft nichts von sich hören.«

»Was verkauft er denn?«, hakte Drake nach.

»Alles Mögliche. Er ist ein Selfmademan«, brachte sie mühsam heraus, »da muss er kreuz und quer durchs Land reisen. Kevin, jetzt komm her!«

Einen Moment später erschien der andere Sohn samt Hund, der inzwischen das Spielzeug zwischen seinen eindrucksvollen Zähne hielt und wild mit dem Schwanz schlug.

»Können Sie den irgendwo ablegen?«, sagte Drake, der Hunde nicht sonderlich mochte, und erntete dafür missmutige Blicke.

Wie Carls Augen waren auch Kevins ein wenig verschleiert, darunter hingen dunkle Tränensäcke, und seine finstere Miene stand der seines Bruders nicht nach. Wenigstens machte er kein Theater und brachte den Hund raus.

Die alte Frau war inzwischen ziemlich blass geworden. »Warum wollen Sie überhaupt etwas über Carl wissen?«

»Wir müssen ihn im Zuge einer Ermittlung befragen.«

Jean Clarke nagte an ihrer Unterlippe. Drake konnte sich gut vorstellen, welche Sorgen ihr diese Söhne im Laufe ihres Lebens bereitet hatten. Sie wollte so gerne glauben, dass Carl ein erfolgreicher Mann war, der die M1 rauf- und runterreiste, wertvolle Sachen an- und verkaufte – ungeachtet der Tatsache, dass er bereits im Gefängnis gesessen hatte. Dass er wieder dort landen könnte, dürfte für sie ein wiederkehrender Albtraum sein.

»Kevin«, rief sie. »Wo bleibst du denn?«

Als er zurückkehrte, hockte er sich auf die Armlehne des Sessels, in dem seine Mutter fast verschwand.

»Sie wollen Carl befragen«, berichtete sie ihm fast unter Tränen. »Was bedeutet das?«

»Was wollen Sie genau?« Kevins Frage war an Drake gerichtet.

»Es gab eine Einbruchsserie«, erwiderte der Detective. »Und einige Opfer.«

»O nein!« Ungläubig riss Jean Clarke die Augen auf. »Er meint die Morde, die in den Nachrichten waren.« Sie schüttelte den Kopf. »Sag ihm, dass das nichts mit Carl zu tun hat.«

»Momentan ist erst mal wichtig, dass wir mit Ihrem Sohn reden und ihn vielleicht ausschließen können«, warf Flick diplomatisch ein.

»Ihn ausschließen, das sagen Sie immer!«

»Mum, beruhige dich.«

»Wissen *Sie,* wo wir ihn finden, Kevin?«

»Carl ist ein guter Junge. Sie haben den Falschen. Sag ihnen, dass sie den Falschen haben, Kevin.«

»Wir haben Spuren von Carl an mehreren Tatorten gefunden«, wurde Drake jetzt konkreter.

Jean Clarke stand auf, begann unruhig vor dem Gasfeuer auf und ab zu wandern und rief mit schriller Stimme unentwegt: »Nein, nein, nein!«

»Mum.« Kevin presste die Finger auf seine Augen. »Warum setzt du dich nicht?«

»Wie kann ich ruhig dasitzen, wenn diese Leute in unsere Wohnung kommen und so furchtbare Sachen sagen?«

»Mrs. Clarke«, begann Flick mit sanfter Stimme. »Ich weiß, wie Sie sich fühlen müssen …«

Jetzt wurde die bislang zahme Alte ausfallend und ordinär. »Woher wollt ihr Schwanzlutscher wissen, was ich denke?«, keifte sie erbost.

Selbst Kevin schien entsetzt. »Mum!«

Doch die liebe, gute Mum war nicht zu bremsen. »Das seid ihr. Schwanzlutscher. Ihr Bullen widert mich an. Alles, was ihr macht, ist Lügen über meinen Jungen zu verbreiten.«

»Mum …«

Wütend drehte sie sich zu ihrem Sohn um. »Und du halt die Klappe, du bist ja bloß neidisch auf ihn!«

»Klar«, seufzte Kevin. »Das wird es sein.«

Sie beugte sich ein Stück vor. »Weil Carl ein *richtiger* Mann ist«, fauchte sie den Älteren an. »Ein wirklicher Kerl, kein Pantoffelheld wie manche andere.«

Kevin wandte seufzend den Kopf zur Seite.

»Dein Bruder ist doppelt so viel Mann wie du.«

»Mum.« Kevin verschränkte die Arme vor der Brust. »Ich bin mit einer ehemaligen Miss Maidstone verheiratet, habe drei wunderbare Kinder und ein Haus mit fünf Schlafzimmern, einen Firmenwagen und einen jährlichen Bonus, private Altersvorsorge und Krankenversicherung. Außerdem habe ich ein Sky-Abo, Filme, Sport, alles. Ich bin Mitglied in einem teuren Golfclub und habe ein Timeshare in Spanien. Dieses Jahr fahre ich zum zweiten Mal mit den Kindern in Skiurlaub und mache eine Kreuzfahrt. Carl hingegen hat, als ich ihn das letzte Mal gesehen habe, immer noch geklaut und gelogen, und er konnte einen Dreck vorweisen.« Er deutete auf Drake und Flick. »Und jetzt stellt sich heraus, dass er sehr wahrscheinlich Leute umbringt. Trotzdem ist Carl in deinen Augen ein Mustersohn und ein Vorbild für mich. Ein wirklich tolles Vorbild!«

Jean Clarkes Gesicht verzerrte sich zu einer wütenden Maske. »Jedes Mal, wenn dich die kleine Schlampe rauswirft, kommst du bei deiner Mutter angekrochen. Wie ein Wurm!«

Kevin verdrehte die Augen. »Ich war ein einziges Mal für drei Tage hier, und das ist zwölf Jahre her. Carl kam früher jede zweite Woche angeschissen und hat sich dann mit der Hälfte deiner Ersparnisse verpisst.«

Seine Mutter drehte sich erneut zu Drake und Flick um. »Wenn ihr mit mir sprechen wollt, müsst ihr mich schreiend und tretend in euer Scheißhaus von einer Wache zerren.«

»Denk dran, was der Arzt gesagt hat über dein …«

Jean Clarke richtete den Zeigefinger auf ihren Sohn wie eine Pistole. »Seine Frau verbietet seinen Kindern, ihre Granny zu sehen, und er unternimmt nichts dagegen.«

Kevin schlug sich frustriert auf die Schenkel. »Wundert dich das?«

Der Hund kratzte bellend an der Küchentür.

»Mrs. Clarke, ich bitte Sie, beruhigen Sie sich«, versuchte Drake es auf die freundliche Tour.

»Lassen Sie meinen Carl in Frieden«, konterte sie unversöhnlich. »Er ist ein guter Mann, ein ganzer Mann und hunderttausend von euch wert. Ich hoffe, wo er auch ist und was er auch macht, dass er glücklich ist. Ich hoffe, dass ihr ihn nicht schnappt. Ich hoffe, ihr kriegt Krebs und verreckt.«

Drake sah Kevin an, der zur Tür nickte.

»Ihr seid Abschaum«, zeterte Jean Clarke aufs Neue los. »Genauso wie die Richter und die Anwälte und die Geschworenen und die Sozialarbeiter und Bewährungshelfer, die nichts lieber mögen, als das Leben unschuldiger Menschen zu zerstören. Los, verschwindet!« Sie rotzte auf den Teppich. »Und kommt ja nicht wieder, sonst hetze ich den Hund auf euch.«

»Wir finden allein raus«, sagte Drake.

»Ich passe auf, dass sie gehen, Mum.«

»Ersäuf sie im Fluss wie kleine Katzen. Oder stell sie an die Wand!«

Kevin Clarke begleitete sie nach draußen.

»Tut mir leid. Meine Frau lässt sie nicht ins Haus, deshalb komme ich ab und zu her.« Er blickte zu dem Fenster, wo Jean Clarke ihrem Besuch eine obszöne Geste hinterherschickte. »Ich verstehe selbst nicht, warum ich mir das antue. Sie regt sich wegen allem auf.«

»Aufregen?« Flick atmete langsam aus. »Das ist milde ausgedrückt.«

»Stimmt das, was Sie gesagt haben?«, fragte Kevin. »Wegen dieser Einbrüche?«

Drake nickte. »Sieht so aus. Wir haben DNA-Spuren, die Carl mit einer Anzahl von Häusern in Verbindung bringen, und eine Videoaufnahme aus einem der Häuser von jemandem, der Ihrem Bruder verdammt ähnlich sieht.«

»Carl schert sich einen Dreck um unsere Mutter«, sagte Kevin. »Trotzdem tut sie so, als würde ihm die Sonne aus dem Hintern scheinen. Ich habe ihr Reisen geschenkt, ihre Rente aufgestockt. Ihr fehlt es an nichts, dank mir. Aber dieses verfluchte große Baby von einem Bruder war immer ihr Liebling. Verrückte Welt.«

»Ihre Mutter sagte, dass sie Carl lange nicht gesehen hat. Ist das wahr?«

»Seit Monaten nicht mehr. Keiner von uns. Und ich habe Gott weiß kein Interesse, ihn zu sehen.«

Drake spürte, dass der Bruder reden wollte. »Wir sind für jeden Hinweis dankbar.«

»Carl steht auf Mixed Martial Arts.« Kevin ging ein Stück weiter die Straße entlang, sodass sie vom Haus aus nicht mehr zu sehen waren. »Da gibt es einen Pub oben bei Borehamwood, wo sie Kämpfe veranstalten, Worthington heißt der, Carl war früher immer dort, um alles zu verticken, was er geklaut hatte. Er hat zwar selbst mal gekämpft, doch darin war er genauso sauschlecht wie in allem anderen. Er war mit einem Promoter befreundet, Riz Arda. Vorletzte Woche habe ich Riz zufällig getroffen, und er hat mir erzählt, dass er Carl im Pub gesehen hat.«

»Wann?«, fragte Flick.

»Vor zwei oder drei Wochen, einem Monat vielleicht.«

»Wo finden wir Riz?«

»An Kampfabenden im Worthington.«

»Und wann sind die?«

»Einmal die Woche. Heute Abend ist einer.« Er seufzte. »Hören Sie, ich gehe lieber wieder rein und beruhige sie.«

»Vielen Dank für Ihre Hilfe«, verabschiedete sich Drake.

»Wenn er was mit diesen Morden zu tun hat, verdient Carl alles, was er kriegt. Sie werden mir nicht glauben, dass er echt mal ein nettes Kind war, außer dass er einem den letzten Pfefferminz klaute, wenn er die Chance hatte. Was jetzt abläuft, ist krankhaft. Er kann nicht anders, das ist wie ein Zwang oder eine Sucht. In die Häuser von anderen zu gelangen ist das einzige Talent, das er je besessen hat, und, seien wir ehrlich, eine Tür einzutreten ist nichts, womit man groß angeben kann.«

»Hat Carl eine Freundin?«, wollte Drake noch wissen.

»Keine Ahnung, ist mir auch egal.«

Flick nickte zum Haus. »Kommen Sie klar?«

»Mum ist wie der Hund, kläfft laut, ohne zu beißen. Eine Tasse Tee und ein paar Vanilletörtchen, und sie ist wieder im Nette-alte-Dame-Modus.« Er zuckte mit den Schultern. »Oder sie hetzt den Hund auf mich. Je nachdem.«

# 25

Drake bog mit dem Wagen von der Schnellstraße ab und auf den pockennarbigen Kiesparkplatz ein, wobei er den tiefsten Schlaglöchern auszuweichen versuchte. Einige der klassischen edwardianischen Elemente des Pubs wie die bunten Fliesen und Keramikdekors sowie die Ätzglasfenster waren entfernt und die Fachwerkbalken schwarz gestrichen worden. Ein riesiges Plastikschild, das freie Cocktails für Frauen an jedem Freitagabend versprach, nahm in Höhe des ersten Stockwerks die gesamte Hausbreite ein. Und das Einzige, was den Pub vor dem vierspurigen Verkehr abschirmte, war eine hohe Hecke, die im Luftzug, den die vorbeidonnernden Lastwagen verursachten, erbebte. Zwei Türsteher in Steppjacken lungerten am Eingang unweit einer Gruppe ungepflegter Männer herum, die rauchend zusammenstanden. Von drinnen drang Lärm wie bei einem sportlichen Großereignis heraus.

»Das wird spaßig«, unkte Eddie Upson.

»Bleiben Sie hier.« Drake stellte den Motor ab und blickte nach hinten zu Flick, die auf die Rückbank verbannt worden war, als Eddie einstieg.

»Kommt nicht infrage.« Sie war immer noch angesäuert, dass Eddie überhaupt mit von der Partei war, und das bloß deshalb, weil er angeblich mal einen Film über Martial Arts gesehen hatte. »Ich gehe mit rein.«

Als sie sich dem Eingang näherten, beäugten die Raucher sie misstrauisch. Drinnen läutete eine Glocke, gefolgt von Johlen. Einer der Türsteher, ein rothaariger Bursche mit dem tätowierten Wappen eines Fußballclubs am Hals, sagte ihnen, dass sie im Vorraum zahlen müssten. Eddie, der es nicht erwarten konnte, zückte sogleich seine Brieftasche.

»Achten Sie darauf, dass Sie sich das zurückgeben lassen«, spottete Drake ihn.

Der Pub war voll, die Beleuchtung schummrig, die Wände waren schwarz gestrichen. In der Mitte des Raumes befand sich ein von Flutlichtern grell ausgeleuchteter sechseckiger Ring, der umgeben war von Seilen und Netzen. Drinnen hüpften zwei barfüßige Männer herum, die schlugen, traten, auswichen und antäuschten. Sie umklammerten sich kurz und drehten sich, bevor der Ringrichter sie trennte. Einer der Kämpfer landete einen Fausttreffer, der seinen Gegner in die Seile schickte. Die Menge brüllte. Flick wusste nicht viel über MMA, aber der Kerl, der da vertrimmt wurde, sah zu alt und ungesund für den Ring aus. Sein Bauch schwabbelte, als er orientierungslos umhertorkelte.

Flick, Drake und Eddie beobachteten vom Rand aus die Zuschauer, zumeist Männer mittleren Alters mit Pints in den Händen, die überschwappten, wenn sie zu applaudieren versuchten. Ein paar stießen sich mit den Ellbogen an, als sie die drei Polizisten bemerkten, und beäugten sie argwöhnisch, als sie von einer Gruppe zur nächsten gingen und nach Riz Arda fragten.

Eddie deutete auf das Toilettenschild und sagte: »Dauert nicht lange.«

»Hände waschen nicht vergessen!«, rief Flick ihm nach.

»Er ist da drüben«, flüsterte Drake ihr zu, als er von seinem Rundgang zurückkehrte.

Sobald sie auf den Gesuchten zugingen, schraken viele der Männer zurück, als hätten sie eine ansteckende Krankheit. Riz war ein großer Mann in einer silbernen Daunenjacke, engen Jeans und teuren Sportschuhen. Die schmale Linie um sein Kinn konnte ein Bart sein oder nicht – das ließ sich bei dieser Beleuchtung nicht genau entscheiden.

»Leute in Anzügen«, lachte er, als sie sich näherten. »Die sieht man hier nicht oft.«

»Riz Arda?«, fragte Drake.

»Ich würde ja gerne quatschen, nur muss ich gerade meinen Freund Lee anfeuern.«

»Detective Inspector Ray Drake.«

»Sie sehen wie Bullen aus.« Riz blickte erneut zum Ring, wo der ältere Kämpfer unerwartet einen Schlag gelandet hatte und der jüngere umkippte. Riz streckte die Hände in die Höhe. »Schnapp ihn dir! Nutz den Vorteil!«

»Carl Clarke«, sagte Drake, der ebenfalls zum Ring schaute. »Wir müssen mit ihm reden.«

Lee stolzierte durch den Ring, genoss die anfeuernden Rufe, musste dann allerdings einen Hagel von Fausthieben seines Gegners einstecken. Die Menge, die Blut roch, drängte nach vorn.

»Ach du Scheiße.« Riz wandte sich zu Drake. »Warum wollen Sie denn mit dem reden?«

»Wir interessieren uns im Rahmen einer Ermittlung für ihn.«

»Ich habe Carl ewig nicht mehr gesehen.« Riz knuffte seinen Kumpel an, einen kleinen, rundlichen Mann in einem Trainingsanzug, der Flick anzüglich angaffte. »Nev, wann haben wir Carl zuletzt gesehen?«

Der kleine Dicke blähte die Wangen auf. »Ich dachte schon, der hat auf irgendeinem Schiff angeheuert, so lange ist das her«, scherzte er.

»Ja, das ist wahr.« Riz hob verzweifelt die Hände hoch, als Lee einen Hieb gegen den Kopf abbekam und zu Boden ging. »Steh auf und kämpf!«

»Wie wir gehört haben, war er vor ein paar Wochen noch hier«, rief Drake über das Gebrüll der Menge hinweg. »Bei Ihnen.«

»Da hat man Sie falsch informiert. Carl war mal einer meiner Kämpfer, ja, doch nicht lange. Er war mit Begeisterung dabei, ließ sich aber nicht coachen. Er wollte bloß in den Ring und den anderen in Stücke reißen.«

»Wo finden wir ihn, Riz?«

Die Glocke läutete das Ende der Runde ein, und Riz schüttelte den Kopf.

»Hören Sie, mir gefällt nicht, dass Sie herkommen und mich bei der Arbeit behelligen. Vor meinen Kumpels, meinen Geschäftspartnern. Sie versauen meinen guten Ruf und meine Geschäfte ebenfalls.«

»Sagen Sie uns, wo er ist, und wir sind sofort weg. Oder geben Sie uns den Namen von jemandem, der es weiß.« Ein Mann ging vorbei und verschüttete absichtlich etwas von seinem Bier. »Fünf Menschen sind ermordet worden – bisher.«

Riz sah Drake sichtlich erschrocken an. »Nicht hier«, raunte er leise. »Hier ist es nicht sicher.«

Die Glocke läutete die nächste Runde ein, und die beiden Kämpfer traten erneut an. Lee klopfte sich auf die Brust, schob das Kinn vor und versuchte die Menge zu überzeugen, dass er diese Runde bereits in der Tasche hatte. Dabei wirkte er eher müde. Die beiden Männer gingen in einem Rausch von Tritten und Hieben aufeinander los. Die schreiende Menge rückte näher an den Ring. Flick roch irgendwo Gras.

»Also morgen«, brüllte Drake Riz ins Ohr und gab ihm eine Karte. »Sie können uns auf dem Revier von Carl erzählen.«

»Gut. Das machen wir, und jetzt verziehen Sie sich.«

»Sagen wir um neun, sonst kommen wir wieder.« Drake wandte sich an Flick. »Wo ist Eddie?«

»Toilette.«

Ein Mann stieg in den Ring, um sich um Lee zu kümmern, der einen Fausthieb auf die Nase bekommen hatte. Der jüngere Kämpfer hüpfte auf den Zehenspitzen und tat, als hätte er einen Weltmeistertitel in Las Vegas gewonnen.

Wo zur Hölle war Eddie?

Während Flick auf ihn wartete, holte sie ihr Handy zum gefühlten hundertsten Mal an diesem Tag heraus. Eine neue Nachricht. Ihr Herz machte einen Satz, als sie die kurze Zeile las:

*Versuch, dich nicht in Schwierigkeiten zu bringen* ☺

Frecher Kerl. Sie hatte ihm vorhin am Telefon auf die Schnelle berichtet, wo sie sich befand. Bestimmt wäre er in dieser Umgebung ganz in seinem Element. Sie sah ihn förmlich vor sich, wie er sich an der Bar mit den Jungs unterhielt und allen einen Drink spendierte. Und sie? Sie konnte es nicht erwarten, ihn heute Abend wiederzusehen.

Ihre Finger schwebten über dem Display, während sie sich eine Antwort überlegte, sarkastisch und ein bisschen frivol und auf keinen Fall vereinnahmend. Gedankenverloren schweifte ihr Blick umher.

Und da sah sie ihn.

Carl Clarke schlüpfte soeben durch einen Notausgang herein. Er nickte ein paar Kumpels zu, klopfte ihnen auf die Schulter und spazierte herum, als gehörte ihm der Laden. Hastig drängte sich Riz durch die Menge in seine Richtung. Kein Wunder, dass er vorhin so nervös gewesen war und die Polizei unbedingt loswerden wollte.

»Ray.« Sie stemmte sich von der Wand ab. »Ray!«

Drake löste den Blick vom Ring, aber Clarke war bereits im Gewühl untergetaucht. Riz hingegen palaverte heftig gestikulierend mit Nev und einem anderen Typen.

»Clarke ist hier«, stieß sie hervor.

»Gehen wir.« Er nahm ihren Arm und zog sie zur Tür, doch sie riss sich los.

»Was ist mit Eddie?«

»Gehen Sie schon mal zum Wagen und beordern Sie eine Einheit her. Ich suche Eddie.«

Jemand rief etwas. Männergruppen deuteten auf sie, bewegten sich auf sie zu. Clarkes Auftauchen sorgte eindeutig für einen gewaltigen Aufruhr, denn überall im Saal brodelte es. Als wäre ein Felsbrocken in einen See gestürzt und hätte eine Flutwelle ausgelöst. Zwei bullige Kerle kamen auf Flick und Drake zu, schnitten ihnen den Weg zum Ausgang ab, einer von ihnen bleckte grinsend die Zähne.

»Bulle!«, rief er. »Bulle!«

»Bullenschweine!«, echote der andere.

Mit erhobenen Armen forderten sie andere Umstehende zum Mitmachen auf.

Bulle!

Schweine!

Binnen Sekunden waren Flick und Drake umzingelt.

Die Situation war schlagartig brenzlig geworden. Eine kollektive Aggression breitete sich im Raum aus.

»Wir müssen weg«, befahl Drake. »Auf der Stelle!«

»Und Eddie?«

Ein Plastikbecher flog im hohen Bogen durch die Luft und landete vor ihnen, entfesselte einen Sprühregen aus Bier. Der Lärm nahm zu, ein weiterer Becher folgte. Flick sah, dass Riz weit hinten in der Menge mit der Hand einen Trichter formte und Carl Clarke etwas ins Ohr flüsterte.

Die Männer drängten vor, eine wabernde Wand von Muskeln. Es wäre Selbstmord, sich jetzt zum Ausgang zu bewegen.

Drake packte Flicks Hand und zog sie am Rand der Bar entlang. »Clarke entkommt. Los!«

Die Situation wurde immer undurchsichtiger. Freund und Feind ließen sich nicht mehr unterscheiden. In der Nähe des Ausgangs brach ein Mann eine Prügelei vom Zaun. Flick sah, wie Riz Clarke etwas in die Hand drückte, einen eckigen schwarzen Gegenstand, und ihn anschließend in Richtung Ausgang bugsierte.

Hinter der Bar gingen Flaschen und Gläser zu Bruch, die Menge wollte Blut sehen, ihrer unbestimmten Wut ein konkretes Ziel geben. Flick und Drake wurde es langsam mulmig. Es wurde gebrüllt, gehöhnt, geschlagen. Hoffentlich stürzte sich der entfesselte Pöbel nicht auf sie, dann wären sie geliefert.

»Zurück!« Drake suchte die Flucht nach vorn und hielt den Männern vor ihnen seinen Dienstausweis hin. Gleichzeitig schrie er ins Telefon: »Wo bleibt das Einsatzkommando, wir brauchen Verstärkung, und zwar sofort!«

Eddie, der soeben aus der Toilette kam, entdeckte Clarke, der sich rauszuschleichen versuchte. Flicks warnende Rufe, keinen Alleingang zu machen, hörte er nicht, setzte zur Verfolgung an.

Flick schob sich näher an Drake heran. »Carl hat eine …«

In diesem Augenblick flog eine Bierdose durch die Luft und traf Drake so heftig an der Stirn, dass er ins Wanken geriet. Im selben Moment stürmte die Menge los. Gläser und Flaschen explodierten. Glasscherben flogen in sämtliche Richtungen. Flick schaffte es gerade noch, Drake durch eine Tür hinter der Bar in ein kleines Büro zu schleppen, bevor der entfesselte Mob den Tresen stürmte.

Da Drake erst mal wieder zu sich kommen musste, stemmte sich Flick zunächst allein gegen die Tür, bis Drake in der Lage war, mit ihr gemeinsam einen Schreibtisch davorzuschieben.

Wenn es nicht so ernst gewesen wäre, hätte Flick am liebsten gelacht. Zwei Detectives gegen den Rest der Welt. Einer eine Frau mit begrenzter Kraft, der andere mit einer Matschbirne. Es würde nicht lange dauern, bis die Phalanx der Muskelmänner sie samt Schreibtisch hinweggefegt hätte. Fäuste hämmerten bereits gegen das Sicherheitsglas der Tür, Finger drangen durch den sich verbreiternden Spalt. Flick rechnete schon mit einer Erstürmung, machte sich auf das Schlimmste gefasst. Doch Drake rettete die Situation fürs Erste. Er bog die Finger, die sich durch den Spalt schoben, brutal nach hinten. Ein Schrei, die Hand wurde zurückgezogen, und sie konnten die Tür schließen und sie mit dem hochkant gestellten Schreibtisch verkeilen.

Flick holte tief Luft und blickte sich um. Der Raum war kaum größer als eine Zelle, wurde von einer einzelnen Lampe erhellt und hatte ein kleines Fenster hoch oben in der Wand. Sie konnten nirgends hin, ehe die Verstärkung da war. Drake lehnte sich an den Schreibtisch und presste den Handballen gegen die Platzwunde an seiner Schläfe. Blut rann ihm übers Gesicht.

Erneut wählte er die Nummer der Einsatzleitung. »Wo zum Teufel bleibt die Einheit?«, rief er aufgebracht.

»Eddie ist hinter Clarke her«, sagte Flick, aber Drake hörte ihr nicht zu, zeterte weiter wegen der ausbleibenden Verstärkung.

Sie pflanzte sich vor ihm auf, damit er sie nicht länger ignorieren konnte.

»Clarke hat eine Waffe, Ray. Er ist bewaffnet!«

# 26

Lindy sagte dauernd, dass er ins Fitnesscenter gehen solle. Um fit zu werden, abzunehmen. Doch wenn man vier Kinder und absurde Arbeitszeiten hatte, war das Letzte, was man wollte, seine kostbare Freizeit auf einem Laufband zu verbringen. Eddie brachte weder die Kraft noch die Lust dazu auf. Er war fit genug, um seinen jährlichen Gesundheitstest zu bestehen, und das reichte ihm.

Allerdings forderten all die Biere und Take-aways in der Tat ihren Tribut. Er merkte es, als er versuchte, an Carl Clarke dranzubleiben, der auf dem unbefestigten Seitenstreifen davonspurtete. Er fühlte, wie sein Atem rasselte und seine Lunge brannte, schmeckte das metallische Aroma der Autoabgase.

Zwar hatte Eddie ganz gewiss nicht vor, dieses Trumm von Mann zu stellen, der riesig und stark wie ein Baum war und zudem vermutlich kaltblütig fünf Menschen abgeschlachtet hatte, aber er würde ihm folgen, bis Hilfe eintraf. Bald würde es in der ganzen Gegend von Streifenwagen mit jungen, fitten und bis an die Zähne bewaffneten Beamten nur so wimmeln, die die Jagd übernehmen konnten.

Das Telefon in seiner Hand bimmelte und bimmelte, er ging nicht ran, denn er hatte nicht die Puste, zu laufen und gleichzeitig zu sprechen. Wichtig war, Clarke im Blick zu behalten, und der hatte immerhin einige Hundert Meter Vorsprung.

Plötzlich wechselte Carl vom Randstreifen auf die Straße. Eddie hörte Hupen und kreischende Bremsen und wünschte sich inständig, einen dumpfen Knall zu vernehmen und Clarke durch die Luft fliegen zu sehen. Stattdessen entdeckte er ihn auf der anderen Seite der Schnellstraße, wo er einen steilen Abhang hinunter in Richtung eines verrammelten Restaurants verschwand.

DC Upson hielt sich seinen Jackenärmel vor den Mund, um nicht allen Dreck zu inhalieren, den die vorbeirasenden Wagen ausstießen, während er auf eine Möglichkeit wartete, ebenfalls auf die andere Seite zu gelangen. Er könnte jetzt die Verfolgung abbrechen, und keiner würde es ihm vorwerfen, doch er sah die Katzenaugen eines Fahrrads dort, wo Clarke verschwunden war. Was, wenn dieser Verbrecher sich auch noch an unschuldigen Menschen vergriff, um an ein Rad zu kommen? Nein, er musste dranbleiben, musste wissen, in welche Richtung er floh, sonst würden sie ihn verlieren.

Sein Handy klingelte wieder. Er ging ran, da er sowieso blöd herumstand. Mit Mühe und Not erkannte er Flicks Stimme, verstand allerdings nicht, was sie sagte. Hupende Autos, knatternde Motorräder und rumpelnde Vans übertönten ihre Worte, der Verkehr rauschte so dicht an ihm vorbei, dass ihm seine Krawatte ins Gesicht flog. Plötzlich indes tat sich auf wundersame Weise eine Lücke auf, und Eddie überquerte die erste Spur.

»Flick!«, rief er, als ein Lastwagen mit Anhänger vor seiner Nase vorbeidonnerte, der endlos lang schien und dessen blaue Plane im Wind knatterte. »Ich kann Sie nicht hören!«

Sie rief etwas. »Ed – er – hat ei – ne …«

»Warten Sie, bis ich drüben bin.«

Er schätzte die Entfernung zu dem Verkehr, der auf ihn zukam, und stürmte los, aber ein Wagen tauchte aus dem Nichts auf und zwang ihn zu einem Hechtsprung. Eddie schaffte es auf die rettende Seite, sein Handy nicht. Mit einem hässlichen Knacken wurde es von Autoreifen zermalmt.

»Scheiße!« Eddie rappelte sich auf, stolperte über den Randstreifen und den Abhang hinunter zu dem Parkplatz des geschlossenen Restaurants, wo der Radweg entlanglief. Von Clarke keine Spur.

Eddie stöhnte. Sein durchgeschwitztes Hemd fühlte sich kalt am Rücken an. Frustriert, verärgert und unschlüssig, was er jetzt tun sollte, stieg er wieder den Abhang hoch, rutschte aus und landete mit einem Bein knietief im Matsch. Super, ausgerechnet seine neue Hose. Lindy würde ihn umbringen.

Dann ein stechender Schmerz im Genick, als würde es in zwei Teile gebrochen. Seine Schultern ruckten nach hinten, er verlor das Gleichgewicht, flog mehr den Abhang hinunter, als dass er rollte, und landete mit enormer Wucht an einer Mülltonne am Rand des Parkplatzes.

Er krümmte sich am Boden, ihm brummte der Schädel, und alles drehte sich um ihn. Er spürte mehr, als dass er es sah, wie sich jemand über ihn beugte.

»Lass uns in Ruhe!«, schrie Carl wutentbrannt, packte Eddies Hemd und riss ihn daran nach oben, sodass die Knöpfe davonflogen. »Wieso könnt ihr nicht einfach …« Jetzt rastete der Kerl endgültig aus und schleuderte Eddie erneut mit dem Kopf voran gegen die Mülltonne. »Lasst uns in Ruhe! Was haben wir euch überhaupt getan?«

Der Schmerz tobte wie ein Feuersturm durch seinen Körper, er kippte auf den Bauch, tastete blind nach dem kalten Rand der Mülltonne, um sich daran hochzuziehen. Sein Verstand sagte ihm, dass er wegmusste, dass er sonst sterben würde, doch jeder Zentimeter, den er sich bewegte, war eine pure Tortur. Als wäre das nicht genug, bekam er noch einen brutalen Fußtritt in die Rippen, der ihn zwang, sich reflexartig herumzurollen, und in diesem Augenblick erblickte er …

O Gott, eine Waffe!

»Ihr begreift es nicht.« Eddie spürte den kalten Lauf zwischen seinen Augen und Carls Tränen, die auf sein Gesicht tropften. »Wir wollen einfach zusammen sein, sonst nichts.«

Ein Mörder, der zu einem winselnden Häufchen Elend wurde und dennoch gefährlich blieb, denn eindeutig krümmte sein Finger sich um den Abzug.

Eddie Upson öffnete den Mund, um zu schreien, hatte aber keine Ahnung, ob irgendein Laut herauskam.

# 27

Endlich war Verstärkung gekommen

»Wo ist er?«, fragte Drake, dessen Platzwunde inzwischen versorgt worden war.

Millie Steiner nickte über den Parkplatz hinweg zu der Stelle auf dem Seitenstreifen neben der Schnellstraße, wo Eddie hockte und seine Taschen absuchte. Drake ging zu ihm.

»Was verloren?«

»Den Reinigungszettel.« Eddie sortierte hektisch alles durch, was er neben sich ins Gras geworfen hatte: Geld, Karten, Schlüssel, zerknüllte Quittungen. »Lindy will seit Wochen, dass ich ihre Sachen abhole. Sie wird stinksauer werden.«

»Wird sie nicht, Eddie. Sie wird froh sein, dass Sie noch leben.« Drake beobachtete, wie Eddie sein Jackett auszog, um erneut die Taschen zu durchwühlen. »Und die Reinigung ist heute sowieso schon geschlossen.«

Triumphierend hielt Eddie einen kleinen grünen Zettel in die Höhe. »Sie hätte mich umgebracht.«

»Und jetzt kommen Sie, damit wir Sie ins Krankenhaus, schaffen. Sie könnten innere Verletzungen haben.«

»Ja.«

Eddie begann alle Sachen wieder einzusammeln. Drake

sah ihm an, dass er vollkommen durch den Wind war und einen regelrechten Schock erlitten hatte. Kein Wunder, wenn man einen schrecklichen Moment lang den Tod vor Augen gehabt hatte.

Zu seinem Glück war es keine echte Waffe gewesen. Was Clarke indes nicht gespannt hatte, sonst würde er kaum den Abzug gedrückt haben. Als er es merkte, hatte er die Attrappe weggeworfen und war getürmt. Beim Eintreffen eines Streifenwagens war er längst über alle Berge gewesen.

Drake blickte zu den Einsatzfahrzeugen vor dem Worthington, deren blaue und gelbe Lichter in der Dämmerung blinkten, und zu den festgenommenen Randalierern, die aus dem Pub zu den Vans gebracht wurden. Die meisten allerdings waren verschwunden, bevor die Polizeieinheiten eintrafen. Drake winkte Vix Moore heran und bat sie, bei Upson zu bleiben, und ging zum Parkplatz zurück.

»Du darfst mich einladen«, sagte sie, sobald der Inspector außer Hörweite war.

Eddie blinzelte. »Was?«

»Du darfst mich auf einen Drink einladen.«

Er verstand nicht recht, was Vix meinte. Nach einer kurzen Knutscherei auf der Weihnachtsfeier hatte sie ihm unmissverständlich dargelegt, dass es ein einziger Fehler gewesen sei, und einen großen Bogen um ihn gemacht. Und Eddie, im Grunde seines Herzens ein braver Familienvater, war noch wochenlang angewidert gewesen von seinem Benehmen. Jedes Mal, wenn er Vix sah, bereute er den im Suff begangenen Fehler aufs Neue. Schließlich lag es ihm fern, seine Beziehung zu Lindy in irgendeiner Weise zu gefährden. Was ihn indes nicht davon abhielt, immerzu an Vix zu denken. Und dass sie im selben Team, im selben Büro arbeiteten, war eine Art süße Folter.

Das Schräge an der Sache war, dass er sie nicht einmal sonderlich mochte. Sie war kalt und ehrgeizig, würde niemanden ernstlich in Betracht ziehen, wenn es nicht ihrer Karriere nützen könnte. Und Eddie fiel eindeutig in die Kategorie »nicht nützlich« – das bei der Weihnachtsfeier war ein rein alkoholbedingter Ausrutscher gewesen. Nun aber, wo sie direkt vor ihm stand, so nahe wie Clarke vorhin, als er die Waffe zwischen seine Augen drückte, gestand er sich voller Scham ein, dass er sie begehrte.

»Ich muss ins Krankenhaus«, gab er matt zurück. »Und danach nach Hause zu Lindy. Ein anderes Mal vielleicht.«

»Okay.« Sie zuckte mit den Schultern. »Kann nur sein, dass ich dann keine Lust habe.«

Als sie ihm eine warme, weiche Hand hinstreckte, ergriff er sie und ließ sich hochziehen.

»Reden wir morgen darüber«, sagte er.

»Mal sehen«, antwortete Vix im Weggehen und ließ Eddie verwirrter denn je zurück.

Drake sah zu, wie die letzten Männer vom Pub abtransportiert wurden. Die groß angelegte Suche in der Gegend nach Clarke war ergebnislos verlaufen. Man hatte nicht die geringste Spur des Flüchtigen entdeckt. Der DI hielt Ausschau nach Flick, die wie vom Erdboden verschwunden zu sein schien. Der unbekannte Mann hingegen, mit dem sie vor einer Weile geredet hatte, lehnte an der Kühlerhaube eines Wagens, die Füße überkreuzt, und stierte stirnrunzelnd auf sein Handy.

Der Typ trug eine schäbige Lederjacke und eine tief sitzende Jeans sowie eine Strickkrawatte über einem engen Hemd. Eigentlich nicht Flicks Typ. Drake versuchte zu erraten, wie er in ihr einsames Leben passte. In diesem

Moment blickte der Mann von seinem Telefon auf, und ein Lächeln huschte über sein Gesicht.

Nachdenklich kehrte der Inspector in den Pub zurück, wo er Flick inmitten zerdrückter Plastikbecher und umgekippter Stühle im Gespräch mit zwei Beamten erspähte. Drake hielt sich im Hintergrund, bis sie fertig war.

»Alles okay?«, fragte er sie und stapfte über knirschendes Glas auf die Bar zu.

Der Spiegel hinter dem Tresen war zersplittert, Flaschen mit Spirituosen waren aus den Regalen gerissen worden, lagen zerbrochen in hochprozentigen Pfützen am Boden.

»So ziemlich«, erwiderte sie und nickte zu seiner Stirn. »Und Sie?«

»Kann man vergessen.« Drake machte eine wegwerfende Handbewegung. »Haben Sie mitgekriegt, dass Riz eine halbe Meile von hier aufgegriffen wurde? Er darf die Nacht in einer Zelle verbringen, wir unterhalten uns gleich morgen früh mit ihm.«

»In Ordnung, dann gehe ich jetzt mal.«

»Brauchen Sie eine Mitfahrgelegenheit?«

»Nein, alles gut.«

»Danke, dass Sie mich in das Büro geschafft haben. Hätten Sie mich nicht da reingezerrt …«

Sie lächelte. »Gern geschehen.«

Er folgte ihr nach draußen, beobachtete, wie sie auf den ungepflegten Typen zuging und wie der seine Hand vertraulich auf ihren Rücken legte. Irgendwie missfiel ihm das Ganze, vor allem als der Mann, genau wie von ihm vorausgesehen, über seine Schulter zurückblickte.

Um sich zu vergewissern, dass er zusah.

»Wer ist das?«, erkundigte er sich bei Millie.

»Ein Freund von DS Crowley.«

»Hat er auch einen Namen?«

Millie zuckte mit den Schultern, hatte keine Ahnung.

Drake schaute zu, wie sie in einen schmutzstarrenden Mazda stiegen, und merkte sich automatisch das Kennzeichen. Er fühlte, wie sich die Härchen an seinen Armen aufrichteten und diese schleichende Furcht zurückkehrte.

*Was habe ich dir gesagt?* fragte die Stimme in seinem Ohr. *Du wirst mich noch brauchen.*

# 28

»Ich würde dich ja zu mir einladen, aber da ist es nicht wirklich gemütlich«, meinte Sam Wylie grinsend. »Können wir vielleicht wieder zu dir fahren?«

Flick war es ein Rätsel, wie alles so schnell passieren konnte. Sie kannte ihn kaum, hatte mit ihm mehr Zeit betrunken als nüchtern verbracht und wusste praktisch nichts über ihn. Die alte Flick wäre schreiend weggelaufen. Das Vernünftigste wäre in der Tat, einen Gang zurückzuschalten. Andererseits mochte sie den Mann, fühlte sich wohl mit ihm. So wohl, dass sie ihn vorhin angerufen hatte, damit er sie abholte. Und Sam war gleich losgefahren.

Flick war es ganz einfach leid, allein zu sein, niemanden zu haben, der ihr aufhalf, wenn sie am Boden lag. Falls nichts daraus wurde, na gut, dann war niemand zu Schaden gekommen. Sie konnten Freunde bleiben oder nicht. Was hatte sie schon zu verlieren? Zudem relativierte sich manches, wenn man von einem aufgebrachten Mob angegriffen worden war und der unumstößlichen Wahrheit ins Gesicht gesehen hatte, dass man in diesem Job keine Garantie für ein Morgen hatte.

Als Wylie anhielt, merkte sie plötzlich, dass er mitnichten zu ihr nach Hause gefahren war. Sie waren irgendwo in Enfield. Komisch.

»Wo sind wir?«, erkundigte sie sich irritiert und schaute zum Fenster hinaus.

Vor einem Kebabimbiss bewarfen sich Jugendliche mit Pommes frites. Im Fenster drehte sich eine dicke Fleischsäule, deren Geruch über die Straße waberte. Andere Läden sah sie nicht, hier herrschte offenbar Leerstand.

Wylie zog den Zündschlüssel ab. »Warte hier. Dauert nicht lange«, sagte er und stieg aus. »Ich muss bloß ein paar Sachen holen.«

Die Tür eines Hauses öffnete sich, und eine auffallend große Frau mit einer auffallend rasanten Figur trat heraus. Sie hatte ein wenige Monate altes Baby auf ihrer Hüfte, während drei kleine Hunde um ihre Füße wuselten.

Flick drehte das Fenster herunter. »Sam, verrätst du mir, wo wir sind?«, rief sie ihm hinterher.

»Bei meiner Frau«, erklärte er lapidar, als wäre es das Selbstverständlichste von der Welt.

»Moment mal, bei deiner Frau? Ist das die mit dem Baby?«

»Bin gleich wieder da.«

Erneut entfernte er sich und ging ins Haus.

Flick ärgerte es maßlos, dermaßen abserviert zu werden. Sie stieg ebenfalls aus und folgte Wylie in das Haus, wo die drei Fellknäuel gleich kläffend auf sie zuschossen und an ihren Beinen hochsprangen. Die Garderobe quoll über von Jacken. Fußballschuhe, Turnschuhe und Schulranzen lagen auf dem Boden verstreut, dazwischen ein riesiger Wassernapf für die Hunde und ein Napf mit Katzenfutter. Über dem Treppengeländer hingen diverse Kleidungsstücke, und überall auf den Stufen waren Spielsachen verstreut. Im Wohnzimmer zur Straße hin saßen drei Jungs – um die zehn, elf oder zwölf Jahre – vor einem Computerspiel, dessen Lärm sie noch überschrien. Als sie Wylie sahen, rannten alle drei raus, umringten ihn und kreischten laut durcheinander, um seine Aufmerksamkeit auf sich zu lenken. Er hob die Hände zum Zeichen, dass sie den Mund halten sollten, und versprach, in einer Minute zu ihnen zu kommen. Daraufhin trollten sie sich ins Wohnzimmer und widmeten sich wieder ihrem martialischen Spiel, in dem offenbar nur geballert wurde.

Flick vermochte nicht zu fassen, was sie da gerade sah und hörte. In der Küche nämlich redete die Frau in nicht gerade freundlichem Ton auf ihren Noch-Ehemann ein. Sie verstand allerdings lediglich Wortfetzen wie »inakzeptabel«, »egoistisch« und »Geld«. Wylie lehnte im Türrahmen und spielte mit seinem Handy.

»Astrid«, sagte er schließlich, »das ist Flick.«

Zum ersten Mal nahm sie die Frau genauer in Augenschein. Selbst ungeschminkt und billig gekleidet war sie eine der beeindruckendsten Personen, die Flick je gesehen hatte. Mit ihrem langen blonden Haar, den großen blauen Augen, der Bilderbuchnase und den langen, durchtrainierten Beinen in den hautengen Leggings sah sie aus wie jemand, der auf den Catwalk gehörte und nicht in die Küche eines vernachlässigten Hauses in Enfield.

»Mhm«, machte Astrid und musterte Flick eingehend, bevor sie ihre Unterhaltung mit Wylie fortsetzte. Ihr skandinavischer Akzent, der zu ihrer äußeren Erscheinung passte, war nicht zu überhören. »Seinen Hund? Wofür willst du den denn?«

Wylie blickte auf sein Handy. »Lass mich einfach mit ihm reden.«

»Wie lange?«

»Bloß für eine Nacht, also keine Panik.«

»Runter da!«, schrie einer der Söhne nebenan, und ein lauter Streit brach aus.

»Jungs!«, rief Astrid halbherzig.

Flick hatte genug, bedauerte bereits, reingekommen zu sein, und flüsterte Sam zu: »Ich warte draußen.«

Trotzdem rührte sie sich nicht.

»Pack dein Telefon weg, wenn ich mit dir rede, und nimm das Kind«, schimpfte Astrid, woraufhin Wylie das Handy in seine Tasche steckte und ihr das Baby abnahm.

»Halt mal«, sagte er und reichte das Kind umstandslos an Flick weiter, um zu den Jungen zu gehen.

Blaue Augen blickten kleinen Planeten ähnlich über runden Pausbäckchen zu ihr auf. Das Kind roch nach Shampoo und hatte diesen süßlichen Duft, den fast alle Babys haben.

Flick überlegte, was sie sagen könnte. »Sie haben ein nettes Haus.«

»Es ist ein Dreckslock.« Astrid zuckte mit den Schultern, nahm einen Apfel aus einer Schale und biss hinein. »Mehr kann er sich nicht leisten, behauptet er zumindest. Ich glaube ihm nicht. Wie heißt du?«

»Flick Crowley.«

Sie drehte den Apfel in ihren langen Fingern. »Du bist eine mutige Frau, Flit Crowley.«

»Flick«, korrigierte sie. »Was meinen Sie mit mutig?«

Ohne auf die Frage zu reagieren, rief Astrid nach Wylie. »Sam, wann holst du deine Sachen ab?«

»Bald!«

»Tu das, sonst bringe ich alles zum Sperrmüll«, drohte sie ihm, bedeutete Flick indes mit einem Kopfschütteln, dass sie das nicht tun werde. »Seine Sachen sind alle noch hier, und das seit Monaten. Vergeblich löchere ich ihn, sie abzuholen. Als würde er ahnen, dass er irgendwann wieder hier einzieht.« Sie drehte den Apfel in ihren Händen. »Wer weiß schon, was die Zukunft bringt, hm?«

Als das Baby zu quengeln begann, warf Astrid den halb gegessenen Apfel im hohen Bogen in die Spüle, um Flick das Kind abzunehmen.

»Er hat sein Jüngstes bisher nicht mal anerkannt, ist das zu glauben? Sein Herz ist kalt, Flit Crowley.«

»Wie lange seid ihr bereits … getrennt?«

»Ich habe nicht gesagt, dass wir getrennt sind.« Astrid schien genervt. »Er kommt wieder zurück, keine Frage. Weil er weiß, dass er keine findet, die ihn so liebt wie ich oder die so Liebe mit ihm machen kann.«

Flick wurde rot und war froh, dass das peinliche Thema durch Wylie unterbrochen wurde.

Er streckte die Hände aus wie ein Showmaster. »Sieh einer an, meine zwei Lieblingsfrauen.«

Astrid verdrehte die Augen. »Was hat Edmund gesagt?«

»Ich kann den Hund mitnehmen.«

»Wann?«

»Bald«, antwortete er im selben Moment, als im Computerspiel nebenan eine gewaltige Explosion stattfand und die Jungs wieder zu schreien anfingen.

Astrid gab ein abfälliges Geräusch von sich. »Und was kriege ich für die Mühe?«

Wylie zog ein Geldbündel aus seiner Tasche, teilte es und reichte ihr einen Packen. Flick hatte keine Idee, wie viel das sein mochte.

»Gib nicht alles auf einmal aus. Und hier ist noch was für die Jungs.«

Sie schnappte sich das Geld und stopfte es hinter den Bund ihrer Leggings. Dann beugte sie sich vor und küsste ihn auf den Mund. Verlegen sah Flick weg.

»Vermutlich bist du zu irgendwas gut. Vielleicht sehe ich dich wieder, Flit Crowley. Oder eher nicht.« Astrid berührte ihren Arm und sagte ernst: »Viel Glück.«

Schweigend gingen sie nach draußen, wo die Jugendlichen sie anpöbelten und Wylie ihnen daraufhin den Mittelfinger zeigte.

»Du bist sehr still«, sagte er, als sie im Auto saßen.

»Ich versuche zu verstehen, Sam, was das eben war.«

Statt einer Antwort gab er Gas und bretterte wie ein Verrückter durch die enge Straße.

»Ich kenne dich erst seit Kurzem«, fuhr Flick fort, »und habe gerade eine befremdliche Familienszene miterlebt und deine verrückte Supermodelfrau kennengelernt.«

»Rein technisch ist sie nicht mehr meine Frau, egal was sie sich einredet.«

»Ihr habt ein Baby!«

»Was?« Wylie lachte. »Das ist nicht unseres. Sie passt für die Nachbarin darauf auf.«

»Und warum sagt sie dann, dass es von dir ist?«

»Um dich aufzuziehen. Sie kann nicht anders, gelangweilt und eifersüchtig, wie sie ist«, erklärte er. »Du gewöhnst dich dran.«

»Ach ja?«, gab Flick süffisant zurück und schloss die Augen, als er ohne hinzusehen auf eine Kreuzung zuraste. »Sie ist sehr … eindrucksvoll«, fügte sie hinzu.

»Mag sein, doch sie ist vor allem anstrengend. Sicher ist es etwas gewöhnungsbedürftig, das verstehe ich. Trotzdem: Es ändert nichts daran, wie ich zu uns stehe.«

»Es gibt kein *uns.*«

Er bog an den Straßenrand und bremste so scharf, dass Flicks Gurt blockierte.

»Könnte es aber.« Seine Lederjacke knarzte, als er sich zu ihr herumdrehte. »Es könnte eines geben.«

»So etwas ist mir fremd, zu kompliziert.«

»Sie ist nur noch eine Freundin. Egal was sie glaubt, mehr ist sie nicht. Und die Mutter meiner drei genialen Jungs.«

»Anscheinend denkt sie nicht, dass es vorbei ist.«

»Da irrt sie sich«, erwiderte er leise. »Also, wollen wir?«

»Wollen wir was?«

»Wollen wir zu dir fahren?«

Sie seufzte. »Du bist verrückt.«

»Wahrscheinlich hast du recht.« Er grinste. »Die Frage ist allerdings, ob *du* verrückt bist.«

»Du machst es mir nicht leicht, was?« Flick atmete erschöpft aus und blickte aus dem Fenster. »Mit Sicherheit weiß ich lediglich eines: dass ich heute Nacht nicht allein sein will.«

# 29

»Das kannst du unmöglich ernst meinen. Es hört sich nach einem kranken Scherz an.«

Aber es war kein Scherz, ganz und gar nicht. Tim verließ sie. Er saß am Tisch und verkündete seelenruhig, dass ihre Ehe vorbei sei. Sie verstand es nicht. Die vielen Jahre, die sie zusammen waren, bedeuteten ihm nichts. Sein Kind bedeutete ihm *nichts*.

Poppy hätte gleich erkennen müssen, dass etwas im Busch war, als er früher von der Arbeit kam. Wie blöd war sie denn? Tim war kein Typ, der sich einen Nachmittag frei nahm oder hin und wieder krankfeierte. Es passte schlicht nicht zu ihm. Doch sie merkte es erst, als er sie mit ernster Miene aufforderte, Gabriel vor den Fernseher zu setzen – in dem Augenblick begannen bei ihr alle Alarmglocken zu schrillen. Normalerweise war Tim nämlich strikt dagegen, ein Kind fernsehen zu lassen. Am liebsten hätte er das Gerät ganz abgeschafft.

Und nun, Stunden nachdem sich die Unterhaltung lediglich im Kreis bewegt hatte, begriff sie immer noch nicht so recht, was er ihr sanft und geduldig erklärte. Dabei hatte sie gedacht, der Tag könnte nicht schlimmer werden. Heute Vormittag die deprimierende Begegnung mit Joel, dann der Auftritt dieser Frau, die sich als ihre

Schwester betrachtete, und jetzt diese Eröffnung, die alles andere toppte.

»Es liegt nicht an dir.« Tim besaß die Frechheit, ihr mit diesem überstrapazierten Klischee zu kommen. »Das musst du verstehen.«

Er spielte auf seine beruflichen Probleme an. Erst war er gezwungen gewesen, langjährige Mitarbeiter zu entlassen, jetzt, heute Morgen, hatte man ihm selbst gekündigt. Und das benutzte er als Ausrede, insgesamt Tabula rasa zu machen und ihre Ehe gleich mit wegzuwerfen.

»Irgendwie werde ich das Gefühl nicht los, dass du mich sehr hassen musst.«

Er verzog das Gesicht. »Ich habe dich nie gehasst.«

»Aber das musst du!«, schrie sie ihm ins Gesicht – ihre Nerven lagen blank. »Sonst würdest du nicht unsere Ehe zerstören. Denkst du überhaupt an unseren Sohn?«

Tims Blick war voller Mitleid. »Wir sind inzwischen so lange zusammen, dass ich mich nicht mehr an eine Zeit vor dir erinnere«, sagte er. »Ich brauche Raum, um herauszufinden, wer ich bin. Ich möchte für ein oder zwei Jahre reisen und die Welt sehen.«

»Du bist kein verfluchter Student, Tim. Du bist verheiratet und Vater!«

»Ich brauche Zeit, um einige Sachen über mich herauszufinden«, entgegnete er ruhig.

»Du bist deprimiert, stehst unter Schock, was in dieser Situation verständlich ist. Wofür allerdings kein Grund besteht, denn mit deinem beruflichen Profil wirst du im Nu einen neuen Job finden.«

»Es ist ein Zeichen«, beharrte er, und in seinen Augen lag ein Ausdruck, der ihr kein bisschen gefiel. »Es gab Zeiten, in denen ich mich einfach in einem Hamsterrad gefangen und zu viel Druck ausgesetzt fühlte … Du verlangst einfach zu viel.«

»Also ist es doch meine Schuld?«, fragte sie gekränkt.

»Nicht unbedingt. Vielleicht wünsche ich mir einfach ein anderes Leben. Es gibt so viele Orte, die ich kennenlernen möchte, und zwar nicht vom Pool eines Luxushotels aus. Ich will nicht zu den Leuten gehören, die in den Ruhestand gehen und sich fragen, wo die besten Jahre ihres Lebens geblieben sind.« Er umfasste mit einer Armbewegung die luxuriöse Küche mit den klaren Linien, den topmodernen Geräten. Andere träumten davon, dachte Poppy, und er tat, als wäre es eine Kerkerzelle. »Ich will das hier nicht mehr. Komm mit mir. Wir verkaufen das Haus und gehen weg. Gabe wird zum Rauschen der Wellen irgendwo an einem einsamen Strand aufwachen, Sand zwischen seinen Zehen spüren und unter einem Himmel voller Sterne schlafen.«

Sie schnaubte. »Du willst, dass wir in einer Hütte leben?«

»Es wäre ein tolles Leben.«

»Sein Leben ist hier.« Frustriert schlug sie die flache Hand auf den Tisch. »Und dein Leben ist ebenfalls hier.«

Was war bloß in ihn gefahren? Poppy hatte Campen und andere primitive Varianten, den Urlaub zu verbringen, noch nie ausstehen können. Der Gedanke, in ein Loch im Boden zu pinkeln, war ihr zuwider. Sein Plan, sie sonstwohin zu schleppen, wo sie Raubtieren, Naturkatastrophen und Dschihadisten ausgesetzt wären, war einfach absurd, irre, völlig daneben – sie fragte sich, was wirklich dahintersteckte. Entweder hatte er den Verstand verloren, oder er log. Je länger Poppy darüber nachdachte, umso stärker wurde ihr Gefühl, dass er ihr den wahren Grund verschwieg.

»Gabriels Freunde sind hier, und die soll er verlieren?«, wandte sie empört ein.

»Er findet neue.«

Tim ging zum Kühlschrank und goss sich ein Glas Wasser ein. Total typisch für ihn. Die meisten würden in solch einem Moment nach der Flasche greifen, nicht so Tim. Dazu war er zu ausgeglichen, zu überlegt und zu beherrscht. Je länger sie nachdachte, desto weniger plausibel schien es ihr, dass es allein um das einfache Leben ging. Ihr Mann war kein Hippie, der sich ein paar Freundschaftsarmbänder überstreifte und sich von der Zivilisation verabschiedete.

»Es gibt eine andere.«

»Gibt es nicht.«

Es klang ganz ernst, aber Tim wollte nie irgendwem wehtun. All dieser Mist, sich selbst finden zu wollen, war eine Finte. Er wusste, dass Poppy niemals für solch ein lächerliches Abenteuer zu haben wäre, und nutzte das als Ausrede. Anstandshalber würde er einige Wochen verstreichen lassen und dann eine andere Frau präsentieren. Darum ging es eigentlich, davon war Poppy immer mehr überzeugt. Sie und Gabriel müssten sich einschränken, wären gezwungen, jeden Penny umzudrehen, eine billige Wohnung in einer Gegend zu mieten, wo die Hochgeschwindigkeitszüge beinahe durchs Wohnzimmer fuhren, während Tim mit einem jüngeren Modell in eine Penthousewohnung zog.

»Wow«, murmelte sie. »Wow, wow, wow.«

Sie war eine gute Ehefrau, eine hingebungsvolle Mutter. Und eine Schönheit. Es gab eine Menge Männer, die entzückt wären, mit Poppy zusammen zu sein. Warum zum Teufel wollte Tim eine perfekte Ehe, ein gutes Leben sprengen?

Wie sollte sie das ihren Freunden und den Nachbarn erklären? Sie saß immerhin im Planungsausschuss für das örtliche Literaturfestival und das jährliche Straßenfest und engagierte sich auch sonst in der Gemeinde, etwa für eine Privatschule. Sie war wichtig, angesehen, man nahm sie ernst. Das alles wäre aus und vorbei. Für Poppy eine inakzeptable Erniedrigung und eine Niederlage auf der ganzen Linie.

»Kannst du deinen Selbstverwirklichungstrip nicht verschieben, bis Gabriel etwas älter ist?«

Verzweifelt suchte sie nach einem Mittelweg, einem Kompromiss, ihn zu ködern.

»Nein, ich muss jetzt weg«, erwiderte er ruhig, jedoch bestimmt.

Wut stieg in ihr auf. »Such dir einfach einen neuen Job wie jeder normale Mensch!«, schrie sie ihn. »Das bist du uns schuldig.«

Tim erhob sich daraufhin, griff nach Jackett und Autoschlüsseln.

»Wo willst du hin?«, fragte sie alarmiert.

»In die Firma, noch einige Sachen abschließen.«

»Weil dir die Arbeit auf einmal so wichtig ist«, sagte sie so sarkastisch, wie sie konnte.

Aber er war bereits aus der Küche. Poppy hörte, wie er leise die Haustür zuzog. Nur nicht ausrasten, immer rücksichtsvoll und kontrolliert bleiben.

Typisch Tim eben.

# 30

»Im Nachhinein war mein Verhalten ein Fehler.« Riz Arda gähnte nach einer unruhigen Nacht in einer Zelle. »Doch genau genommen war das, was passiert ist, Ihre Schuld.«

»Wie begründen Sie das?«, fragte Flick.

»Wären Sie nicht in den Pub gekommen, um mich vor meinen Kumpels zu bedrängen und in ein schlechtes Licht zu rücken, hätte ich den Tumult und alles andere verhindern können.«

»Mein Kollege DI Drake und ich hätten umgebracht werden können.«

»Es war im Grunde alles mehr Spiel und Spaß.« Riz schüttelte den Kopf. »Ein bisschen Theater, Großmannssucht, wenn Sie wollen. Die Jungs wollten mal ihre Muskeln spielen lassen. Keiner sollte verletzt werden.«

»Trotzdem sitzen Sie hier und dürfen sich auf eine Anklage in mehreren Punkten gefasst machen. Ich kann Ihnen sagen, was die Staatsanwaltschaft vermutlich vorbringen wird.«

Drake, der über den Monitor im Nebenzimmer das Verhör verfolgte, beobachtete, wie Flick sich von Millie Steiner ein Schriftstück reichen ließ und es sorgfältig durchlas, bevor sie sich erneut an Riz wandte.

»Also, hier steht es: Verschwörung zur Behinderung der

Justiz, schwere Ordnungswidrigkeit, Unruhestiftung, Unterstützung einer Flucht vor der Verhaftung, Komplizenschaft mit einem Straftäter. Unterbrechen Sie mich gern, falls Ihnen langweilig wird, Riz. Tragen einer Waffe ...«

»Die war ja nicht echt.«

»Spielt keine Rolle.« Flick legte das Blatt beiseite. »Das Gesetz ist ebenfalls auf Waffenattrappen anwendbar. Allerdings würde es mit einer echten Knarre weitaus übler für Sie aussehen.«

»Die Sache ist die.« Riz zog eine Grimasse. »In der Hitze des Gefechts fiel mir ein, dass ich das Ding irgendwo herumliegen hatte. Und da dachte ich, ich könnte Carl damit aus dem Pub schaffen. Er ist wie ein großer Hund, müssen Sie wissen. Man gibt ihm ein Leckerli, damit er tut, was man von ihm will.« Er hob die Hände. »Natürlich bedauere ich es jetzt – ich hätte ihn festhalten müssen.«

»Ja, kann ich mir vorstellen, wo Sie einen solch guten Charakter haben.«

»Leider lief alles aus dem Ruder, obwohl ich es echt gut gemeint habe.« Riz sah müde und ausgelaugt aus, rieb sich das Kinn mit dem dünnen Bartschatten. »Okay, ich treffe öfter mal unter Druck miese Entscheidungen, aber wir sind ja wohl nicht hier, um über mich zu reden, sondern über Carl. Oder sehe ich das falsch? Ich kann Ihnen alles erzählen, was Sie wissen wollen.«

»Okay.« Flick faltete ihre Hände auf dem Tisch. »Wo finden wir ihn?«

»Keine Ahnung.« Erneut zog er eine Grimasse. »Ehrlich, nichts würde ich im Augenblick lieber tun, als Ihnen seinen Aufenthaltsort zu verraten – wenn ich ihn kennen würde.«

»Das ist sehr schade«, warf Millie ein und schob ihre

Unterlagen zusammen, als würde sie die Unterhaltung für beendet erklären.

Drake schaute auf den Monitor und strich sich gedankenverloren übers Gesicht. Neben ihm zupfte Vix Moore an der Nagelhaut eines Fingers.

»Millie hat diese Böser-Cop-Nummer richtig gut drauf«, stellte sie anerkennend fest.

»Dann erzählen Sie uns etwas Brauchbares, Riz«, hörten sie jetzt wieder Flicks Stimme aus dem Verhörraum.

»Was soll ich sagen?« Riz atmete geräuschvoll aus. »Carl war immer so was wie ein Einzelgänger. Eigentlich ist er ein großes Kind, das geliebt werden will. Er versucht sich bei allen einzuschmeicheln, der beste Kumpel zu sein, doch er klammert zu sehr, und das will keiner.«

»Kaufen Sie ihm manchmal Diebesgut ab, Riz?«

»Wollen Sie mich auf den Arm nehmen? Carl könnte mir ein Kaugummi anbieten, und ich würde es ablehnen. Der wird schließlich ständig geschnappt, weil er so leichtsinnig ist.«

»Ein leichtsinniger Mann«, wiederholte Millie. »Und Sie geben ihm eine Waffe.«

»Eine Attrappe, eine echte hätte er nie von mir gekriegt.«

»Sie haben ihn mal als Kämpfer gemanagt«, schaltete Flick sich erneut ein.

»Das ist lange her. Im Ring muss man sich unter Kontrolle haben. Man braucht eine Strategie. Carl liebt das Kämpfen, er haut einfach drauf – hier oben fehlt es dagegen bei ihm ganz gewaltig.« Er tippte sich an die Schläfe. »Wenn die anderen ihn auf die Palme brachten – da reichte eine Kleinigkeit –, dann tickte er total aus, er hat bestenfalls die Selbstbeherrschung eines Kleinkinds. Dennoch zog er meist den Kürzeren.«

»So ein Typ ist hochgefährlich«, folgerte Flick. »Eine tickende Zeitbombe. Und deshalb müssen wir ihn schnell finden.«

»Mal überlegen. Er hatte eine Wohnung in …«, Riz schnippte mit den Fingern, gab sich besonders eifrig, »Wanstead, ganz in der Nähe der Hauptstraße.«

»Da ist er vor fast anderthalb Jahren ausgezogen, und wir wissen von einer Adresse in Holloway. Anderes ist uns nicht bekannt.«

»Er hat einen Bruder.«

»Den kennen wir. Wie sieht es mit einer Freundin aus?«

Riz blickte nachdenklich zur Zimmerdecke. »Ja, zumindest hatte er eine.«

Nebenan beugte Drake sich angespannt zum Monitor vor.

»Erzählen Sie uns von ihr«, bat Flick freundlich.

»Ich bin ihr nur einmal in einem Pub in Earls Court begegnet. Eine nette Frau, Ausländerin. Immer munter, immer lächelnd. Sie hat eine Menge Fragen gestellt, war ziemlich neugierig.«

»Was für Fragen?«

»Ob man Familie hat, wo man wohnt, das Übliche. Und sie hatte diese komische Art, einen anzusehen. Sie gab einem das Gefühl, der tollste Kerl aller Zeiten zu sein. Ehe man kapierte, was los war, erzählte man ihr privaten Kram, und sie hörte sehr aufmerksam zu. Ich meine, sie war irgendwie schräg, aber ich mochte sie.«

»Inwiefern schräg?«

»Na ja, allein schon, weil sie mit Carl zusammen war. Und sie hatte ganz klar die Hosen an, falls Sie verstehen, was ich meine.«

»Ausländerin, sagen Sie«, hakte Flick nach.

»Osteuropäisch, glaube ich.« Er verschränkte die Arme vor seinem Oberkörper. »Die waren ein seltsames Gespann. Weiß der Himmel, warum sie mit ihm zusammen war.«

»Wieso denken Sie das?«, fragte Millie.

»Weil er überhaupt nichts draufhat. Es muss ja nicht der Hammer an der Börse sein oder ein großer Künstler, doch Carl ist ein Idiot, ein infantiler Trottel. Sie hatte ihn völlig in der Hand, manipulierte ihn wahrscheinlich. Wie gesagt, er war dauernd auf der Suche nach einem Seelenverwandten, jemandem, der ihn liebt, ihm sagt, wie er sich benehmen und was er tun soll. Und all das verkörperte sie für ihn. Er war hoffnungslos verknallt in sie.«

»Ich nehme an, Sie wissen nicht, wie sie hieß?«

»Bliss«, sagte er, ohne zu zögern. »Sarah Bliss.«

Nebenan notierte Vix den Namen und verließ den Raum.

Flick zog eine Augenbraue hoch. »Eindrucksvolles Gedächtnis.«

»Lässt sich leicht merken, weil sie genauso war – immerzu lächelnd und glückselig, das bedeutet *bliss* ja. Wieso sie einen englischen Namen hatte, keine Ahnung.«

Wenig später traf Drake auf Flick und Millie Steiner, die aus dem Verhörraum kamen.

»Riz soll uns helfen, ein Phantombild von dieser Sarah Bliss zu machen. Überdies reden wir mit allen Freunden und Bekannten von Carl, die in dem Pub verkehren, wo sie damals gemeinsam waren.«

»Könnte es sich um dieselbe Frau handeln wie bei den Langleys?«, fragte Millie.

»Alistair Judd sagte, dass sie einen Akzent hatte, und inzwischen haben drei Zeugen ihr Lächeln erwähnt.«

Vix schloss sich ihnen an. »In unserer Datenbank ist

nichts, keine Verurteilung oder ausstehende Haftbefehle, nichts – kein registrierter Führerschein, keine Sozialversicherung, gar nichts von einer Sarah Bliss.«

»Wie wahrscheinlich ist es, dass Bliss nicht ihr richtiger Name ist?«, gab Flick zu bedenken.

»Suchen Sie weiter«, ordnete Drake an und wandte sich zum Gehen. »Und schicken Sie eine Anfrage an Europol.«

»Mit dem Namen?«, fragte Millie.

»Was anderes haben wir nicht.«

»Wohin wollen Sie?«, fragte Flick.

»Ich muss etwas in meinem Büro erledigen«, antwortete er. »Wir müssen dieses Phantombild bekommen und so bald wie möglich an die Presse geben.«

In seinem Büro angekommen, streifte Drake sein Jackett ab und hängte es hinter die Tür, setzte sich an seinen Schreibtisch und loggte sich beim Verkehrsregister ein, überprüfte das Kennzeichen des Wagens, in den Flick gestern gestiegen war. Er gehörte einem Samuel Wylie mit Adresse in Enfield.

Als Nächstes öffnete er eine Suchmaschine und tippte ein:

*Sam Wylie*

*Samuel Wylie*

Er sah sich die Suchergebnisse für beide Namen an, scrollte nach unten, ohne etwas zu finden, was sich mit dem komischen Typen in Verbindung bringen ließ. Drake trat ans Fenster, die Hände in den Hosentaschen, und wippte auf den Fersen, während er dem morgendlichen Verkehr zuschaute, der die Hauptstraße entlangkroch. Er dachte an Samuel Wylies selbstzufriedenes Grinsen gestern, und Angst regte sich in ihm.

Drake hatte viele Jahre ein unauffälliges Leben geführt.

Er war glücklich verheiratet gewesen, hatte eine Tochter großgezogen, doch als seine Frau Laura, die ihn geerdet hatte, starb, kehrte die alte Unruhe zurück.

Und nun war sogar die Stimme wieder da.

*Vergiss es. Was willst du wegen dieses Typen unternehmen?*

Die Stimme gehörte Connor Laird. Das verwilderte Kind, der wütende Junge, der er einst gewesen war, wich nicht von seiner Seite. Er war der Schatten, der ihn ständig begleitete. In seinen Albträumen ebenso wie in einer großen Menschenmenge. Manchmal meinte Drake ihn sogar während einer Besprechung zu sehen. Und immer war es Connors Stimme, die ihn bewog, von seinem Schreibtisch aufzusehen oder sich auf der Treppe umzuschauen.

Seit Elliot gestorben, seit er ... ermordet worden war, spürte Drake Connors Präsenz immer stärker. Er hörte ihn flüstern, fühlte seinen Atem im Nacken.

*Du brauchst mich. Würdest du mich nicht brauchen, wäre ich nicht hier.*

Drakes Finger lockerten seine Krawatte, als bekäme er keine Luft mehr.

Je bedrohter er sich fühlte, umso mächtiger wurde Connors chaotische Energie in ihm. Er wusste, dass sein Alter Ego die nötigen Schritte ergreifen würde, damit Ray Drake überlebte und eines Tages wieder ein glückliches Leben führen konnte. Connor würde alles tun, was notwendig war.

Es klopfte an der Tür. »Herein.«

Millie Steiner spähte ins Zimmer. »Passt es, oder soll ich später wiederkommen?«

»Nein, schon gut.«

»Wir haben etwas gefunden.«

Er lächelte. »Ich bin gleich unten.«

Drake drehte sich wieder zum Fenster und dachte an Sam Wylie.

Es war noch nicht vorbei, schoss es ihm durch den Kopf. Noch lange nicht.

Keine Frage, er war bereit, fürchtete indes, nicht die nötige Kontrolle zu haben.

*Du brauchst es nur zu sagen, Ray.*

# 31

Die Überschrift lautete: *Es ist unsere Schmach, das Mädchen im Stich gelassen zu haben*.

Flick reichte Drake ein Dutzend anderer Ausdrucke, beinahe zwanzig Jahre alte Artikel aus überregionalen Zeitungen. Er überflog die Geschichten.

*Kandidat der Linken schickt »Tochter« nach Hause!*

*Sie musste gehen – Albtraummädchen zerstörte unsere Familie, sagt Unterhauskandidat!*

*Wir werden uns nie vergeben!*

»Erzählen Sie«, sagte Drake.

»Sarah Bliss, ursprünglich Tatia Mamaladze, wurde von einem Paar aus Lewisham adoptiert, Patrick und Jill Bliss. Das ist einundzwanzig Jahre her. Die Blisses waren politisch engagierte Leute, Aktivisten, die sich für eine Vielzahl von linken Initiativen starkgemacht haben. Die Sorte Paar, das morgens aufwacht und sich fragt, wie es die Welt verbessern kann.«

Vix Moore schüttelte den Kopf, als hätte sie die beiden auf der Stelle durchschaut und verurteilt, so etwas ging bei ihr schnell.

»Sie hatten drei Kinder: Poppy, Joel und William, als sie das Mädchen aus einem berüchtigten Waisenhaus in Georgien holten«, fuhr Flick fort. »Es war eines von diesen

Heimen, in die man keinen Hund stecken würde, geschweige denn ein Kind. Widerliche Zustände, brutales Personal, eine Müllkippe für Kinder mit extremen geistigen und körperlichen Behinderungen und/oder Verhaltensproblemen. Patrick und Jill Bliss nahmen das Mädchen zu sich, als internationale Adoptionen aus den ehemaligen Sowjetstaaten noch weit weniger kontrolliert wurden als heute. Damals überging man bisweilen einige Stellen, eventuell floss sogar Geld. Sie gaben ihr den Namen Sarah. Das Mädchen war sehr intelligent: Patrick und Jill Bliss gaben an, Sarah habe innerhalb von Wochen Englisch gelernt. Aber sie blieb bloß kurze Zeit bei ihnen. Eines der Bliss-Kinder, der dreijährige Will, starb bei einem Sturz von einer Klippe am Beachy Head – ein paar Monate später wurde sie ins Waisenhaus zurückgebracht.«

Drake blätterte die Ausdrucke durch. »War sie verantwortlich?«

»Das ist unklar. Auf jeden Fall gab es einige Schuldzuweisungen. Berichten zufolge war der Kleine beim Spielen zu nah an den Klippenrand geraten.« Als ihr Handy summte, unterbrach Flick ihren Bericht. »Entschuldigung, da muss ich rangehen«, sagte sie nach einem Blick aufs Display und verließ den Besprechungsraum.

Drake blickte ihr nachdenklich hinterher, bevor er sich wieder ihrem Fall zuwandte.

»Wo waren die Eltern?«

»Sie waren kurz zum Wagen weiter oben am Hügel gelaufen und hatten der Ältesten, Poppy, eingeschärft, auf die Kleinen aufzupassen«, übernahm Eddie. »Der Gerichtsmediziner bewertete es als Unfall, Jill und Patrick Bliss hatten Glück, dass sie nicht angeklagt wurden wegen Vernachlässigung der Aufsichtspflicht.«

Vix riss die Augen weit auf vor Empörung. »Nun wirklich, auf einer Klippe lässt man kein kleines Kind allein!«

»Egal, die Eltern waren aus dem Schneider. In Interviews sagten sie später, dass der Tod ihres Sohnes für alle Kinder emotional stark belastend gewesen sei und dass sich besonders Sarahs Verhalten stärk verändert habe, weshalb ihnen keine andere Wahl blieb, als sie wegzugeben.«

»Kontaktieren Sie Brighton.« Drake klopfte mit den zusammengerollten Blättern auf seine Handfläche. »Reden wir mit den Beamten, die damals ermittelten, sofern sie noch greifbar sind.«

Während Vix widerwillig den Raum verließ, betrachtete Drake das Foto der Eltern in einem Revolverblatt, unter dem die zynische Zeile stand:

*Eine Tochter fürs Leben, nicht nur für Weihnachten!*

»Ein furchtbares Sozialexperiment«, hatte eine Kolumnistin die Adoption des Mädchens lapidar genannt und die gut gemeinten Absichten der Familie völlig diskreditiert.

Zu viele liberale Gutmenschen, schrieb die Journalistin, die für ihre provokanten Ansichten berühmt war, seien leider bereit, das Glück und Wohlergehen ihrer eigenen Kinder zu opfern, um linken Gefährten ihre makellos humanitäre Gesinnung zu beweisen. Jill und Patrick Bliss seien ein so moralisierendes Paar, das dauernd sein soziales Gewissen im Mund führte, dabei jedoch vollkommen die Bedürfnisse seiner eigenen Familie ignoriert habe. Sie gehörten wohl zu den Leuten, die nie begriffen hätten, so die Journalistin, was der Satz bedeute: Wohltätigkeit fängt zu Hause an.

Unter dem Artikel war ein Bild zu sehen, auf dem die Eltern ein gerahmtes Foto des kleinen Will hielten. Bedrückt blickten sie in die Kamera.

Drake sah nach dem Erscheinungsdatum. »Dieser Zeitungsbericht erschien ja lange nach dem Unglück.«

»Ja, das Schicksal von Tatia wurde erst Jahre später an die Öffentlichkeit gezerrt, als Patrick Bliss in seinem Wahlbezirk für Labour kandidierte.« Millie zog den Plastikdeckel von einem Kaffeebecher und wedelte den Dampf weg. »Vielleicht wollte ein Gegenkandidat unbedingt Dreck aufwühlen. Bliss und seine Frau versuchten den Medienaufschrei einzudämmen, indem sie mehrere Interviews gaben, aber ihr guter Ruf war und blieb angekratzt. Es kamen immer mehr Einzelheiten über die Umstände der juristisch wohl nicht ganz einwandfreien Adoption ans Licht, doch vor allem empörte man sich darüber, dass sie das Mädchen einfach zurückgeschickt hatten in dieses grauenvolle Heim. Jedenfalls ließ Labour den Kandidaten Bliss fallen.«

»Was ist aus dem Ehepaar geworden?«

»Sie sind beide tot«, meldete sich Dudley Kendrick zu Wort, der auf seinem PC herumklickte. »Ich habe hier einen Onlinenachruf auf Patrick Bliss in einem linken Magazin. Er hat vor Jahren Selbstmord begangen, seine Frau war da schon tot, sie starb an Krebs.«

In diesem Moment kam Flick zurück, wirkte ziemlich nervös.

»Alles in Ordnung?«, erkundigte sich Drake.

»Es ist wegen meines Vaters.« Sie steckte ihr Handy in ihre Handtasche. »Sein Altersheim hat angerufen und mich gebeten zu kommen.«

»Wollen Sie gleich los?«

»Geht das? Ein Freund will mich hinfahren. Er ist bereits unterwegs.«

Drake ahnte, welcher Freund gemeint war.

Flick verschränkte die Arme vor der Brust und war zumindest vorübergehend wieder ganz bei der Sache. »Also, wie weit waren wir?«

»Wissen wir etwas über Poppy und Joel Bliss?«, wandte Drake sich an Dudley Kendrick.

»Moment.«

Er würde sie schnell finden, denn DS Kendrick war eine Maschine. Ein Polizist von der alten Schule, der für seinen Job lebte und sämtliche Abkürzungen kannte. Ein exzellenter Detective, Liebhaber von echtem Ale, Familienmensch – und, sofern die Gerüchte stimmten, ein teuflisch guter Tänzer. Zugleich war er ein Mann, der grundsätzlich einen weiten Bogen um die persönlichen Animositäten machte, die öfter mal das Team spalteten. Drake bewunderte seine Effizienz und mochte ihn, war sich indes nicht sicher, ob das auf Gegenseitigkeit beruhte. Nicht selten ertappte er nämlich den Polizeiveteran dabei, dass er ihn prüfend anschaute. Dann beschlich Drake immer das ungute Gefühl, Kendrick würde etwas in seinen blassen Augen sehen, das ihm nicht gefiel.

»Sagen Sie mir Bescheid, wenn Sie etwas haben.« Drake klopfte mit der Papierrolle auf den Tisch. »Millie, stellen Sie eine Verbindung nach Tiflis her. Könnte ja sein, dass dort eine Strafakte über Tatia Mamaladze existiert. Eddie, finden Sie heraus, ob sie unter ihrem eigenen Namen bei uns eingereist ist. Unwahrscheinlich, aber man kann nie wissen. Wir bleiben an ihr dran, bis wir Konkreteres haben.« Er sah, dass Eddie sich ziemlich schwerfällig erhob. »Wie geht es Ihnen heute?«

»Nach wie vor angeschlagen. Es tut weh, wenn ich lache. Insofern ist es für mich ein Glück, dass es derzeit hier nicht viel zu lachen gibt.«

»Das ist die richtige Einstellung«, lobte Drake ihn grinsend und wandte sich an Flick. »Auf ein Wort?«

Er ging voraus in einen der Pausenräume und schloss die Jalousien des Innenfensters, damit sie von der Einsatzzentrale aus nicht zu sehen waren.

»Schätzungsweise wird mir nicht gefallen, was Sie mir zu sagen haben, richtig?«

»Sam Wylie. In was für einem Verhältnis stehen Sie zu ihm?«

Sie seufzte. »Ich bin es langsam leid, aus Zimmern stürmen zu müssen, Ray …«

»Wie haben Sie ihn kennengelernt?«

»Ich mag ihn.« Flick sah zur Seite. »Im Moment ist er ein … Freund.«

»Ein Freund oder mehr?«

Sie blinzelte. »Wie bitte?«

Drake verschränkte seine Arme. »Erzählen Sie mir von ihm. Bitte.«

»Wissen Sie was?« Flick ging zur Tür. »Ich werde rausstürmen.«

»Lassen Sie mich raten.« Drake lehnte sich an das Fensterbrett. »Er tauchte in Ihrem Stammpub auf, und Sie kamen ins Gespräch. Oder war es in Ihrem Lieblingscafé? Nein, warten Sie, Sie sind zufällig irgendwo zusammengestoßen, auf der Straße, im Supermarkt – es war purer Zufall, und es ergab sich einfach eine Unterhaltung.«

Mit einer Hand an der Türklinke hielt Flick inne, überlegte es sich anders und lehnte sich an den Türrahmen.

»Okay, führen wir dieses Gespräch ein letztes Mal.«

»Wo haben Sie ihn kennengelernt?«

»Wir sind bei derselben Therapeutin, vielmehr waren wir. Dort habe ich ihn getroffen.«

Drake trommelte mit den Fingern auf das Fensterbrett. »Sie sind ihm in der Praxis begegnet.«

»Mehr oder weniger.«

»Ja oder nein?«

»Natürlich nicht direkt in der Praxis. Ich hatte die Sitzung früher verlassen, und er war schon …«

»Was?«

»Er war draußen auf dem Gang, gerade angekommen.« Als ihr Handy summte, nahm sie es aus der Tasche, um die Nachricht auf dem Display zu lesen. »Ich muss los. Meine Mitfahrgelegenheit ist da.« Sie nickte. »Ja, *er.*«

»Nur um das noch kurz klarzustellen: Sie haben sich unterhalten, und …«, Drake wedelte mit den Papieren, während er sich ein mögliches Szenario überlegte: »Ist er zur Therapiesitzung gegangen?«

»Nein, wir zogen von einer Bar in die andere und haben uns betrunken. Er kam mit zu mir … Soll ich Ihnen den Rest schriftlich geben, Ray?« Sie ließ ihr Telefon in die Tasche fallen und öffnete die Tür. »Ich muss los.«

Drake stemmte sich vom Fensterbrett ab. »Ich begleite Sie nach unten.«

»Oh, bitte keine Mühe meinetwegen.«

Sie gingen in Richtung Aufzug, doch Drake bog vorher ins Treppenhaus ab.

»Ich wette, er ist sehr charmant und witzig«, kam er auf Wylie zurück. »Die Sorte Mann, die einem sehr schnell unter die Haut geht. Was macht er?«

»Er ist angeblich im Baugewerbe tätig, renoviert Häuser und so. Wir haben nicht sehr viel darüber geredet.«

Im Stockwerk über ihnen ging die Brandschutztür auf. Drake schwieg, bis er hörte, wie die Schritte verklangen und die Tür zwei Stockwerke höher hallend zufiel.

»Und Sie glauben ihm?«

»Mein Gott, Ray.« Flick musste lachen. »Sie sind wirklich paranoid.«

»Hat er nach mir gefragt?«

»Bedaure, da muss ich Sie enttäuschen.« Sie ging weiter nach unten. »Wir haben über Interessanteres gesprochen. Hören Sie, ich hätte bei der internen Untersuchung die Wahrheit über Sie sagen können und habe es nicht getan. Weil Sie mich baten, mein Leben weiterzuleben und die Vergangenheit hinter mir zu lassen. Genau das tue ich.« Im Erdgeschoss schob sie die Tür auf. »Ich schlage vor, dass Sie es ebenfalls so halten. Und um das klarzustellen, ich muss mein Liebesleben weder vor Ihnen noch jemandem sonst rechtfertigen. Mein unmöglicher Vater reicht mir, Ray. Noch so einen brauche ich nicht.«

Drake nickte. »Seien Sie einfach … vorsichtig.«

»Ray, bitte, er ist bloß ein Typ, der sich selbst total überschätzt«, sagte sie. »Er hat sich von seiner Frau getrennt und ist ausgezogen. Aber er ist witzig, und im Moment brauche ich wirklich ein bisschen Spaß. Wahrscheinlich wird es nirgends hinführen, weil er einfach nicht das ist, was irgendwer als tollen Fang bezeichnen würde. Trotzdem mag ich ihn.« Sie seufzte. »Kommen Sie mit und sehen Sie ihn sich selbst an.

Nachdem Flick mit ihrer Ausweiskarte die Tür geöffnet hatte, traten sie gemeinsam auf den Parkplatz hinaus. Wylie hatte seinen Wagen auf der Straße geparkt, stand wartend daneben, die Hände in den Taschen vergraben. Falls er überrascht war, Drake zu sehen, ließ er es sich nicht anmerken.

»Sam Wylie.« Er reichte Drake die Hand und schien es nicht eilig zu haben, sie wieder loszulassen.

»Ray Drake.«

»Freut mich, Ray. Ich habe eine Menge über Sie gehört.«

»Nein, hast du nicht«, widersprach Flick gereizt. »Ich habe ihn nie erwähnt.«

Er hielt Drakes Hand nach wie vor fest. »Kommen Sie auch mit?«

»Leider nicht. Ich bin hier noch beschäftigt.«

»Fahren wir.« Flick zupfte an Wylies Arm, woraufhin der endlich die Hand des DI losließ.

»Nächstes Mal vielleicht«, meinte Drake.

»Man sieht sich«, entgegnete Wylie munter und ging zu seinem Wagen voraus.

Drakes Finger schlossen sich fester um die Papierrolle in seinen Händen und hielten sie wie einen Schlagstock.

# 32

Jeder bedachte sie mit einem breiten Lächeln, was sie irritierte. Die Bewohner grinsten wie Irre, und alle Mitarbeiter begrüßten sie fröhlich. Die Empfangsdame sah sie immer wieder an und zwinkerte. Flick versteckte ihr Gesicht hinter einer Zeitschrift, aus dem Aufenthaltsraum nebenan drangen die Geräusche einer Quizsendung. Bei ihr stapelte sich die Arbeit, und sie saß hier und wartete zu welchem Zweck auch immer auf ihren Vater.

Sie hatte Wylie strikte Anweisung gegeben, im Wagen zu bleiben. Sie wollte nicht, dass er Harry Crowley kennenlernte. Nicht dass ihn ihre Beziehungen sonderlich kümmerten. Bloß hatte sie diesmal das unangenehme Gefühl, Harry und Sam könnten sich auf Anhieb prächtig verstehen. Von ihrem Platz aus sah sie, dass Wylie die Füße aufs Armaturenbrett gelegt hatte und mit seinem Handy spielte.

Ungeduldig blickte sie auf. »Wissen Sie, wie lange ich noch warten muss?«

»Miss Weaver und Mr. Crowley sind im Büro.« Wieder lächelte die Empfangsdame. »Es dauert nicht lange.«

»Ich muss zurück zur Arbeit.«

Wenige Minuten später ließ Flick die Zeitschrift fallen, war entschlossen zu gehen, als eine kleine schwarze

Frau mit kurzem grauem Haar auf sie zukam und sie in ihr Büro bat.

»Minette Weaver«, stellte sie sich vor und reichte ihr die Hand. »Danke, dass Sie gewartet haben.«

Ihr Büro war hell, wenngleich stickig. Die letzten Sonnenstrahlen des Tages blendeten Flick, als sie sich neben ihren Vater setzte.

Wie üblich sah Harry Crowley aus wie für eine sommerliche Wanderung ausstaffiert: Khakishorts und Wanderstiefel zu einem Hawaiihemd. Lediglich der Gehstock passte nicht zu dem Outfit. Sein silbergraues Haar war nach hinten gekämmt. Man mochte über ihren Vater sagen, was man wollte, und Flick hätte da einiges anzubieten, aber trotz der gewöhnungsbedürftigen Kleidung und seines Alters sah er gut aus. Allerdings war er heute ungewöhnlich still und tupfte sich mit einem Taschentuch ständig den Schweiß von der Stirn.

»Ich würde gerne einige, ähm, Verhaltensweisen von Mr. Crowley ansprechen, die uns Anlass zur Sorge geben.« Minette Weaver öffnete eine grüne Aktenmappe. »Wir erlassen hier keine unnötigen Regeln und Vorschriften, doch bei bestimmten Dingen ziehen wir eine Grenze.«

Harry richtete den Blick zur Decke und schirmte seine Augen ab. »Ich kann nichts sehen. Könnten wir bitte …?«

Vergeblich versuchte die Heimleiterin daraufhin, die alte Jalousie vor dem Fenster nach unten zu ziehen. Vergeblich, entweder kam sie rechts runter oder links. Eine Seite blieb immer oben.

»Soll ich das machen, Schätzchen?«, fragte Harry süffisant.

»Es geht schon, Harry, danke«, antwortete Minette spitz, und wirklich rasselten jetzt beide Seiten nach unten.

»Wie gesagt.« Sie setzte sich wieder. »Hier in Valleywell sind wir nicht sehr streng, dennoch müssen gewisse Spielregeln allein aus Gründen der Sicherheit beachtet werden.«

»Entschuldigen Sie, Miss Weaver«, warf Flick ein. »Könnten Sie bitte auf den Punkt kommen?«

»Sie ist eine viel beschäftigte Frau«, ergänzte Harry.

»Ich fürchte, Ihr Vater wurde in engem körperlichem Kontakt mit einer unserer Bewohnerinnen angetroffen«, erwiderte Minette gespreizt.

»Es war eine Umarmung«, erklärte Harry und verzog das Gesicht. »Ein kleiner Kuss und ein Drücken und Herzen zwischen zwei Erwachsenen.«

»Ich verstehe das nicht.« Flick wollte ungern auf Einzelheiten eingehen. »Ist Körperkontakt, also eine Umarmung, denn verboten?«

»Gott bewahre, nein. Umarmungen sind etwas Positives …« Minette faltete die Hände. »Allerdings nicht unbedingt mit den Frauen anderer Bewohner.«

»Was schert das Ron?« Harry klang nicht sehr zerknirscht. »Er beachtet Sheila gar nicht, hockt den ganzen Tag vorm Fernseher. Sie will bloß ein wenig zärtliche Zuwendung. Und wenn der Mann, mit dem sie seit sechzig Jahren verheiratet ist, ihr die nicht geben kann, sucht sie die eben bei jemand anderem, so einfach ist das. Immerhin ist sie eine gut aussehende Frau, die gewisse Bedürfnisse hat.«

»Harry, bitte«, mahnte Flick peinlich berührt.

»Leider haben wir noch ein anderes Problemchen, nicht wahr, Harry?« Minette wand sich jetzt ein wenig. »Wir haben Grund zu der Annahme, dass Ihr Vater unlängst eine gewisse Geldsumme von Mrs. Beecham erhalten hat.«

»Was?« Ungläubig sah Flick ihren Vater an. »Bist du etwa auf deine alten Tage zum Gigolo geworden?«

»Sheila bot an, mir das Geld zu leihen, weil sie ein gutes Herz hat.«

»Wie viel?«

»Ein paar Hundert Pfund.« Er tupfte sich erneut die Stirn ab. »Fünfhundert oder so.«

»Nicht dein Ernst, Harry«, murmelte Flick.

»Die Sache wurde geklärt. Mr. Crowley hat das Geld zurückgegeben, doch es sorgte für einige Unruhe unter unseren Bewohnern, vor allem bei Ron Beecham.«

Harry Crowley stützte das Gesicht in seine Hände. »Alles wurde unnötig aufgeblasen. Es war eine Umarmung und ein Kuss.«

»Vielen der Damen und Herren fällt es schwer, sich anzupassen, wenn sie herkommen. Folglich sind Zerwürfnisse unter den Bewohnern das Letzte, was wir uns hier wünschen. Ich habe mit Ihrem Vater gesprochen, und er versprach, dass sich solch eine Situation nicht wiederholen wird.«

»Der alte Mistkerl hat gedroht, mit mir nach draußen zu gehen und mich zu verprügeln.« Harry lachte. »Dabei kann Ron ohne seinen Rollator kaum aufrecht stehen!«

»Das ist nicht witzig, Harry«, rügte Minette ihn fast liebevoll, und Flick gewann den Eindruck, dass die Heimleiterin ihren kauzigen Vater mochte. Die meisten Leute mochten ihn, zumindest diejenigen, die nicht direkt mit ihm verwandt waren.

»Und warum bin ich hier?«, erkundigte sich Flick.

»Weil ich Ihnen den Sachverhalt mitteilen muss. Für diesmal haben wir uns geeinigt – sollte sich allerdings Ähnliches wiederholen, sehe ich mich möglicherweise gezwungen, über den weiteren Verbleib Ihres Vaters in diesem Haus nachzudenken.«

»Das hatten Sie bereits gesagt«, murmelte Harry und schüttelte verärgert den Kopf. »Können wir jetzt gehen?«

»Ihr Vater ist ein geschätztes und beliebtes Mitglied unserer kleinen Gemeinschaft.« Minette legte die Akte in einen Ablagekorb. »Dennoch muss ich auf den Seelenfrieden aller unserer Bewohner achten.«

»Verstehe«, murmelte Flick.

Sie verabschiedeten sich von der Heimleiterin und verließen gemeinsam das Büro, wobei Harry steif an seinem Stock einherstakste und gehörig ächzte. Die Empfangshalle war leer.

»Du kannst wohl nicht anders, oder?« Flick schüttelte den Kopf.

Harry verdrehte die Augen. »Fang ja nicht genauso an wie Minette.«

»Wofür brauchtest du eigentlich das Geld?«

»Es war ein Kredit, den ich zurückzahlen wollte.«

Harry lebte hier wie die Made im Speck. Wenn er es darauf anlegte, konnte er sie alle zum Narren halten. Mit seinem Charme und seiner Gabe, andere zu manipulieren, ließ sich bei empfänglichen alten Damen leicht Geld lockermachen. Flick wunderte, dass dergleichen nicht schon viel früher passiert war.

»Wär's dir lieber, wenn ich auf der Straße bettle?«

»Wenn du so weitermachst, wirst du genau das müssen.«

»Na los, gib es zu.« Harry grinste sie verschmitzt an. »Du bist ein bisschen stolz auf deinen Dad.«

»Wofür brauchst du Geld, Harry?«

»Sag Dad zu mir. Ich bin dein Dad.« Harry trat an ein Fenster und sah hinaus zu dem Parkplatz, wo Wylie auf und ab ging und in sein Handy sprach. »Wer ist das?«

»Wer ist was?«, fragte sie und wurde rot.

»Du hast einen Mann gefunden.«

»Er ist ein Freund, mehr nicht.«

»Ein abgerissener Penner, nicht ganz dein Stil.«

»Wechsle nicht das Thema«, beschied Flick ihn rasch. »Warum brauchst du Geld?«

»Mir fehlt Nina.« Ein Schatten überzog sein Gesicht, als er an die andere Tochter dachte, die mit ihrer Familie nach Australien gezogen war. »Du weißt ja nicht, wie es ist, von lauter Leuten umgeben zu sein, die auf den Tod warten. Man denkt, dass ein Freund zum Frühstück nach unten kommt, und dann taucht er nicht auf.« Er sah sie an. »Und es ist ja nicht so, als würdest du jemals herkommen. Ich will Nina besuchen, und dafür brauche ich Geld.«

»Sie würde dir jederzeit die Reise bezahlen, wie du weißt.«

»Sie hat uns verlassen, Felicity, uns beide, und die wunderbaren Kinder mitgenommen.« Er schüttelte den Kopf. »Was muss sie von uns halten, dass sie ans andere Ende der Welt zieht?«

Eigentlich wollte Flick ihm jetzt sagen, wie sie sich gefühlt hatten – Nina, Daniel, ihr Bruder, und sie –, als er die Familie wegen einer anderen Frau verließ und sie ihn über Jahre nicht sahen. Aber da war etwas in seinen Augen, das sie nie zuvor gesehen hatte: Trauer, Verletzlichkeit, und sie biss sich auf die Zunge.

»Du hast behauptet, dass du hier glücklich bist.«

»Solange Nina da war und mich besuchte – sie hat mich verstanden. Doch jetzt ist sie weg.«

»Du trägst ein bisschen dick auf, findest du nicht, Harry?« Sie grinste ihn an, ohne dass er eine Reaktion zeigte. »Hör mal, ich muss gehen.«

»Klar«, sagte er. »Du solltest lieber los.«

»Vielleicht komme ich nächste Woche, um nachzusehen, ob du wieder was ausgefressen hast.«

Seine Miene hellte sich auf. »Wenn du Zeit hast …, du musst nicht.«

»Ich möchte es«, erklärte sie mit fester Stimme. »Tu mir nur den Gefallen und halt dich von den Damen fern. Meinst du, das schaffst du?«

»Ist ja nicht so, als wäre unterhalb der Halskrause noch sonderlich viel funktionsfähig«, scherzte er. »Mögen täte man ja schon …«

Ihr Vater würde sich nie ändern, dachte Flick. Früher fand sie ihn peinlich, wollte nichts mit ihm zu tun haben. Musste sie auch nicht, solange Nina da war.

In jüngeren Jahren war Harry Crowley offenbar ein ziemlich übler Opportunist gewesen, jemand, der sich alles nahm, was das Leben zu bieten hatte. Ein unverlässlicher Ehemann und Vater, ein bestechlicher Polizist. Durch ihn hatte Flick von Ray Drakes Vergangenheit erfahren.

Als Sergeant in Hackney war Harry flüchtig einem Jungen namens Connor Laird begegnet, einem wilden Jungen. »Ungezähmt« nannte er ihn. Später traf er ihn dann als Ray Drake wieder. Seitdem kannte Flick das Geheimnis seiner doppelten Identität. Harrys Fehler nahmen sich neben dieser Lebenslüge lachhaft aus.

Sie holte einen Zwanzigpfundschein aus ihrem Portemonnaie, wohlwissend, dass er sie unten beim Buchmacher auf ein paar Klepper setzen würde.

»Danke, dass du gekommen bist, Felicity.« Das Geld verschwand umgehend in Harrys Faust. »Grüß deinen neuen Burschen von mir.«

»Bis nächste Woche … Dad«, sagte sie, und er strahlte.

»War das dein Vater?« Wylie nickte zum Fenster, als sie rauskam. »Den würde ich gern mal kennenlernen. Alles was du so über ihn erzählt hast, klingt ja, als wäre er eine echte Legende.«

Sie blickte zurück zum Empfang, aber Harry war weg.

Ja, dachte sie, eine echte Legende. Ein richtiger Vater war er allerdings nie.

## 33

Seine Mutter würde ihm schon den Kopf zurechtrücken. Tims Eltern vergötterten ihn zwar, jedoch ebenfalls Poppy und ihren Enkelsohn. Tanya würde am Boden zerstört sein, wenn sie von seinen Trennungsabsichten erfuhr. Seine Eltern waren nette, vernünftige Menschen, und das passte nicht in ihr Weltbild. Herrgott noch mal, er hatte einen Sohn, der ihn brauchte! Tanya und John würden eingreifen und diesem Unsinn ein Ende zu setzen versuchen. Und am Ende wäre Tim gezwungen einzusehen, wie blöd er sich verhielt. Er hatte eine Art Midlife-Crisis, und die andere, wer immer sie sein mochte, nutzte das aus.

Der Abend, an dem sie Tanya und John kennengelernt hatte, war der beste in Poppys Leben gewesen.

An jenem Abend, umgeben von seiner Familie und deren zahlreichen Freunden, hatte sie sich in Tim verliebt. Sie erinnerte sich, wie sie mit ihm bei Sonnenuntergang den Weg zu dem großen Haus in Surrey entlanggegangen war und lautes Lachen hörte. Und dann, als das Anwesen in Sicht kam, hatte es ihr den Atem verschlagen. Sämtliche Fenster hatten weich in der Dämmerung geleuchtet, und auf der riesigen Veranda hatte es von Menschen gewimmelt. Ebenso auf dem weitläufigen Rasen, der sich hinunterzog zu einem verzauberten Wäldchen und einem kleinen See.

Kaum war sie eingetroffen, machten alle ein großes Brimborium um sie.

Tims Mutter war in den Sechzigern ein gefragtes Model, sein kultivierter, gut aussehender Vater ein gefragter Schauspieler gewesen. Poppy erinnerte sich, wie sie an Tims Arm gehangen hatte, als sie Leuten vom Film, vom Theater und aus der Politik vorgestellt wurde – Menschen, die man sonst nur im Fernsehen sah.

Poppy war berauscht von der Gesellschaft so vieler charmanter und gebildeter Leute. Sie waren witzig und interessant und waren zufrieden mit sich und ihrem Leben – ganz anders als ihre eigenen Eltern, die den Fokus lediglich auf das richteten, was falsch war in der Welt, und damit haderten. Hier hingegen herrschten Lachen und Fröhlichkeit. John unterhielt alle mit seinen Imitationen, Parodien und seinen Anekdoten und schonte selbst die Anwesenden nicht. Aber von ihm persifliert zu werden war eine Ehre, so sahen das alle. Insofern war Poppy stolz, dass er sie ebenfalls einbezog. Ja, zum ersten Mal fühlte sie sich wertgeschätzt und irgendwo wirklich zugehörig.

Sie wollte so gern wie diese Menschen sein.

Die Party dauerte bis spät in die Nacht. Ein berühmter Musiker sang zu seiner Gitarre, und Poppy und Tim gingen über den Rasen zum See hinunter – sie spürte die kühlen Grashalme zwischen ihren nackten Zehen – und setzten sich auf den morschen Bootssteg. Insekten schwebten im Mondlicht über der silbrig schimmernden Wasseroberfläche.

Fasziniert lauschte Poppy, als Tim ihr erzählte, dass seine Eltern einst auf den Gästelisten der schillerndsten Partys in Cannes und L.A. gestanden hatten. Und als er sie nach ihrer Familie fragte, starb sie fast vor Scham. Auf keinen Fall wollte sie ihm von ihrem, wie sie fand, elenden Leben erzählen, von ihren versponnenen Eltern, von dem, was mit Will geschehen war, und von diesem furchtbaren Mädchen …

Stattdessen legte sie sich auf den Steg, zog Tim zu sich herunter und gab sich ihm hin. Es war genauso, wie sie es sich vom ersten Mal erträumt hatte. Perfekt. Und später, auf dem Weg zurück zum Haus, als erste Lichtstrahlen die Baumwipfel berührten, begegneten sie den letzten Feiernden, die in Decken gehüllt draußen saßen. Beim Abschied am nächsten Morgen war Poppy fest entschlossen, Tim zu heiraten und Teil dieser Familie zu werden.

Genau dies war das Leben, das sie sich immer erträumt hatte.

Doch als sie nun Tanya und John anrief, sie um Rat und Hilfe bitten wollte, klingelte und klingelte es am anderen Ende, ohne dass sich jemand meldete. Poppy legte auf und wählte erneut. Sie würde so lange anrufen, bis jemand ans Telefon ging. Irgendwann wurde abgenommen.

»Hallo?«, sagte Tanya.

»Habt ihr es gehört? Hat er es euch erzählt?«

Sie konnte Tanyas Wuschelhunde kläffen hören.

»Wie geht es dir, Poppy?«

»Hat er es euch erzählt?«

»Ja«, antwortete Tanya nach kurzem Zögern. »Hat er.«

Sie verstand das nicht. Tanya war still und zurückhaltend, dabei hatte Poppy erwartet, dass sie wütend auf Tim wäre.

»Ich habe Angst, Tanya.«

»Weiß ich. Es tut mir so leid, Poppy. Es ist eine sehr … schwierige Situation.«

Tanya hatte Tim also nicht in Bausch und Bogen verdammt, hatte ihm nicht gesagt, dass er ein Idiot sei. Sie wirkte überhaupt kein bisschen verärgert, eher verlegen.

»Kannst du vielleicht mit ihm reden?«, bat Poppy. »Ihn zur Vernunft bringen?«

»Wir möchten uns da lieber raushalten, weißt du. Es ist … Tims Entscheidung.«

Verzweifelt schloss Poppy die Augen. Tanyas frostige Zurückhaltung schmerzte sie. Zumal sie sich ihren Schwiegereltern immer näher gefühlt hatte als ihren eigenen Eltern. Wenn Tim sie verließ, verlor sie nicht nur einen Ehemann, sondern so viel mehr: Schwager und Schwägerinnen, eine große, liebevolle Familie. Jedes Jahr reisten alle Mallorys für zwei Wochen in John und Tanyas Luxusvilla in Portugal. Poppy war dort so glücklich wie nirgends sonst. Tim könnte natürlich nach wie vor Gabriel dorthin mitnehmen, Poppy hingegen dürfte nicht mit, wäre außen vor – insbesondere wenn es eine neue Freundin geben sollte.

Ihr kam der Gedanke, dass Tanya und John wahrscheinlich nicht die ganze Geschichte kannten.

»Er hat eine andere«, stieß sie hervor.

»Hat er dir das erzählt?«

»Nein, er leugnet es, aber ich bin mir sicher.«

»Was immer zwischen dir und Tim vorgefallen sein mag, es ist das Beste, wenn wir uns nicht …«

»Nichts ist vorgefallen, was mich angeht. Ich habe nichts falsch gemacht!«

»Reg dich bitte nicht so auf.« Poppy wusste nicht, ob der beruhigende Laut, den Tanya von sich gab, den kläffenden Hunden oder ihr galt. »Wie gesagt, das ist etwas, das du und Tim untereinander diskutieren müsst.«

»Diskutieren?«

»Das Wichtigste ist, dass du deinen kleinen Jungen hast. Gabriel sollte deine Hauptsorge sein.«

»Und was ist mit mir?« Tränen brannten in Poppys Augen. »Wer denkt an mich?«

»Ich muss jetzt Schluss machen. Wir können gerne wieder reden, wenn ... sich die Dinge beruhigt haben. Im Augenblick ist es besser, da stimmt John mir zu, dass wir keine Partei ergreifen.«

»Partei ergreifen?«, fragte Poppy ungläubig.

In diesem Augenblick legte Tanya einfach auf und ließ Poppy völlig fassungslos zurück. Sie konnte nicht glauben, dass ihre Schwiegermutter sich nicht einschalten wollte. Es fühlte sich für sie wie ein riesiger Verrat an. Tim hatte sich wie ein Schwein benommen, verließ Frau und Kind. Trotzdem sprach Tanya, als hätte Poppy etwas falsch gemacht.

Allerdings hätte sie es sich bei genauem Überlegen denken können, denn die Mallorys hielten wie Pech und Schwefel zusammen. Wenn es hart auf hart kam, waren sie füreinander da. Bedingungslos. Tim hatte eine Grenze überschritten, und dennoch war es Poppy, die alles verlieren würde.

Ihre Eltern: fort.

Joel: fort.

Und jetzt Tim, Tanya und John: fort.

Poppy würde ganz allein dastehen. Es war eine Katastrophe. Das durfte einfach nicht passieren, nein, das durfte sie einfach nicht zulassen.

# 34

Morgen früh würde eine Pressekonferenz abgehalten, bei der Drake das Phantombild von Tatia Mamaladze präsentieren wollte. Hoffentlich würde es etwas bringen, denn bisher hatten sie nichts über sie gefunden. Es gab nicht einmal einen Beweis, dass sie ins Land eingereist war.

Er dachte an das Mädchen, das vor vielen Jahren von Jill und Patrick Bliss aufgenommen worden war. Gerettet aus einem schrecklichen Heim und in ein liebevolles Zuhause mit einer netten Familie gebracht. Es musste wie ein wahr gewordener Traum gewesen sein. Und dann, nur wenige Monate später, verwandelte sich der Traum in einen Albtraum, als man sie zurückschickte. Tatia hatte eine kleine Kostprobe vom Paradies bekommen, bevor man sie daraus verbannte.

Drake vermochte sich halbwegs vorzustellen, welche Angst, Verwirrung und tiefe Verzweiflung sie empfunden haben musste, denn Tatias traurige Geschichte hätte sehr leicht seine eigene sein können.

Vor langer Zeit war Connor Laird von Myra und Leonard Drake aufgenommen worden, obwohl er verantwortlich gewesen war für den Tod ihres Sohnes. Trotzdem boten sie ihm nicht allein ein Zuhause, sondern auch einen unbelasteten Namen und eine Zukunft. Hätten sie ihm nicht Ray Drakes Leben geschenkt, was wäre aus Connor Laird geworden? Wo wäre er gelandet?

Zur Vorbereitung auf die Pressekonferenz ging Drake noch einmal seine Unterlagen durch und sah sich erneut die Videoaufzeichnungen aus der Küche der Langleys an. Vielleicht war alles, was sie zeigen mussten, das letzte schaurige Bild von Bryan Langley, wie er über den Fußboden kroch. Die gespenstischen Spiegelungen in der Terrassentür waren inzwischen gründlich von der Kriminaltechnik untersucht und mit an Sicherheit grenzender Wahrscheinlichkeit als Carl Clarke und Tatia Mamaladze identifiziert worden.

Drake scrollte zum Anfang zurück zu den Aufnahmen aus der Nacht vor dem Mord.

23 Uhr 14: Samantha Langley blickt von unten direkt in die Kamera, das Gesicht vergrößert von der Linse, während ihr Körper in einem Pyjama nach unten immer kleiner wird. Sie winkt der Kamera zu, lacht stumm. Ein Selfie. Bryan sitzt an der Kücheninsel, trinkt etwas aus einem Becher und hackt auf einen Laptop ein. Er dreht den Monitor zu Samantha, zeigt ihr das Kamerabild, und gemeinsam machen sie kleine anzügliche Bewegungen. Ein sehr privater Moment, der nie von jemand anderem gesehen werden sollte. Eventuell ein nostalgischer Scherz, eine Erinnerung an einen gemeinsamen Tanz. Bryan nimmt den Laptop auf, und sie gehen hinaus. Das Licht wird ausgeschaltet, die Küche liegt im Dämmerlicht. Die Kamera schaltet auf Nachtsicht um. Nach ein paar Minuten, als keine Bewegungen registriert werden, stellt sie sich aus. Einen Tag später würden Bryan und Samantha Langley tot sein.

2 Uhr 33: Das Nachtlicht der Kamera färbt alles grün und zeigt eine Bewegung am Rand der Spüle. Ein Fleck huscht über die Abtropffläche. Eine Maus, die sich ruckartig bewegt.

7 Uhr 11: Bryan, Samantha und ihre Kinder beim Frühstück. In Anzug und Krawatte für die Arbeit gekleidet, starrt Bryan auf einen Tablet-Computer und stopft sich dabei eine Scheibe Toast in den Mund. An der Kücheninsel sitzen die Kinder, die herumalbern. Samantha füllt Becher mit Orangensaft aus einem Krug und bewirft ihren Mann mit einer Weintraube. Er stolpert rückwärts, als wäre er angeschossen worden, sehr zum Entzücken der Kinder. Samantha öffnet den Kühlschrank und stellt den Saftkrug zurück. Man glaubt fast den kalten Lufthauch zu spüren, denn Samantha verzieht das Gesicht. Minuten später klettern die Kinder von ihren Hockern und verschwinden. Bryan und Samantha beugen sich über die Spüle, die Rücken zur Kamera, und inspizieren den Mäusekot auf dem Fenstersims.

7 Uhr 49: Die Putzhilfe trifft ein. Samantha schwenkt die Hand in Richtung Spüle, zeigt auf den Bereich, wo die Maus gewesen ist und der desinfiziert werden muss. Dann weist sie vage in Richtung der Kamera. Die Frau folgt nachdenklich ihrem Blick. Als Samantha den Raum verlässt, dreht die Putzhilfe den Warmwasserhahn auf und holt Reinigungsmittel aus dem Schrank unter der Spüle.

11 Uhr 31: Samantha in T-Shirt und Jogginghose schaut in den Kühlschrank – ihr Gesicht in helles Licht getaucht – und nimmt einen Becher vermutlich mit Joghurt heraus.

Sie dreht sich zur Arbeitsplatte, schält eine Banane, die sie mit einem Messer klein schneidet, danach Orangen und Äpfel, um einen Obstsalat zu machen.

14 Uhr 12: Samantha sitzt auf einem Barhocker und wischt mit dem Daumen über ihr Handy. Grace Beers Untersuchung des Geräts hat ergeben, dass sie die sogenannte »Randspalte der Peinlichkeiten« der *Daily Mail* an die fünf-, sechs-, siebenmal täglich ansieht, neben vielen anderen Entertainmentwebsites. Samantha Langley hat die Sozialmedien eifrig genutzt, einschließlich eines Onlineforums für Mütter aus der Gegend. Sie legt ihr Telefon hin und gießt kochendes Wasser in einen Becher. Dann drückt sie einen Teebeutel mit einem kleinen Löffel aus, geht zum Kühlschrank, holt eine Literpackung Milch heraus und schüttet etwas in ihren Tee. Einen Moment später blickt sie zum Flur – hat es geläutet? Gleich darauf sieht sie zur Uhr unter der Kamera. Für einen kurzen Moment wirkt es, als würde sie Drake direkt ansehen. Sie stellt die Milch auf der Insel ab und verlässt den Raum, kommt kurz darauf zurück und rückt die Hocker unter den Frühstückstresen, in der Terrassentür am Bildrand erscheint ein Fensterputzer. Der Mann ist befragt und als Verdächtiger ausgeschlossen worden. Er kam jeden Monat am selben Tag und machte seine Runde in dieser Straße seit über vier Jahren.

15 Uhr 56: Samantha kommt in die Küche, liest ein Faltblatt von der örtlichen Kirche und wirft es in den Abfall. Die Verteiler sind ebenfalls befragt worden. Sie gingen an jenem Tag von Tür zu Tür, um die Werbung für ein bevorstehendes Fest in die Briefkästen zu stecken. Die beiden Mitarbeiter der Kirche sind in der Gegend gut bekannt.

18 Uhr 17: Samantha bereitet Thunfischpasta fürs Abendessen zu. Bryan kommt nach Hause, stellt seinen Aktenkoffer auf einen Barhocker und legt sein Anzugjackett ordentlich darüber. Die Kinder laufen herbei und umarmen ihn. Er setzt sich auf einen Hocker, hebt Emily auf sein Knie. Die Kamera erfasst die schüttere Stelle auf seinem Kopf. Samantha erzählt irgendwas, während sie am Herd steht, und holt eine Flasche aus dem Kühlschrank. Da sie die Limonade zu schnell öffnet, sprudelt der Inhalt über. Sie läuft zur Spüle und stellt die Flasche hinein, aus der noch immer Limonade in alle Richtungen sprüht.

19 Uhr 02: Die Langleys unterhalten sich beim Abendessen, dann sammelt Samantha die Teller zusammen. Sie kniet vor dem Geschirrspüler. Methodisch lädt sie die schwereren Sachen in den unteren Korb. Man meint beinahe das dumpfe Schlagen zu hören, mit dem die Tür zugeht und Wasser in die Maschine läuft. Bryan kommt in Jeans und Polohemd in die Küche. Nachdem er ein Telefonat auf seinem Handy beendet hat, fällt Samantha ihm in die Arme, und sie halten einander fest, sein Kinn auf ihrem Kopf.

19 Uhr 32: Samantha verlässt die Küche, dimmt das Licht.

21 Uhr 59: Die Küche ist in warmes Licht getaucht, als Bryan mit einer Taschenlampe zwischen den Zähnen vor dem Schrank unter der Spüle hockt. Eines nach dem anderen nimmt er die Reinigungsmittel heraus, Plastikflaschen und Sprays, Waschmittel und Bleiche, Spültabs und Topfschwämme, und stellt sie auf den Boden. Dann quetscht er seinen Oberkörper in den Schrank und sucht nach der

Stelle, an der die Maus hineingelangt ist. Wenig später stemmt er sich wieder hoch und reibt sich die Knie.

22 Uhr 21: Bryan holt eine Flasche Rosé aus dem Kühlschrank, schenkt sich ein Glas ein und geht raus.

3 Uhr 47: Bryan kriecht auf Händen und Knien in die Küche, hinterlässt eine Blutspur auf den Fliesen. Er bewegt sich langsam, erschöpft, Augenblicke vor seinem Tod. Man sieht die beiden Spiegelungen in der Terrassentür. Dann sackt Bryan auf den Boden, und die Geistergestalten treten zurück in die Dunkelheit, als würden sie sich in Luft auflösen.

Drake hielt die Aufzeichnung an, stand steif auf und streckte sich. Draußen wurde es bereits dunkel. Er beugte sich zum Schreibtisch hinunter und bewegte gedankenverloren den Cursor über den Bildschirm. Da war etwas in diesem Video. Etwas, das er gesehen hatte, direkt vor seiner Nase. Etwas Wichtiges.

Er wusste bloß nicht, was.

Nachdem er das Programm geschlossen hatte, öffnete er eine Suchmaschine und sah nach der Nummer eines Büros in Euston. Dann nahm er seine Jacke vom Türhaken, löschte das Licht und verließ sein Büro.

# 35

Ray Drake parkte seinen Mercedes in einer Lücke vor seinem Haus und stellte den Motor ab. Dann nahm er sein Handy und rief die Nummer an, die er vorhin im Netz herausgesucht hatte.

»Hi, Sunita, hier ist Sam Wylie«, meldete er sich, als abgenommen wurde.

Flicks Therapeutin zögerte. »Wie bitte?«

»Ich muss meine nächste Sitzung absagen.«

»Ähm.« Drake hörte, wie sie in ihrem Terminkalender blätterte. »Wie war gleich Ihr Name?«

»Samuel Wylie«, sagte er. »Mein Termin ist am Dienstagnachmittag.«

»Tut mir leid, da muss ein Missverständnis vorliegen«, erwiderte sie nach einer Weile. »Ich finde Ihren Namen nirgends. Sam Wylie, sagten …«

Drake beendete das Gespräch, stieg aus dem Wagen und ging zu seinem Haus.

Sobald er die Tür aufschloss, hörte er laute Stimmen aus dem Esszimmer. Dort saßen sich Myra und Mercy gegenüber und kabbelten sich mal wieder.

»Wenn ich Blumen will, dummes Ding, würde ich Sie bitten, welche zu kaufen«, schimpfte Myra.

»Aber die sind doch hübsch.« Mercy strich behutsam

über die Blüten, gelbe, rote und weiße Malven, die in einer Vase standen. »Sie hellen das Haus auf.«

»Mein Haus muss nicht aufgehellt werden, vielen Dank.«

Trotz ihres hohen Alters und obwohl ihr Rücken krumm geworden war, überragte Myra die kleine Philippinin, die ihr im Haushalt zur Hand ging. Als Mercy die Vase aufnahm, deutete Myra empört auf den Tisch.

»Jetzt sehen Sie sich das an, Sie Närrin. Da ist ein Wasserrand auf der Platte! Sie hätten wenigstens einen Untersetzer unter die Vase legen können. Was haben Sie sich nur dabei gedacht?«

»Sie sind keine nette Frau«, wehrte Mercy sich. »Unfreundlich und undankbar. Ich gehe auf den Markt und kaufe Ihnen Blumen, und das ist der Dank.«

Myras Nasenflügel blähten sich. »Ich erinnere mich nicht, um Blumen gebeten zu haben.«

»Und schauen Sie, da ist kein Rand.«

»Die sind ganz reizend, Mercy.« Drake betrat den Raum und warf seine Schlüssel auf einen Beistelltisch. »Und es war nett von Ihnen, sie zu kaufen.«

»Ich bringe sie raus und werfe sie weg.« Weinerlich hob die Philippinin die Vase hoch. »Mrs. Drake mag die Blumen nicht.«

»Nehmen Sie sie mit nach Hause und stellen Sie sie an einen schönen Platz«, schlug Drake vermittelnd vor. »Es wäre ein Jammer, wenn sie im Müll landen würden. Und sagen Sie mir, was Sie dafür bezahlt haben, ich gebe Ihnen das Geld.«

»Ach, dann lassen Sie sie eben da«, warf Myra gereizt ein, griff dann demonstrativ seufzend nach der Vase und stellte sie zurück auf den Tisch. »Was für ein furchtbares Theater Sie wegen allem machen, Mercy.«

»Irgendwann kommt der Tag …«, orakelte die Haushaltshilfe düster, und es klang wie eine Androhung des Jüngsten Gerichts.

Mercy war seit beinahe dreißig Jahren bei ihnen. Dreimal wöchentlich kam sie, wusch, putzte und räumte das Haus auf, und so lange waren sie und Myra wie Hund und Katze. Myra hatte sie schon unzählige Male entlassen, und doppelt so oft war Mercy ihr mit einer Kündigung zuvorgekommen. Wenn das geschah, verbrachte Myra Stunden am Telefon damit, sie zur Rückkehr zu bewegen, gelobte Besserung oder schickte Mercy sogar kleine Geschenke nach Hause.

»Sie hat die Blumen für dich gekauft.« Drake ging vom Esszimmer ins Wohnzimmer hinüber, sank aufs Sofa und lockerte seine Krawatte. »Würde es dich wirklich umbringen, nett zu ihr zu sein?«

Myra ordnete den Blumenstrauß. »Na ja, eigentlich sind sie wirklich ganz hübsch«, rang sie sich ab und fügte brummend hinzu: »Gut, ich zahle ihr in dieser Woche einen kleinen Aufschlag.«

Die alte Frau mochte keine Veränderungen, konnte es nicht leiden, wenn irgendwas nicht am gewohnten Platz war. Obwohl sie in der Souterrainwohnung lebte, betrachtete sie das Stadthaus in Islington als ihr Eigentum, achtete wie ein Wachhund darauf, dass sich alles genau da befand, wo es ihrer Meinung nach hingehörte und unternahm den lieben langen Tag Kontrollgänge. Dass sie allerdings aus purer Langeweile manchmal selbst umräumte und umstellte und es dann der armen Mercy in die Schuhe schob, stand auf einem anderen Blatt.

»Ja, tu das. Du solltest dich wirklich bemühen, sie nicht zu vergraulen.« Drake zog ein Zierkissen hinter seinem

Rücken hervor und warf es ans andere Sofaende. »Sie ist nicht mit Gold aufzuwiegen.«

Normalerweise regte Myra sich endlos lange auf, wenn Drake sich auf Mercys Seite schlug, und machte aus ihrem Herzen keine Mördergrube. Nicht so heute – heute setzte sie sich ihm gegenüber, faltete die gichtigen, verkrümmten Hände im Schoß und sah ihn erwartungsvoll an. »Erzähl.«

Drake merkte, dass seine Nervosität ihr offenbar nicht entgangen war, und lenkte ab. »Es ist nichts.«

»Keine Spielchen«, ermahnte sie ihn. »Ich kenne dich zu gut.«

Seufzend gab Drake nach. »Da ist ein Mann. Er heißt Sam Wylie, ist aus dem Nichts aufgetaucht und hat sich an Flick rangemacht. Hat eine angeblich zufällige Begegnung arrangiert, das Blaue vom Himmel gelogen und sie völlig um den Finger gewickelt. Sie steht total unter seinem Einfluss. Irgendwas geht da vor, Myra.«

Sie zupfte einen Fussel von ihrem Rock und rollte ihn zwischen den Fingern. »Ich mache mir ernstlich Sorgen um dich, Ray.«

Ohne darauf einzugehen, sprang Drake erregt auf. »Die ganze Situation fühlt sich falsch an. Flick ist verwundbar, momentan in keiner guten Phase, und dieser Mann hängt wie eine Klette an ihr.«

»Hast du mit ihr gesprochen?«

»Sie hört nicht auf mich.«

Das Gefährliche an der ganzen Sache war, dass Flick bloß eine falsche Bemerkung Wylie gegenüber machen musste, die leiseste Andeutung, dass sie beide bei der internen Untersuchung gelogen hatten, dann würden ihre und seine Welt einstürzen wie ein Kartenhaus.

Myra nestelte an dem Medaillon, das sie um den Hals

trug – mit dem einzigen Foto ihres toten Sohnes, dessen Name und Leben auf den Mann übergegangen war, der jetzt unruhig vor ihr auf und ab ging.

»Hast du gehört, was ich gesagt habe?«, sagte sie leise.

Er blickte auf. »Keine Sorge, mir geht es gut.«

»Nein, tut es nicht«, widersprach sie und schob ihr Kinn vor. »Die Albträume, die du jede Nacht hast. Aus denen du aufwachst, wenn du *seinen* Namen schreist.«

»Ich habe die Situation im Griff«, murmelte er.

»Und was genau soll das heißen?« Sie sah ihn streng an, doch er wandte sich ab. »Schön, behandle mich wie eine alte Närrin – wenn du nicht bereit bist, darüber zu reden, deine Sache. Allerdings rate ich dir, dass du erst mehr über die Situation herausfinden solltest, ehe du voreilige Schlüsse ziehst, was diesen Wylie angeht. Ich mag mich irren, aber mein Eindruck war immer, dass du kein Mann bist, der abwartet, bis die Katastrophe eintritt.«

»Ich kümmere mich darum«, versprach er.

»Na dann.« Sie nahm seine Autoschlüssel vom Tisch und warf sie ihm zu. »Wann, wenn nicht jetzt?«

# 36

»Tut mir ehrlich leid«, sagte Drake zu Flick. »Ich weiß, dass es ein langer Tag war.«

»Kein Problem«, erwiderte sie, klang indes wenig überzeugend.

»Ich würde es selbst machen, bin jedoch aus privaten Gründen nicht in London, ist eine lange Geschichte«, sagte er in sein Handy.

Er passte auf, dass er außer Sicht blieb, falls sie ihre Vorhänge öffnete, und ging unter Flicks Wohnung entlang zu der Stelle, an der Wylies verdreckter Mazda parkte, holte dann den kleinen Kasten hervor, den er bei einem Elektronikfachhändler in der Old Street gekauft hatte. Am anderen Ende der Leitung war zu hören, dass Flick ihr Handy von sich weghielt und etwas murmelte, vermutlich zu Wylie, ehe sie fragte: »Was haben Sie denn vergessen?«

»Ausdrucke, die unbedingt weggeschlossen werden müssten und jetzt frei zugänglich auf meinem Schreibtisch liegen.« Als sie schwieg, wiederholte er seine Bitte. »Macht es Ihnen etwas aus, zum Revier zu fahren und sie einzuschließen?«

»Ich bin morgen sowieso früh im Büro …«, wandte sie ein.

»Ich verstehe Sie, aber bei dieser Sache müssen wir

extrem vorsichtig sein«, unterbrach er sie. »Bei dieser Ermittlung wird eine Menge Druck gemacht. Das Letzte, was wir brauchen, sind verloren gegangene Beweismittel.«

Er klemmte das Handy zwischen Ohr und Schulter und kniete sich zur Tarnung so hin, als würde er einen Schnürsenkel binden, während er in Wirklichkeit unter Wylies Wagen langte, um den Sender anzubringen. Die starken Magnete an der Unterseite des Geräts klebten sich gierig an das Unterbodenblech. Anschließend kehrte Drake eilig zurück zu seinem Wagen am Ende der Straße.

»Okay«, willigte Flick schließlich ein. »Ich fahre hin.«

»Danke, das weiß ich wirklich zu schätzen.«

Er beendete das Gespräch und stellte seinen Außenspiegel so ein, dass er den Hauseingang sah. Zehn Minuten später, als Flick und Wylie aus dem Haus kamen, richtete er den Spiegel neu aus. Sie standen auf dem Gehweg und küssten sich, bevor sie sich sichtlich widerwillig trennten. Flick überquerte die Straße, um zu ihrem Wagen zu gehen, Wylie ging zu seinem.

Drake war gespannt, wohin er jetzt fuhr – aus seinem Haus in Enfield war er ja angeblich ausgezogen. Er überprüfte das GPS-Signal mit der App auf seinem Handy. Der rote Kreis auf der Karte erwachte zum Leben, als Wylies Mazda um die Ecke verschwand. Es hatte etwas Hypnotisierendes zu beobachten, wie der Kreis in der Mitte des Displays blieb, während sich die Straßen und Kreuzungen drum herum bewegten. Es sah aus, als würde Wylies Wagen in Raum und Zeit verharren und sich die Welt um ihn bewegen.

Er legte das Handy auf den Beifahrersitz, wo er es sehen konnte, und wartete ein paar Minuten. Dann ließ er den Motor an und folgte Wylie nach Süden, quasi parallel zu den Stationen der Northern Line, durch Archway, Kentish Town und Camden zum inneren Ring in Euston. Drake bemühte sich, den roten Punkt in einem gleichmäßigen Abstand zu halten, obwohl er ihm manchmal davonraste, wenn er an Ampeln festhing. Zum Glück schien Wylie es nicht eilig zu haben, und so fiel es Drake nicht weiter schwer, ihm auf den Fersen zu bleiben. Nach fast einer Stunde Fahrt durch dichten Verkehr näherte sich der rote Kreis Paddington und stand mehrere Blocks vom Bahnhof entfernt still.

Da er nur rund eine Minute dahinter war, bog Drake in eine Parklücke und schaltete die Scheinwerfer gerade rechtzeitig aus, um Wylie die Außentreppe eines Wohnblocks hinaufsteigen zu sehen. Er sprang aus dem Wagen, überquerte außer Sichtweite die Straße und beobachtete, wie Wylie den Laubengang im ersten Stock entlangging und eine der Wohnungstüren aufschloss. Gleich darauf leuchtete Licht hinter der Milchglasscheibe auf.

Drake beschloss, sich Zugang zu dem Wohnblock gegenüber zu verschaffen, von wo aus er die Wohnungstür im Auge behalten konnte und gleichzeitig selbst nicht gesehen wurde. Um in das Gebäude zu gelangen, drückte er so lange auf beliebige Klingelknöpfe, bis jemand den Summer für die Haustür betätigte. Dort suchte er sich einen geeigneten Beobachtungsposten, lehnte sich an die Wand und spielte geschäftig an seinem Handy herum, sodass sich vermutlich niemand, der rausging oder reinkam, über seine Anwesenheit wunderte.

In Häusern wie diesen kannten sich die Bewohner kaum.

Draußen röhrten Mopeds von Lieferdiensten die Straße entlang, Frauen schleppten Einkaufstaschen vom Supermarkt um die Ecke nach Hause. Ein Jogger in einem fluoreszierenden Top rannte vorbei. Über eine Stunde später kam Wylie aus der Wohnung und trottete die Treppe hinunter.

Drake wartete, dass er in seinen Wagen stieg und wegfuhr, schrieb unterdessen schnell noch eine Mail, um den fälligen Gesundheits- und Sicherheitscheck zu verschieben, für den er bereits einen Termin hatte. Dann steckte er sein Handy ein, verließ das Gebäude und ging über die Straße zu Wylies Block.

Die Wohnung im ersten Stock lag zwar zur Straße, doch da die Tür größtenteils von der Betonbrüstung des Laubengangs verdeckt wurde, konnte er ziemlich sicher sein, nicht beobachtet zu werden. Drake horchte nach Schritten im Treppenhaus, hörte aber nichts außer dem Verkehrslärm und dem Hornissengebrumm einer Formel-1-Übertragung aus der Nachbarwohnung.

Nachdem er sich überzeugt hatte, dass die Wohnung dunkel war, zog er sich Überschuhe und Latexhandschuhe an, trat ein Stück zurück, holte mit dem rechten Bein aus und stieß seinen Fuß wie einen Rammbock gegen die Tür. Sie flog auf, und schnell spurtete er vor, um sie festzuhalten, damit sie nicht laut gegen die Wand donnerte. Wobei, überlegte er, die Autofreaks nebenan ohnehin nichts gehört hätten, so laut wie ihr Fernseher dröhnte.

Um eventuelle ungebetene Besucher rechtzeitig zu bemerken, ließ er die Tür einen Spalt offen und klemmte die Fußmatte dazwischen, bevor er die Wohnung inspizierte. Zu beiden Seiten des kleinen Flurs gingen Türen ab. Links ein Schlafzimmer, in dem ein billiges Holzgestell mit einer dünnen Matratze und Bettzeug stand, daneben eine Gelenkstehlampe, bei der eine Feder gerissen war, sodass der Arm recht desolat durchhing. Drake schloss die

Vorhänge und trat mit der Schuhspitze auf den Schalter im Fuß der Lampe, worauf ein lang gezogener Lichtkegel über den Teppich fiel und unbarmherzig die allgegenwärtigen Staubflusen sichtbar machte. Auf einem Klapptisch stapelte sich Kleidung: Hemden, T-Shirts, Unterwäsche, obendrauf lag eine Tasche mit Wasch- und Rasierzeug.

Im Zimmer gegenüber befand sich eine dürftig ausgestattete Küche. Billige Möbel, eine einfache Resopalplatte, ein brummender Kühlschrank, eine alte Mikrowelle, ein weißer Plastikwasserkocher und in den Schränken nichts außer angeschlagenen Schalen, Tassen und Tellern. Der Mülleimer quoll über von Take-away-Kartons und leeren Bierdosen.

Drake begab sich zum Ende des Flurs, wo sich hinter einem Bad und einer Abstellkammer das Wohnzimmer befand. Als er auf den Lichtschalter drückte, ging langsam eine Energiesparbirne in einem Papierlampenschirm an. Er sah ein altes Sofa, einen runden Couchtisch mit Glasplatte und ein eher kleines quadratisches Fenster ziemlich weit oben, das schon tagsüber kaum Licht hereinlassen dürfte.

Seine Sinne waren in Alarmbereitschaft, während er alles in sich aufnahm. Wylie mochte hier wohnen, jedoch noch nicht lange. Dies war kein Zuhause. Drake spürte eine vertraute Präsenz, und die Stille wurde von der altbekannten Stimme durchbrochen.

*Du weißt, was das hier ist. Du warst schließlich bereits in solchen Wohnungen.*

»Das können wir nicht wissen«, sagte Drake laut, als wäre da noch eine Person außer ihm.

*Komm, Ray, sei nicht blöd!*

Drake hatte sich gerade zum Gehen wenden wollen, als

er die Ecke eines Plastikumschlags unter dem Sofa hervorlugen sah. Er kniete sich hin, griff danach und erstarrte. Zum Vorschein kam eine Beweismitteltasche mit extrafestem Verschluss, Strichcode und den diversen Kästchen für Kennziffern und Dienstnummern der zuständigen Beamten. Drinnen lag ein Zettel.

*Dies ist ein sicherer Unterschlupf, Ray,* hörte er Connors Stimme. *Und du steckst in echten Schwierigkeiten.*

Als in diesem Augenblick Drakes Handy zu klingeln begann und ein Facetime-Anruf angekündigt wurde, ignorierte er ihn und riss stattdessen die Plastiktüte auf, zog den Zettel heraus. Darauf stand:

*Geh ans Telefon, Ray.*

Sobald er mit dem Daumen aufs Display tippte, verband sich sein Telefon mit einem Videoanruf. Er sah einen grell beleuchteten Raum mit billigem Mobiliar und schäbigen Plastikeinbauten. Eine Gestalt kniete mit einer Beweismitteltüte in der Hand neben einem Sofa. Als Drake sich erhob, tat der Mann auf dem Video dasselbe, mit einer winzigen Verzögerung in der Übertragung.

Er vermochte nicht zu glauben, was hier gerade passierte, und beobachtete, wie er sich selbst in der kleinen Wohnung umdrehte und nach der Kamera suchte. Er fand sie am Rand des Fensters über dem Sofa – sie war so eingestellt, dass sie die Wohnungstür erfasste. Folglich war alles gefilmt worden: jeder seiner Schritte von der Sekunde an, als er die Wohnungstür eingetreten hatte. Drake starrte hinauf zur Kamera, dann auf sein Handy: Er sah ein Gesicht, auf dem sich seine gegenwärtige seelische Verfassung allzu deutlich spiegelte. Er brauchte nur seine angespannte Miene anzusehen, die dunklen Schatten auf seinen Wangen …

Zutiefst verwirrt brach er die Übertragung ab.

# 37

Die Sonne schien durch das große Fenster und fiel auf buntes Keramikgeschirr, auf farbenfrohe Drucke an weißen Wänden und hübsch dekorierte Kuchen und Gebäckstücke, die auf Tabletts arrangiert waren.

Poppys Freundinnen trafen sich regelmäßig vormittags in den Herbstferien in diesem Café, redeten und tratschten, während die Kinder zwischen den Tischen umherrannten. Normalerweise redete Poppy am meisten. Heute hingegen hielt sie lieber den Mund, bevor sie das Schreckliche preisgab, was ihr ins Haus stand.

Alle spürten, dass etwas mit ihr nicht stimmte.

Bea fragte sie mehr als einmal, ob es ihr nicht gut gehe, und wirkte ernsthaft besorgt. Nicht zuletzt allerdings, weil sie eher in Richtung gesundheitlicher Probleme dachte, und diesbezüglich war sie ein Hypochonder. Kaum vermutete sie irgendwo einen Virus, hielt sie ihre vierjährige Tochter Mathilde auf Abstand. Insofern behielt sie jetzt auch ihre Freundin kritisch im Auge.

Wenngleich Poppy sich nach Kräften bemühte, einigermaßen normal zu wirken, gelang ihr das nicht. Sie vermochte nicht einmal dem Gespräch zu folgen, weil sie einzig an das unmittelbar bevorstehende Ende ihrer Ehe dachte und dessen Auswirkungen für sie und Gabriel.

Cath erzählte gerade, dass ihr Mann sich einfach mal so selbst ein Segelboot zum Fünfzigsten geschenkt habe, obwohl er nicht mal wisse, wo er einen Liegeplatz finden solle. Penny hatte gerade ihr *fünftes* Au-Pair-Mädchen gefeuert, weil sie die junge Dame dabei ertappt hatte, wie sie hinterm Whirlpool heimlich Gras rauchte. Malin berichtete, dass sie eine Überraschungsreise nach Kalifornien für ihren Sohn plane.

»Ist es nicht unheimlich?«, fragte Issy, die über die Nachrichten von den Morden redete. »Diese Leute, die in ihren eigenen Häusern ermordet werden?«

Penny schüttelte sich dramatisch. »Ich habe gelesen, dass sie gefoltert wurden.«

»Jede von uns kann die Nächste sein.«

Poppy hörte kaum zu, hatte die Ohren auf Durchzug geschaltet. Immerhin könnte sie selbst mit genug scheußlichen Neuigkeiten aufwarten, die ihre Freundinnen vor Entsetzen aufschreien lassen würden. Vor allem Issy und Bea, die Tim gut kannten. Bestimmt würden Tränen fließen, alle wären todtraurig, würden sie bedauern und ihre Unterstützung anbieten.

Sie überlegte einen Moment lang ernstlich, den versammelten Freundinnen vom traurigen Ende ihrer Ehe zu erzählen, nahm aber schließlich Abstand davon.

Klar würde sie zunächst in Mitgefühl baden können, doch bald würde man zur Tagesordnung zurückkehren – niemand mochte auf ewig eine jammernde Freundin um sich haben. Und dann setzte das Getuschel darüber ein, was da wirklich gelaufen war zwischen ihr und Tim. Nein, all das wollte Poppy nicht. Wenn sie es jetzt erzählte, würden es morgen alle wissen, die ganze Gemeinde. Besser schwieg sie und konnte noch eine Weile den Schein wahren, als hätte sich nichts geändert. Zumindest so lange, bis sich nichts mehr verheimlichen ließ.

»Sie hat ihren Ex seit Jahren nicht gesehen«, hörte sie Bea über eine Bekannte reden, die wieder bei ihren alten Eltern in Croydon wohnte, wohnen musste, nachdem ihre Ehe den Bach runtergegangen war. »Und sie kriegt keinen Penny von ihm.«

Malin, die konsequent koffeinfreien Kaffee trank, zog eine Grimasse. »Seien wir ehrlich. Die beiden haben nie zusammengepasst.«

Poppy grauste es. Genauso würden sie bald über sie reden. Die Hoffnung, Tim umstimmen zu können, hatte sie inzwischen aufgegeben. Ein Mann wie er fällte eine solche Entscheidung lediglich, wenn er es sich wirklich gründlich überlegt hatte – und dann blieb er auch dabei. So schmerzlich es war, sie würde ihn verlieren, zusammen mit Tanya, John und allem, was sie hatte: ihrem Zuhause, ihrem großzügigen Lebensstil.

Nichts würde mehr so sein wie jetzt.

Ihr wurde schwindlig. Alles war ihr zu viel: die lärmenden Kinder, das Fauchen der Kaffeemaschine, die Hitze der Mittagssonne, die durchs Fenster schien, selbst das Klirren des Silberbestecks. Sie hatte das Gefühl, im nächsten Moment umzukippen. Oder zumindest in Tränen auszubrechen.

»Ich muss los«, flüsterte sie Issy zu und drängte sich an dem Gewirr von Buggys und Kinderwagen vorbei zur Kasse. Als ein kleines Mädchen kreischend an ihr vorbeiflitzte, hätte sie am liebsten losgeschrien. »Gabe!«, rief sie. »Wir gehen.«

»Ich will noch bleiben«, protestierte ihr Sohn, der mit einem anderen Jungen auf einem Tablet ein Video ansah.

»Verabschiede dich von deinem Freund«, entgegnete sie. »Und zwar sofort.«

Während sie wartete, dass sie mit Zahlen dran war, fiel ihr Blick auf einen offenen Laptop, der einsam auf einem Tisch stand. Eine Nachrichtenseite war aufgerufen, die Berichte über die Morde enthielt. Die Polizei hatte das Phantombild einer Frau herausgegeben, nach der sie suchten. Poppy hatte das Gefühl, der Boden werde ihr unter den Füßen weggezogen. Obwohl das Bild klein war, konnte kein Zweifel bestehen, wen es zeigte.

Sie trat näher an den Tisch und überflog den dazugehörigen Artikel. Besonders einige Stichwörter waren es, die ihr ins Auge sprangen.

*Ermordet … gefoltert … Leichen … gefährlich … verdächtig.*

Sinnlose Einbrüche. Paare, die mitten in der Nacht angegriffen, Kinder, die zu Waisen wurden. Von einem Mann, sagte die Polizei, möglicherweise zweien – und von einer Frau. Vermutlich von der Frau auf dem Foto.

Das Gesicht war schmaler, das Haar zu lang und zu glatt, dennoch war sie das.

Es war Tatia.

»Verzeihung«, sagte eine Stimme, und Poppy zuckte zusammen, als ein Mann an den Tisch trat. »Das ist mein Laptop.«

»Entschuldigung.«

Ohne zu bezahlen und ohne ihren Sohn zu holen, floh sie aus dem Café, flüchtete in die Toilette und verriegelte die Tür hinter sich. In dem kühlen, dunklen Raum fiel sie auf die Knie, rang nach Luft. Ihre Lunge fühlte sich an wie von Zement gefüllt.

Was hatte sie getan, um das zu verdienen?

All diese schrecklichen Dinge, die passierten.

*Scheidung. Mord. Joel. Töten. Heirat. Liebe. Tatia.*

Mit einem Mal schienen sich die Wände in dem engen Raum um sie herum zusammenzuschieben ähnlich einer feuchtkalten zweiten Haut.

*Mord. Scheidung. Tim.*

Tatia hatte mit den Morden zu tun, was bedeutete, dass Joel ebenfalls mit drinhing. Ein Mann, stand in dem Artikel, möglicherweise zwei. Dieses Miststück zwang ihren Bruder, schreckliche Dinge zu tun. Das war die einzige Erklärung, die sich denken konnte. Er war schließlich körperlich wie geistig in einem erbärmlichen Zustand. Eine leere Hülle, ein Schatten seiner selbst. Ein menschliches Wrack. Was um Himmels willen war in Joels Leben so furchtbar schiefgelaufen?

»O mein Gott.« Stöhnend lehnte Poppy die Stirn gegen die Fliesenwand. »Omeingottomeingottomeingott.«

Es wieder und wieder zu sagen, befreite zumindest ihre Lunge.

*Das Gesicht auf dem Phantombild. Diese Morde. Diese Leute, die in ihren Häusern umgebracht wurden.*

Jemand klopfte an die Tür. »Poppy«, rief Issy. »Bist du da drin?«

»Komme gleich!«

*Scheidung. Mord. Joel. Heirat. Liebe. Tatia. Töten.*

»Alles okay?«

»Eine Minute noch!«

*Joel. Mord. Tatia.*

Sie barg den Kopf in ihren verschränkten Armen, um die schlimmsten Gedanken zu verdrängen. Einer indes setzte sich fest. Er war böse, falsch, er war der schlimmste. Und er reichte, um ihre ganze Welt zum Einsturz zu bringen.

*Mord.*

Poppy stöhnte, weil sie wusste, dass sie diesen Gedanken nicht mehr loswurde. Eine furchtbare Idee wucherte in ihrem Kopf wie ein Tumor.

*Tatia.*

Sie hatte keine Ahnung, wie lange sie in der Toilette gehockt hatte, als es erneut an der Tür klopfte.

»Poppy, wir machen uns Sorgen um dich«, hörte sie Issy sagen.

»Komme schon«, gab sie mit belegter Stimme zurück.

Aber noch immer machte sie keine Anstalten, sich zu erheben. Stattdessen griff sie nach ihrer Handtasche, wühlte darin, fand das Gesuchte nicht und kippte kurzerhand den ganzen Inhalt aus. Ihr Handy, ihr Portemonnaie, ihre Pfefferminzbonbons, Schlüssel, Tampons, eine Tube Handcreme, Lippenstift und Make-up, Reinigungstücher, ihr Taschenkalender und ein Stift, alles ergoss sich auf den Fliesenboden. Panisch wühlte sie alles durch, bis sie das zerknüllte Papier entdeckte.

Den Zettel mit der Telefonnummer, den Tatia ihr im Park in die Hand gedrückt hatte.

Schwerfällig zog Poppy sich endlich am Waschbeckenrand hoch und starrte in den Spiegel. Sie erkannte die Frau nicht, die ihr entgegenblickte. Das war jemand, dessen Leben aus dem Ruder lief.

Wieder klopfte es an der Tür. »Poppy?«

»Ich komme schon!«

Sie holte tief Luft, wischte sich die Tränen ab, band ihr Haar zu einem Pferdeschwanz und öffnete die Tür, um sich der Welt und ihrem Schicksal zu stellen.

# 38

Ray Drake stieg die Treppe zum Personalbüro hinauf. Irgendwo war eine undichte Stelle, und die musste er finden. Zwar war die Abteilung mitsamt den meisten Unterlagen inzwischen nach Victoria umgesiedelt, aber vielleicht fand sich ja noch irgendetwas Brauchbares in Marion Cresswells altem Büro im vierten Stock, das sie bei ihren sporadischen Aufenthalten nach wie vor nutzte. Mit Glück existierte ein Computer mit Personaldateien. Es war ein Versuch.

Allerdings hatte er nicht damit gerechnet, dass Marion anwesend sein würde.

Denn als er seinen Ausweis an den Sensor hielt und die Klinke drückte, ging die Tür nicht automatisch auf, sondern wurde von innen geöffnet, und unversehens stand Marion mit einem Sandwich in der Hand vor ihm.

»DI Drake! Was für eine nette Überraschung.«

»Marion, was tun Sie heute hier?«

»Buße für meine Sünden leisten!« Sie verdrehte die Augen. »Nein, die Bewertungen stehen an, wie Sie wissen, also werden Sie mich häufiger hier sehen. Was kann ich für Sie tun?«

Fieberhaft suchte er nach einer Ausrede. »Ihr Wagen, was ist das gleich für ein Modell?«

Sie zögerte. »Ein blauer Mondeo.«

»Dachte ich mir doch.« Er runzelte die Stirn. »Wo parken Sie?«

»In einer Lücke weiter hinten in der Straße.«

»Mir war, als hätte ich ihn erkannt«, sagte er kopfschüttelnd. »Tut mir leid, Marion, ich fürchte, den hat jemand aufgebrochen.«

»Diese Mistkerle!« Marion eilte zum Schreibtisch in der Ecke des kleinen, anonymen Raumes und warf das Sandwich in den Papierkorb, griff nach ihren Schlüsseln. »Mir ist schleierhaft, warum das jemand macht.«

Er gab sich mitfühlend und hielt ihr die Tür auf. »Denken Sie daran, es gleich unten am Empfang zu melden.«

»Werde ich«, versicherte sie und lief hinaus. »Und danke.«

Drake tat, als würde er auf sein Handy schauen, während er mit der Schuhspitze die Tür blockierte, bis er sicher war, dass Marion fort war. Dann ging er nach drinnen, schloss die Tür und setzte sich an ihren Computer. Er verkleinerte das Dokument, an dem sie gearbeitet hatte, und öffnete die Datenbank der Personalabteilung. Marions Mitarbeiternummer erschien bereits im Loginfeld.

Leider reichte das nicht, er brauchte ein Passwort, um ins System zu gelangen, doch er hatte nicht die blasseste Ahnung, was das sein könnte. Er schätzte, dass es etwas mit ihrem Sohn zu tun hatte, dessen Namen er sich ums Verrecken nicht merken konnte.

Er zog die oberste Schreibtischschublade auf und begann sie zu durchwühlen. Es war ein Sammelsurium von Zeitschriften, Ringordnern, Notizbüchern, dazwischen eine Haarbürste und ein kleiner Schminkbeutel. Eine Tüte Chips, ein KitKat. Reißzwecken, Gummibänder und verbogene Heftklammern.

Drake nahm einen fetten Organizer heraus, vollgestopft mit gefalteten Blättern, Visitenkarten und Haftnotizen, und klickte den Riegel auf. Die Kalenderseiten waren gefüllt mit Terminen und Meetings, Ferienbuchungen, Kinozeiten, dem Tag des Collegetreffens, einer Restauranteröffnung und einem Elternabend in der Schule, einem Zahnarzttermin, Geburtstagen von Freunden und Hochzeitstagen. Er fand Marions Dreiundfünfzigsten besonders hervorgehoben – sie hatte eine winzige Torte in das Feld des achtzehnten Dezember gemalt – und versuchsweise tippte er das Datum numerisch ins Passwortfeld. Abgelehnt.

Auf den leeren hinteren Seiten fand er eine Menge Namen und wahllose Notizen – die Adresse eines Friseurs, eines Feinkostladens, einer Kochschule und eine Kundennummer vom Lieferdienst, aber nichts, das wie ein Passwort aussah. Er legte den Planer zurück und öffnete die untere Schublade. Hier stieß er auf diverse Akten, eine laminierte Liste mit Durchwahlnummern, Quittungen, eine Bedienungsanleitung für einen Dampfreiniger, Supermarktcoupons, ein Knäuel Gummibänder und eine Muttertagskarte. Als er sie aufklappte, fiel ein Foto heraus. Ihr Sohn bei seiner Geburtstagsfeier. Hinter ihm hing eine Girlande an der Wand mit der Aufschrift: Herzlichen Glückwunsch, Justin!!!

Gefunden! Drakes Finger stürzten sich sogleich auf die Tastatur und gaben den Namen im Passwortfeld ein:

*Justin*

Zu kurz. Das Passwort musste mindestens zehn Zeichen lang sein, also versuchte Drake es mit dem kompletten Namen:

*Justincresswell*

Wieder kein Glück. Er fügte Ziffern hinzu:

*Justincresswell1*

*justincresswell10*

*Justincresswell100*

Jedes Mal wurde er abgelehnt. Drake erinnerte sich an das Alter des Jungen und tippte:

*Justincresswell15*

Das System ließ ihn nicht rein.

Eine Brandschutztür am Ende des Korridors knallte zu. Drake blickte nervös auf und nahm die Hände von der Tastatur, als Schritte den Korridor entlangkamen, Stöckelschuhe klackerten. Jemand rüttelte an der Klinke, dann wurde geklopft.

»Marion?«, rief eine Stimme. »Ich komme zu meinem Termin.« Erneut wurde an der Klinke gerüttelt. »Sind Sie da?«

Drake wartete, bis die Schritte sich wieder entfernten, und blickte zur Uhr. Seit fast zehn Minuten war er hier, und ihm lief die Zeit davon. Sobald Marion sah, dass ihr Auto unversehrt war, würde sie auf direktem Weg zurückkommen.

Drake musterte jeden Papierfitzel in der Schublade, ohne auf Brauchbares zu stoßen. Also legte er alles in der Reihenfolge zurück, wie er es vorgefunden hatte. Zuletzt kam eine Papiertüte mit Entwurmungstabletten für einen Hund.

In diesem Augenblick machte es Klick. Bernie Battenberg.

Den Namen hatte sie während ihrer letzten Unterhaltung in Zusammenhang mit ihrem Hund erwähnt – er hieß so wie ihr Lieblingskuchen. Jetzt tippte er ihn hastig ein:

*Berniebattenberg*

Und … Bingo, der Bildschirm veränderte sich. Er war drinnen, konnte sich frei in der Personaldatei der Metropolitan Police bewegen. Schnell gab er Samuel Wylies Namen ein.

Tatsächlich entdeckte er, was er am meisten befürchtet hatte, eine dicke Personalakte. Alle Einzelheiten zu Sam Wylies Geschichte als Undercovermann bei der Metropolitan Police und der National Crime Agency.

*Du musst es nur sagen, Ray,* flüsterte Connor. *Und ich lasse das alles verschwinden.*

# 39

Millie legte den Hörer auf und rief nach Drake, der am anderen Ende des Raumes vor den Daten der automatischen Kennzeichenerkennung saß. »Sir.«

Als er zu ihr kam, schrieb sie eifrig etwas auf einem Notizblock. »Das war die Polizei in Tiflis.« Sie unterstrich etwas doppelt und ließ den Stift fallen. »Tatia Mamaladze gilt seit über zwei Jahren als vermisst, man hält sie für tot.«

Hinter ihr schob Eddie Upson eine Papierkassette so heftig in den Kopierer, dass es klang wie ein Pistolenschuss. Drake klatschte in die Hände zum Zeichen, dass alle zu ihm kommen sollten, und erklärte ihnen einleitend, worum es ging.

»Sie ist den Behörden seit Jahren bekannt«, begann Millie.

»Moment.« Drake hob die Hand. »Noch mal zurück. Sind wir sicher, dass sie in dem Waisenhaus war?«

»Ja, ihre Geschichte ist bekannt, ebenfalls kennt man die Gründe, warum sie zurückgeschickt wurde. Dass sie dort war, daran kann kein Zweifel bestehen. Ebenso ist aktenkundig, dass sie als Erwachsene Stammgast auf diversen Polizeiwachen der Stadt war. Nicht weil sie selbst etwas verbrochen hatte, sondern weil sie früheren Heimkindern beistehen wollte, die mit dem Gesetz in Konflikt gekommen waren. Viele dieser jungen Leute waren schwer geschädigt, hatten nichts gelernt und somit keine Zukunft, eine leichte Beute also für Hardcorekriminelle, die sie ausnutzten und sie sich gefügig machten. Sie rutschten in die Kriminalität, die Sucht oder die Prostitution ab, so überlebten sie. Als Werkzeug organisierter Banden. Tatia nun kümmerte sich nach ihrer eigenen Inhaftierung darum, dass sie wenigstens von der Polizei anständig behandelt wurden, besorgte ihnen einen Rechtsbeistand und Minderjährigen zusätzlich einen Betreuer. Hört sich eigentlich alles sehr positiv an und nicht nach bösem Mädchen, oder? Der Beamte, mit dem ich geredet habe, beschrieb sie als ruhig, höflich, optimistisch und intelligent. Er sagte, sie hätte ein nettes Lächeln gehabt.«

»Typ Schutzengel«, konstatierte Flick, und niemand wusste so recht, ob es ernst oder spöttisch gemeint war.

»Mutig war sie allemal.« Dudley Kendrick verschränkte die Hände hinter dem Kopf und lehnte sich auf seinem Stuhl zurück. »Ich könnte mir vorstellen, dass einiges dazugehört, sich mit der georgischen Polizei anzulegen.«

»Hört zu, jetzt wird es wirklich interessant.« Millie blätterte in ihrem Notizbuch. »Trotz dieser unbestrittenen Meriten bewegte Tatia sich in sehr zwielichtigen Kreisen. Die Kollegen in Tiflis bringen sie eng mit einem Verbrechersyndikat in Verbindung, geleitet von einem Darejan … Augenblick, meine Schrift ist nicht die leserlichste.« Ihr Zeigefinger schwebte über einem Wort in dem Notizbuch. »Dolidze, Darejan Dolidze. Er soll einer der größten Verbrecher in Georgien gewesen sein, ein Verrückter, der einen Bären in seinem Herrenhaus hielt und Krokodile in dem Wassergraben, der sein Schlösschen umgab.«

Eddie grinste süffisant. »Wer will schon einen leeren Burggraben haben?«

»Im Grunde geschah in der georgischen Unterwelt absolut nichts ohne Dolidzes Erlaubnis. Drogen, Waffenschieberei, Prostitution und so weiter … Alles kontrollierte er, und sein Einfluss reichte bis in die höchsten Kreise. Angeblich hatte er Politiker und Regierungsbeamte in der Tasche. Und wurde einer seiner Männer festgenommen, raten Sie mal, wer ihnen Anwälte beschaffte und sicherstellte, dass sie gut behandelt wurden, bis Darejan Dolidze entsprechende Fäden ziehen konnte?«

»Tatia«, sagte Vix Moore, die gedankenverloren mit einer Haarsträhne spielte. »Offenbar hat sie irgendwie für ihn gearbeitet.«

»War sie seine Geliebte?«, fragte Eddie.

»Dafür gibt es keinen Beweis«, antwortete Millie. »Sie war eher seine Beraterin, seine rechte Hand. Jemand, dessen Meinung er vertraute. Vielleicht gab sie sogar den Ton an, wer weiß.«

»Warum?«, fragte Eddie.

»Weil sie klug und zielstrebig war und wusste, was sie wollte. Überdies besaß sie offenbar ein verbindliches Wesen und kam bei den Leuten gut an. Darejan hingegen war ein Choleriker und Psychopath, berüchtigt für seine Grausamkeit und Skrupellosigkeit, ein echter postsowjetischer Krimineller der alten Schule. Immerhin scheint er schlau genug gewesen zu sein, um zu wissen, mit welchen Leuten er sich umgeben musste – wer ihn beriet, wer ihm half, erfolgreich zu operieren.«

»Sie reden in der Vergangenheitsform von ihm.«

»Vor ein paar Jahren wurden Darejan und drei seiner Männer bei einer Polizeirazzia nach einem Raubüberfall im Stadtzentrum erschossen. Zeugen sagten aus, dass er die Polizisten mit einer Pistole bedrohte und dann selbst im Kugelhagel starb.«

»Wer waren die Zeugen?«, fragte Drake.

»Vermutlich die anderen Polizisten«, antwortete Millie und zog eine Augenbraue hoch. »Es hatte einen anonymen Tipp gegeben, von einer Frau. Tage später verschwand Tatia. Merkwürdig, oder? Jedenfalls hält sich seitdem das Gerücht, sie sei die Informantin gewesen und von Darejans Partner daraufhin aus Rache umgebracht worden. Was keinen sonderlich wunderte, in Georgien verschwinden laufend Menschen.«

»Aber stattdessen hat sie das Land verlassen.«

»Sieht so aus. Obwohl man in Tiflis sehr überrascht war, dass sie wieder in England sein soll.«

Wie sie das allerdings bewerkstelligt hatte, war auch Drake und seinem Team ein großes Rätsel. An einen falschen Pass zu kommen kostete einen Haufen Geld und war riskant. Besser war ein echter Pass, ein neuer Name und eine ganz neue Identität, wie sie etwa im Zeugenschutzprogramm ausgegeben wurde, was jedoch einigen Einfluss auf höchster Ebene voraussetzte.

»Ich denke«, warf Drake ein, »dass sie diesen Dolidze genauso manipulierte, wie sie es jetzt vermutlich mit Carl macht.«

»Was könnte sie denn von ihm gewollt haben?«, hakte Eddie nach.

»Einen Pass, der sie als gebürtige EU-Bürgerin auswies oder ihr sogar eine doppelte Staatsbürgerschaft bescheinigte, sodass sie ohne Probleme eine Arbeitserlaubnis erhielt. Wenn Dolidze Verbindungen bis in Regierungskreise hatte, dürfte das für ihn ein Klacks gewesen sein.«

»Wenn es einer kann, dann Darejan«, versuchte Eddie zu witzeln, woraufhin die anderen ihn strafend ansahen.

»Wenn es sich so verhält, warum sollte sie dann ein Interesse daran gehabt haben, ihn aus dem Weg zu räumen?«

»Um ihre Spuren zu verwischen möglicherweise«, spekulierte Drake. »Es sei denn, sie gab gar nicht selbst den Hinweis, sondern nutzte lediglich das Chaos, um sich abzusetzen.« Er wandte sich an Millie. »Versuchen Sie, Tatias DNA-Profil von den Behörden dort zu bekommen, um sicherzugehen, dass wir über dieselbe Person sprechen.«

»Unsere Tatia ist eindeutig eine Frau voller Widersprüche«, resümierte Flick.

»Sind das nicht alle Frauen?«, fragte Eddie mit einem bedeutungsvollen Blick zu Vix.

Während die anderen weiterdiskutierten, wurde Drake zunehmend schweigsam, dachte über diese Tatia nach, die sie vor so viele Rätsel stellte. Aus eigener Erfahrung wusste er allzu gut, wie weit man bisweilen ging, um sich selbst zu schützen, wie skrupellos man sein konnte, wenn man einer Situation entfliehen wollte. Andererseits war da Tatias scheinbar selbstloser Einsatz für die ehemaligen Heimkinder.

Hatte diese Fürsorge vielleicht eine Alibifunktion, damit sie das andere vor sich rechtfertigen konnte? Zweifellos ging es ihr in erster Linie immer ums eigene Überleben, und das sicherte sie mit allen Mitteln ab, war selbst vor gefährlichen Verbindungen zur kriminellen Szene von Tiflis nicht zurückgeschreckt. Desgleichen nicht vor einer Beziehung zum Herrscher der Unterwelt. Sie wollte raus, und sie kam raus, auf welche Weise, das würden sie noch herausfinden, hoffte Drake.

Der Inspector konnte die Beweggründe dieser Frau in

gewisser Weise nachvollziehen. Manchmal taten Menschen aus den richtigen Gründen schlimme Dinge – und hatte man einmal eine Grenze überschritten, konnte man nie mehr zurück. Keiner wusste das besser als er.

Bloß warum diese Morde, nachdem sie der brutalen Wirklichkeit ihrer Heimat entkommen war?

Eddie schien sich dasselbe zu fragen. »Ich kapiere das nicht. Tatia hat in Georgien mit üblen Burschen gemeinsame Sache gemacht, um rauszukommen, und dann hat sie hier einen unterbelichteten Einbrecher wie Carl Clarke an der Backe. Was will sie von dem?«

»Zugang zu diesen Häusern, das steht für mich fest«, antwortete Drake. »Bleibt lediglich die Frage, warum sie in die Häuser will.«

»Es gibt eine Menge osteuropäische Gangsterbanden in London, vielleicht gehört sie ja einer an«, meinte Vix.

Drake schüttelte den Kopf. »Carl verfügt nicht über genügend Grips, um mit den großen Jungs zu spielen. Und aus keinem der Häuser wurde etwas von namhaftem Wert gestohlen. Ein bisschen Schmuck, einige elektronische Geräte. Sachen, die sich leicht verticken lassen. Ein Nebenprodukt, in Wirklichkeit steckt etwas anderes dahinter. Aber was?«

»Sie tritt für wenige Stunden in das Leben von jemand anderem, lebt einen Traum«, schlug Flick vor.

»Ja, sie lebt eine Fantasie«, stimmte Drake zu. »Das leuchtet ein. Sie sieht all diese normalen Leben um sich herum, Leute mit schönen Häusern, und kann nicht widerstehen, zumindest für eine kurze Weile solchen Luxus zu genießen. Sie geht in die Häuser und stellt sich vor, die Hausherrin zu sein. Sie entspannt sich in ihren Sesseln, verwöhnt sich in ihren Bädern, benutzt ihre Kaffeemaschinen, trinkt ihren Wein, zündet ihre Duftkerzen an, trägt ihre Kleider. Tatia hatte als Kind die Chance auf einen Neunanfang bekommen, auf ein normales Leben in einer netten Familie – dann wurde sie ihr wieder genommen. Deshalb stiehlt sie sich nachts solche Momente.«

»Nur geht mit einem Mal alles schief«, spann Flick den Gedanken weiter. »Nach Monaten, in denen sie in leere Häuser eingebrochen sind, deren Bewohner verreist waren oder ohnehin nicht dauerhaft dort wohnten, ändert Gareth Walker seine Wochenendpläne. Er ist zu Hause, als sie ankommen. Es gibt eine Konfrontation, und er wird ermordet.«

»Und kurz darauf«, schloss Drake, »passiert es wieder, gleich zweimal hintereinander.«

Den Mitgliedern des Teams war es, als wäre ein Vorhang beiseitegezogen worden, plötzlich erkannten sie die Zusammenhänge. Vor wenigen Monaten hatten Carl und Tatia begonnen, in leere Häuser einzusteigen, um sich dort für ein paar Stunden als Hausbesitzer zu fühlen. Dass die rechtmäßigen Bewohner nicht da waren, war die Conditio sine qua non für ihr Vorhaben. Die Morde waren nie Teil ihres Planes gewesen, zumindest nicht von der Grundidee her. Aber wer wusste schon, ob sie nicht inzwischen zum Vergnügen dazugehörten?

Irgendwo musste die Antwort liegen.

Während sein Team noch über Tatia und die möglichen Beweggründe spekulierte, nahm Drake erneut die Zeitungsausschnitte über die Bliss-Familie zur Hand und las sie ein weiteres Mal. Vor langen Jahren nahm ein sozial eingestelltes Paar ein Mädchen namens Tatia Mamaladze auf, schickten sie nach dem Tod ihres jüngsten Kindes zurück in das Waisenheim, aus dem sie sie eigentlich hatten retten wollen. Allen einschlägigen Berichten zufolge war das Leben dort die Hölle auf Erden.

Wenn Tatia nachts dort wach lag, den Schreien und Albträumen der anderen Kinder lauschte, selbst geschlagen oder misshandelt wurde, träumte sie bestimmt von dem, was man ihr geschenkt und wieder genommen hatte: einem Leben voller Liebe und Verlässlichkeit. Aller Wahrscheinlichkeit gab Tatia nie den Gedanken auf, den Weg zurück zu finden. Dafür tat sie alles, jedes Mittel war ihr recht. Sie glaubte einen Anspruch auf jene Zukunft zu haben, die man ihr geraubt hatte. Doch wie alles andere in ihrem Leben, lief es entsetzlich falsch.

Unschuldige Menschen starben. Und vielleicht war ja der Tod des kleinen Will vor vielen Jahren ein Vorgeschmack auf das gewesen, was folgte. Möglicherweise war Tatia damals bereits in gewisser Weise gestört gewesen. Nur ging das so weit, dass sie den Sturz des Jungen von der Klippe absichtlich herbeigeführt hatte? Wenn ja, ließ sich nicht ganz ausschließen, dass sie eine abartige Lust am Quälen und Töten hatte.

Das Vibrieren des Handys in seiner Tasche riss Drake aus seinen Gedanken. Er holte es hervor, sah, dass eine Textnachricht eingegangen war, und las sie.

*The Red Lion, Redbridge*
*Heute Abend, 8 Uhr.*

»Wie ist der Plan?«, fragte Eddie.

Drake legte die Blätter auf den Schreibtisch zurück und nickte Flick zu.

»Fahren wir Poppy Bliss besuchen.«

# 40

Tatia konnte sich nicht erinnern, jemals im Leben so nervös gewesen zu sein. Angst hatte sie häufig gehabt, doch das hier war schlimmer – weil sie einerseits Hoffnung spürte und zugleich fürchtete, dass alles ein perverser Scherz sein könnte. Allein deshalb suchte sie den Park nach Polizisten ab und rechnete jeden Moment damit, dass Constables aus dem Gebüsch sprangen.

Der Anruf war aus heiterem Himmel gekommen. Poppy hatte um ein Treffen gebeten. Sprachlos vor Staunen hörte Tatia zu, als sie eine Zeit und einen Ort vorschlug.

Wartend saß sie jetzt genau auf der Bank, die Poppy ihr beschrieben hatte. Sie konnte kaum glauben, dass sie wirklich hier war, in diesem Park, an diesem schönen Tag. Eine einzelne Schäfchenwolke zog langsam über den blauen Himmel, ein Hund jagte freudig bellend einem Ball nach, ein Baby strampelte auf einer Picknickdecke. Tatia beobachtete aufmerksam, wie eine Drohne über die Baumwipfel surrte, hatte Angst, das Ding könnte sie ausspionieren, und war erleichtert, als sie vor einem Teenager landete. Außerstande, ihre Nervosität zu bändigen, blickte sie zum hundertsten Mal zum Parkeingang.

»Was denkst du, was sie will?«, fragte sie Joel, der neben ihr saß und auf einen Grasfleck starrte.

Sie sah ihm an, dass er wieder auf der Klippe war, den Moment wieder durchlebte, als sein Bruder verschwand.

*Eben war Will noch da, und im nächsten Moment …*

Könnte sie ihn bloß von dieser furchtbaren Erinnerung befreien, was für ein Geschenk wäre das.

»Ich frage mich, ob sie ihren kleinen Jungen mitbringt.«

Kaum hatte sie es ausgesprochen, sah sie Poppy kommen. Ohne Kind. Abermals staunte Tatia, wie schön sie war, wie schlank und grazil mit ihren langen, sonnengebräunten Beinen, dem schlichten Jeansrock und den Sandalen, diesem zart gebogenen Schlüsselbein, das ihren langen Hals betonte. Tatia war so stolz – und so voller Bedauern. Poppy wäre die ideale Schwester gewesen, wäre alles anders gelaufen.

Dann war sie bei ihnen, setzte sich und legte ihr Portemonnaie, die Schlüssel und das Handy auf die Bank. Ihre Augen waren hinter einer großen Sonnenbrille versteckt.

»Danke fürs Kommen«, sagte sie knapp.

»Sehr gerne.«

»Es fällt mir schwer, das zu sagen.« Poppy räusperte sich immer wieder, als würde ihr etwas im Hals stecken, und Tatia wünschte, sie könnte ihr eine Halspastille oder eine Flasche Wasser anbieten. »Ich muss mich bei dir entschuldigen.«

»Nein«, flüsterte Tatia.

»Bitte.« Poppy nahm die Sonnenbrille ab, sodass ihre schönen braunen Augen sichtbar wurden. »Ich habe dich schlecht behandelt, war voreingenommen und, wie mir jetzt klar ist, unfreundlich. Ich hoffe, wir können noch mal von vorne anfangen.«

»Das ist alles, was ich mir je gewünscht habe. Unentwegt habe ich gehofft und gebetet, dass wir wieder zueinanderfinden, wir drei. Trotz allem, was geschehen ist, war ich davon überzeugt, dass es eines Tages geschieht.«

Tatia erhob sich und nahm ihre Schwester in die Arme, roch ihr Parfüm, die teure Feuchtigkeitscreme. Erst als Poppy sich versteifte, gab sie sie frei. Sie war eben kein Mensch, der seine Gefühle offen zeigte, dachte sie bei sich.

»Ich war immer so stolz, dich als Schwester zu haben.« Tatia wurde fast schwindlig vor Freude, und ihr Kopf schwirrte von wundervollen Möglichkeiten. Vielleicht würde Poppy sie sogar Sarah nennen. »Es war … schwierig für uns.«

»Das verstehe ich.« Poppy sah zu Joel hinüber, der ins Leere blickte.

»Aber es war alles wert. Alles!«

Zum Glück fragte Poppy nicht, was sie mit den schwierigen Dingen meinte. Sie konnte ihr schließlich nicht von Carl und der komplizierten Situation erzählen, in der Joel und sie sich befanden, das würde diesen emotionalen Moment restlos versauen.

Plötzlich indes sagte Poppy etwas völlig Unerwartetes: »Ihr müsst zu Besuch kommen.«

»Wirklich?«

»Gabriel kennenlernen und … meinen Mann. Sie werden so aufgeregt sein, dich kennenzulernen.«

»Wissen sie überhaupt von mir?«

»Nein«, gestand Poppy. »Ich erzähle es ihnen noch.«

»Weil wir jetzt eine Familie sind.«

»Ja.«

Als Poppy ihre Sonnenbrille wieder aufsetzte, dachte Tatia, sie werde gleich vor Freude weinen und wolle das verbergen.

Vielleicht deshalb verspürte sie den Drang, diese schöne, makellose Schwester erneut zu berühren, doch die stieß einen kleinen Schrei aus, als die andere nach ihrer Hand griff.

»Entschuldige!« Beschämt wich Tatia zurück.

»Es ist mein Ring«, erklärte Poppy, die sich schnell gefangen hatte, und zeigte Tatia den umwerfenden Jadestein an ihrem Ringfinger. »Der drückt.«

»Es ist der allerschönste Ring, den ich je gesehen habe.«

»Also.« Poppy zog ihre Hand zurück. »Ich hoffe, wir können jetzt Freundinnen sein.«

»Noch besser wäre, wenn wir wieder Geschwister wären und ich wieder Sarah sein kann.« Als Poppy nicht reagierte, wechselte Tatia das Thema. »Wie heißt er?«

»Wer?«

»Dein Mann. Ich stelle mir vor, dass er ein gut aussehender Prinz ist!«

Poppy lächelte. »Er heißt Tim.«

Was auf jener Klippe geschah, war ein tragischer Unfall gewesen und hatte schreckliche Folgen für sie alle gehabt, aber jetzt schien sich alles in Wohlgefallen aufzulösen, überlegte Tatia. Nachdem Poppy sich lange ungerechterweise schlecht ihr gegenüber benommen hatte, bewies sie nun genug Charakterstärke und Mitgefühl, sie und Joel im Kreis ihrer Familie aufzunehmen.

»Joel«, wandte Poppy sich an ihren Bruder. »Ich möchte kurz mit Tatia alleine sprechen. Wie wäre es, wenn du dir ein Eis holst oder so?«

»Er ist nicht der Kräftigste«, wandte Tatia ein. »Vielleicht sollten wir beide lieber ein Stück gehen, und er bleibt sitzen.«

»Natürlich.« Poppy nahm ihre Sachen von der Bank und ging voraus. »Wir sind gleich wieder da.«

Als Tatia zu ihr aufschloss, bemerkte sie, dass ihre Schwester sich unter der Brille die Augen wischte.

»Poppy?«

»Tut mir leid.« Sie holte tief Luft. »Es ist der Schock, Joel so zu sehen.«

Sofort war Tatia besorgt, Poppy könnte ihr die Schuld an seiner Verfassung geben. Zugegeben, es ließ sich viel Schlechtes über sie sagen, für Joel allerdings war sie ganz selbstverständlich da gewesen, als sich alle seine sogenannten Freunde von ihm abwandten. Und zusammen würden sie und Poppy ihn wieder gesund pflegen.

»Was ist es, eine Art psychische Erkrankung?«

»Er kann nicht schlafen«, antwortete Tatia. »Oder will nicht.«

»Ich hätte mich um ihn kümmern müssen.«

»Es ist noch nicht zu spät. Darf ich fragen, warum ... du und Joel den Kontakt verloren habt?«

»Wir haben uns auseinanderentwickelt. Nein, die Wahrheit ist, dass ich Joel sehr schlecht behandelt habe, ebenso Mum und Dad, als sie noch lebten. Ich habe mich für sie geschämt, für das, was passiert war, und für mich selbst.« Obwohl es angesichts der Sonnenbrille schwer zu erkennen war, hatte Tatia das Gefühl, dass Poppy sie anschaute, als sie hinzufügte: »Ich habe euch alle schlecht behandelt.«

Tatia lächelte traurig. »Deine Eltern haben mir nie verziehen, was damals geschah.«

»Ich hätte versuchen sollen, dir zu helfen ..., das tat ich nicht.« Poppy beobachtete, wie Joel auf der Bank zusammensackte. »Trotzdem muss ich wissen, muss sicher sein, dass du ihm nie erzählt hast, was wirklich passiert ist.«

»Niemals!«

»Ich muss es *wissen.*«

»Nein, ich bin nie auf die Idee gekommen, es ihm zu sagen. Warum sollte ich auch, Poppy? Meine Träume sind wahr geworden. Wir sind wieder zusammen, wir drei, und wir können noch einmal von vorn anfangen.«

Poppys Lächeln wirkte gequält. »Du bist ein guter Mensch.«

»Danke«, stammelte Tatia gerührt.

»Ich muss los, Gabriel abholen.«

»Natürlich.«

Tatia konnte nicht aufhören zu lächeln, obwohl sie wusste, dass es ihrer Schwester unangenehm war – Poppy war eigen, was Gefühlsäußerungen betraf. Und deshalb verfluchte Tatia sich, wenn sie immerzu das Falsche tat, das Falsche sagte. So war es bereits in ihrer Kindheit gewesen. Sie wollte unbedingt Poppy gefallen, aber sie machte ständig alles falsch. Nie wurde sie den Ansprüchen ihrer schönen, selbstsicheren Schwester gerecht – dabei war sie damals selbst ein ausgesprochen hübsches Mädchen.

Sie erinnerte sich an die Einladung zu einer Geburtstagsfeier, bei der ein Clown auftrat. Tatia hatte nie zuvor etwas so Witziges wie seine Tricks, Scherze und seine Tollpatschigkeit gesehen. Alle Kinder hatten gekichert, und Tatia, die im Schneidersitz inmitten der Gruppe hockte, war die Fröhlichste von allen gewesen. Für sie war es eine Offenbarung, so viel Freude zu erleben und ein Teil von ihr zu sein. Sie lachte so laut und so viel, dass sie Seitenstechen bekam und schließlich vor lauter Glück ganz hysterisch wurde.

Als die anderen Kinder sie daraufhin befremdet anstarrten, hatte Poppy, der Tatias Verhalten peinlich war, sie wütend aus dem Raum gezerrt, sie geschimpft und für den Rest des Nachmittags nicht mehr mit ihr gesprochen. Und

Tatia war am Boden zerstört gewesen, weil sie ihre Schwester unglücklich gemacht hatte.

Vorbei, alles vergeben und vergessen.

Jetzt waren sie glücklich! Poppys Entschuldigung war wie ein Geschenk des Himmels. Im Grunde ihres Herzens war sie vermutlich ein guter Mensch, konnte das bloß nicht immer so zeigen.

Nachdem Poppy gegangen war, legte Tatia den Kopf in den Nacken, wandte das Gesicht gen Himmel. Sie hatte so lange in der Finsternis gelebt, dass sie sich nicht daran erinnern konnte, wann sie das letzte Mal die Sonne auf ihrer Haut gespürt hatte.

Unversehens jedoch kroch plötzlich ein kalter Schauer über ihren Rücken wie eine dunkle Wolke, die sich vor die Sonne schiebt. Schlagartig fühlte sie sich unendlich traurig und ängstlich, weil sie mit einem Mal begriff, dass sie nie eine Familie sein würden, sie und Joel und Poppy.

Da war jemand, der es einfach nicht zuließ, dass sie ihre Liebe jemand anderem schenkte.

Carl.

# 41

»Er ist von der Polizei«, sagte Drake, während er über eine gelbe Ampel raste. »Sam Wylie ist ein langjähriger Undercoverofficer.«

»Machen Sie sich nicht lächerlich«, schnappte Flick.

Er lenkte den Wagen an einem Radfahrer vorbei und fuhr weiter auf der Tottenham Lane in Richtung des Nobelvororts Crouch End.

»Er ist Detective Sergeant, wurde allerdings für zwei Jahre wegen einer posttraumatischen Belastungsstörung freigestellt. Davor war er bei der Nationalen Sicherheit und der Einheit für organisiertes Verbrechen, außerdem bei der Matrix-Einheit in Merseyside bei der Operation Trident.« Er sah sie an. »Bei der Geistereinheit.«

Ihm entging nicht, dass sie rot wurde, bevor sie das Gesicht abwandte, die Schultern straffte und angelegentlich aus dem Fenster starrte. Passanten saßen vor Cafés, tranken Kaffee und nahmen den vorbeikriechenden Verkehr gar nicht wahr.

»Die wurde aufgelöst«, sagte sie.

SO10, die Ghost Squad war eine berüchtigte Undercoverabteilung der Metropolitan Police, eine streng geheime Einheit, die verdeckt gegen bestechliche oder im Dienst wegen Fehlverhaltens auffällige Polizisten ermittelte.

»Heißt es. Und wenn nicht? Was ist, wenn sie immer noch in irgendeiner Form aktiv ist, versteckt in den Tiefen der Met-Struktur? Und dieser Typ ist gut, Flick. Er hat eine sagenhafte Dienstakte.«

Sie näherten sich der Kreuzung Crouch End Broadway, wo sich der Verkehr verdichtete. Mitten auf der Straße, auf einer Verkehrsinsel, stand ein großer Uhrturm, seit über hundert Jahren bereits und inzwischen eine Art Wahrzeichen.

»Er hat Sie belogen. Seit zehn Jahren ist er Polizist und hat es Ihnen nicht gesagt. Warum wohl?«

»Wenn er wegen Stress ausgeschieden ist«, versuchte sie ihn in Schutz zu nehmen, »dürfte es für ihn das Letzte sein, darüber zu reden. Es gibt wahrscheinlich eine ganz plausible Erklärung. Sie sind paranoid.«

»Haben Sie mit ihm über mich gesprochen?«

»Nein.«

»Hat er irgendwas über uns gefragt?«

Sie schüttelte den Kopf. »Nein.«

»Haben Sie mit ihm über das gesprochen, was passiert ist?«

»Nein, ich …« Sie öffnete das Fenster einen Spalt, und er sah, wie ihr Pony im Wind aufflog. »Nicht direkt.«

»Nicht direkt?«

»Nein«, präzisierte sie schroff. »Nichts.«

»Dann reden Sie mit ihm.« Drake hielt an einem Zebrastreifen, um eine Familie über die Straße zu lassen, bevor er in die Hauptstraße abbog und den Hügel hinauffuhr. »Fragen Sie ihn, warum er gelogen hat.«

»Ray«, sagte sie scharf. »Das rät mir einer, dessen ganzes Leben eine riesige Lüge ist.«

Drake erwiderte nichts, ließ einfach sacken, was er

gesagt hatte. Er nahm eine Abzweigung, dann noch eine, und sie hatten ihr Ziel erreicht. Bevor sie ausstiegen, blieben sie einen Moment lang schweigend sitzen und sahen hinaus auf die ruhige Straße. Drake hörte das Quietschen eines Fensters, das in einem der repräsentativen Häuser mit Türmchen, Balkonen und aufwändigen Fassadenverzierungen hochgezogen wurde.

»Woher wissen Sie, dass er Polizist ist?«

Er könnte ihr erzählen, wie er einen Peilsender unter Wylies Auto angebracht hatte und ihm zu einem Safe House der Polizei gefolgt war, wie er beim Einbruch in Wylies Wohnung gefilmt wurde oder sich unberechtigt Zugriff auf die Personaldatei der Met verschafft hatte, er könnte ihr von Wylies Textnachricht erzählen. Aber das würde nichts einfacher machen. Er wollte sie lediglich weg von diesem Typen haben.

»Ich habe mich umgehört«, sagte er. »So schwierig war das nicht.«

Erbost stieg Flick aus und ging einen mit kleinen weißen Kieseln bedeckten Weg zu Poppys viktorianischem Haus hinauf. Ihr Handy klingelte in dem Moment, als Drake sie eingeholt hatte.

»Wie bitte?«, fragte sie, als sie ranging. »Nein, ich werde Sie nicht besuchen«, sagte sie und reichte Drake das Telefon. »Reden Sie mit ihr.«

Er erkannte ihre Stimme, bevor er das Handy an sein Ohr hielt. »Myra?«

»Wer ist da?«, fragte die alte Frau verärgert.

»Hier ist Ray. Und was willst du?«

»Raymond. Ich dachte, ich hätte das junge Ding angerufen. Gib sie mir wieder.«

»Halt dich da raus, Myra. Ich regle das.«

Sie ließ sich nicht abwimmeln. »Ich will sie sprechen!«

In dem Moment fuhr ein Van in die Einfahrt. Eine Frau mit Sonnenbrille sah durch die Windschutzscheibe zu ihnen herüber.

Drake wandte sich ab. »Alles unter Kontrolle.«

»Sag ihr, dass ich sie hier erwarte und kein Nein akzeptiere.«

Seufzend drückte er das Gespräch weg und gab Flick das Handy zurück.

»Ich gehe nicht hin«, sagte sie und beobachtete gleichzeitig die junge Frau, die einen kleinen Jungen aus dem Wagen hob und das Auto per Fernbedienung verriegelte. »Also pfeifen Sie Ihren Wachhund zurück.«

»Sie tut sich schwer, Grenzen anzuerkennen.«

»Sie hat mich regelrecht zu sich zitiert«, murmelte Flick verärgert. »Wie einen unbedeutenden Untertan, der zu seinem Herrn und Gebieter befohlen wird.«

»Tut mir leid, ich rede nachher mit ihr.«

Es war typisch für Myra, dass sie sich immer und überall einmischte. Egal, worum es gehen mochte und was Wylies Absichten waren – Drake würde sich selbst darum kümmern.

»Poppy Bliss?«, fragte er.

Die junge Frau kam zur Tür, ein dickes Portemonnaie und ein schmales Handy in einer Hand, der Schlüsselbund baumelte an ihren Fingern.

»Ja.« Sie sah von Drake zu Flick. »Allerdings heiße ich inzwischen Poppy Mallory.«

»Ich bin Detective Inspector Ray Drake, und das ist Detective Sergeant Flick Crowley.« Er zeigte ihr seinen Dienstausweis. »Dürfen wir reinkommen?«

# 42

Flick trat zur Seite, damit Poppy aufschließen konnte und sie in die große Diele bat.

»Worum geht es?«

»Wir würden gerne mit Ihnen über Tatia Mamaladze reden.«

Poppy nickte nervös zu ihrem Sohn hinüber. »Nicht jetzt.«

»Wer sind die?«, fragte der Junge seine Mutter.

»Der Mann und die Frau sind hier, um mit Mummy zu reden, Gabe.« Sie strich ihm über die Haare. »Wie wäre es, wenn du ein bisschen in deinem Zimmer spielen gehst?«

»Darf ich ihnen einen Witz erzählen?«, erkundigte sich Gabriel. »Ich kenne ganz viele Witze.«

»O ja, darauf wette ich«, sagte Flick. »Ich liebe Witze und freue mich schon darauf, einen zu hören.«

»Später.« Seine Mutter drehte ihn sanft zur Treppe und schob ihn nach oben. »Wir spielen später.«

Dann streifte sie ihre Sandalen ab und ging barfuß voraus in eine riesige, helle Küche. Eine Wand war mit bunten Kreidemalereien bedeckt, und auf einem langen Tisch lagen Teigklumpen und Ausstechformen aus Plastik verteilt. Nach hinten mündete der Raum in einen Wintergarten voller Grünpflanzen.

»Entschuldigen Sie die Unordnung«, sagte Poppy. »Wir hatten gerade gebacken, als ich dringend wegmusste. Möchten Sie etwas trinken? Tee, Saft?«

»Nicht nötig.« Drake versuchte einen Stuhl am Tisch zu entdecken, der nicht mehlbestäubt war. »Trotzdem danke.«

»Ich muss meine fünf Gesundheitsdrinks am Tag einhalten.« Poppy drückte ein Glas gegen einen Hebel in der Kühlschranktür, worauf laut klimpernd Eiswürfel hineinfielen, und goss aus einem Karton einen dunklen Gemüsesaft darüber.

»Sie haben ein schönes Haus.« Flick war sichtlich angetan. »Dieser Raum ist größer als meine ganze Wohnung.«

»Danke.« Poppy begann aufzuräumen, stellte eine Backform sowie diverse Schüsseln in die Spüle. »Mich verwirrt ein bisschen, dass Sie hier sind. Es ist sehr lange her, dass Tatia bei uns lebte.«

»Wie gut erinnern Sie sich an sie?«, wollte Drake wissen und ging aus dem Weg, damit Poppy einen Stuhl mit einem Lappen abwischen und er sich setzen konnte.

»Das war vor Jahrzehnten und lediglich für kurze Zeit. Worum geht es?«

»Wir glauben, dass sie wieder in der Stadt sein könnte«, antwortete er. »Haben Sie sie gesehen?«

»O Gott, nein, warum sollte ich?«

»Miss Mamaladze könnte den Namen Bliss benutzen«, erklärte Flick.

Poppy warf den Lappen auf den Boden und bedeckte für einen Moment ihre Augen.

»Verzeihung, es ist für mich ein Schock, ihren Namen zu hören nach all den Jahren.«

»Was denken Sie, warum sie nach der langen Zeit den Namen Bliss benutzen könnte?«

»Sie hasst meine Familie, vielleicht will sie uns damit eins auswischen. Würde zu ihr passen.«

»Möglicherweise ist sie bereits eine ganze Weile in London. Eventuell ein paar Jahre oder länger. Falls sie Sie bislang nicht kontaktiert hat, gibt es wenig Grund zu der Annahme, dass sie es jetzt tun wird.«

»Wir wissen ein wenig Bescheid, was damals geschah«, schaltete sich Drake ein. »Zumindest kennen wir das, was in den Zeitungen stand.«

Poppy legte das Wischtuch auf die Arbeitsplatte. »Und was war das?«

»Dass dieses Mädchen erst von Ihren Eltern aufgenommen wurde und dann …«

»… weggeschickt wurde, nachdem das mit Will passierte.« Poppy schloss die Küchentür. »Zurückgeschickt, um in einem grauenhaften Heim zu verrotten. Das haben Sie gelesen.«

»Wie kam es dazu, dass Tatia von Ihrer Familie aufgenommen wurde?«

»Meine Eltern waren das, was man heute als Gutmenschen bezeichnet, Detective Crowley. Ihnen war bewusst, dass sie in einer Welt lebten, in der sie alles hatten, was sie brauchten, während andere nichts hatten. Die derzeitige Flüchtlingskrise hätte die beiden sehr umgetrieben. Sie hatten ein großes Haus und ein schönes Leben und fühlten sich schuldig deshalb – bei meinen Eltern drehte sich fast alles um Schuld. Sie wollten Kinder retten.« Sie lächelte verbittert. »Am liebsten alle Kinder.« Poppy kam zum Tisch und raffte Becher und Gläser zusammen, um sie zur Spüle zu tragen. »Und Tatia sollte die Erste sein. Ich erinnere mich an diese hasserfüllten Artikel. Sie behaupteten, meine Eltern seien schlechte Menschen, die einem armen kleinen Mädchen Hoffnung gemacht, es aus einem Leben in Armut, Missbrauch und Vernachlässigung geholt und ihm ein Zuhause und eine Familie gegeben hätten, um es dann einfach wegzuwerfen.« Sie stemmte eine Hand in die Hüfte. »Glauben Sie mir, keiner meiner Eltern hatte einen einzigen Funken Bosheit im Leib. Allerdings handelten sie oft sorglos und unbedacht. Nach dem Zusammenbruch der Sowjetunion nutzten sie das politische Chaos, um Tatia herzubringen. Die ganze Geschichte, wie sie das Mädchen aus dem Heim bekamen, kenne ich nicht. Es war alles sehr undurchsichtig. Wie auch immer, sie meinten es gut. Das Problem war, dass Tatia von Grund auf schlecht war. War sie immer, wird sie immer sein.«

»Erzählen Sie uns, was mit Ihrem Bruder passierte.«

Poppy hob eine Hand an ihren Mund. »Entschuldigung, es nimmt mich mit, bloß daran zu denken.«

»Lassen Sie sich Zeit«, sagte Drake.

»Als das Unglück geschah, wurde nicht darüber geredet. Meine Eltern ließen keine Diskussionen und Spekulationen zu. Sie konnten nicht glauben, wollten nicht einmal in Erwägung ziehen, dass Tatia so etwas getan haben könnte. Tatsache ist jedoch …« Sie atmete langsam aus. »Ich habe gesehen, wie sie ihn von der Klippe stieß. So, jetzt habe ich es gesagt.«

»Laut Untersuchung war es ein Unfall.«

»Meine Eltern sind in der Überzeugung gestorben, dass es einer war. Trotzdem: Ich sah, wie Tatia es tat. Und ich sah ihren Blick, als Will in den Tod stürzte.« Tränen glänzten in ihren Augen. »So etwas vergisst man nie.«

»Haben Sie ihnen erzählt, was Sie beobachtet hatten?«

»Ja, sie glaubten einfach, ich müsse mich irren. Außerdem können Kinder Fantasie und Wirklichkeit nicht immer auseinanderhalten, zumal wenn sie aufgeregt sind. Und natürlich war ich völlig durch den Wind … Also blieben sie bei ihrer Überzeugung und verboten mir, meine Version der Geschichte irgendjemandem zu erzählen.«

»Und Sie waren einverstanden?«

»Natürlich«, antwortete Poppy. »Sie waren meine Eltern. Ihnen war zwar klar, dass Tatia gestört war – das konnte jeder sehen –, aber sie suchten immer nach dem Guten im Menschen.«

»Wie alt war sie?«

»Tatia war ein paar Jahre jünger als ich – ich war, Moment mal, zwölf. Auf jeden Fall war sie alt genug, um zu erkennen, was sie tat, als sie meinen Bruder in den Tod stieß. Meine Eltern versuchten weiterzumachen, als wäre es ein Unfall gewesen. Erst als es zu tätlichen Übergriffen auf mich und meinen Bruder Joel kam, wurden sie panisch, fürchteten, wir könnten ernstlich in Gefahr sein, und haben Tatia schweren Herzens zurückgeschickt.« Poppy zog sich einen Stuhl vor, setzte sich und fuhr sich mit der Hand durchs Haar. »Sie haben sich nie von dem erholt, was mit Will passierte. Meine Mutter wurde schwer krank, und mein Vater brachte sich um.«

»Die Zeitungen griffen die Geschichte Jahre später noch einmal auf.«

»Ja, meine Eltern wurden an den Pranger gestellt, als linke Utopisten geschmäht, die keinen Gedanken an die Bedürfnisse ihrer eigenen Kinder verschwendeten. Solche Verurteilungen hatten sie nicht verdient. Sie waren gute Menschen. Nun ja, vielleicht«, sie seufzte, »verschob sich bei ihnen die Realität bisweilen.«

»Und was ist aus Ihrem Bruder Joel geworden?«

»Was soll mit ihm sein?«

»Wie hat er es verkraftet?«

»Nicht sehr gut. Er mag … mochte Tatia sehr. Er war wie meine Eltern, sah gern bevorzugt das Gute in einem Menschen.«

»Wir konnten ihn nicht finden. Bei seiner letzten bekannten Adresse wurde er seit mehreren Monaten nicht mehr gesehen.«

»Da kann ich Ihnen leider nicht helfen.« Poppy sprang auf, um den Geschirrspüler einzuräumen, wobei sie merkwürdig fahrig wirkte. »Wir haben den Kontakt verloren. Vor ziemlich langer Zeit schon. Ebenfalls eine Folge dessen, was geschehen ist. Joel war zu Großem bestimmt, denke ich. Er war ein kluger junger Mann, leider war unser Verhältnis irgendwie sehr angespannt.« Sie blickte zur Wanduhr. »Tut mir leid, ich muss Gabriel etwas zu essen machen.«

»Natürlich.« Drake stand auf. »Tatia steht übrigens im Verdacht, mit einer Zahl von Einbrüchen in Privathäusern zu tun zu haben, in denen Menschen ermordet wurden.«

Poppy wurde blass. »*Die* Morde?«

»Ich denke, es wäre ratsam, Ihnen einen Officer vors Haus zu stellen, damit Sie und Ihre Familie geschützt sind«, schlug er vor. »Zur Vorsicht.«

»Tatia wäre ja wahnsinnig, sich nach all den Jahren in meine Nähe zu wagen.« Poppy schlang die Arme um ihren Oberkörper. »Allein ihren Namen auszusprechen verursacht mir eine Gänsehaut.«

»Es wäre eine Überlegung wert, da Sie einen kleinen …«

»Ich werde meiner Familie keine Angst einjagen, DI Drake«, unterbrach sie ihn ungewöhnlich barsch. »Zudem kann ich gut auf die neugierigen Fragen der Nachbarn verzichten, warum die Polizei bei uns herumlungert. Ehrlich gesagt gibt es Dinge aus meiner Kindheit, über die ich bisher nicht mal mit meinem Mann gesprochen habe. Was ich jetzt selbstverständlich nachholen werde.«

»Wir können Ihnen alternativ eine Alarmanlage oder eine Sicherheitskamera zur Verfügung stellen.«

»Derartiges haben wir bereits.«

»Es ist Ihre Entscheidung, dennoch werde ich Ihnen ein Formschreiben schicken müssen, auf dem Sie durch Ihre Unterschrift bestätigen, dass Sie unser Schutzangebot ausgeschlagen haben.«

»Wenn es sein muss.«

»Haben Sie eigentlich Fotos von Tatia?«, erkundigte sich Flick.

»Das Mädchen war verantwortlich für den Tod meines Bruders. Hätte ich irgendwelche Fotos von ihr gefunden, hätte ich sie, das kann ich Ihnen versichern, auf der Stelle vernichtet.«

Als sie in die Diele gingen, kam Gabriel die Treppe heruntergerannt.

»Klopf, Klopf«, sagte er zu Drake.

»Sagen Sie ›Wer da?‹, DI Drake«, half Flick ihm aus.

»Wer da?«, fragte Drake.

»Theo!«

»Theo wer?«

»Tee oder Kakao!«

»Sehr gut. Ich könnte den ganzen Tag Klopf-klopf-Witze hören …«

»Ich kenne ganz viele.«

Drake ging zur Tür. »Leider müssen wir zurück an die Arbeit.«

»Falls sie versucht, uns nahe zu kommen«, warf Poppy ein, »versichere ich Ihnen, dass ich Sie anrufe.«

»Und informieren Sie Ihren Ehemann.«

»Ich rede mit ihm. Danke, dass Sie hier waren«, sagte sie und schloss die Tür hinter ihnen.

Drake sah nachdenklich zum Haus zurück. »Sie hat nicht gefragt.«

»Was nicht gefragt?«

»Warum wir wegen Tatia ermitteln, ich musste es ihr erzählen.«

»Fahren Sie mich nach Hause«, bat Flick und stieg ein.

»Wir müssen arbeiten«, entgegnete Drake.

»Zu Ihnen nach Hause, Ray.« Flick zog den Sicherheitsgurt über die Brust und klickte ihn ein. »Wenn Myra mir etwas zu sagen hat, soll sie das sofort tun.«

# 43

## Acht Jahre nach Will

»Ich danke Ihnen allen, dass Sie gekommen sind«, sagte Patrick Bliss zum Publikum. »Es ist schön, so viele von Ihnen hier zu sehen.«

Applaus brach im Gemeindesaal aus, und Joel empfand ein Kribbeln, dass all diese Leute hier waren, um seinen Vater zu unterstützen. Noch nie war er so stolz gewesen. Nur Poppys Gezappel neben ihm nervte.

Er knuffte sie mit dem Ellbogen an. »Hörst du zu?«

Seine Mutter saß in der ersten Reihe, und immer wieder schaute sein Vater sie während seiner Rede an. Jill Bliss gab ihrem Mann Kraft, das spürte Joel. Und ein Ziel, darin war sie gut.

»Ich verspreche, als Ihr Labour-Abgeordneter alles zu geben.«

Joel musterte ihn und die anderen Kandidaten, die sich um eine Nominierung bewarben. Patrick Bliss stach eindeutig heraus, obwohl er nicht so rausgeputzt war wie die anderen. Dafür strahlte er Selbstsicherheit und Güte aus, und das Publikum klebte an seinen Lippen. Die Leute wussten, dass er sich um ihre Sorgen kümmern und unermüdlich arbeiten würde, um ihre Lebensumstände zu verbessern.

»Zu lange schon stoßen Ihre Sorgen bei den Mächtigen auf taube Ohren, und das werde ich ändern!«, rief er seinen Zuhörern zu.

Jemand weiter hinten feuerte ihn an. »Wir sind eine Gemeinschaft, und wir stehen oder fallen gemeinsam.«

Als die Rede endete, erntete er begeisterten Beifall. Einige erhoben sich sogar. Patrick Bliss nahm die Huldigungen bescheiden und trotzdem mit sichtlicher Befriedigung entgegen, war sicher, die Nominierung in der Tasche zu haben. Voller Stolz wandte Joel sich zu seiner Schwester um, die jedoch zu seiner Verwunderung völlig unbeteiligt und mit gesenktem Kopf dasaß.

Als sein Vater das Publikum fragte, ob sie noch Fragen hätten, hob ein Mann in der dritten Reihe die Hand.

»Warum wollen Sie Abgeordneter werden?«

»Gute Frage.« Patrick legte die Fingerspitzen zusammen und überlegte, was er antworten sollte. »Wir alle tragen Verantwortung, nicht wahr? Wir können nicht einfach anderen Leuten sämtliche wichtigen Entscheidungen überlassen. Ich denke, es wird Zeit, dass unsere Stimmen gehört werden.«

»Und was ist mit dem Mädchen, das Sie im Stich gelassen haben?«, rief jemand.

Joel reckte den Hals, um zu sehen, wer das war. In der Mitte des Saales stand ein Mann mit einem Notizbuch und einem Stift.

»Hatte sie eine Stimme?«

Patrick Bliss räusperte sich. »Ich weiß nicht, was Sie …«

»Stimmt es nicht, dass Sie ein Kind aus einem berüchtigten Waisenhaus in Osteuropa aufnahmen und es wenige Monate später zurückschickten – nach einem Zwischenfall, bei dem Ihr jüngstes Kind starb?«

Jemand im Saal rief: »Hinsetzen!«

»Sie gaben ihr Hoffnung und verstießen sie dann – ganz davon abgesehen, dass Sie die landesüblichen Vorschriften für Adoptionen umgingen.« Der Mann neigte den Kopf zur Seite. »Verzeihen Sie, inwiefern zeugt das von persönlicher Verantwortung?«

Das Publikum wurde unruhig, reckte die Hälse nach dem Störenfried, der einen Presseausweis um den Hals trug und den aussichtsreichsten Kandidaten zu demontieren versuchte.

»Ich werde nicht über Privatangelegenheiten meiner Familie sprechen. Die haben nichts mit der Politik zu tun, über die wir hier diskutieren.«

»Das sehen die Wähler vielleicht anders«, erwiderte der Journalist. »Sie könnten entscheiden, ob jemand, der fähig ist, ein verwundbares kleines Mädchen an einen Ort des Schreckens zurückzuschicken, wirklich als Volksvertreter geeignet ist. Sie könnten zu dem Schluss kommen, dass es wichtige Fragen zu diesem außergewöhnlichen Lauf der Dinge zu beantworten gibt.«

»Die Umstände waren kompliziert.«

»Und höchstwahrscheinlich gesetzeswidrig.«

Patricks Stimme übertönte die Unruhe. »Dies ist weder der Ort noch die Zeit, das zu besprechen.«

»Im Gegenteil, es ist genau der Ort und die Zeit.« Der Mann blickte sich im Publikum um. »Sie treten mit einem Programm an, das auf persönlicher Verantwortung basiert. Ich habe Recherchen über dieses Waisenhaus angestellt. Es war ein finsterer Ort. Erniedrigend und brutal, setzt man zivilisierte Maßstäbe an. Die Kinder wurden wie Tiere gehalten. Und des ungeachtet haben Sie«, er zeigte mit dem Stift auf Bliss, »das Mädchen dorthin zurückverfrachtet.«

Jemand rief, der Journalist solle den Mund halten, gleichzeitig forderte ein anderer Mann im Publikum, man solle ihn reden lassen. Überall im Saal brachen hitzige Diskussion aus, während der Mann, der das alles ausgelöst hatte, sich offenbar heimlich davongeschlichen hatte.

Auch Poppy war weg.

Joel suchte sie überall, selbst auf der Toilette. Sie war wie vom Erdboden verschluckt. Schließlich entdeckte er sie in einer Ecke, und vor ihr stand ein Mann, der, eine Hand über ihrem Kopf, leise auf sie einredete.

Es war der Journalist.

»Weg von ihr.« Joel lief auf die beiden zu, kochend vor Wut. Dieser Mann hatte bereits genug Schaden angerichtet. »Oder ich rufe die Polizei.«

»Joel«, sagte Poppy, »lass mich das regeln.«

»Es ist widerlich, dass er dich belästigt.«

»Du bist also der Bruder.« Der Journalist grinste. »Hast du ebenfalls irgendwelche Informationen, die du mir geben möchtest?«

Fassungslos sah Joel die beiden abwechselnd an. Sein Blick wanderte von Poppy, die rot geworden war und beschämt den Kopf senkte, zu dem grinsenden Journalisten. Dann stürmte er nach draußen, wartete auf Poppy. Sobald sie auftauchte, stellte er sie zur Rede.

»Du hast dem Journalisten von Sarah erzählt.«

»Geh wieder rein, Joel«, sagte sie und weigerte sich, ihn anzusehen.

»Warum? Was kannst du für einen Grund haben, das zu tun?«

Sie lief einfach weiter. »Kümmere dich um Mum und Dad.«

Er packte ihren Arm. »Warum machst du so was?«

»Das haben sie sich selbst eingebrockt, als sie diese Kreatur in unser Haus geholt haben. Sie haben alles kaputtgemacht. Nicht ich!«

Ihr Wutausbruch machte ihn sprachlos. Poppy sprach sonst nie über das, was mit Will passiert war, und deshalb vermied er es desgleichen.

»Alles war gut, bis sie kam, und wir waren glücklich, bis *sie* kam.«

»Du machst dich lächerlich.«

»Sie haben mein Leben zerstört«

»Dad hat nie etwas anderes gewollt, als das Leben der Menschen zu verbessern, und du hast mit deiner Aktion jede Chance auf eine Kandidatur zunichtegemacht.«

»Es ist besser, wenn die Leute es vorher erfahren. Ich könnte es nicht ertragen, dass jedes Mal, wenn er eine Rede hält oder wenn er versucht, seine ach so guten Werke zu tun, jemand sagt: *Das ist der Mann, dessen Sohn umgebracht wurde, weil er ein Monster in sein Haus geholt hat.* Sie würden ihn verurteilen, und sie würden uns verurteilen. Es ist besser, wenn es jetzt alle wissen.« Sie blickte sich auf der Straße um. »Tim kommt mich mit seinen Eltern abholen.«

Ihr neuer Freund. Seine Eltern waren im Showbusiness oder so. Poppy verbrachte inzwischen mehr Zeit mit ihnen als mit ihrer eigenen Familie.

»Bleib bitte.«

»Kann ich nicht.« Ihre Stimme klang belegt. »Nicht nach dem, was ich getan habe.«

Plötzlich erkannte er, was dahintersteckte. »Wir sind dir peinlich.«

»Wundert dich das etwa? Unsere Familie ist ein Witz.«

Joel spürte einen Kloß im Hals. Sein Vater würde wohl

nicht mehr nominiert werden. Ein lebenslanger Traum lag in Trümmern. Und daran war seine Schwester schuld.

»Versuch das bitte zur Abwechslung mal mit meinen Augen zu sehen«, forderte sie ihn auf. »Tims Eltern sind nicht politisch – Weltverbesserer wie Mum und Dad sind ihnen fremd. Wenn sie ihn dann ständig im Fernsehen sähen … Ich könnte es nicht aushalten, deshalb von ihnen gemieden zu werden. Und ich will selbst auch nicht so leben.« Ein Wagen näherte sich, ein langes silbernes Luxusmodell. »Sie kommen. Geh rein.«

»Ich weiß gar nicht mehr, wer du bist.«

»Das war nicht ich, die den Stein ins Rollen brachte, Joel. *Sie* war das.«

»Sarah ist längst weg«, widersprach er. »Deinetwegen.«

»Es war mehr an dem, was passiert ist, als du jemals wissen wirst.«

Er seufzte. »Ich wünsche so sehr, mich an irgendwas zu erinnern, aber ich kann es nicht.«

»Glaub mir«, Poppy drückte seine Hand, »es ist besser, dass du es vergessen hast. Pass auf Mum und Dad auf.«

»Ich erzähle ihnen, was du getan hast!«, rief er ihr nach, als sie wegging.

»Wenn du unbedingt musst«, gab sie ungerührt zurück, lief die Straße entlang und stieg in den Wagen.

Patrick und Jill saßen Hand in Hand auf der Bühnenkante, als Joel zurückkam.

»Wo ist deine Schwester?«

Sein Dad begann die Stühle aufzustapeln. In dem leeren Saal schlugen die Metallstreben laut zusammen.

»Sie musste weg.«

Joel war entschlossen, ihnen zu erzählen, was Poppy getan hatte. Es war grausam von ihr, den Traum ihres Vaters zu zerstören, weil seine Aktivitäten, seine politische Überzeugung ihr peinlich waren. Und er war es leid, dass seine Eltern ihr Benehmen ständig entschuldigten. Sicher würden sie es nicht mehr, wenn sie wüssten, dass Poppy mit diesem miesen Journalisten geredet hatte. Doch bevor er irgendwas sagen konnte, sprang seine Mutter von der Bühne.

»Reg dich bitte nicht auf.« Sie legte die Hände auf Joels Schultern. »Dad wird seine Kandidatur wahrscheinlich zurückziehen.«

»Ihr dürft euch von diesen Leuten nicht einschüchtern lassen.«

»Darum geht es nicht.« Patrick klopfte sich Staub von den Händen. »Ich kann nicht vor die Wähler treten, wenn ich weiß, dass meine Glaubwürdigkeit dahin ist und die Presse mich kreuzigen wird.«

»Du gibst wirklich auf?«, fragte Joel empört.

»Weißt du, als wir Tatia damals zu uns nahmen …«

»Sarah«, korrigierte Joel.

»Egal, jedenfalls ging es dabei nicht ganz … legal zu. Geld ist geflossen. Obwohl wir Gutes tun wollten, war es nicht korrekt. Und dass wir sie dann wieder wegschickten, wirft man uns zusätzlich vor. Tatia war gestört, seelisch verletzt. Trotzdem werden wir uns nie vergeben, was deinem Bruder zugestoßen ist.«

Joel wurde schwindlig, und er schloss die Augen. Er sah den Klippenrand, die Grasbüschel, die sich im Wind bewegten.

*Eben war er noch da, und im nächsten Moment …*

»Es gibt andere Dinge, die wir tun können«, warf seine Mutter ein. »Wir haben jede Menge Pläne, Joel. Solche, die nicht auf dich und Poppy zurückfallen.«

»Sie verdient euer Mitgefühl nicht.«

Jill warf ihrem Mann einen bedeutungsvollen Blick zu. »Vielleicht ist es am Ende ein Segen.«

Da war etwas, das sie ihm verheimlichten. »Wovon redet ihr?«

»Erzähl es ihm«, sagte Patrick.

»Wahrscheinlich ist es nichts …« Jill Bliss stockte, und ihr Mann nahm ihre Hand. »Sie machen Tests. Wir wissen noch nicht, welches Ausmaß er hat, wie weit er bereits … gestreut hat.« Bei ihrem traurigen Blick verkrampfte sich alles in Joel. »Mein Junge, ich bin nicht gesund.«

# 44

**Heute**

Joel hatte Tatia nie so glücklich gesehen. Obwohl sie sich bemühte, ihre Aufregung zu zügeln, trat immer wieder ein Lächeln auf ihr Gesicht, strahlten ihre Augen vor Freude. Sie konnte nicht aufhören, ihn zu berühren, leckte ihren Finger an, um ihm imaginären Schmutz aus dem Gesicht zu wischen, wuschelte ihm durchs Haar.

»Ach, kleiner Bär!« Sie nahm seine Hände und rieb sie so fest, dass er die Gelenke knacken hörte. »Kann das wahr sein? Wir haben eine Chance, noch mal neu anzufangen, du und ich, und wir müssen sie ergreifen.«

Ihre Lippen zitterten. »Sie hat uns die Hand gereicht, Joel. Unsere Schwester ist bereit zu verzeihen. Ich habe es immer gewusst, trotz allem, was passiert ist, habe ich immer geahnt, dass sie tief im Innern ein guter Mensch ist, ein vergebender Mensch. Poppy sieht aus wie ein Engel, Joel, und sie hat das Herz eines Engels. Du weißt nicht, wie ich all die Jahre gelebt habe«, sie sprach jetzt hastig und flüsternd, »an dem Ort und dann danach. Chaos, Kampf, Gewalt, Verzweiflung – das sind die Dinge, die mich mein Leben lang begleitet haben.«

Als vom Bett ein Geräusch herüberdrang, ein tiefes

Knurren, erstarrte sie. Carls mächtiger Körper drehte sich in der Dunkelheit wie eine Bestie, die aus einem zähen Sumpf auftaucht. Erst als sie absolut sicher war, dass er schlief, redete Tatia weiter.

»Jetzt …« Sie stöhnte leise und presste Joels knochige Hand an ihre Lippen, »jetzt, o mein Gott, können wir wieder zusammen sein, du und ich und Poppy.«

Ein Motorroller knatterte unten über den verlassenen Markt. Für einen kurzen Moment fiel sein Scheinwerferlicht auf Tatias geradezu verzücktes Gesicht, ihr irres Lächeln, und Joel erkannte, dass er diese übertriebene Begeisterung nicht zu teilen vermochte. Vielmehr hatte er das Gefühl, dass ihm täglich ein weiteres Stück seiner Persönlichkeit abhandenkam. Es war, als würden jedes Mal, wenn er das Bild sah, kleine Fragmente seiner Seele mit Will von der Klippe stürzen. Nach wie vor gab es so vieles an den Geschehnissen jenes Tages vor langer Zeit, was er nicht verstand.

*Eben war er da, und im nächsten Moment …*

»Wie ist Will gestürzt?«, fragte er.

Er merkte, dass sie sich neben ihm verspannte. »Warum fragst du?«

»Weil ich …, ich kann mich nicht erinnern. Warum hast du ihn geschubst?«

»Ich wollte es nicht. Es war ein Unfall, Joel, das weißt du.« Nervös kratzte sie an dem silbernen Narbengeflecht, das sich von ihrer Schulter bis über den Rücken erstreckte, eine sichtbare Erinnerung an ihre Jahre und Misshandlungen im Waisenhaus. »Wirklich, es war ein schrecklicher Unfall.«

»Und warum hat Poppy dich dann so gehasst?«

»Wenn schlimme Sachen passieren, fällt es den Betroffenen manchmal schwer, damit fertigzuwerden. Poppy, sie war verletzt und … Die Wahrheit ist, dass sie mich nicht mochte, kleiner Bär. Hat sie nie, wenngleich ich wünschte, es wäre nicht so. Es hat mich belastet. Aber jetzt ist es anders. Sie hat mir verziehen.« Er spürte ihre Lippen auf seiner Stirn. »Wir haben eine glückliche Zukunft vor uns, du und ich.«

Die Nachttischlampe wurde angeschaltet, und Joel sah, wie Carl sich aufrichtete. Seine Augen waren trübe Schlitze im Schein der nackten Glühbirne.

»Wie spät ist es?« Er stieg aus dem Bett. »Wieso seid ihr auf?«

Tatia sprang auf und ging zu ihm. »Wir reden noch ein bisschen.«

»Worüber?«

»Dir wird gefallen, worüber wir gesprochen haben, Carl. Joel und ich haben nämlich beschlossen, dass wir ausgehen wollen. Wir möchten noch ein Haus besuchen.« Sie nahm das Notizbuch mit den Adressen auf. »Eines von der Liste.«

Carl strahlte vor Freude. »Wann?«

Sie hoffte, dass sie aufgeregt genug aussah. »Bald.«

»Dann morgen.« Carl nickte eifrig. »Wir gehen morgen Nacht aus.«

»Ja.« Sie lächelte. »Das ist perfekt.«

»Ich suche eines aus.«

Er versuchte nach dem Notizbuch zu greifen, doch sie hielt es hinter sich, außerhalb seiner Reichweite.

»Nein, ich werde wählen, Carl. Leere Häuser langweilen mich inzwischen. Ich mag es, wenn Leute da sind und wir … Spaß haben können.«

»Ja.« Carl leckte sich über die trockenen Lippen, sein Atem ging schwer, er war erregt. »Komm ins Bett.«

»In ein paar Minuten«, antwortete sie. »Ich bleibe noch ein wenig bei Joel.«

Tatia setzte sich erneut neben ihn, und sie warteten schweigend, bis Carls Atem flacher und langsamer wurde und ein leises Schnarchen zu hören war.

Sie schob ihre Hand in seine. »Ich suche die richtige Adresse aus, ein leeres Haus. Wo wir ganz sicher allein sind und reden können. Dort sagen wir es ihm dann, das mit Poppy. Carl wird es verstehen.« Sie klang unsicher. »Wenn er mich wirklich liebt, kleiner Bär, und will, dass ich glücklich bin, dann lässt er uns gehen. Weil Liebe so funktioniert.«

»Und wenn nicht?«, fragte Joel besorgt.

Sie sah ihn an. Ihre Augen waren zwei stecknadelkopfgroße Lichtpunkte im Dunkeln, und sie hob die Arme über den Kopf.

»*Wir sind der Kinder dreie, sitzen unterm Hollerbusch* …«

»*Und machen alle husch, husch, husch*«, ergänzte er.

Sie saßen noch eine Weile in der Finsternis und lauschten Carls Schnarchen, bis Tatia schließlich sagte: »Er muss, kleiner Bär. Er muss es.«

# 45

»Danke, dass Sie gekommen sind.« Myra trat beiseite, aber Flick zögerte, ins Haus zu gehen, schließlich waren sie hier erst wenige Monate zuvor beinahe getötet worden. »Na, kommen Sie schon rein.«

Zögernd setzte Flick den Fuß in die große, düstere Diele. Nach allem, was vorgefallen war, verstand sie nicht, dass Myra und Ray immer noch in diesem Haus leben konnten. Andererseits war die alte Frau stur und widerborstig, und bei Ray Drake wunderte Flick sowieso nichts mehr. Myra ging voraus ins Wohnzimmer, wo laut eine große Standuhr das Verrinnen der Zeit anzeigte.

Auf dem Tisch stand eine Vase voll bunter Blumen.

»Ein hübscher Strauß«, sagte Flick, weil sie nicht wusste, was sie sonst sagen sollte.

»Danke. Die hat Raymond gekauft, er weiß, welche Blumen ich mag.«

Flick holte tief Luft und kam zur Sache. »Sie wollten mich sprechen. Allerdings haben wir nicht viel Zeit … Der neue Fall, Sie wissen ja …«, druckste sie herum.

»Ja, Ray hat mir von diesen Leuten erzählt, die in ihren eigenen Häusern umgebracht wurden. Abscheulich. Ich frage mich manchmal, wie ihr das aushaltet. Vermutlich, weil ihr beide diesen Job liebt.«

»Was wollen Sie mit mir besprechen, Myra?«

»Mir ist zu Ohren gekommen, dass Sie … eine Liebschaft haben.«

Fast musste Flick lachen. »Eine Liebschaft? Sagt man das so?«

»Ray ist in Sorge.« Myra rückte auf ihrem Sessel nach vorne. »Sind wir beide.«

»Mal abgesehen davon, dass sie mein Privatleben nichts angeht – worüber bitte sorgen Sie sich eigentlich so sehr?«

»Alles, was ich über diesen Mann gehört habe, klingt irgendwie verdächtig. Unter den gegebenen Umständen zumindest.«

»Und welche wären das, Myra?«

Früher hatte ihr diese alte Frau mit ihrem durchdringenden, unerbittlichen Blick, ihrem dominanten und zugleich majestätischen Auftreten Angst gemacht, inzwischen ließ Flick sich nicht mehr einschüchtern.

»Ray erzählte mir, dass er ein Undercoverpolizist sein könnte.«

»Worauf wollen Sie hinaus?«

»Ist das nicht offensichtlich? Wenn Sie ihm das Falsche erzählen …«

»Ich habe für Ray gelogen, Myra«, entgegnete Flick erregt, »habe meinen Job, meine Karriere und meinen Ruf für ihn aufs Spiel gesetzt. Im Nachhinein wünschte ich, ich hätte es nicht getan, sondern die Wahrheit über ihn gesagt, doch jetzt ist es zu spät. Ich sehe nach vorn, wozu mir übrigens Ray seit Monaten rät. Und wenn ich beschließe, dass Sam Wylie Teil meines Lebens sein soll, ist es meine Entscheidung, nicht die von jemand anderem. Rays ganz bestimmt nicht.« Sie zeigte auf die alte Frau. »Und noch weniger Ihre.«

»Unbeschadet dessen, was Sie von ihm denken«, erwiderte Myra würdevoll, »hat Raymond das Herz am rechten Fleck. Er will einzig und allein Ihr Bestes.«

»Verstanden.« DS Crowley ging zur Tür. »War nett, Sie wiederzusehen, Myra.«

»Wäre es zu viel verlangt, wenn ich Sie noch um etwas bäte?«, fragte Myra, und mit einem Mal klang ihre Stimme angespannt, unsicher, nicht mehr so souverän wie zuvor. »Es ist der eigentliche Grund, warum ich Sie sehen wollte. Allein, ohne Raymond.«

Myra Drake erhob sich steif, trat ans Fenster und schaute hinaus. Der Mann, den alle außer Flick für ihren Sohn hielten, saß in seinem Wagen auf der anderen Seite des Islington Square, verborgen durch die üppige Grünanlage auf dem Platz.

»Nachdem er so lange nicht von seiner Vergangenheit eingeholt wurde, ist Raymond jetzt beunruhigt, sogar alarmiert angesichts der jüngsten Ereignisse. Er hat es mir nie gesagt, doch ich spüre es – weil ich ihm so nahe bin, wie man es überhaupt sein kann –, dass er enorme Schuldgefühle wegen dem hat, was uns beiden passierte.«

»Myra …«

»Lassen Sie mich ausreden, meine Liebe«, sagte sie leicht zögernd. »Alles, worum ich Sie bitte, ist, dass Sie ihm eine starke und loyale Freundin sind, wie er Ihnen ein zuverlässiger Freund ist. Ich werde nicht ewig für ihn da sein können – deshalb würde es mich glücklich machen zu wissen, dass es jemanden gibt, der ihm in harten Zeiten beisteht, ihm … Grenzen setzt.«

Flick runzelte die Stirn. »Ich bin nicht sicher, dass ich verstehe, was Sie meinen.«

»Oh, Raymond glaubt, dass er sich verändert hat, seit er

ein Junge war. Dass er diese unberechenbare Energie unter Kontrolle hat, aber das hat er nicht. Seit Laura, seine Frau, starb und seit diese Probleme auftauchten, die uns alle betreffen, beobachte ich ihn aufmerksam und sehe, dass er kämpft.«

Das letzte Wort kam so leise über ihre Lippen, dass Flick es kaum verstand

»Mir ist kein Unterschied aufgefallen.«

»Nun, ich kenne ihn länger. Ich denke, er ist …« Myra suchte nach dem richtigen Wort, und als sie aufblickte, schien sich in ihren Augen der Abscheu vor einer kalten Welt zu spiegeln, die sie nicht zur Ruhe kommen ließ. »Er ist *verstört.* Ich bitte Sie, passen Sie auf ihn auf. Denn ich fürchte sehr, dass er eines Tages etwas tun könnte, das er bereut – und wenn das geschieht, stehe Gott uns allen bei.«

Flick wirkte betroffen, eines indes musste sie noch fragen. »Vor vielen Jahren gaben Sie einem fremden Jungen den Namen und die gesamte Identität Ihres Sohnes, obwohl er schuld war an dessen Tod. Wie konnten Sie ihn täglich ansehen, ihn behandeln, als wäre er Ihr eigenes Kind?«

»Ich habe versucht, für alle das Beste aus einer üblen Situation zu machen«, erwiderte sie mit fester Stimme. »Womöglich bin ich nicht ganz die böse Alte, für die Sie mich halten. Ich habe nach dem Tod meines Sohnes und meines Mannes mein Bestes getan, alles am Laufen zu halten. Und das werde ich weiterhin tun, bis zu meinem letzten Atemzug.«

»Ray ist nicht für mich verantwortlich«, erwiderte Flick. »Und Sie sind es ebenfalls nicht – so wenig, wie ich es für ihn bin.«

»Oh, das sind Sie sehr wohl«, widersprach Myra. »Ihr beide sitzt seit dieser Sache in einem Boot, ob es Ihnen gefällt oder nicht. Sie sind eine erwachsene Frau und sollten sich Ihr Leben nach Ihren Bedürfnissen einrichten, keine Frage. Aber vergessen Sie nie, dass er Ihr Leben rettete, dasselbe Leben, das Sie unter Umständen leichtfertig zugrunderichten wollen.«

Flick öffnete die Tür, vor der sie so lange gestanden hatte. »Auf Wiedersehen, Myra.«

»Er hat Sie sehr gern, was in gewisser Weise desgleichen auf mich zutrifft.« Sie lächelte traurig. »Ray wird Ihnen immer ein guter Freund sein, und er braucht Ihre Freundschaft.«

»Und was ist mit Connor Laird? Mit seinem eigentlichen Ich? Braucht er auch einen Freund?«

»O ja«, antwortete die alte Frau leise. »Mehr denn je.«

Flick verließ das Haus und überquerte den Platz, wobei ihr bewusst war, dass Myra Drakes Blick ihr vom Fenster aus folgte.

# 46

Mitten in der Nacht, in einem dunklen, leeren Haus in West London, donnerten Carls Schritte auf den Bodendielen im ersten Stock. Joel hörte, wie er von Zimmer zu Zimmer stürmte.

»Was macht er?«, fragte er Tatia, die neben ihm im Dunkeln stand und hinauf zur Decke starrte.

»Er sucht nach jemandem, den er umbringen kann«, antwortete sie. »Zum Glück wohnt hier seit Monaten niemand mehr, darauf habe ich geachtet.«

Joel schaute sich um. Es war schwierig, in der Dunkelheit etwas zu erkennen. Die Läden waren geschlossen, der Strom war offenbar abgestellt worden. Vage erkannten sie die spärliche Möblierung. Hatten die Besitzer das meiste verkauft oder mitgenommen? Jedenfalls war seit Monaten eindeutig niemand mehr hier gewesen. Das Haus roch muffig und feucht, Wurfsendungen häuften sich auf der Matte hinter der Haustür. In einer Ecke entdeckten sie Stapel von Zeitschriften in einer asiatischen Sprache.

»Ich habe das Haus regelmäßig beobachtet und gemerkt, dass hier niemand mehr dauerhaft wohnt«, wiederholte Tatia. »Egal, warum. Hauptsache, wir laufen keine Gefahr, dass plötzlich jemand auftaucht. Ich bin in so vielen Häusern gewesen, kleiner Bär, so vielen.«

Über ihren Köpfen knallte eine Tür, und sie hörten Carls wummernde Schritte auf der Treppe. Tatia griff nach Joels Hand und schwenkte sie so wie früher, als sie Kinder waren. Aber ihr sonst so strahlendes Lächeln flackerte unsicher.

»Alles wird gut. Er wird verstehen, dass wir gehen müssen. Damit wir wieder als Familie glücklich sein können.«

Und dann erschien Carls Umriss in der Tür, er wirkte aggressiv, stützte sich schwer atmend am Türrahmen ab.

»Hier ist ja gar keiner«, stieß er keuchend hervor.

»Nein.« Tatia schob Joel hinter sich. »Liebst du mich, Carl?«

Er trat einen Schritt vor. »Das weißt du doch.«

»Und würdest du alles für mich tun?«

»Alles.« Carl kam näher. »Was ist los?«

»Es ist vorbei, Carl.« Tatia schluckte. »Wir gehen.«

»Wohin gehen wir?«

»Nicht wir gehen, Carl. Joel und ich.« Sie drehte sich zu ihrem Bruder um und gab ihm einen kleinen Schubs in Richtung Tür. »Geh nach draußen, mein Liebling.«

»Das verstehe ich nicht.« Carls Gesicht verzerrte sich zu einer misstrauischen Grimasse. »Ich verstehe nicht, was du meinst.«

»Wenn du mich wirklich liebst, lässt du uns gehen.« Tatia versetzte Joel erneut einen kleinen Stoß. »Warte draußen auf mich.«

Er begann sich zur Tür zu bewegen, wurde indes plötzlich von Carl aufgehalten. »Hiergeblieben!«

Joel erstarrte, spürte ein Flattern in seiner Brust. Etwas, das sich nach Furcht anfühlte. Schrecklicher, unbeschreiblicher Furcht.

»Passen wir nicht gut zusammen, du und ich?«, wandte Carl sich an Tatia. »Wir lieben uns schließlich.«

»Wie kann ich dich lieben?«, fauchte Tatia ihn so angewidert an, dass Carl zusammenzuckte. »Nach allem, was passiert ist. *Wie?* Nach allem, was du mit diesen Leuten gemacht hast, Carl. Diesen armen Menschen.«

Als er im Dunkeln einen weiteren Schritt auf sie zumachte, sah Joel Tränen in seinen Augen glänzen.

»Verlass mich nicht. Ich liebe dich so sehr.«

»Es ist vorbei, Carl«, erwiderte sie. »Tut mir leid.«

Carls Schultern bebten, er fing an zu weinen.

»Geh«, flüsterte Tatia Joel zu, und endlich kapierte er.

In diesem Moment kam Bewegung in Carl. »Sie hat deinen Bruder umgebracht!«, rief er und hob die Fäuste. »Sie hat ihn von der Klippe gestoßen, und Ähnliches wird sie mit dir anstellen.«

»Es war ein Unfall.« Tatias Stimme klang ganz ruhig. »Joel weiß das.«

»Ach ja?« Carl rückte erneut einen Schritt vor. »Und was ist mit den Leuten, die du und ich umgebracht haben?«

»Du warst das«, gab Tatia gefährlich leise zurück. »Du hast sie ermordet.«

»Nein, wir haben das gemeinsam getan, und deshalb gehören wir zusammen.«

»Unsinn. Du warst es, der die Leute umgebracht hat, nicht ich.« Tatia sah besorgt zu Joel und hoffte, dass er sich rechtzeitig in Sicherheit brachte. »Du hast uns in eine sehr schwierige Lage gebracht, Carl – eine sehr schwierige.«

»Ich habe es für dich getan«, wimmerte Carl. »Weil ich dich glücklich machen wollte.«

»Gib mir nicht die Schuld. Tu das nicht! Du hast sie ermordet, Carl. *Du allein.* Wie soll ich einen Mann lieben können, der so etwas tut? Wir passen ganz und gar nicht zueinander, du bist nicht gut für mich.«

Er kam noch näher. »Wir lieben uns. Du liebst mich. Das hast du gesagt.«

»Möglich, jetzt nehme ich es zurück. Die Wahrheit ist, dass ich unglücklich bei dir bin, Carl. Ich liebe dich nicht. Wie könnte ich?«

»Ohne dich hätte ich das gar nicht gekonnt!«, schrie er wutentbrannt.

»Gib mir nicht die Schuld. Du hast es getan, weil du krank bist, weil es zwanghaft ist.« Joel hörte den Ekel in ihrer Stimme. »Mit dir stimmt was nicht.«

Als er einen Schritt auf sie zutrat, reckte sie warnend einen Finger in die Höhe. »Bleib zurück!«

Seine verweinten Augen glitzerten im Dunkeln. »Du hast es mich tun lassen, du hast mich nicht aufgehalten.«

»Ich konnte dich nicht aufhalten – wie sehr habe ich gewünscht, es zu können –, jedenfalls werde ich dafür nicht in die Hölle gehen. Bleib weg!«

»Ich liebe dich.« Er klang elend. »Verlass mich nicht. Ich verspreche, dass ich brav bin und ein besserer Mensch werde und alles tue, was du willst. Sag mir bloß, dass du mich nicht verlässt.«

»Carl«, flehte sie. »Du musst uns gehen lassen.«

»Er ist schuld.« Carl fixierte sich unvermittelt auf Joel, fuchtelte drohend mit seinem Finger herum. »Wir wären glücklich, wenn es ihn nicht gäbe.«

Kaum waren die Worte draußen, stürzte er sich auf Joel und rammte ihn gegen die Wand mit einer Wucht, dass funkelnde Sterne vor seinen Augen tanzten. Carls Umrisse explodierten, verwandelten sich in einen Funkenregen aus Schatten und Licht. Und als seine Sicht wieder klarer wurde, sah Joel, wie Carl seine Zähne bleckte und mit der geballten Faust ausholte.

»Es ist alles deine Schuld!«

Mit einem Aufschrei sprang Tatia auf Carls Rücken.

»Runter!« Der Riese torkelte mit ihr durch den Raum, versuchte vergeblich, sie abzuschütteln, und brüllte immer wieder. »Wir lieben uns!«

»Raus hier, schnell!«, rief Tatia voller Angst Joel zu, schlang ihre Beine fester um Carls Hüften, um ihn von ihrem Bruder fernzuhalten, und zerkratzte ihm Hals und Gesicht. »Du musst uns gehen lassen!«

Blut rauschte in Joels Ohren, als er zusah, wie Carl mit Tatia auf dem Rücken durchs Zimmer schwankte, die wenigen Möbel umwarf, wenn er unkontrolliert mal hierhin, mal dorthin stürmte, die Schultern nach vorne warf, nach links und rechts rannte oder sich im Kreis drehte.

Trotzdem wurde er Tatia nicht los.

Sie kämpfte wie eine Amazone, musste verhindern, dass er sie abwarf und sich auf Joel stürzte, der nach wie vor nicht in Sicherheit war, weil er sich so langsam bewegte.

Jetzt legte Carl den Rückwärtsgang ein und knallte Tatia gegen eine Wand, stürmte wieder vor, um das Ganze zu wiederholen. Mehrere Male.

Erstarrt verfolgte Joel das entsetzliche Schauspiel, sah, wie sich ihr Griff zu lockern begann. Dann war es vorbei. Carl ging mit einem Ruck in die Knie und beugte blitzschnell den Oberkörper vor, sodass sie über seine Schultern und seinen Kopf hinweg nach vorne auf den Boden geschleudert wurde.

»Weg hier!«, schrie sie, gepackt von blankem Entsetzen, denn Carl schickte sich an, ihren Bruder ins Visier zu nehmen.

Schließlich war er Zeuge der letzten Bluttat gewesen,

hatte Carls Blutrausch mit angesehen, seine entfesselte Raserei.

*Carl, der mit der schweren Figur ausholte und sie nach unten krachen ließ.*

Joel wusste, dass er sich hinaus in die Nacht schleichen müsste, weil ihm sonst dasselbe Schicksal drohte.

*Die Augen voller wütender Tränen.*

Aber er konnte sie nicht verlassen, konnte Tatia nicht einsam sterben lassen. Vielleicht war sie schuld an Wills Tod, doch sie war zu ihm zurückgekommen, hatte für ihn gesorgt. Als Einzige.

*Schlagend, boxend, kratzend.*

»Raus hier!«, kreischte Tatia jetzt in den höchsten Tönen, krabbelte auf allen vieren in die Küche.

*Der Mann, die Frau, unter ihm zusammengesackt.*

»Liebe mich!«, heulte Carl, der völlig außer sich war. »Geh nicht!«

Er packte ihren Fuß, hielt ihn mit seinen Pranken fest, sosehr sie sich wehrte und austrat, während sie sich unter Aufbietung aller Kräfte weiter in die Küche schob.

Als er das sah, mobilisierte auch Joel seine letzten Reserven. Selbst wenn es das Ende für sein schwaches Herz wäre, er musste etwas tun. Blindlings stolperte er hinter den beiden her in die Küche, blinzelte im fahlen Mondlicht, das durch die Ritzen der Fensterläden schien, und überlegte, welche Optionen ihm blieben bei diesem ungleichen Kampf, der sich in der Küche abspielte und nach wie vor nicht zu Ende war.

Carl packte Tatia jetzt am Kopf, zog sie hoch und donnerte ihr Gesicht auf den Terrakottaboden. Trotzdem gab sie nicht auf.

Sie schüttelte sich, kam mühsam auf die Füße – lange

genug, um ein Bild in einem Glasrahmen von der Wand zu reißen und es Carl auf den Kopf zu schlagen. Das Glas zerbrach.

Bevor der Riese wieder fest auf seinen Beinen stand, hatte Tatia schon die Schranktüren aufgerissen und bewarf ihn mit Töpfen, Pfannen und Tellern. Die meisten verfehlten allerdings ihr Ziel, landeten scheppernd auf dem Boden oder zerbrachen an der Wand, sodass es nicht gelang, Carl außer Gefecht zu setzen.

Im Gegenteil: Er stürmte erneut los.

»Joel!«, schrie sie wieder. »Raus hier!«

Ihr Rufen, Bitten und Flehen verhallte wirkungslos, denn Joel wich nicht von der Stelle, während Carl, flennend zwar, die nächste brutale Attacke startete, indem er mit seinen gewaltigen Armen auf Tatia eindrosch und zudem ihr Gesicht zu zerquetschen schien.

»Ich liebe dich«, heulte er. »Wenn ich dich nicht haben kann, darf es keiner.«

Joel schaute zu, bewegte sich dann langsam zu den Schubladen unter der Arbeitsplatte, zog sie nacheinander auf, griff nach dem längsten Messer, das er finden konnte – keine tolle Waffe, das sah er selbst –, und trat hinter Carl.

»Aufhören.«

Seine Stimme war nicht mehr als ein Flüstern, und die Hand, die das erbärmliche Messer hielt, zitterte. Obwohl er wusste, dass ein Schwächling wie er einem Kraftpaket wie Carl wahrscheinlich keinen ernsthaften Schaden zuzufügen vermochte, wollte er es versuchen. Vielleicht gelang es ihm ja, Carl wenigstens so weit zu verletzen, dass er für ein paar Minuten handlungsunfähig war und sie fliehen konnten.

Dann flog das Messer mit einem Mal in die Dunkelheit – sein Widersacher hatte es ihm aus der Hand geschlagen.

Tatia zog sich an einem Küchenschrank hoch, suchend glitt ihre Hand über die Arbeitsfläche, ertastete einen Toaster. Ein Gedanke kam ihr. Sie riss an ihm, um ihn aus der Steckdose zu ziehen und ihn als Waffe zu benutzen.

Vergeblich.

Bevor sie es weiter versuchen konnte, war Carl neben ihr und griff wieder zu seiner bevorzugten Methode, ihren Kopf zu traktieren. Joel erkannte, dass sie nicht mehr lange durchhalten würde. Ihre Kraft schwand.

»Geh …, geh bitte …«, krächzte sie schwach.

Joel fiel nur eines ein, was er tun könnte. Er hatte zuvor ihre fruchtlosen Bemühungen mit dem Toaster verfolgt, jetzt zog er den Stecker und wartete, was Tatia tun würde.

Die verlor keine Zeit, tastete nach dem Schlitz für die Brotscheiben, krallte ihre Finger darin fest, holte mit dem Arm aus und knallte den Toaster mit aller ihr noch zur Verfügung stehenden Kraft gegen die Schläfe ihres Angreifers. Es reichte, um den monströsen Kerl zu Boden zu schicken. Sie selbst stolperte infolge des Rückstoßes und rang nach Luft.

Carl stöhnte, er war noch nicht erledigt. Das einzige Resultat war eine eklige Lache Erbrochenes, die er würgend von sich gab. Gehetzt schaute Tatia sich um, entdeckte in einer Ecke eine Grünpflanze in einem massiven Übertopf, torkelte schwankend dorthin und hievte den Topf von seinem Steinsockel. Auf Joel wirkte das Ding so schwer wie ein Findling.

Unter enormer Anstrengung schleppte Tatia den Topf zu Carl und stellte sich mit gespreizten Beinen über ihn.

»Jetzt sind wir frei«, sagte sie.

Verwirrt blickte Carl auf. »Nein.«

»Doch«, erwiderte sie und ließ den Topf auf seinen Kopf fallen.

Ein scheußliches Geräusch von splitterndem Steingut und brechenden Knochen, ein letztes Zucken, dann Stille. Irgendwo draußen bellte ein Hund. Am Nachthimmel dröhnte in der Ferne ein Flugzeug.

»Dein Gesicht«, hauchte Joel.

Obschon ihr klar war, wie sie aussehen musste, winkte sie lächelnd ab. »Das ist nichts.«

»Es tut mir leid«, sagte er, fühlte sich elend und nutzlos, weil er praktisch nichts für sie hatte tun können.

Tatia legte den Arm um ihn. »Weißt du, was das bedeutet? Joel, wir leben, und wir sind frei.«

Sie lachte. Es war ein glockenhelles Lachen. Viele Jahre war es her, seit er sie so lachen gehört hatte. Ihr Gesicht war zerschunden, und sie vermochte sich kaum aufrecht zu halten vor Erschöpfung, aber sie hörte nicht auf zu lachen.

Schließlich wischte sie sich die Freudentränen ab, ging nach nebenan und kehrte mit ihrem Schuh zurück, den sie bei ihrem Kampf mit Carl verloren hatte, und zog ihn an.

Sie hob die Hände über den Kopf. *»Wir sind der Kinder dreie, sitzen unterm Hollerbusch …«*

*»Und machen alle husch, husch, husch«*, ergänzte er leise.

Tatia nahm seine Hand. »Und jetzt wartet ein neues Leben auf uns.«

# 47

Sam Wylie lehnte an der bröckelnden Ziegelwand in einem Pub, der früher eine Molkerei gewesen war, und wischte mit den Daumen über das Display seines Handys. Nervige Elektromusik und Soundeffekte plärrten laut aus dem Gerät, sehr zum Verdruss der anderen Gäste. Vor Wylie stand auf dem runden Stehtisch ein Pint. Er blickte nicht mal auf, als Drake näher kam.

»Ich bin auf Level sieben und komme nicht weiter. Das macht mich kirre.«

Der Inspector zog sich einen Barhocker heran und beobachtete, wie Wylie vor Konzentration mal die Lippen schürzte, mal einen Schmollmund machte. Nach ein paar Minuten gab das Handy einen Pupslaut von sich, und Wylie knallte es auf den Tisch.

»So nah dran.« Er zeigte einen minimalen Abstand mit Daumen und Zeigefinger. »Ich war *so* nah am Ziel. Ach, ich verstehe selbst nicht, warum ich meine Zeit mit diesem Mist verplempere.« Er trank von seinem Pint. »Na ja, irgendwas musste ich ja machen, während ich wartete, dass Sie in meine Wohnung einbrechen.«

»Es ist nicht Ihre Wohnung«, erwiderte Drake.

»Stimmt.« Wylie wischte sich mit dem Handrücken den Bierschaum vom Mund. »Es ist eine Schutzwohnung der

Met, doch im Moment wird sie nicht benutzt, und ich brauchte etwas, wo ich mich für ein paar Tage aufs Ohr hauen konnte«, sagte er und fügte flüsternd hinzu: »Ich habe immer noch einen Schlüssel.«

Drake blickte sich im Pub um, sah zu den Jugendlichen hin, die in der Ecke Billard spielten, und zu ein paar alten Männern, die an der Bar saßen und Zeitung lasen.

»Was wollen Sie?«

»Lassen Sie mich Ihnen einen Drink spendieren. Nein, Moment, wie ich höre, trinken Sie nicht. Und Sie gehen auch nicht zu irgendwelchen AA-Treffen. Was bedeutet, dass Sie entweder kein Problem auf dem Gebiet haben oder – und das glaube ich persönlich – über eine immense Selbstdisziplin verfügen.«

»Wird gegen mich ermittelt?«

»Das mag ich an Ihnen, Ray: Sie kommen direkt zur Sache. Kein Herumlavieren. Sie sind ein Mann der Tat, was ein sehr bewundernswerter Charakterzug ist.« Wylie öffnete die Videoaufzeichnung auf seinem Handy, die Drake zeigte, wie er in der Wohnung herumschlich. »Sehen Sie, das ist kein normales Verhalten für einen Polizisten. Ein Kerl fängt an, mit einer Ihrer Kolleginnen auszugehen, und plötzlich beschatten Sie ihn, stecken Ihre Nase in seine Angelegenheiten.« Drake sah sich, wie er auf die Kamera zuging, das Gesicht teils verdeckt von der Dunkelheit im Zimmer. »In Eigentum der Met einzubrechen kann Ihnen ziemlich üblen Ärger einbringen. Alle, die sich das ansehen, dürften zu gewissen negativen Schlüssen kommen.« Er grinste. »Und Sie werden bereits von so vielen dubiosen Mutmaßungen umschwirrt, DI Drake.«

»Was wollen Sie?«

Wylie hob scheinbar resigniert die Hände und seufzte pathetisch. »Eigentlich will ich nach Hause und ein bisschen schlafen, bloß hat leider jemand meine Tür eingetreten.«

»Wird gegen mich ermittelt?«, wiederholte Drake.

»Spielen Sie Pool, Ray?« Sam Wylie hielt seinen Blick fest. »Ich wette, nein. Vermutlich haben Sie in Ihrem ganzen Leben noch nicht Pool gespielt, an keinem Spielautomaten gestanden, bei keiner Runde Dart mitgemacht und nicht einmal Geld in eine Jukebox gesteckt. Ich schätze, Sie und Ihre werte Frau«, Wylie hob entschuldigend eine Hand, als ein Muskel in Drakes Wange zuckte, »hatten nie ein Lieblingslied. Weil Sie kein frivoler Mann sind. So wie ein Hai oder ein Barrakuda nicht frivol ist. Sie haben eine vorbildliche Polizeiakte und kommen aus gutem Haus. Aber vor einigen Monaten ging alles schief. Sie und Ihre Familie gerieten ins Visier eines Wahnsinnigen. Leute wurden ermordet, Sie hingegen gingen quietschsauber aus der Nummer hervor.«

»Die Dienstaufsicht hat …«

»Ja, natürlich hat sie. Trotzdem reagieren Sie über, Ray.« Lachend lehnte Wylie sich zurück. »Sie sind ein Mann nach meinem Geschmack.«

»Ich bin überaus gerührt. Jetzt mal die Karten auf den Tisch: Was wollen Sie von mir?«

»Die Sache ist die.« Zum ersten Mal spiegelte sich ein Anflug von Unbehagen in Wylies Zügen. »Ich stecke ein bisschen in der Klemme, brauche einen guten Mann an meiner Seite. Und ich denke, dieser Mann sind Sie.«

»Ist es eine offizielle Polizeisache?«

»Keine Sorge, wir reden nicht über Drogen, Waffen, Goldbarren oder so was. Es ist etwas Persönliches. Jemand hat etwas, das ich ihm nie hätte geben dürfen und das ich mir zurückholen muss.«

»Was ist es?«

»Ich wurde auf einen echt großen Bösewicht angesetzt – er ist in alle erdenklichen üblen Sachen verwickelt, Waffen, Drogen und so. Der Job reizte mich, weil er zur Abwechslung mal nicht so weit weg von zu Hause war, in Kent. Wissen Sie, ich werde sonst kreuz und quer im Land eingesetzt. Okay, es war ein Fehler, diesem Typen, um ihn zu ködern und sein Vertrauen zu gewinnen, etwas Persönliches auszuhändigen, deshalb ist es ungemein wichtig, dass ich es zurückbekomme.«

»Und er will es nicht zurückgeben.«

»Richtig. Mehrere seiner Partner sind infolge meiner Undercovertätigkeit in den Knast gewandert, also wäre es eine Riesendummheit, bei ihm anzuklopfen wie ein Kind, das seinen Ball einfordert. Helfen Sie mir, diesen Gegenstand zu bekommen, und ich lasse Sie und Flick in Ruhe. Keiner von Ihnen wird mich je wiedersehen.«

*Glaubst du ein einziges Wort, das er sagt?* Drake erschrak, als er Connors Stimme hörte. *Ich nämlich nicht.*

Er holte tief Luft, um einen klaren Kopf zu bekommen. »Sie stellen mir eine Falle.«

»Die habe ich Ihnen schon gestellt, Ray.« Wylie tippte auf sein Telefon. »Das nette Filmchen, wie Sie in eine Wohnung der Met einbrechen. Jetzt biete ich Ihnen einen Ausweg. Ich brauche jemanden, der mir Rückendeckung geben kann, und mein Gefühl sagt mir, dass Sie der Richtige wären.« Er zuckte mit den Schultern. »Wissen Sie, ich versuche dem Ganzen durch das Prinzip Zuckerbrot und Peitsche etwas die Schärfe zu nehmen.«

Drake überlegte. »Wann?«

»Der Mann, von dem ich rede, wird morgen Abend nicht zu Hause sein. Also fahren wir hin und erledigen es.«

»Und danach verschwinden Sie?«, hakte Drake nach. »Dieses Problem, was immer es sein mag, hat sich damit erledigt? Ein für alle Mal?«

*Er könnte die Wahrheit sagen, doch das glaube ich nicht, und du genauso wenig,* flüsterte Connor leise. *Wenn es hart auf hart kommt, musst du dich selbst schützen.*

»Dann bin ich weg, und diese Aufnahmen sind es ebenfalls.« Wylie leerte sein Pint und stellte das Glas energisch hin. »Was sagen Sie?«

*Du kannst dich vielleicht nicht schützen, ich dagegen kann es.*

»Sind Sie okay, Ray? Sie sehen nicht gut aus.«

»Alles in Ordnung, danke.«

Wylie faltete die Hände auf dem Tisch. »Ich muss gleich weg, mit meinen Söhnen ins Kino, irgendein Superheldending. Ich liebe diese Filme. Vater zu sein ist das Beste überhaupt.«

*Ich werde dich beschützen,* beharrte Connor.

»Danach treffe ich Flick. Ich denke an ein Dinner in einem schicken Restaurant. Kerzenlicht, ein Typ, der beim Dessert Geige spielt, diese Liga.«

*Was sagst du, Ray?*

Drake nickte. »Machen wir es.«

»Klasse.« Wylie schob sein leeres Glas über den Tisch und lächelte. »Schauen Sie nicht so niedergeschlagen, Ray. Wir werden solchen Spaß haben.«

*Solchen Spaß.*

# 48

Das Café war laut, bunt, sonnendurchflutet und von Lachen erfüllt. Bald, Tatia wagte es kaum zu glauben, würde sie hier viele glückliche Stunden verbringen.

Die Unterhaltungen der Mütter und das fröhliche Lärmen der Kinder waren so laut, dass die Gute-Laune-Musik kaum zu hören war. Die riesige Kaffeemaschine blies Dampf über die Tafel, auf der Kuchen und allerlei andere Köstlichkeiten, das meiste streng bio, angeboten wurden.

Versteckt hinter einem Garderobenständer, beobachtete Tatia den kleinen Gabriel inmitten einer Gruppe etwa Gleichaltriger beim Spielen. Keine Frage, dass er das Sagen hatte, denn mit ernster Miene wies er jedem eine Rolle zu. Er machte das ganz souverän und mit gelassenem Selbstbewusstsein wie ein Kind, das von früh an Bestätigung und Förderung erfahren hatte. Und Liebe.

Tatia hingegen hatte es als Kind an allem gefehlt.

Nicht einmal Freunde hatte sie in dem Waisenhaus gehabt. Außer einem Mädchen namens Lizi, das sie während der düsteren Tage nach ihrer Rückkehr unter seine Fittiche genommen hatte. Spätabends hatten sie manchmal im Bett gelegen und sich das perfekte Leben ausgemalt, das sie sich für später wünschten: allen voran schöne Häuser und gut aussehende, reiche Ehemänner.

Für beide waren es Träume geblieben.

Lizi geriet durch Drogen auf die schiefe Bahn, schlug sich als Prostituierte durch und wurde angeblich von einem Freier totgeprügelt. Und Tatias eigenes Leben? Nun ja, es war bislang auch nicht gerade toll verlaufen, aber zumindest schöpfte sie jetzt wieder Hoffnung.

Hier in der Gegenwart von Poppy und ihren Freundinnen, die auf der Sonnenseite des Lebens ihren Platz gefunden hatten.

So etwas hatte sie sich insgeheim immer gewünscht, selbst wenn tief im Innern da eine Ahnung gewesen war, dass es ihr nicht vergönnt sein würde. Deshalb überhaupt hatte sie angefangen, nachts in fremde Häuser zu gehen, um wenigstens für ein paar Stunden von diesem Leben zu kosten – so zu tun, als wäre sie die Hausherrin und Besitzerin von all dem Luxus.

Sie und Carl waren in der Stille der Nacht von Zimmer zu Zimmer gegangen, hatten Hausschuhe und Kleider angezogen, wie sie sie selbst gerne hätten, und Tee aus kostbarem Porzellan getrunken. Manchmal hatten sie sich unter den kräftigen Strahl einer mit schwarzem Schiefer gefliesten Dusche gestellt oder nur das schlichte Vergnügen genossen, in einem bequemen Sessel im sanften Lampenschein zu sitzen und sich für eine kleine Weile einzubilden, dass es ihr wirkliches Leben sei.

Doch dann, wie anscheinend immer in ihrem Leben, begannen die Dinge aus dem Ruder zu laufen.

Der Mann in East Finchley hätte nicht zu Hause sein sollen – und hätten sie gewusst, dass er da war, wären sie nie reingegangen. Sobald er sie entdeckte, rannte er zum Telefon, aber Carl schlug es ihm aus der Hand, wurde ganz irre und trieb den Mann nach oben. Tatia rief ihm von unten zu, dass er aufhören solle, flehte ihn an, mit ihr zu verschwinden. In seinem Wahn hörte er nicht, was sie sagte. Ihr wurde übel, als sie das Stöhnen, Brüllen und Schreien hörte.

Minuten später, der Mann oben ächzte noch, kam Carl nach unten gerannt. Sein Shirt war blutbespritzt, sein Gesicht schweißbedeckt. Und da war etwas in seinen Augen – eine Wildheit, ein ekliger Triumph –, das Tatia nie zuvor gesehen hatte.

Er verschwand im Wohnzimmer, wo er ein Chaos veranstaltete, ging dann in die Diele, riss eine Tür unter der Treppe auf, fand den Golfschläger, wog ihn in seinen Händen und rannte wieder nach oben.

Tatia hörte sein angestrengtes Keuchen, die dumpfen Schläge und das Klappern, als der Golfschläger auf den Fliesenboden geworfen wurde. Kurz darauf war Carl schluchzend nach unten gekommen, das Gesicht verzerrt vor Scham über das, was er getan hatte. Bevor sie gingen, schloss sie die Läden im ganzen Haus und nahm das Handy des Toten an sich, um eventuell der Polizei einen Hinweis zu geben, denn der Gedanke, dass der arme Mann unentdeckt in diesem Haus liegen würde, war ihr schrecklich.

Danach änderte sich alles.

Als die Harrows nach Hause kamen, tötete Carl fast automatisch, überlegte nicht mal. Sie spürte seine fiebrige Aufregung, als die Leute unerwartet in der Tür standen. Sie beobachtete, wie er mit dem Mann in der Diele rang. Es war kein ausgeglichener Kampf gewesen, denn Carl war jung, stark und böse, und als Mr. Harrow stöhnend zu Boden fiel, holte er sich am Kamin den Schürhaken, wobei er mitleidslos über die in einer Ecke kauernde Mrs. Harrow stieg. Tatias Befehle aufzuhören erreichten ihn nicht mehr. Erst erledigte er den Mann, dann die Frau. Es war, als wäre er von einem Dämon besessen und ferngesteuert. Und das nächste Mal, als sie ausgingen, war Carl von vornherein aufs Töten aus gewesen.

Entgegen seinen Beteuerungen hatte er nämlich sehr wohl gewusst, dass die Langleys anwesend sein würden. Es war nie sein Plan gewesen, in ein leeres Haus einzusteigen. Entsprechend brutal fiel er sogleich über sie her. Sein Wahnsinn verwandelte ihn in einen Wirbelsturm, während Tatia und Joel nur entsetzt zusehen konnten. Der Mann und die Frau duckten sich, als Carl umherstapfte und wie ein Riese im Zwergenland alles zertrat, bevor er seine Opfer mit Tritten malträtierte und sie am Ende brutal erschlug.

*Wir waren das,* sagte er jedes Mal hinterher zu ihr und war tränenüberströmt, denn die Reue setzte in dem Moment ein, wenn es vorbei war. *Ich und du.* Als verstünde er nicht, wie es geschehen konnte. Als hätte sie ihn gezwungen, diese Leute zu töten, als hätte sie das Kommando gehabt. Er gab Tatia die Schuld und winselte über das, was passiert war. Was ihn nicht daran hinderte, es wieder zu tun. Irgendeine Sicherung in seinem Kopf musste komplett durchgebrannt sein.

Carl war süchtig nach Morden.

Jetzt lag seine Leiche in einem unbewohnten Haus und würde dort bald eine grässliche Sauerei verursachen. Tatia wurde ganz schlecht, wenn sie daran dachte, und bekam sogar Gewissensbisse. Immerhin hatte sie ihn mit vollem Vorsatz umgebracht. Andererseits hätte sein Wahnsinn sie über kurz oder lang alle verschlungen, sagte sie sich zu ihrer Entlastung.

Warum bloß hatte sie sich je mit ihm zusammengetan? Einzig und allein, weil er ihr Zutritt zu den Häusern verschaffte, in denen sie sich so gerne mal für einen Abend aufhalten wollte, weil er sich darauf verstand, Sicherheitssysteme zu knacken. All diese Leute, die er ermordet hatte, würden noch leben, wäre Tatia nicht gewesen.

Sie war schuldig. Sie war verantwortlich.

»Nein«, schalt sie sich und kniff sich in den Arm. Hier, in der heiteren Atmosphäre des Cafés, durfte man solche schrecklichen Dinge nicht denken. Sieh nach vorn, mahnte sie sich, nicht zurück. Schließlich würde sie bald wieder Teil einer Familie sein.

Sie schaute hinüber zu Poppy, bewunderte die Art, wie ihre Hände beim Reden anmutig vor ihrem Gesicht flatterten, wie der Ring zu einem grünen Lichtfleck im Sonnenschein wurde. Tatia würde zu gerne eines Tages selbst so etwas haben, einen einzigen kostbaren Gegenstand, den sie ihr Eigen nennen durfte.

Jemand zupfte an ihrer Shorts. Ein kleiner Junge. Schwarzes Haar, Kuchenkrümel um den Mund, einen Spielzeuglastwagen in der Hand.

»Guten Morgen, mein Liebling«, sagte Tatia.

Das Kind brach in Tränen aus und lief zu seiner Mutter, die ihn sogleich auf den Arm nahm und Tatia ein misstrauisches Lächeln zuwarf.

Einen Moment später zog Poppy sie hinter dem Garderobenständer vor und zerrte sie nach draußen auf einen kleinen gepflasterten Hof hinter dem Café.

»Was machst du hier?«, stellte sie sie aufgebracht zur Rede und knallte die Tür zu. »Du darfst nicht herkommen.«

»Tut mir leid«, entschuldigte Tatia sich. »Ich konnte nicht anders, weil ich mich so freue. Und wir hatten lange nichts von dir gehört.«

»Ich war schrecklich beschäftigt.«

»Es ist so schön hier«, schwärmte Tatia. »Es muss dich glücklich machen, mit deinen Freundinnen herzukommen.«

»Du musst gehen«, erklärte Poppy barsch.

Tatias Lächeln erstarb. »Ich wollte dich wirklich nicht in Verlegenheit bringen.«

»Das weiß ich.« Poppy sank gegen die Tür. »Aber ich habe es Tim noch nicht erzählt. Es ist … kompliziert.«

Für einen Moment war Tatia enttäuscht, doch dann sagte sie sich, dass sie unvernünftig war und geduldig sein musste. Hauptsache, Joel und sie waren frei, alles andere würde sich finden. Und wenn Poppy noch eigene Dinge zu bedenken hatte, die genauso wichtig waren, wenn nicht wichtiger, dann musste sie das akzeptieren.

»Das verstehe ich.«

»Weiß sonst irgendjemand, dass du hier bist?«

»Nein.«

»Gott sei Dank«, murmelte Poppy und presste sich eine Hand an die Wange. »Du musst gehen, Tatia.«

»Wann können wir uns sehen?«

Poppy starrte die Kratzer und blauen Flecken in ihrem Gesicht an, und eine schreckliche Sekunde lang fürchtete Tatia, dass sie es sich anders überlegt hatte und sie nicht mehr in ihre Familie aufzunehmen wünschte. Zum Glück war dem nicht so.

»Morgen Abend«, sagte Poppy zu ihrem Erstaunen. »Warum kommst du nicht mit Joel …« Sie unterbrach sich, weil die Tür in ihrem Rücken aufgestoßen wurde und jemand suchend nach draußen spähte und sich wieder zurückzog. »Also, warum kommst du nicht mit Joel morgen zum Abendessen? Um Tim und Gabriel kennenzulernen«, beendete sie den Satz.

»Und dann sind wir wieder eine Familie?«

»Ja.« Poppy schluckte. »Genau. Wahrscheinlich ist es besser, wenn du gleich vom Hof aus zur Straße gehst, einfach durch das Tor dort«, schlug sie vor und wies ihr die Richtung.

Beschwingt machte sich Tatia auf den Weg. Die Wunden, die Carl ihr zugefügt hatte, spürte sie kaum noch. Nie war sie glücklicher gewesen. Endlich würde sich alles ändern, sie würde wieder eine Familie haben.

Bald schon wären sie aufs Neue zusammen: Tatia, Poppy und Joel. Ganz deutlich spürte sie, dass sie sich dem Ziel einer langen, beschwerlichen Reise näherte und im Begriff war, in eine neue, wundervolle Phase ihres Lebens einzutreten.

Doch mit einem Mal fiel ihr etwas ein, das ihrer Freude einen gewaltigen Dämpfer versetzte. Obwohl das Problem mit Carl sich gelöst hatte, blieb das mit der Polizei. Nie würde sie aufhören, nach ihr zu suchen, es sei denn, sie machte ihnen begreiflich, dass es für niemanden mehr Grund zur Angst gab und dass der Albtraum vorüber war.

# 49

Ray Drake saß am Schreibtisch von Vix Moore, die Schwierigkeiten hatte, auf die polizeiinterne Datenbank zuzugreifen, als der Anruf auf seinem Handy einging. Von einer unbekannten Nummer. Normalerweise ignorierte er so etwas, doch diesmal sagte ihm sein Gefühl, dass er rangehen sollte.

»Ja?«, fragte er wachsam.

»Ich würde gerne mit Detective Inspector Ray Drake sprechen, bitte.«

Es war eine weibliche Stimme, angenehm, mit einem leichten Akzent. Drake kam ein Verdacht, und alarmiert sprang er auf.

»Wer spricht da?«

Millie Steiner beobachtete von ihrem Schreibtisch aus seine Reaktion und spitzte die Ohren.

»Tatia?«, sagte Drake. »Sind Sie das?«

Sie rang nach Luft, als er ihren Namen nannte. »Ja, hier ist Tatia.«

Er stellte das Gespräch auf laut und signalisierte Millie, die anderen zu informieren.

»Danke, dass Sie anrufen. Ich weiß das sehr zu schätzen.«

Er hörte eine Vielzahl unterschiedlicher Hintergrundgeräusche – sein Verstand arbeitete auf Hochtouren, um sie zu identifizieren.

Dudley Kendrick baute sich vor seinem Schreibtisch auf, die Hände in die Hüften gestemmt und auf dem Sprung, falls seine Hilfe gebraucht wurde. Millie hob ihr Telefon hoch und fragte damit, ob sie versuchen solle, eine Ortung vorzunehmen.

»Woher haben Sie meine Telefonnummer?« Drake war ehrlich verwirrt, denn immerhin handelte es sich um sein privates Handy.

»Das spielt keine Rolle.« Er hörte durch das Telefon Schritte, das Rascheln von Kleidung. Vermutlich hielt sie sich in einem großen Raum auf, einem *riesigen.* Und sie bewegte sich schnell.

»Was möchten Sie mir denn sagen?«

»Er ist weg. Ich verspreche Ihnen, dass alles vorbei ist, und bitte Sie, uns in Ruhe zu lassen.«

»Wer ist weg, Tatia?«

»Carl, es gibt keinen Ärger mehr. Wir möchten nur in Frieden leben. Bitte, versuchen Sie nicht, uns zu finden. Ich gebe Ihnen mein Wort – mein Wort, Sir, das schwöre ich hoch und heilig –, dass wir diese armen Menschen nicht umgebracht haben. Carl war das, er hat sie getötet, aber jetzt ist er weg.«

»Wo ist Carl, Tatia?«

»Er ist weg«, wiederholte sie. »Einfach weg.«

Drake bemühte sich, ein Gefühl dafür zu bekommen, wo sie war. Ein hallender Raum, Fragmente von Unterhaltungen, viele Passanten, gelegentliches Plärren von Popmusik. Und das Quäken eines Lautsprechers, der eine Durchsage machte.

Heftig gestikulierend, winkte er sein Team heran. Sie

bildeten einen Kreis um ihn, horchten, warteten. Kendrick hielt ihm beflissen Block und Schreiber hin, doch der Kuli funktionierte nicht, und Millie reichte ihm einen anderen. Er schrieb: *Läden?*

»Es ist laut bei Ihnen, Tatia«, sagte er. »Ich höre viele Stimmen. Wo sind Sie?«

»Nein, bitte nicht, Sir«, platzte sie panisch heraus. »Bitte stellen Sie keine Fragen und suchen Sie mich nicht. Ich gehe fort, verlasse das Land. Wir beide gehen weit weg. Sie werden uns nie finden. Und ich verspreche, dass wir nie zurückkommen.«

»Ist jemand bei Ihnen, Tatia?«

Sie reagierte nicht. »Bitte, Sir.«

Drake hörte, wie ein schweres Gitter herunterrasselte und das warnende Piepen eines Reinigungswagens ertönte.

*Einkaufszentrum,* notierte er.

»Bitte, Sir, versuchen Sie nicht …«

Und dann bekam er den Rest der Durchsage mit, der ihre letzten Worte übertönte: die Öffnungszeiten der Parkhäuser in Stratford City.

Er schrieb: *Westfield, E20!*

»Entschuldigung, Tatia.« Drake ging durch den Raum zu Millie Steiners Schreibtisch, und die Detectives huschten eilfertig vor ihm her. »Würden Sie das bitte noch mal wiederholen?«

»Bitte, lassen Sie uns in Ruhe.«

»Erzählen Sie mir, wer bei Ihnen ist«, sagte er. »Von wem reden Sie? Sie sagten, dass Carl weg ist, also wer ist bei Ihnen?«

Sie stieß einen kleinen Schrei aus. »Niemand, Sir, Sie irren sich, ich habe nicht richtig nachgedacht. Sie verwirren mich.«

»Kommen Sie her und lassen Sie uns reden, Tatia. Klären wir dieses Missverständnis.«

»Nein«, erwiderte sie rasch. »Das denke ich nicht. Bitte nicht.«

»Warten Sie kurz, Tatia.«

»Ich lege jetzt auf. Ich …«

»Bitte.« Er holte Luft. »Würden Sie ganz kurz warten, Tatia?«

»Ja«, antwortete sie schließlich.

Drake presste das Handy an seine Schulter, um sich Informationen geben zu lassen.

»Flick und Eddie sind auf dem Rückweg von Befragungen in Leyton«, sagte Dudley, während Millie mit einem Bleistift auf der Tastatur ihres Telefonapparats herumtippte. »Sie sind ungefähr fünf Minuten vom Westfield Shoppingcenter entfernt.«

»Schicken Sie so viele Einheiten hin, wie Sie können.« Drake hob das Handy erneut an sein Ohr. »Tatia, sind Sie noch da?«

»Ja, Sir.«

»Das Wichtigste ist, dass wir beide von Angesicht zu Angesicht reden. Sie können mir genau erzählen, was passiert ist. Falls Carl verantwortlich ist …«

Ihre Stimme brach. »Ist er!«

»Dann sollten wir uns so bald wie möglich treffen. Hören Sie mir zu, Tatia. Weglaufen wird nichts nützen. Wo Sie auch hingehen, wohin Sie auch fliehen, wir werden Sie finden und wieder zurückbringen.«

»Nein!« Tatia klang panisch. »Sie finden mich nicht.«

Drake sah hinüber zu Millie, die gerade mit Flick telefonierte.

»Wir sind unterwegs«, informierte Flick soeben das Team.

Sie schaute nach draußen und sah in der Ferne bereits das Westfield-Gebäude mit dem Olympic Park dahinter. Auf dem Wagendach blinkte das Blaulicht, und die Sirene heulte. Sie würden sie so lange wie eben möglich angeschaltet lassen, um durch den stockenden Verkehr zu kommen. Eddie fuhr wie ein Geisteskranker. Flick stemmte die Füße fest auf den Boden und drückte die Hände gegen das Armaturenbrett, um nicht hin und her geschleudert zu werden.

Bei der Bahnstation Stratford gab Eddie für das letzte Stück noch einmal Gas, scheuchte andere Wagen auf die Seite. Rundum sahen sie jetzt Blaulichter. Sie mussten sich beeilen, denn es war fraglich, wie lange Drake Tatia noch am Telefon hinhalten konnte. Die Frau war nervös, hatte Millie gesagt, da konnten sie sie leicht verlieren.

Ein Lastwagen, der vor ihnen die Kreuzung überquerte, zwang Eddie zu einer Vollbremsung. Die Reifen quietschten, es roch nach verbranntem Gummi, und der Sitzgurt schnitt schmerzhaft in Flicks Schulter, während Eddie sich aus dem Fenster lehnte, um den Lkw-Fahrer zu beschimpfen. Als er den Rückwärtsgang einlegte, um ein Stück am laufenden Verkehr vorbei zu einer anderen Straße zurückzusetzen, schlug Flick mit der Hand aufs Armaturenbrett.

»Lassen Sie mich aussteigen!«

»Wir sind fast da!«, rief er über das Sirenengeheul hinweg.

Doch sie hatte bereits ihren Gurt gelöst und die Tür aufgestoßen, um mitten auf der Straße zu Fuß weiterzugehen, bahnte sich ihren Weg zwischen Kühlerhauben und Wagenhecks hindurch, während um sie herum wild gehupt wurde. Nach wie vor hielt sie das Handy ans Ohr, um von Millie über die jeweils aktuellen Entwicklungen in Kenntnis gesetzt zu werden.

»Wo ist Carl, Tatia? Sie sagten, dass er weg ist. Haben Sie ihn getötet?«

»Er war gewalttätig, Sir, kein netter Mann«, antwortete sie. »Er hat diese Dinge getan, diese schrecklichen Dinge mit diesen armen Leuten.«

»Wo ist er, Tatia?«

»Er wollte das eigentlich nicht tun, aber er war nicht gesund, und es tut mir sehr leid, ehrlich. Keiner wird je wieder verletzt, darauf haben Sie mein Wort, Sir.«

»Das verstehe ich, trotzdem ist es wichtig, dass wir Carl finden, Tatia.«

Drake sah auf zu Millie, die ihre Hand kreisen ließ: *Reden Sie weiter mit ihr!* Und er fragte stumm: *Wo ist Flick?*

»DS Crowley«, sagte Millie Steiner ins Telefon. »Wo sind Sie momentan?«

»Ich bin im Westfield. Gerade angekommen.«

Flick tauchte ein in die typische Atmosphäre eines Einkaufszentrums der Superlative, eines der größten Center europaweit. In dem hohen Gewölbe waberte der Lärm geradezu. Flick hörte das Brummen einer Reinigungsmaschine, Musik, die aus den Geschäften und Restaurants schallte, das Quäken einer Comicfigur auf einer animierten Werbetafel. Obwohl das Einkaufszentrum nicht gerade voll war, fiel es Flick schwer, die Übersicht zu behalten. Wie sollte man da eine Frau mit Handy finden, deren Aussehen man nicht mal kannte? Rastlos lief sie umher, vorbei an Essensständen und Läden jeder Art und Größe, drehte sich immer wieder um die eigene Achse und blickte sich hektisch suchend um.

»Ich kann sie nicht sehen«, sagte sie verärgert ins Telefon und eilte zur Rolltreppe, um die oberen Etagen in Augenschein zu nehmen.

Millie schüttelte den Kopf. *Sie findet sie nicht.*

»Erzählen Sie mir von dem Telefon, das wir bei Mr. und Mrs. Harrow gefunden haben«, bat Drake, der hoffte, das Gespräch noch hinausziehen zu können.

»Oh.« Er merkte, dass Tatia versuchte, ihre Gedanken zu ordnen. »Mir tat dieser Mann leid, der erste, den Carl umgebracht hatte.«

»Walker. Sein Name war Gareth Walker.« Er drückte das Handy für einen Moment an seine Schulter und sagte: »Sie ist noch in der Leitung.«

»Er lag da ganz allein«, fuhr Tatia fort. »Ich hatte Angst, dass er nie gefunden wird, was furchtbar wäre, Sir, deshalb habe ich sein Telefon mitgenommen. Ich wollte, dass ihn jemand findet, doch als ich es eingeschaltet habe, ging es nicht. Weil ich die PIN-Nummer nicht kannte.«

»Sie ist definitiv nach wie vor da«, ließ Millie Flick wissen.

»Mr. Walker, Mr. und Mrs. Harrow, die Langleys …«, sagte Drake.

»Ja«, flüsterte Tatia. »Diese armen Kinder.«

»Gibt es noch mehr, Tatia? Irgendwelche Opfer, die wir übersehen haben?«

»Nein! Mehr nicht. Und es ist vorbei. Sie haben mein Wort darauf.«

»Warum?«, fragte Drake. »Warum haben Sie das getan?«

»Ich wollte es mal schön haben, wollte wissen, wie sich das anfühlt, in einem schönen Haus zu leben. Es war falsch, in diese Häuser zu gehen, das weiß ich, aber ich wollte nichts Böses, Sir, das müssen Sie mir glauben.«

Drake stellte sich vor, wie sie nachts durch jene Häuser streifte, die wertvolle Einrichtung, die Kleider und den Schmuck berührte. Wie sie in den Fotoalben von Fremden blätterte, Duftkerzen anzündete, unter einer dampfenden Dusche stand. Es konnte in jedem beliebigen Haus in der Stadt sein. Sie schlichen sich mitten in der Nacht hinein, wenn alle Nachbarn schliefen, und vor Tagesanbruch wieder raus.

»Carl hatte mir versprochen, dass er mich reinbringen kann, dass er sich damit auskennt. Und dann … O Sir, es bricht mir das Herz, was diesen Leuten passiert ist.«

Drake sah zu Millie hin, die ihre Stirn gegen den Handballen stützte und darauf wartete, dass Flick einen erfolgreichen Abschluss der Suche meldete.

»Erzählen Sie mir, was passiert ist, Tatia?«, fragte Drake.

»Carl und Mr. Walker fingen an zu kämpfen, und Carl brachte ihn um. Und die anderen auch – ich wollte nie, dass jemand zu Schaden kommt. Ich flehte Carl an aufzuhören, tat alles, was ich konnte, das müssen Sie mir glauben. Er machte einfach weiter.«

»Warum diese Häuser, Tatia?«

»Das ist nicht mehr wichtig.« Sie atmete hektisch. »Nichts davon ist mehr wichtig.«

»Sie kennen diese Häuser«, sagte er. »Sie sind bereits vorher dort gewesen.«

»Ja. Nein, ein bisschen! Bitte, Sir, Sie bringen mich ganz durcheinander.«

Alle im Büro hatten sich um Drake geschart, lauschten

aufmerksam jedem seiner Worte. »Ich verstehe, wie Sie sich fühlen, Tatia.«

»Tun Sie das, Sir?«, fragte sie erregt. »Tun Sie das wirklich?«

»Ja. Sie wurden von der Bliss-Familie weggeschickt. Ihnen wurde schreckliches Unrecht angetan …«

»Nein, das war meine Schuld.« Er hörte, wie sie stockte, wie ihr keuchender Atem in seinem Ohr explodierte. Und er ahnte ihre Verzweiflung, ihre Einsamkeit inmitten der fröhlichen Einkaufenden. Er verlor sie. Tatia entglitt ihm. »Ich bin immer schuld gewesen.«

»Wir sollten uns treffen«, wiederholte Drake sanft.

»Nein, ich darf nicht mehr mit Ihnen reden. Tut mir leid, ich muss gehen. Lassen Sie mich in Ruhe. Bitte, lassen Sie uns in Frieden.«

»Dann erzählen Sie mir, wo wir Carl finden. Wo finden wir seine Leiche, Tatia?«

Aber sie legte auf.

»Sie ist weg!«, rief er Millie zu und wählte die Nummer, von der aus Tatia angerufen hatte.

»Der DI versucht sie zurückzurufen«, hörte Flick Millie sagen. »Hören Sie es irgendwo klingeln?«

Sie stand im ersten Stock des Einkaufszentrums und horchte angestrengt, während sie Eddie die Rolltreppe hinaufstürmen sah. Doch hier gab es zu viele Ecken und Nischen und Querverbindungen zwischen den Ladenstraßen, um alles im Auge zu haben.

Hier zu verschwinden war das Einfachste von der Welt.

Flick drehte sich langsam um und konzentrierte sich darauf, ihre Sinne zu schärfen, bevor das Klingeln aufhörte. Und dann hörte sie es tatsächlich, sehr schwach zwar, aber nicht allzu weit entfernt. Es schien von nirgends und überall zugleich zu kommen, und die erbärmliche Akustik machte eine Ortung nahezu unmöglich. Eddie winkte den Beamten zu, die unten im Einsatz waren, und bewegte sich über die Galerie in die entgegengesetzte Richtung zu der, die Flick eingeschlagen hatte. Das Klingeln wurde eindeutig lauter.

»Chef!«, rief Eddie in sein Handy. Vor ihm war auf dem Boden gerade ein klingelndes Handy aufgeschlagen, das offenbar von der oberen Galerie hinuntergeworfen worden war. Sogleich rannte er zur nächsten Rolltreppe, alarmierte im Laufen Flick, die ebenfalls angestürzt kam.

Schon von Weitem entdeckten sie eine Frau, die an der Brüstung entlanghastete.

»Wir sind dran, wir haben sie«, meldete Flick und spurtete los, um der davoneilenden Gestalt zu folgen, geriet dabei auf dem glatten Fußboden ins Rutschen und wäre um ein Haar hingeschlagen.

»Stopp!«, schrie sie. »Ich sagte stopp!«

Doch die Frau lief weiter.

»Was ist los?«, fragte Millie ins Telefon. »Flick, sagen Sie mir, was passiert ist.«

»Stellen Sie sie auf Lautsprecher«, wies Drake sie an, und kurz darauf waren Flicks hallende Laufschritte und ihr gehetztes Atmen zu hören. Das ganze Team lauschte gebannt und wartete auf die Erfolgsmeldung.

»Ruhe!«, befahl Drake schroff, als jemand etwas sagte.

»Ich bin fast bei ihr«, japste Flick. »Wir sind beinahe da – sie ist umzingelt.«

Und dann hörten sie Eddie im Hintergrund rufen und Flick sagen: »Verzeihung, Madam. Bleiben Sie bitte stehen!« Es folgten Geräusche, die auf ein Gerangel hinwiesen, ein Reißen und Zerren. Danach Stille und erneut Flicks Zurufe. »Stopp! Bleiben Sie stehen – *sofort!*«

»Ist sie es?«, fragte Drake ins Telefon.

Er erhielt keine Antwort, bekam lediglich mit, dass Eddie und Flick und eine dritte Person miteinander redeten. Worüber, das konnte er nicht wirklich verstehen.

»He, Flick, jetzt erklären Sie endlich, was da vor sich geht!«, rief Drake ins Telefon.

Gleich darauf war Flick wieder dran, hörbar außer Atem. »Sie ist es nicht, die Frau ist nicht Tatia.«

Drake drehte sich vom Schreibtisch weg und stieß einen wütenden Schrei aus.

# 50

Nach der gescheiterten Aktion in dem Einkaufszentrum beschloss Drake, sich zum wiederholten Mal das Video der Überwachungskamera im Haus der Langleys anzusehen, solange ihm Tatias Stimme und die Einzelheiten ihrer Unterhaltung noch frisch im Gedächtnis waren.

Während er sein Jackett auszog, rief er die Datei auf und startete sie.

Er sah Bryan Langley über den Boden kriechen und Tatias Spiegelung, die einen Arm vor Carls Brust hielt, um ihn am Betreten der Küche zu hindern.

»Du kennst diese Häuser«, murmelte Drake. »Du warst da schon vorher drin, wie du mir selbst verraten hast. Aber warum?«

Etwas an dieser Aufzeichnung ließ ihm keine Ruhe. Immer wieder zog es ihn zu den Bildern zurück – er war sich sicher, dass irgendein Detail alles erklären würde. Sofern man aufmerksam genug hinsah.

»Erzähl es mir, Tatia.«

Er bewegte den Cursor zum Anfang zurück.

Wenngleich es eine mühselige Arbeit war, dieses ständige Vor und Zurück, arbeitete der Detective sich tapfer durch die Sequenzen. Wanderte schnell vorwärts, um dann in Zeitlupe zurückzugehen. Es war eine bizarre Reise durch den letzten Tag im Leben von Bryan und Samantha Langley.

23 Uhr 14: Samantha Langley blickt zur Kamera hinauf, winkte lachend. Bryan tippt etwas in seinen Laptop. Er dreht den Bildschirm herum, und sie tanzen mit in die Hüften gestemmten Händen. Bryan klappt den Laptop zu, nimmt ihn vom Tisch und verlässt die Küche. Löscht das Licht. Alles wird dunkel. Die Nachtsichtfunktion der Kamera springt an. Als keine Bewegung mehr zu registrieren ist, stellt sich das Gerät aus.

2 Uhr 33: Eine Maus huscht hinter der Spüle entlang, ein winziger Punkt im grünen Licht.

7 Uhr 11: Familienfrühstück. Bryan, der für die Arbeit angezogen ist, stopft sich Toast in den Mund. Samantha füllt Becher mit Saft aus einem Krug, bewirft ihren Mann mit einer Weintraube. Er stolpert rückwärts. Sie bewegt sich zwischen Kücheninsel und Kühlschrank hin und her. Das Öffnen der Kühlschranktür, das Brummen des Motors. Die Kinder gehen. Bryan und Samantha beugen sich über die Spüle, ihre Rücken zur Kamera, beäugen die Hinterlassenschaften der Maus.

Drake hielt die Bilder für einen Moment an und dachte über das nach, was er gesehen hatte. Dann zog er den Cursor an der Zeitleiste entlang, um das Video ein wenig später neu zu starten.

7 Uhr 49: Die Putzkraft trifft ein. Samantha zeigt zu dem Bereich um die Spüle und verlässt den Raum. Die Frau

stellt den Wasserhahn an. Holt Flaschen mit Reinigungsmitteln aus dem Unterschrank der Spüle.

11 Uhr 31: Samantha lehnt sich in den beleuchteten Innenraum des Kühlschranks, dessen Licht ihr Gesicht erhellt. Greift sich einen Joghurtbecher. Wirft die Tür zu. Nimmt eine Banane aus einer Schale. Ein Messer aus einer Schublade. Schneidet sie klein, ebenso Orangen und Äpfel, gibt alles in eine Schüssel.

14 Uhr 12: Samantha sitzt auf einem Hocker, das Handy in der Hand. Sie drückt einen Teebeutel in einem Becher aus. Holt Milch aus dem Kühlschrank. Schaut Richtung Diele, hat vermutlich ein Geräusch gehört. Sie blickt in die Kamera und Drake direkt an, als wollte sie sagen: *Helfen Sie uns.*

Sie verlässt den Raum und kehrt zurück, schiebt die Hocker unter den Tresen, um dem Fensterputzer Platz zu machen. Er ist es nicht gewesen, desgleichen nicht die Putzhilfe.

15 Uhr 56: Sie kommt in die Küche, hat ein Flugblatt in der Hand. Das war es auch nicht, was er suchte.

18 Uhr 17: Samantha bereitet das Abendessen zu. Bryan stellt seinen Aktenkoffer ab, zieht sein Jackett aus. Die Kinder stürmen herein. Er zieht Emily auf sein Knie. Samantha nimmt eine Flasche Limonade aus dem Kühlschrank. Als sie übersprudelt, trägt sie sie zur Spüle und stellt sie hinein. Wieder nichts.

Drake war frustriert. Er fand es nicht. Wonach immer er suchte, dieser flüchtige Hinweis, der förmlich nach ihm schrie, war einfach nicht zu entdecken.

19 Uhr 02: Die Langleys beim Abendessen. Samantha räumt die Teller ab, kniet vor dem Geschirrspüler. Bryan kommt herein und legt sein Handy hin. Samantha fällt ihm in die Arme, sie halten einander fest.

19 Uhr 32: Samantha verlässt die Küche.

21 Uhr 59: Bryan kniet vor dem Schrank unter der Spüle, eine Taschenlampe zwischen den Zähnen. Er nimmt alle Reinigungsmittel heraus. Flaschen, Sprühdosen, Waschmittel, Topfschrubber und Spülmaschinentabs. Quetscht seinen Oberkörper in den Schrank. Kämpft sich wieder raus und reibt sich die Knie.

22 Uhr 21: Bryan schenkt sich ein Glas Wein ein.

3 Uhr 47: Bryan kriecht auf Händen und Knien in die Küche, hinterlässt eine Blutspur. Erschöpft, Minuten vor seinem Tod. Gestalten spiegeln sich in der Terrassentür. Geister im Dunkeln. Carl, Tatia. Bryans Finger, die am Boden kratzen. Und dann bricht er zusammen, und die Geister ziehen sich zurück.

Drake hatte sich die Aufnahme so oft angesehen, ohne eine Antwort zu finden. Dennoch war sie da, und sie war bedeutend. Er wanderte zurück und vor auf der Zeitachse …

*Sie wirft eine Weintraube nach ihrem Mann, und er stolpert zurück …*

*Ein Flugblatt von der örtlichen Kirche …*

*Eine Flasche Wein …*

*Zwei gespiegelte Geister …*

*Sein Oberkörper, in den Unterschrank der Spüle gequetscht …*

*Der Fensterputzer, der mit der Leiter hereinkommt …*

Drake bewegte den Cursor aufs Neue vor und zurück. Auf gut Glück, da er nicht wusste, wonach er suchte. Ein letztes Mal. Instinktiv tippte er 14 Uhr 12 an, die Zeit, die er mehr als alle anderen aufgerufen hatte. Er ließ das Bild ein weiteres Mal laufen.

In dem Moment ging seine Bürotür auf, und Vix Moore kam herein.

»DS Crowley und DC Upson sind zurück, Sir, falls Sie mit ihnen reden wollen?«

»Danke, Vix.«

Er beobachtete Samantha auf dem Barhocker, die mit einem Daumen über ihr Handy wischte, während der Wasserkocher lief. Sie ging zum Kühlschrank, nahm die Milch raus, stellte sie auf die Insel und drückte den Teebeutel in dem Becher aus, um das Aroma freizusetzen. Sie sah auf, richtete das Gesicht zur Diele, vermutlich hatte es geläutet, sah dann hinauf zur Uhr und verließ den Raum.

Er drückte auf Pause, weil DC Moore nach wie vor in der Tür stand.

»Bin gleich unten, Vix.«

Sobald sie gegangen war, blickte er zu dem eingefrorenen Bild – und sah es sofort.

Da auf der Kücheninsel, am Rand des Bildes, das Logo gerade noch entzifferbar, das war es.

Drake starrte hin, und seine Knie zitterten vor Aufregung, bevor er nach dem Telefon griff und Eddie Upsons Nummer wählte. Es klingelte drei-, viermal.

Als Eddie ranging, sagte Drake: »Wie hieß die Mutter von Gareth Walker?«

»Seine Mutter?«, fragte Eddie verwundert. »Meinen Sie Valerie Walker?«

»Rufen Sie sie an. Ich will wissen, ob sich ihr Sohn

seine Einkäufe liefern ließ, und falls ja, von welchem Supermarkt.«

Eddie zögerte, als hätte er ihn nicht verstanden, war indes nicht so dumm, mit Drake zu diskutieren, wenn der in dieser Stimmung war.

»Wird gemacht.«

»Kommen Sie zu mir, sobald Sie es wissen«, beschied ihn Drake und tippte derweil eine Nummer auf seinem Handy.

Eddies Antwort abzuwarten war eine Sache – die Zeit auszuhalten, bis Myra ans Telefon ging, eine andere. »Komm schon, verdammt noch mal«, murmelte er, denn inzwischen scharten sich bereits Flick, Dudley und Millie um seinen Schreibtisch.

Der DI deutete, das Telefon am Ohr, auf die Milchpackung auf der Kücheninsel.

»Was bedeutet das?«, fragte Millie verwundert.

»Es könnte nichts sein oder der Durchbruch …« Ehe er mehr sagen konnte, meldete sich die alte Dame, die nie ihren Namen, sondern ihre Telefonnummer nannte.

»Ich bin es«, sagte Drake hastig.

»Ja, Raymond?«

»Welcher Supermarkt liefert die Einkäufe bei uns?«

»Darum kümmert sich Mercy«, antwortete Myra von oben herab. »Wenn irgendwas nicht in Ordnung ist, musst du mit ihr reden. Anscheinend kann ich neuerdings gar nichts mehr sagen, ohne dass sie sich aufplustert.«

Na toll, Myra war ihm heute anscheinend keine Hilfe.

Die Frage, woher Tatia seine Handynummer kannte, hatte ihn auf eine Idee gebracht. Nämlich, ob nicht vielleicht ein Lieferservice die Verbindung zu den Tatorten herstellte.

»Myra, mach kein Theater. Du hast bestimmt gelegentlich den Lieferwagen gesehen?«

»Bleib dran«, erwiderte sie barsch und rief nach Mercy.

»Ich verstehe nicht, was wir uns da ansehen«, wunderte sich Millie, Flick hingegen nickte.

»Es geht um die Milch, um das Etikett.«

Drake hörte, wie Myra laut mit Mercy diskutierte und schimpfte. Endlos. Wegen einer simplen Auskunft. Warum musste Myra alles derart verkomplizieren?

»Schließlich nahm sie den Hörer wieder auf. »Ja, Raymond.«

»Der Supermarkt, Myra.«

»Sie sagt, das ist Quartley's.«

»Danke.« Er legte auf und tippte auf den Bildschirm. »Da ist ein Quartley's-Etikett. Als wir in dem Haus der Harrows waren, war das meiste Essen im Kühlschrank ebenfalls Quartley's Eigenmarke. Mal sehen, was die Rückfrage bei Mrs. Walker ergibt.« Als er mit dem Cursor auf der Zeitachse hin und her wanderte, sah er unscharf dasselbe Logo auf dem Joghurt und den Reinigungsmitteln, die Bryan Langley aus dem Schrank unter der Spüle hervorgeholt hatte.

Eddie kam ins Büro. »Mrs. Walker sagt, dass ihr Sohn sich alle Einkäufe wöchentlich liefern ließ von …«

Im Chor sprachen sie: »Quartley's.«

»Das ist die Verbindung.« Drake stand auf. »Diese Häuser wurden keineswegs willkürlich ausgesucht. Tatia kannte alle drei Häuser, weil sie den Leuten ihre Einkäufe lieferte.«

# 51

Die Bezirkszentrale von Quartley's befand sich nahe der M11. Es war ein knapp zweitausend Quadratmeter großes Lagergebäude aus Stahl und Beton, ein gewaltiger grauer Metallklotz mitten auf der grünen Wiese. Drinnen waren genug Lebensmittel, um eine Stadt bis zum Jüngsten Tag zu versorgen.

Arbeiter schufteten die Nacht durch, um die diversen Artikel von riesigen Paletten zu beiden Seiten der breiten Gänge zu hieven. Lastwagen kamen rund um die Uhr an und fuhren wieder weg, sieben Tage die Woche. Von hier aus verkehrte auch die Flotte der blau-gelben Vans und Transporter, die Einkäufe an Privathaushalte in London und im gesamten Südosten auslieferten, sowie an Läden und Supermärkte der gehobenen Kategorie. Neben dem Lagerhaus befand sich ein Büroblock aus Stahl und verspiegeltem Glas, der genauso funktional und anonym wirkte. Über dem Eingang prangte das Quartley's-Logo zusammen mit dem berühmten Werbeslogan: *Ihr Geld gespart, Tag für Tag.*

Am Tor wiesen Flick und Eddie sich bei einem Wachmann aus, der sie zu einem Parkplatz hinter dem Bürogebäude dirigierte. Eine nervöse Frau in einem grauen Hosenanzug erwartete sie am Empfang. Nach einem kurzen

Händeschütteln notierte sie die Namen der beiden Beamten und gab ihnen Besucherausweise.

»Ich bin Cathy Tautopolos, Managerin des Lieferdienstes«, sagte sie, »und dies ist Dennis Whooley von unserem Pressebüro.«

Letzterer war ein angespannt wirkender Mann, dessen allzu fester Händedruck Flick beinahe die Fingerknochen brach. Ein bisschen mehr, und sie hätte ihn wegen tätlichen Angriffs drankriegen können.

»Wollen wir?«

Cathy hielt ihren Ausweis gegen ein Lesegerät an einer elektronischen Sperre und führte sie in die Tiefen des Gebäudes, links, rechts und wieder links durch ein Labyrinth von Korridoren, die mit wandhohen Fotos von Salaten, Braten, Käse und Kuchen unter dicken Sahnehauben verziert waren. Sie wanderten vorbei an einem riesigen Bild von einer Flasche bernsteinfarbenen Portweins in den lärmigen Lagerbereich, wo Mitarbeiter Einkaufswagen beluden und Gabelstapler mit gelben Warnlichtern Paletten mit folienverpackten Waren zwischen hohen Regalen umherfuhren – Zucker, Mehl, Cornflakes, Reinigungsmittel und Küchenrollen.

Von irgendwoher dröhnte Popmusik.

»Die Lieferungen machen inzwischen einen großen Teil unseres Geschäfts aus«, erklärte Cathy. »Mich würde es sogar wundern, wenn es in einigen Jahren noch viele Läden gäbe. Die Leute haben einfach nicht die Zeit oder die Lust, ihre Wocheneinkäufe selbst zu erledigen.«

»Das menschliche Element werden wir allerdings trotzdem immer brauchen«, warf Dennis ziemlich gestelzt ein. »Also damit meine ich das Personal im Beratungsbereich und im Einzelhandel.«

»Vielleicht wird ja eines schönen Tages alles von Drohnen geliefert, und kleine Roboter verstauen die Einkäufe«, witzelte Eddie ein. »Dann können die menschlichen Elemente die Füße hochlegen.«

Dennis Whooley bedachte ihn mit einem gleichermaßen irritierten wie missbilligenden Blick.

»Sind wir bald da?«, fragte Flick ungeduldig, weil die gigantische Halle kein Ende zu nehmen schien.

»Sie klingen wie meine Kinder im Auto«, machte Eddie sich über seine Kollegin lustig.

Der Pressemann hingegen war weiterhin um Imagepflege bemüht. »Ich möchte betonen, dass Quartley's voll und ganz kooperiert. Unsere Geschäfte sind so transparent wie irgend möglich.« Ein piepsender Gabelstapler unterbrach sein floskelhaftes, einstudiertes Geschwätz für ein paar Minuten, bevor er anbringen konnte, was ihm vor allem am Herzen lag: »Allerdings möchten wir Sie bitten, den Namen der Firma vorerst nicht gegenüber der Presse zu erwähnen.«

»Was soll denn das heißen?«, erkundigte sich Flick sichtlich ungehalten.

»Dennis«, mischte sich jetzt Cathy in einem nervösen Singsang ein. »Helfen wir doch den Beamten.«

»Es ist ein ungünstiger Zeitpunkt für unsere Marke«, wand er sich. »Angesichts der Gewinnwarnung und so. Dem Einzelhandel geht es derzeit nicht sonderlich gut.«

»Leider liegt solch eine Entscheidung weit über meiner Gehaltsklasse«, brachte Flick ihn auf den Boden der Tatsachen zurück. »Ich bin lediglich für die Ermittlungen zuständig.«

»Da wären wir«, ließ Cathy sich wieder vernehmen und deutete auf eine Tür am Rand der Lagerhalle.

Dennis drängte sich erneut in den Vordergrund und

schützend vor die Tür, als gäbe es dahinter Gott weiß was zu verteidigen.

»Sie sollten anerkennen, dass wir Sie voll und ganz bei Ihrer Ermittlung unterstützen.«

»Sobald Sie das wirklich tun, gerne«, erwiderte Flick süffisant.

»Aber wie gesagt, im Rahmen unserer Kooperation brauche ich Ihre Zusage, dass der Name Quartley's zumindest so lange nicht genannt wird, wie Sie nicht absolut sicher sind, dass es eine Verbindung zu dieser … Person gibt.«

»Da müssten Sie sich an …« Flick schnippte mit den Fingern und sah Eddie an, der jedoch noch weniger über die Polizei-PR wusste als sie. »Wie heißt gleich diese Frau von der Pressestelle? Die Rothaarige?«

»Charlotte Irgendwas«, antwortete Eddie.

»Ich muss wirklich darauf bestehen.«

»Wissen Sie was, Dennis.« Flick trat vor. »Wir werden Folgendes tun. Wir fahren zurück zum Revier und gehen heulend zu unserem leitenden Ermittler, der berühmt ist für seine Reizbarkeit. Und dem sagen wir: Tut uns leid, Sir, Dennis von der PR wollte uns den Namen der Frau nicht verraten, die im Verdacht steht, in eine brutale Mordserie verwickelt zu sein.«

»Eine irre Mörderin möglichweise«, ergänzte Eddie genüsslich.

»Die Wahnsinnige, die in die Häuser von Quartley's-Kunden eingebrochen ist«, echote Flick.

»Und sie totgeschlagen hat.« Eddies Blick fiel auf den Werbeslogan auf Dennis' Ausweis. »*Tag für Tag.*«

»Warten wir ab, wie gut das Ihrer Gewinnwarnung tut«, fügte Flick boshaft hinzu.

Widerwillig gab Dennis sich geschlagen und trat zur Seite.

Sie folgten Cathy in ein kleines Büro, in dem ein rundlicher Mann in einem kurzärmligen Hemd auf die Tastatur eines Computers einhackte.

»Das ist Craig«, stellte Cathy vor, während Dennis hastig eine E-Mail schrieb. »Wir führen über alle unsere Lieferungen Buch. Und das über Jahre. Craig gleicht gerade die Fahrer mit den Lieferungen an die von Ihnen genannten Adressen ab.«

Das Team hatte im Voraus eine Anschriftenliste der fünf Opfer geschickt, einschließlich der Adresse von Douglas und Bailey sowie anderer Häuser, in denen Carl Clarkes Fingerabdrücke sichergestellt worden waren. Craig nahm Papiere aus dem Drucker und reichte sie Cathy, die sie an Eddie weitergab, der sie wiederum Flick in die Hand drückte.

Sie betrachtete die kopierten Lieferscheine. »Und wo ist der Fahrername?«

Craig sprang auf, zeigte auf ein Feld in der oberen rechten Ecke des ersten Blattes. »Die Fahrerin dieses Namens hat alle von Ihnen angegebenen Adressen mindestens einmal in den letzten achtzehn Monaten beliefert. Unter anderen natürlich. Hauptsächlich war sie in Nordlondon unterwegs.«

»Sandrine Ellinger«, las Flick. Auf jedem der Blätter stand derselbe Name: Sandrine Ellinger, Sandrine Ellinger, Sandrine Ellinger. »Wie lange arbeitet sie schon als Fahrerin?«

»Fast zwei Jahre.«

»Und wie viele …«

»In der Zeit?« Craig überlegte. »Das müssten an die dreitausend Lieferungen gewesen sein.«

Von der Tür her hörte man Dennis stöhnen.

»Arbeitet sie heute?«

»Sie fährt gerade ihre Tour ab.« Cathy blickte zur Uhr an der Wand. »Gegen sechs sollte sie wieder hier sein.«

Eddie schob Dennis aus dem Weg und ging nach draußen, um auf dem Revier anzurufen.

»Was ist das für eine Nummer?«, fragte Flick und deutete auf eine Handynummer, die auf allen Blättern stand.

»Das ist ihre«, antwortete Cathy leicht beklommen.

»Wir werden Folgendes tun«, erklärte Flick. »Wir beordern mehr Beamte her, und dann rufen Sie sie an und sagen ihr, dass sie zurückkommen soll. Und wir brauchen ihre Privatanschrift.«

# 52

Tatia konnte sich nie Songtexte merken, doch heute Nachmittag drehte sie trotzdem das Radio im Van laut auf und sang so gut mit, wie sie konnte. Es war ein herrlicher Tag. Die Sonne schien, es war warm, aber nicht stickig, denn es ging eine angenehm frische Brise.

Wie schnell sich alles änderte!

Vor Tagen erst waren Joel und sie noch in einer unmöglichen Lage gewesen, praktisch Gefangene eines gestörten Mannes, der zum Vergnügen mordete. Und jetzt? Jetzt war Carl fort, und aller Schrecken und alle Angst waren ihr von den Schultern genommen.

Ihr bisheriges Leben war ein einziger Kampf gewesen. Sie hatte nichts als Lieblosigkeit, Ausbeutung und Gewalt kennengelernt, war sogar gezwungen gewesen, sich mit *sehr schlechten* Menschen einzulassen, um das Fundament für eine glückliche Zukunft zu legen. Dennoch hatten sich all die Opfer, die sie gebracht, und die Narben, die sie davongetragen hatte, am Ende ausgezahlt. Schließlich war sie zu Hause und frei.

Trotzdem würde sie nie vergessen, dass sie entsetzliche Dinge mit angesehen und getan hatte. Einige nagten an ihr. Gut, das mit Carl war Notwehr gewesen, damit konnte sie zur Not leben. Schlimmer war, dass sie sich verantwortlich fühlte für die Morde, die Carl an völlig Unschuldigen begangen hatte. Immerhin war sie es gewesen, die in diese Häuser reingewollt hatte.

Auch die Sache mit Darejan Dolidze belastete sie. Bei all seinen vielen Fehlern hatte sie ihn gemocht – anfangs war er nämlich sehr nett zu ihr gewesen. Aber was hätte sie tun sollen, nachdem er sie gelinkt hatte. Eigentlich bestand zwischen ihnen ein Deal. Sie half ihm bei seinen schmutzigen Geschäften, und im Gegenzug würde er ihr einen Pass besorgen, damit sie ganz offiziell nach England ausreisen konnte. Und dann brach er sein Versprechen. Weigerte sich, sie gehen zu lassen, und behielt den Pass ein. Und daraufhin hatte sie, um sich selbst zu schützen und ihre Interessen zu schützen, der Polizei einen Tipp wegen des geplanten Raubüberfalls gegeben. Ja, ihr war klar, dass man ihn niederschießen würde, wenn man ihn auf frischer Tat ertappte, und das tat ihr leid. Andererseits war es eine Art Notwehr gewesen, um sich von ihm zu befreien.

Jetzt, nachdem sie ebenfalls frei war von Carl, würde sie sich nie wieder etwas zuschulden kommen lassen. Sie musste bloß aufpassen, dass die Polizei sie nicht fand und sie aufgrund ihrer DNA doch noch belangte. Der Detective heute am Telefon hatte nicht so geklungen, als würde man sie einfach laufen lassen.

Dabei könnte alles so schön sein.

Poppy hatte sich bei ihr entschuldigt und war bereit, sie als Familienmitglied zu akzeptieren, und würde ihr helfen, Joel gesund zu pflegen. Vielleicht fand sie ja eine hübsche kleine Wohnung in der Nähe von Poppys Haus, sodass man sich regelmäßig sehen und sie gelegentlich auf Gabriel aufpassen konnte. Sie würde mit dem Jungen Schach spielen, Kinderfilme anschauen und Eis essen, Museen und Galerien besuchen und auf Abenteuerspielplätze gehen. Und eines Tages würde sie hoffentlich einen netten Ehemann finden und selbst Kinder haben. Von so etwas hatte sie bisher nicht einmal zu träumen gewagt – nun hingegen schien alles möglich.

Tatia seufzte. Sie hatte die Lieferadresse erreicht und stellte den Motor ab. Als sie die Kisten auf die Sackkarre hievte, merkte sie, dass die Temperatur gefallen und ein böiger Wind aufgekommen war. Eine frische Brise, die die alten Schrecken davonblies.

Sie nahm es als gutes Omen.

An der Tür überprüfte sie die Lieferung ein letztes Mal. Es hatte ein paar Änderungen gegeben, die sie dem Kunden mitteilen musste. Anstelle von Blumenkohl bekam er ein Paket Grünkohl und Quartley's scharfe Chicken Wings anstelle von Piri-Piri-Hühnchen. Dann läutete sie.

Während sie wartete, musterte sie die Kiste mit den Waren. Lauter teure Sachen. Bestes Fleisch und Fertiggerichte der Luxusklasse, Biogemüse, exotische Früchte, erlesene Weine.

Als die Tür geöffnet wurde, lächelte Tatia. »Guten Tag, Madam!«

Die Kundin hatte das Telefon an ihrem Ohr und nickte zum Flur, widmete sich sodann gleich wieder ihrem Gespräch.

»Er spricht von einer kurzen Auszeit«, sagte sie und entfernte sich.

Tatia erinnerte sich vage, in dieser Straße bereits ausgeliefert zu haben. Bei Tausenden Haushalten im Laufe der

Jahre verschwammen sie allerdings in ihrem Kopf zu einem Einheitsbrei.

Die Frau, laut Lieferschein eine Julia Henry, war klein und hatte langes blondes Haar, wie es eigentlich zu einer viel jüngeren Frau passen würde. Sie trug Leggings, Glitzerballerinas und ein Top, dessen tiefer Rückenausschnitt den Blick auf ein Tattoo von einer sich windenden Schlange freigab. Sie machte keine Anstalten, beim Reintragen zu helfen. Manchmal halfen ihr die Kunden, manchmal nicht.

Tatia nahm zwei Plastiktaschen in jede Hand – sie hatte inzwischen Hornhaut an den Fingern von den dünnen Griffen, die übel ins Fleisch schnitten – und lief den Flur hinunter, rempelte versehentlich eine Kommode an, sodass die Flaschen klirrend gegeneinanderschlugen.

»Passen Sie auf die Wände auf!«, rief die Frau, ehe sie sich wieder ihrem Telefonat zuwandte. »Er glaubt, dass er sich einfach so eine Entschuldigung kaufen kann …«

In der Küche war ein Fernseher in die Wand eingelassen, in dem eine stumm geschaltete Talkshow lief. Tatia stellte die Taschen auf den Tisch, aber Mrs. Henry deutete auf den Boden und verschwand erneut, während Tatia nach und nach alles aus dem Auto heranschleppte. Jetzt noch den Lieferschein abgeben und der Kundin mitteilen, dass zwei Artikel durch andere ersetzt worden waren, dann war sie hier fertig. Leider war die Dame des Hauses nirgends zu entdecken.

Tatia machte sich auf die Suche.

Als sie ins Wohnzimmer spähte, blieb sie mit glänzenden Augen stehen. Sie hatte ja viele elegante und teure Einrichtungen bei ihren nächtlichen Streifzügen gesehen, dieser Raum jedoch war genauso, wie sie es gerne für sich selbst hätte. Wuchtige Sessel mit Samtpolstern und ein

L-förmiges Sofa, auf dem sich Kissen stapelten. Auf einem Tisch standen hohe Kerzen in edlen Leuchtern. In einem riesigen Kamin waren ordentlich Scheite aufgestapelt, und darüber hing ein großer Spiegel. Seltsame eiförmige Skulpturen standen auf schwebenden Walnussregalen, und ein Riesenfernseher – der größte, den Tatia je gesehen hatte – nahm eine komplette Wand ein.

Sie setzte sich auf das Sofa, um auszuprobieren, ob es so bequem war, wie es aussah. Ja, war es. Seufzend sank sie in die weichen Polster, denn nach dem langen Kistenschleppen war sie rechtschaffen müde. Sie griff nach einem Lifestylemagazin, das auf dem Couchtisch lag, und blätterte in den Hochglanzseiten, betrachtete die dort abgebildeten Häuser. Darunter verblüffende Konstruktionen, die auf Stelzen an Stränden standen, sich an Klippen oder sonnengebleichte Hügel schmiegten, Penthousewohnungen hoch über der Stadt. Bis zur Decke reichende Türen öffneten sich zu Veranden, die aufwändiger möbliert waren als die meisten Wohnzimmer, Freitreppen schwangen sich in riesige Hallen, türkisblaue Swimmingpools erweckten die Illusionen von Südseelandschaften. Jedes dieser Häuser musste Millionen kosten.

Dennoch empfand Tatia keinen Neid.

Alles war traumhaft schön, wirkte aber seelenlos, weil man keine Menschen sah, die die Räume mit Leben erfüllten. Da hatte Tatia etwas viel Besseres, worauf sie sich freuen konnte. Eine Familie. Sie presste die Hand auf die Brust, die ihr schwer wurde von all den beglückenden Gefühlen, die bei diesem Gedanken auf sie einstürmten.

»Was zum Teufel machen Sie hier?«

Erschrocken zuckte Tatia zusammen und ließ die Zeitschrift fallen.

Sie hielt Mrs. Henry den Lieferschein hin. »Sie haben Grünkohl statt Blumenkohl.«

»Raus aus meinem Haus!«

Als die Tür hinter ihr zugeknallt wurde, war Tatias gute Laune ein klein wenig getrübt, wenngleich nur geringfügig. Schließlich würde sie heute Abend mit Joel zu Poppy gehen und damit ein neues Leben beginnen. Was scherte sie da eine unverschämte Kundin! Während sie die leeren Kisten von der Sackkarre zurück in den Van verfrachtete, klingelte ihr Handy. Die Büronummer.

»Ja«, meldete sie sich, »Sandrine hier.«

»Sandrine, hier ist Cathy. Wie läuft's bei Ihnen? Alles in Ordnung?«

»Ja, alles bestens, Cathy.« Tatia zögerte, sie hatte ein komisches Gefühl, weil ein solcher Anruf völlig unüblich war. »Was gibt's?«, erkundigte sie sich deshalb argwöhnisch.

»Nun wir haben da ein kleines Problem«, erhielt sie vage zur Antwort.

»Problem?«

»Ja, bei einer der letzten Lieferungen ist offenbar was durcheinandergeraten. Wir müssen Sie bitten zurückzukommen. Es ist nicht Ihr Fehler …«

»Ich soll zurückkommen?«

»Ja, der Computer hat wohl gesponnen, ich verstehe es selbst nicht so ganz, ehrlich gesagt.«

Tatia spürte, dass Cathy nervös war. Zudem war da ein leichtes Echo, als würde sie den Lautsprecher angestellt haben, damit andere mithören konnten.

»Ich denke, dass es, ähm, ein Problem mit den Lieferunterlagen ist, dass die Daten falsch sind.«

Tatia stieg in die Fahrerkabine, nahm ihr Klemmbrett und ging die Formulare durch.

»Welche Daten, Cathy? Bisher hat sich niemand beschwert. Sagen Sie mir, um welche es geht, und ich überprüfe sie noch mal.«

»Bitte.« Cathy schlug jetzt einen schärferen Ton an, der Tatia vollends stutzig machte. »Das ist … Die Anweisung kommt von oben, ich gebe sie lediglich weiter. Also, kommen Sie bitte zurück ins Büro.«

»Natürlich, Cathy.«

Reglos saß sie hinterm Steuer, und eine dumpfe Furcht kroch in ihr hoch. Sie spürte Gefahr – und auf ihren Instinkt hatte sie sich bisher immer verlassen können.

Trotzdem würde ihr nichts diesen Tag vermiesen.

Nichts.

# 53

Sie stellte den Van ein paar Straßen von ihrer armseligen Wohnung entfernt ab und ging das letzte Stück zu Fuß. Bei jedem Sirenengeheul, jedem Hupen, jeder plötzlichen Bewegung zuckte sie zusammen, hielt Ausschau nach Streifenwagen, die plötzlich auf sie zurasten, ihr den Fluchtweg in alle Richtungen abschnitten.

Tatia rief sich zur Ordnung.

Warum machte sie sich verrückt wegen einer Ahnung, eines Gefühls? Zugegeben, ihr innerer Alarmsensor hatte ihr in der Vergangenheit gute Dienste geleistet, sich allerdings ebenfalls schon mal geirrt. Sie blieb auf dem Gehweg stehen, zog kurz entschlossen die Quartley's-Weste aus und stopfte sie in eine Mülltonne.

Dann versuchte sie ihre Situation zu analysieren, was ihr schwerfiel, weil sie so durcheinander war.

Das Beste, was ihr passieren könnte, wäre, wenn sie alles falsch verstanden hätte, was sie eigentlich jedoch nicht glaubte. Paranoia hin oder her, Tatia fürchtete ernstlich, dass sie aufgeflogen war, dass die Polizei inzwischen entdeckt hatte, wer Sandrine Ellinger in Wirklichkeit war. Und dann würde es sehr schwierig werden.

Aber es durfte einfach nicht sein, dass ihr so kurz vorm Ziel alles weggenommen wurde. Das Glück war schließlich zum Greifen nahe – nicht mehr lange, und ihr scheinbar unmöglicher Traum würde wahr werden. Tatia würde diese wunderbare Zukunft nicht kampflos aufgeben und stattdessen ins Gefängnis gehen.

Sie ging weiter, vorbei an Wohlfahrtsläden, Nagelstudios und Imbissbuden. Ihr war klar, dass die Polizei, falls sie wusste, wo sie arbeitete, inzwischen ihre Adresse kannte. Dennoch musste sie noch einmal zurück in die Wohnung, denn Joel wartete dort auf sie.

An der Straßenecke blieb Tatia stehen, um die Straßenhändler zu beobachten: die Gemüse- und Fischverkäufer und die Standbetreiber, die billige Spültücher und Reinigungsprodukte verkauften, Fußballtrikots und Handyhüllen. Der Vorhang am Fenster ihrer Behausung über dem Ein-Pfund-Shop war wie immer geschlossen. Misstrauisch musterte sie die Gesichter der Passanten, die vor dem Haus herumlungerten, ob jemand nach Polizei aussah, und hielt nach Streifenwagen Ausschau.

Nur würde die Polizei vermutlich nicht wie in alten Actionfilmen mit heulenden Sirenen und Blaulicht angerast kommen. Nein, sie würden still und leise vorgehen, keine Uniformen tragen und stinknormale Autos benutzen, um so wenig Aufsehen wie möglich zu erregen.

Und genau das musste auch Tatia tun.

Also schlenderte sie gelassen über die Straße, ignorierte die Rufe der Händler, stieg vorsichtig über die Generatorkabel und achtete darauf, niemandem in die Augen zu sehen. Mit zitternden Händen schloss sie schließlich die Tür auf und rannte die Treppe hinauf und stürmte in die Wohnung.

»Joel! Joel!«

Drinnen war es stickig und dunkel. Der geschlossene

Vorhang diente dazu, das Sonnenlicht von Joels lichtempfindlichen Augen fernzuhalten, verhinderte jedoch zugleich, dass frische Luft hereinkam. Das Zimmer war leer. Tatia wunderte sich – Joel hatte versprochen, nicht das Haus zu verlassen.

Sie fand ihn unter der schmutzigen, bestenfalls tröpfelnden Dusche, und ihr fiel ein, dass sie ihn gebeten hatte, sich zu waschen, bevor sie zu Poppy gingen. Sein ausgemergelter Körper mit den vorstehenden Rippen und den deutlich sichtbaren Sehnen, die sich Aalen gleich unter der schlaffen Haut wanden, sah in dem grellen Neonlicht beinahe durchsichtig aus. Sie zog ihn aus der Dusche.

»Zieh dich an, kleiner Bär. Wir müssen los.«

Langsam richtete er seinen Blick auf sie. »Wohin?«

»Zu Poppy«, antwortete sie möglichst unbekümmert. »Hast du das vergessen? Jetzt wird alles gut, du wirst sehen.«

Sie hob seine Socken vom Boden auf.

»Heb deinen Fuß an.« Er reagierte nicht. »Mach schon, Liebling, deinen linken Fuß.«

Er sackte gegen die Wand, sodass sie ihm die Socken anziehen konnte.

»Ich will nicht hingehen«, flüsterte er.

»Unsinn.« Tatia streifte ihm die Unterhose über die eingefallenen Lenden. »Sie ist deine Schwester, und sie liebt dich.«

»Ich mag sie nicht, sie ist nicht nett.«

»Warum sagst du das auf einmal? Wir werden so ein tolles Leben haben, Joel.«

»Ich sehe dich nicht.« Er blickte über ihren Kopf hinweg. »Will ist da, du nicht – nicht wenn ich die Klippe sehe.«

Offensichtlich war er verwirrt, doch sie konnte darauf keine Rücksicht nehmen.

»Bitte, Liebling.« Sie drückte ihm seine restlichen Sachen, die ebenfalls klamm waren, weil er sie einfach auf den nassen Boden geworfen hatte, in die Arme. »Beeil dich, wir müssen bald los.«

»Warum bist du nicht da?«, fragte er, aber Tatia eilte bereits nach nebenan, um hastig Kleidungsstücke in eine raschelnde Quartley's-Plastiktüte zu stopfen.

Dann trat sie ans Fenster, schob den Vorhang zur Seite und ließ ihre Blicke über den Markt und die Straße schweifen, ohne etwas Verdächtiges zu bemerken. Tatia hoffte, dass ihre dunklen Ahnungen sie trogen.

Als sie ins Bad zurückeilte, hatten sich Joels Arme hoffnungslos in seinem Pullover verfangen.

»Ach, kleiner Bär.« Sie half ihm, den Pulli über seinen Kopf zu ziehen.

»Ich sehe dich nicht«, wiederholte er.

»Lass es gut sein, Joel«, bat sie ihn sanft. »Ich war dort, ich bin schuld an Wills Tod, das werde ich mir nie, niemals verzeihen.« Sie legte die Hände auf seine Schultern, empfand unendliches Mitgefühl mit diesem Schatten von einem Mann. »Und jetzt beeil dich, wir müssen los.«

Sie führte ihn nach unten, achtete darauf, dass er sich am Geländer festhielt, und dirigierte ihn in das lärmige Gewimmel der Straße. Überall wurde geredet und gerufen, Menschen liefen vorbei, laute Musik tönte aus einem Laden, der sich auf alte Schallplatten spezialisiert hatte. Sie schoben sich durch das Gedränge, und je länger sie unterwegs waren, desto sicherer wurde Tatia, dass keine Polizei ihr auflauerte. Sie beschloss Joel etwas Süßes zu kaufen, um ihm Energie zuzuführen. Seit er die furchtbaren Szenen im

Haus der Langleys mit angesehen hatte, baute er körperlich und seelisch zunehmend ab. Deshalb war es wichtiger denn je, dass sie zu Poppy gingen, der einzigen Person, die ihm helfen konnte.

Sie stand gerade in einem Laden, um Schokolade und einen Softdrink für Joel zu kaufen, als sich ihre Augen entsetzt weiteten.

Draußen schlichen schwarze Gestalten vorbei und sammelten sich vor ihrem Haus.

»Dürfte mein Bruder bitte die Toilette benutzen?«, fragte sie die Kassiererin. »Er ist krank, wissen Sie.«

Das Mädchen betrachtete Joel, dessen Klamotten samt und sonders feucht wirkten, und zeigte nach hinten.

»Vielen Dank.«

Rasch packte Tatia Joels Arm und schob ihn vor sich her, vorbei an der Toilette in einen Lagerraum und von dort aus durch den Hinterausgang ins Freie. In einen Hof, wo die Polizei sie vorerst kaum suchen würde.

Was auch geschah, sie würde bei Joel bleiben und ihn nie wieder verlassen.

# 54

## Sieben Wochen nach Will

Joel warf die Beine so hoch, wie er konnte, und schrie vor Freude.

Er liebte das Flattern und Kribbeln in seinem Bauch, wenn er über das Gras flog, schwang immer höher, bis der Garten umzukipppen drohte, sah den blauen Himmel, den grünen Rasen, dann wieder den blauen Himmel.

Sarah lachte und klatschte in ihre Hände. »So hoch, Joel!«, rief sie. »So hoch!«

»Bist du bereit?«, fragte er.

Diesen Teil mochte er besonders. Gemeinsam sangen sie jetzt den Kinderreim. *»Ringel, Ringel, Reihe, wir sind der Kinder dreie, sitzen unterm Hollerbusch, und machen alle …«*

Sarah reckte die Arme in die Höhe. *»Husch, husch, husch!«*

Und dann warf Joel sich in die Luft, versuchte zu fliegen. Das Schaukelbrett verdrehte sich unter ihm, als er abhob, die Ketten schlugen zusammen, und Joel wusste, dass er gleich auf dem Gras landen und sich herumrollen würde. Bestimmt war es der höchste und weiteste Sprung von allen.

Begleitet von Sarahs Jubel, rannte Joel zurück zur Schaukel, um gleich wieder aufzusteigen. All seine bisherigen Sprünge waren nur Übungen gewesen, der nächste würde der weiteste sein, das fühlte er. Doch als er sich lang machte, um Schwung zu holen und Tempo zu gewinnen, unterbrach seine Mutter den Spaß.

»Tatia!«, rief sie. »Kannst du bitte reinkommen?«

Sie machte Joels großen Moment kaputt, seinen Monstersprung. Als Sarah wieder in sein Sichtfeld schwang, bemerkte er, dass sie ängstlich zum Haus schaute und gar nicht auf ihn achtete.

»Tatia«, wiederholte seine Mutter.

»Guck zu mir hin«, verlangte Joel und schwang sich nach oben, bis das vertraute Kribbeln einsetzte.

»Tut mir leid, kleiner Bär.« Sarah wusste nicht, wohin sie sehen sollte. »Ich muss …«

»Nein!«

Er blickte finster zu seiner Mutter hinüber, die ihre Strickjacke fester um sich zog. Sie verdarb alles.

»Geh weg!«

»Tatia, kannst du reinkommen?«

Die Schaukel zitterte, als könnte sie Joels Wut fühlen, und die Ketten ruckten. Einen schrecklichen Moment lang fürchtete er, sie könnten sich verdrehen und seinen Sprung bremsen.

»Siehst du, wie hoch ich komme, Sarah? Guck mal, wie weit!«

»Sehr hoch, Joel! Du fliegst fast«, sagte sie und zwang sich zu einem Lächeln.

»Tatia!«

Bei jedem Schwung sah er seine Mum an der Tür, die Arme fest verschränkt, und Sarah, die abwechselnd zu ihr und zu ihm blickte und plötzlich zu singen begann.

*»Ringel, Ringel, Reihe, wir sind der Kinder dreie, sitzen unterm …«*

»*Hollerbusch!*«

»Tatia!«, rief seine Mutter.

»*Und machen alle …*«

»*Husch, husch, husch!*« Joel warf sich nach vorn und landete mit den Füßen voran im Gras.

»Das war ein guter Sprung, Joel.« Sarah klatschte begeistert. »Dein bester bis jetzt.«

»War er?« Er suchte nach dem Abdruck seiner Füße auf dem Rasen.

»Tatia!«

»Hör auf, sie so zu nennen!«, schrie Joel seine Mutter an. »Sie heißt Sarah.«

»Ich muss gehen«, sagte seine Schwester betrübt. »Sie möchten … mit mir reden.«

»Nein!«, jammerte Joel, rannte zurück zur Schaukel und wollte, dass sie ihn wieder hoch in den Himmel hinauftrug.

Er verstand nicht, warum seine Eltern schon wieder mit Sarah reden wollten. Eine Menge Leute waren in letzter Zeit bei ihnen ein und aus gegangen. Immer hatten sich die Gespräche darum gedreht, was mit Will passiert war. Jetzt waren erneut Fremde da.

»Ich komme wieder«, versprach Sarah. »Und dann zeige ich dir, wie man springt, denn ich bin die beste Springerin der Welt.«

»Bist du gar nicht«, widerspach Joel und kletterte ein weiteres Mal auf das Schaukelbrett, stieß sich mit den Füßen auf der harten Erde ab. »Beeil dich!«

Sie zögerte, während er leise vor sich hin zu singen begann: »*Ringel, Ringel, Reihe …*«

Sarah winkte ihm verhalten zu und entfernte sich.

»Warte.«

Joel überkam mit einem Mal eine eigenartige Panik. Seit

dem Unfall lief es komisch zwischen seinen Eltern und seiner Adoptivschwester. Seine Mutter wich sogar jeder Berührung aus wie eben jetzt und nannte sie nicht einmal mehr bei dem Namen, den sie ihr selbst gegeben hatten. Nachdenklich schaute er ihnen nach, als sie durch die Hintertür im Haus verschwanden.

Die Lust am Schaukeln war ihm vergangen, er saß einfach da und träumte vor sich hin.

Als er nach einer Weile zum Wohnzimmerfenster hinüberspähte, sah er dort niemanden. Dabei waren gerade noch so viele Leute in dem großen Raum gewesen. Joel schlich sich näher ran, um besser sehen zu können, und entdeckte seine Mutter, die mit dem Rücken zu ihm in einem Sessel saß. Als er zu ihr nach drinnen ging, bemerkte er, dass ihr Tränen übers Gesicht liefen.

»Mummy?«, fragte er. »Mum?«

Ein kalter Lufthauch wehte durch die offene Haustür herein. Joel hörte einen Automotor, und sein Bauch, der auf der Schaukel vor Freude gekribbelt hatte, zog sich jetzt vor Angst zusammen.

Er wollte zur Tür hinaus, wurde aber von Poppy, die gerade hereinkam, zurückgehalten.

»Joely, bleib hier!«

Schnell duckte er sich unter ihren Armen durch und lief nach draußen, sah einen Wagen davonfahren. Mit ihr. Sein Vater stand an der Straße und blickte dem Auto nach.

»Nein!«

Joel stürmte los, wich den ausgestreckten Armen seines Vaters aus und jagte mit wild klopfendem Herzen dem Wagen nach, in dem Sarah zwischen zwei Unbekannten auf der Rückbank saß und sich zu ihm umdrehte. Ihre Hände waren gegen die Heckscheibe gepresst, und sie lächelte.

»Sarah!«, schrie er aus Leibeskräften, doch der Wagen entfernte sich zunehmend schneller und trug seine Schwester fort. »Sarah! Sarah!«

Joel hörte nicht auf, ihren Namen zu schreien. Nicht, als der Wagen längst seinen Blicken entschwunden war, und auch nicht, als sein Dad die Arme um ihn schlang und von Sarah nichts mehr übrig war als die Erinnerung an ein trauriges Lächeln.

# 55

**Heute**

Ray Drake wartete, bis die anderen Beamten Tatias Wohnung verlassen hatten, bevor er selbst reinging.

Der Netzvorhang vor dem einzigen Fenster starrte vor jahrzehntealtem Schmutz, die Scheibe war verdreckt. Von unten drangen die Gerüche des Walthamstow Market herein. Es roch nach Hamburgern, rohem Fisch und der künstlichen Zitrusnote billiger Lufterfrischer, vermischt mit den im Zimmer wabernden Ausdünstungen eine brutale Mixtur. Hygiene und Körperpflege war hier offenbar nicht großgeschrieben worden.

Drake sah sich um. Es gab ein Doppelbett und ein Sofa, einen Tisch, ein paar Stühle, mehr nicht. Kleidung lag auf dem Boden verstreut, außerdem jede Menge Trödel und mittendrin ein paar Dinge von Wert, vermutlich Andenken an die Häuser, in die sie eingebrochen waren.

Er folgte dem Geräusch eines Lüftungsventilators, das einem rasselnden Husten ähnelte, in ein winziges Bad mit einer fleckigen Toilette, einem Waschbecken und einer altersschwachen Dusche. Wasser tropfte aus dem schimmligen Duschkopf, ein Handtuch lag auf dem nassen Linoleumboden.

»Sir.« Millie Steiner, die ihm gefolgt war, hielt ein kleines rotes Kassenbuch in die Höhe.

Drake nahm es entgegen und blätterte. In sauberer Handschrift waren darin lauter Adressen notiert. Hausnummern, Straßennamen, Postleitzahlen, die sich über Nordlondon und die Viertel südlich der Themse erstreckten.

»Die Adresse der Langleys habe ich ebenso entdeckt wie die der anderen Opfer«, sagte Millie und beugte sich vor, um die Seite aufzublättern.

Der DI warf einen genaueren Blick auf die Liste. »Die Häuser sind in keiner erkennbaren Reihenfolge aufgeführt. Was glauben Sie, wie viele es sind?«

»Mehrere Dutzend mindestens«, schätzte Millie. »Haben Sie die Bemerkungen bei einigen Adressen gesehen?«

»Ja, sorgfältig ausgespäht.« Drake las laut vor: »Alarmanlage, Seiteneingang, am Wochenende leer, Schlüssel in der Tür, Fenster offen. Beachtlich. Und dann sind da teilweise noch Kreuze neben den Adressen. Vermutlich sind das die Häuser, denen sie schon einen Besuch abgestattet hatten.«

»Ich könnte sie mal mit gemeldeten Einbrüchen abgleichen«, schlug Millie vor.

»Gute Idee.« Drake nickte zustimmend. »Wo ist Flick?«

»Auf dem Weg hierher.«

»Okay.«

Flick hatte ihn bereits davon in Kenntnis gesetzt, was in der Quartley's-Zentrale abgelaufen war und dass Tatia von ihrer Liefertour nicht zurückgekehrt war.

Drake wandte sich wieder dem roten Buch zu und entdeckte eine Adresse in Crouch End, die ihn beunruhigte.

»Sagen Sie Kendrick, er soll ein paar Leute zum Haus von Poppy Mallory schicken.«

»Ich dachte, sie hat jeglichen Schutz abgelehnt.«

»Hat sie, trotzdem … Ich habe so ein dummes Gefühl. Aber schicken Sie Zivilbeamte, keine Uniformierten, und schärfen Sie ihnen ein, sich diskret zu verhalten.«

Erneut bimmelte das Handy in seiner Tasche. Er holte es heraus und meldete sich mit »Moment bitte«.

»Sicher doch, Ray«, sagte Sam Wylie am anderen Ende.

Drake hielt das Gerät an die Schulter und wandte sich an Millie, die soeben das Notizbuch in eine Beweismitteltüte fallen ließ.

»Bringen Sie das ins Büro und lassen Sie es kopieren. Ich will, dass bei jeder Adresse nachgefragt wird, angefangen mit den angekreuzten, ob es irgendwelche Einbrüche gab. Es kann gut sein, dass Tatia und Carl dort waren, selbst wenn vielleicht nichts gemeldet wurde wie bei unserem netten Männerduo.«

»Zu allen Adressen?«

»Jeder einzelnen, und zwar so schnell wie möglich. Ich vermute nämlich, dass wir Carl Clarkes Leiche in einem dieser Häuser finden.«

Er folgte ihr die schmale Treppe hinunter und nickte den Forensikern zu, die unten darauf warteten, dass sie in die Wohnung konnten.

»Sie gehört ganz euch«, sagte er und verzog sich in eine etwas ruhigere Ecke, um mit Wylie zu reden. »Also, Sam, ich höre.«.

»Heute ist unser Date, Ray«, erklärte Wylie umstandslos.

»Unmöglich. Nicht heute Abend.« Drake duckte sich unter einem Absperrband durch. »Ich habe zu viel zu tun.«

»Also ehrlich, Ray, Sie haben es versprochen. Uns steht lediglich ein einziges Zeitfenster zur Verfügung, und das ist heute Abend.«

Drake blickte auf seine Uhr. »Es gibt neue Entwicklungen in einem Fall, an dem ich arbeite. Ich kann nicht einfach alles stehen und liegen lassen.«

»Wozu leitet man eine Mordkommission, wenn man nicht mal zwischendurch außerhalb des Büros arbeiten kann?«

Drake marschierte vor dem Fenster des Ein-Pfund-Ladens auf und ab, ließ seinen Blick über den belebten Markt schweifen und erwartete halbwegs, Tatia hinter einem der Stände lauern oder durch das Gedränge huschen zu sehen. Reines Wunschdenken, denn da es hier von Polizisten nur so wimmelte, war es höchst unwahrscheinlich, dass sie sich in der Nähe aufhielt. Wenn sie schlau war, plante sie inzwischen ihre Flucht, vielleicht zurück nach Tiflis, um weg zu sein, bevor Alarm an Häfen und Flughäfen ausgelöst wurde. Andererseits hatte Tatia zu lange darauf hingearbeitet, zurück nach London zu kommen, als dass sie einfach so von hier verschwand. Gab es vielleicht einen Mittelweg?

»Ray, sind Sie noch dran?«

»Ja, bin ich.«

»Heute Abend, Ray. Ich komme und hole Sie ab. Geben Sie mir ein bisschen Spielraum, ich weiß nicht, wann ich genau da sein kann.«

*Nenn ihm eine exakte Uhrzeit,* sagte die vertraute Stimme. *Und lass uns das zu Ende bringen.*

»Ja, okay.«

»Guter Mann«, lobte Wylie.

Ray Drake spürte, dass irgendetwas eskalierte – und dass er auf die eine oder andere Weise mit drinhing.

# 56

Tim ließ seinen Aktenkoffer neben der Haustür fallen, hängte seine Jacke auf und lauschte.

Im Haus war es still. Poppy musste mit Gabriel irgendwo anders sein, was ihn verwunderte. Seine Frau war ein Gewohnheitsmensch und achtete stets darauf, dass der Junge an jedem Tag zur selben Zeit sein Essen bekam.

»Poppy?«

Er ging in die Küche, die sie, genau wie den Rest des Hauses, vor ihrem Einzug hatten renovieren lassen. Ein irrwitzig teures und langwieriges Unterfangen. Tims Meinung nach wäre es billiger und schneller gewesen, ein neues Haus zu bauen. Aber das hatte Poppy nicht gewollt, sie zog den viktorianischen Charme vor und hatte die Bauarbeiter mit ihrer Entschlossenheit an die Grenzen ihrer Belastbarkeit getrieben.

Alles musste genau so gemacht werden, wie sie es sich ausgemalt hatte.

Tim schenkte sich ein Glas Saft ein und stutzte: Auf einem Stuhl lag Poppys Tasche. Mit Schlüssel und Handy. Die Entdeckung stimmte Tim nachdenklich. Wenn er eines genau wusste, dann das: Niemals, wirklich nie, würde seine Frau einen Schritt aus dem Haus machen, ohne ihr Telefon mitzunehmen.

Die tief stehende Sonne fiel durch die Scheiben des Wintergartens und heizte ihn auf. Tim nahm eine Gießkanne und goss die Blumen, rief immer wieder Poppys Namen. Plötzlich hörte er etwas, einen leisen Laut, vermutlich aus dem Keller, denn die Tür nach unten stand offen, und es drang Licht herauf.

»Poppy!« An der Treppe stehend spähte er nach unten und lauschte, hörte es jetzt klar und deutlich.

»Hier unten.«

Zwei Stufen auf einmal nehmend, hastete er die schmale, steile Treppe hinunter

Er entdeckte seine Frau als Farbschemen hinter einer der vielen Plastikplanen, die Poppy hatte aufhängen lassen, um ihm zu demonstrieren, wie viele Räume man hier unten abteilen könnte: eine Sauna, einen Fitnessraum, einen Pool, einen Partykeller, ein Spielzimmer und anderes mehr. Tim hatte das mit dem Hinweis abgelehnt, dass er kein russischer Oligarch sei und sie weiß Gott genug Platz hätten, selbst ohne einen Kellerausbau. Trotzdem hingen die Planen nach wie vor, weil Poppy unverdrossen auf sein Einlenken hoffte.

Momentan allerdings saß sie scheinbar gelangweilt auf einem Karton, die Hände auf die Knie gestützt, deren braune Haut durch modische Risse in ihrer Designerjeans herausschaute.

»Was machst du hier? Wo ist Gabriel?«

Einen Moment lang starrte sie ihn mit einer verächtlichen Miene an, als würde sie sich fragen, was ihn das überhaupt anging.

»Er ist zum Spielen bei Issy«, bequemte sie sich schließlich zu sagen. »Ich habe was gesucht und dabei meine Kette verloren. Hilfst du mir, sie zu suchen?«

»Ja, natürlich.«

Immerhin redete sie mit ihm. Seit sie wusste, dass er sie verlassen wollte, hatte eine eisige Stille zwischen ihnen geherrscht.

Er hockte sich hin. »Wo hast du denn die Kette verloren?«

»Irgendwo da drüben«, sagte sie und deutete unbestimmt in eine Richtung.

Auf allen vieren kroch Tim über den staubigen Boden und dachte nach. Als er vorhin Poppy und Gabriel nicht angetroffen hatte, waren ihm Horrorszenarien durch den Kopf gegangen, und er hatte gemerkt, wie sehr er an den beiden hing.

Mit einem Mal gestand er sich ein, dass er Poppy unrecht getan hatte, dass er egoistisch und ein verdammter Idiot gewesen war. Dieser ganze Kram vom Weggehen war grotesk, eine kindische Fantasie. Schließlich würde er das Beste wegwerfen, was er jemals gehabt hatte: seine Frau, die Liebe seines Lebens, und sein Kind, das er vergötterte. Wie konnte er sich von beruflichen Rückschlägen dermaßen ins Bockshorn jagen lassen?

Er würde sich einen anderen Job suchen, und sie würden gemeinsam über ihre Zukunft entscheiden. Hauptsache, sie blieben eine Familie. Nein, sein Verhalten war unverzeihlich gewesen, und er wollte alles tun, um es wiedergutzumachen. Poppy war nicht vollkommen, keine Frage, machte einen wahnsinnig mit ihren Launen und ihrem Anspruchsdenken, aber er liebte sie und brächte es nie übers Herz, sie zu verlassen.

»Ich finde die Kette nicht.«

Steif richtete er sich nach langem Herumkriechen auf. Vielleicht sollte er wirklich mehr für seine Fitness tun, überlegte er amüsiert, und ein paar Foltergeräte im Keller aufstellen. Sobald er die dämliche Kette gefunden hatte, würde er ihr sagen, dass er ein Blödmann war, und sie um Verzeihung bitten.

Durch die Plastikplane sah er, wie sie in der Wasch- und Bügelecke hantierte.

»Was ist mit mir?«, hörte er sie fragen.

»Wie bitte?«, erwiderte er verwundert. »Was meinst du damit?«

»Ich will wissen, wer für mich sorgt.«

Die Plastikplanen bewegten sich, und Tim blieb lediglich ein flüchtiger Moment, um zu realisieren, dass Poppy das Bügeleisen in der Hand hielt. Er fühlte nicht mal, wie es auf seinen Kopf niederkrachte.

Überhaupt fühlte er nie wieder irgendwas.

# 57

Schwer atmend umfasste Poppy die Kante der Spüle und ließ die Schultern kreisen, um sie zu lockern, während sie zugleich von einem krampfhaften Schluchzen geschüttelt wurde. Sie stand unter Schock, weil sie es tatsächlich durchgezogen hatte, und begriff nicht, wie sie eine solche Grausamkeit in sich überhaupt aktivieren konnte. Immerhin hatte sie den Mann getötet, den sie so viele Jahre geliebt hatte.

Jetzt war es zu spät.

Poppy hatte, um sich ihr Recht zu verschaffen, einen heimtückischen Weg eingeschlagen, auf dem es kein Zurück gab. Kein Verzeihen, höchstens Reue. Und die Einsicht, dass sie diesen Weg nun bis zum bitteren Ende gehen musste. Wie sollte sie je wieder John und Tanya in die Augen blicken, geschweige denn Gabriel?

Das Einzige, was sie aufrecht hielt, war die Überzeugung, dass sie es für ihren Sohn getan habe und irgendwann der Tag kommen werde – mochte es Jahre dauern –, an dem sie wieder mit sich und ihrer Tat leben konnte. Daran klammerte sie sich, und immerhin besaß sie einschlägige Erfahrungen.

Ihr Handy klingelte.

Isobels lächelndes Gesicht erschien auf dem Display. Gabriel würde heute bei ihr übernachten, so war es verabredet. Tim wolle sie zu einem verspäteten romantischen Hochzeitstagsdinner einladen, hatte sie der Freundin erklärt.

Am liebsten würde sie den Anruf ignorieren. Doch es war wichtig, exakt so weiterzumachen wie bisher. Als wäre es ein ganz normaler Tag. Und dazu gehörte, dass sie ans Telefon ging.

Poppy drückte die Finger auf ihre Augen, während sie das Gespräch annahm. »Hallo, Issy.«

»O Poppy, es tut mir so leid, dir das anzutun …«

Sie hörte die Kinder im Hintergrund lärmen. »Ist etwas nicht okay?«

»Mein blöder Mann hat zugesagt, dass er heute Abend mit der ganzen Familie zu seiner Mutter fährt, und völlig vergessen, mir das zu sagen«, erklärte Issy. »Die alte Hexe hat Geburtstag und wird hysterisch, wenn nicht alle ein Riesentrara um sie machen, also kann ich Gabe leider nicht über Nacht hierbehalten. Macht es dir etwas aus, ihn wieder abzuholen?«

»Ich …«

Poppy überlegte fieberhaft, wer ihn sonst nehmen könnte. Schließlich durfte er auf keinen Fall heute Abend hier sein.

»Ich weiß, dass du und Tim einen schönen Abend geplant habt.« Issys Stimme klang dringlich. »Leider geht es wirklich nicht.«

»Okay, ich hole ihn ab.«

Auf der Fahrt zu ihrer Freundin, die ungefähr zehn Minuten dauerte, übte Poppy, möglichst munter *Hi* zu sagen, nicht dass sie irgendwie verdächtig niedergeschlagen klang. Gleichzeitig ging sie die Liste ihrer Freunde durch und überlegte, wer Gabriel kurzfristig für die Nacht nehmen könnte. Niemand.

Bei ihrer Ankunft stand Issy bereits mit ihm an der Tür und nahm Poppys Nervosität gar nicht wahr, lächelte vielmehr mitfühlend.

»Hoffentlich habe ich dir nicht den Abend versaut.«

»Ist okay, ehrlich.«

Nach ein wenig angestrengtem Smalltalk schob Poppy ihren Sohn zum Wagen, half ihm auf die Rückbank und nestelte fahrig an dem Sicherheitsgurt, bis Gabriel ihn ihr abnahm und sich selbst anschnallte.

»Ich will nicht nach Hause«, beschwerte er sich.

»Isobel meint, dass du Temperatur hast.« Sie legte eine Hand auf seine Stirn. »Vielleicht hast du dich mit irgendwas angesteckt und musst ins Bett.«

»Das hat sie nicht gesagt«, widersprach Gabriel. »Freddie muss seine Grandma besuchen.«

»Das eine hat mit dem anderen nichts zu tun. Sie glaubt, du hast Fieber, und ich denke, sie hat recht.« Poppy manövrierte den Wagen aus der Parklücke. »Du siehst sehr blass aus.«

»Nein, tue ich nicht.«

»Wir stecken dich vorsorglich ins Bett. Wenn du richtig geschlafen hast, ist der Anfall sicher schnell vorbei.«

»Ich bin nicht krank!«, schrie er empört.

»Kein Streit, Gabriel, nicht heute.« Sie versuchte zu lächeln. »Bitte, tu mir den Gefallen und lass dich ins Bett bringen. Und wenn es dir morgen gut geht, machen wir was Lustiges.«

»Mir geht es gut. Wann kommt Dad nach Hause?«

Er sah so enttäuscht aus. Erst holte sie ihn von Freddie weg, dann zwang sie ihn zudem, früh ins Bett zu gehen. Es war schlimm genug, ihn im Haus zu wissen und ständig auf der Hut sein zu müssen, damit er nicht plötzlich auf der Matte stand. Wenn alles vorbei und dieser Albtraum zu Ende war, würde sie sich voll und ganz ihm widmen. Wiedergutmachen, was sie getan hatte. Dabei geschah das alles bloß, um sicherzustellen, dass sich Gabes Leben nicht veränderte und er in einem schönen Haus in einer anständigen Straße aufwachsen konnte. Allein darum war es ihr gegangen.

»Er wird spät nach Hause kommen.« Sie versuchte, ihrem Sohn im Rückspiegel in die Augen zu sehen. »Hör mir mal zu, Gabriel.«

»Ich höre zu«, gab er patzig zurück.

»Du musst mir versprechen, heute Abend im Bett zu bleiben und nicht nach unten zu kommen. Egal, was du hörst, du bleibst im Bett.«

»Ich will Dad sehen.«

»Er wird erst spät zu Hause sein.« Sie wünschte, er würde aufhören, von Tim zu reden. »Bis dahin schläfst du längst. Versprich es mir, Gabe.«

»Versprochen.«

»Du bist ein lieber Junge.« Ihre Nerven lagen blank. »Ich verdiene dich gar nicht.«

»Wer war Will?«, fragte er.

Poppy erschrak so sehr, dass sie versehentlich das Gaspedal durchtrat und einen anderen Wagen zu einer Vollbremsung nötigte. Der Fahrer hupte, und sie hob entschuldigend eine Hand.

»Ich weiß nicht, wen du …«

»Die Frau im Park hat von einem Will geredet, und du hast sie angeschrien.«

»Die Frau ist krank, Gabe.«

»Du warst böse auf sie.«

»Weil ich mir Sorgen wegen dir gemacht habe.«

»Sie hatte ein nettes Lächeln.«

»Sie ist eine Verrückte«, konterte Poppy. »Mit einem fiesen Lächeln!«

Sie wollte nichts als nach Hause, ihn in die Badewanne setzen und danach ins Bett stecken. Die kommenden Wochen und Monate würden für sie beide schwierig werden, doch mit der Zeit würde alles besser werden. Und dann würde sie jede wache Minute darauf verwenden, ihrem Sohn trotz der Tragödie, die er erleben musste, eine glückliche Kindheit zu bescheren.

Als sie in ihre Straße einbog, traf sie der nächste Schock: Zwei Männer saßen in einem Wagen an der Ecke und schauten ihrem Van nach. Das konnte kein Zufall sein, sondern roch geradezu nach Polizei.

Zu Hause angekommen, begab sie sich gleich nach oben, um Gabriel ein Bad einzulassen, und rief nach ihm, sobald es fertig war. Er kam nicht. Voller Entsetzen stellte sie sich vor, er könnte in den Keller gegangen sein.

Sie rannte nach unten und bemühte sich, nicht panisch zu klingen. »Gabe! Gabe!«

Er stand in der Diele. »Dad ist hier.« Seine Augen waren riesig. »Er ist zu Hause.«

Sie umfing seine Schultern und überspielte ihre Panik. »Wieso denkst du das?«

»Seine Jacke.« Er zeigte auf Tims Jackett, das an der Garderobe hing. »Wo ist er?«

»Die hatte er heute Morgen nicht an, kleiner Dummkopf.«

Erleichtert umarmte sie ihn und sah über seinen Kopf hinweg zur Kellertür, um sich zu vergewissern, dass sie geschlossen war. Gabriel hatte zum Glück nie Interesse gehabt, nach unten zu gehen. Der große Raum mit den nackten Glühbirnen, den langen Schatten und den raschelnden Plastikplanen hatte ihm früher Angst gemacht.

»Schaffen wir dich in die Wanne«, sagte sie und trug ihn nach oben.

Während er plantschte, ging sie hinaus zu den beiden Männern im Wagen und klopfte ans Seitenfenster.

»Was machen Sie hier?«, fragte sie die beiden Polizisten.

Die Männer sahen einander an. »Wir haben den Auftrag, das Haus zu beobachten.«

»Ich hatte DI Drake gesagt, dass ich niemanden will. Sie verletzen die Privatsphäre meiner Familie. Würden Sie bitte verschwinden? Wenn nicht, werde ich mich beschweren. Das ist Belästigung.« Sie knallte eine Hand auf das Wagendach. »Und die ist inakzeptabel.«

»Tut uns leid, Mrs. Mallory.« Der Mann auf dem Fahrersitz beugte sich über seinen Kollegen. »Da müssen wir erst mal nachfragen.«

»Tun Sie, was Sie tun müssen.« Sie blickte sich auf der Straße um. »Aber fahren Sie weg.«

Sie entfernte sich, ohne ihnen Gelegenheit zu einer Antwort zu geben.

Im Haus schob sie eine Lasagne in den Ofen, den sie zwischenzeitlich vorgewärmt hatte. Sie hörte das Wasser in der Wanne plätschern und Gabriel leise mit sich selbst plappern. Vermutlich spielte er mit seinen Soldaten. Sollte er sich ruhig noch ein bisschen vergnügen, dachte sie und räumte sein Zimmer auf und versuchte sich von dem abzulenken, was sie getan hatte – und zu tun plante. Doch jedes Mal, wenn sie schwungvoll ein Spielzeug in die blaue Kiste schleuderte, beschwor das Knallen von Plastik auf Plastik ein furchtbares Bild herauf.

*Rumms!* Der Schrecken in Tims Gesicht, als sie das Bügeleisen schwang.

*Rumms!* Das Klappern der Betonverschalung, als sein Körper dagegenprallte.

*Rumms!* Seine starren, von Betonstaub bedeckten Augen.

»Mach meine Spielsachen nicht kaputt!«, rief Gabriel von oben.

»Entschuldige«, antwortete sie.

Eines musste sie noch erledigen: In der untersten Schublade der Frisierkommode lag seit Jahren eine Dose Pfefferspray, und die war ein kleiner Teil ihres Plans. Sie hatte sie noch aus der Zeit, als es in der Gegend häufig Überfälle gegeben hatte.

Jetzt war sie gerüstet, es gab kein Zurück mehr.

»Mum«, rief Gabriel aus dem Bad. »Wo bist du?«

»Ich komme!«

Poppy hockte auf dem Toilettendeckel und hörte zu, wie Gabriel ihr von seinem Tag erzählte. In Gedanken indes war sie bei dem, was später passieren würde. Sie hatte Tatia gesagt, dass Joel und sie um acht Uhr kommen sollten. Mittlerweile war es halb acht, höchste Zeit also, Gabriel ins Bett zu verfrachten.

Ihr Sohn legte sein Kinn auf den Wannenrand und murmelte etwas.

»Wie bitte, Schatz?«

Er blies sich Schaum von der Hand. »Du siehst müde aus, Mummy.«

»Das stimmt.« Sie rieb sich die Augen. »Ich bin wirklich sehr müde.«

»Vielleicht bist *du* ja krank.«

»Kann gut sein«, meinte sie traurig.

»Daddy kümmert sich bestimmt um dich, wenn er nach Hause kommt.«

Poppy schluckte, um nicht loszuheulen. »Holen wir dich aus der Wanne.«

Sie wickelte ein Badelaken um seinen bibbernden Körper und hob ihn aus dem Wasser.

»Darf ich noch lesen, bevor ich schlafe?«

»Wenn du versprichst, im Bett zu bleiben«, antwortete sie. »Egal, was du hörst.«

Sie ließ ihn seine Zähne putzen, seinen Pyjama anziehen und ins Bett gehen, dann kehrte sie ins Bad zurück. Vor dem Spiegel schluckte sie den Ekel vor der Frau herunter, die ihr entgegenblickte, nahm ihr Make-up aus dem Schrank und trug es mit zitternder Hand auf.

Ganz auf die vertrauten Bewegungen konzentriert, verlor sie sich für wenige kostbare Minuten im Rhythmus der kleinen, präzisen Handgriffe, dem beruhigenden Klicken der Puderdose.

Bis die Türklingel ertönte.

# 58

Nach der Rückkehr zum Revier ging Flick direkt zu Drakes Büro.

Während sie bei Quartley's gewartet hatte, dass Tatia Mamaladze zurückkam, hatte sie mehrmals vergeblich versucht, Wylie anzurufen, um ihn auf Drakes Verdacht, dass er ein Undercovermann sei, anzusprechen. Sie brauchte dringend Klarheit, denn je länger sie über die Sache nachdachte, desto weniger verstand sie, warum er es nie erwähnt hatte, falls es sich so verhielt. Schließlich war es ja nichts Ehrenrühriges, zumindest in Polizeikreisen nicht. Es gab also überhaupt keinen Grund, weshalb er es verschweigen sollte, und das zerrte an ihren Nerven.

Jetzt wollte sie noch einmal mit Drake reden, aber der war ebenfalls nicht erreichbar, war weder in seinem Büro noch in der Einsatzzentrale.

»Wo ist DI Drake?«, fragte sie Dudley Kendrick, der an seinem Schreibtisch saß.

Er blickte über den Rand seiner Brille. »Den haben Sie eben verpasst.«

»Wo ist er hin?«

»Keine Ahnung«, sagte Millie im Vorbeigehen, »doch da er erst vor fünf Sekunden los ist, können Sie ihn noch erwischen.«

»Ich versuche es.«

Obwohl sie vor den Kollegen unbekümmert tat, war sie es ganz und gar nicht. Sobald sie aus dem Raum war, rannte sie die Treppe in einem halsbrecherischen Tempo hinunter, prallte am Ausgang praktisch gegen das Touchpad und erwürgte sich halb mit dem Band, an dem ihr Ausweis hing. Als die Tür mit einem sonoren Brummen aufging, hetzte sie auf den Parkplatz. Drakes Wagen stand noch da, von dem DI hingegen keine Spur. Sie wollte gerade umkehren, als ein ihr bekannter schmutziger Mazda auf der Straße vorbeifuhr.

Sie stürzte zum Tor und sah Wylies Wagen nach. Ein Stück entfernt hielt er an, die Beifahrertür schwang auf, und wie aus dem Nichts war mit einem Mal ihr Chef da und stieg ein. Nanu, was war denn das jetzt?

Flick verstand die Welt nicht mehr.

Als sie wieder oben war, wählte sie Wylies Nummer. Die Mailbox sprang an, obwohl er, wie sie wusste, keinerlei Hemmungen hatte, beim Fahren an sein Handy zu gehen. Zunehmend beunruhigt versuchte sie es bei Drake. Null Reaktion. Was immer da los sein mochte, welchen Grund Drake haben könnte, zu Wylie ins Auto zu steigen – Flick ahnte, dass dabei nichts Gutes herauskommen würde.

Sie schnappte sich ihre Jacke und ihre Tasche und durchquerte den Raum. »Ich muss weg.«

»Für wie lange?«

Millie Steiner war verwundert. Drake weg, Flick weg. Und das, wo alle anderen praktisch durcharbeiteten und Beamte in der ganzen Stadt die Adressen aus Tatias Notizbuch abklapperten, um Carl Clarkes Leiche zu finden und womöglich zudem Hinweise auf Tatias Verbleib.

»Weiß ich nicht genau.« Flick war bereits an der Tür,

ehe jemand weitere Fragen stellen konnte. »Wenn was ist, ruft mich an.«

Im Auto wurde ihr klar, dass sie keine Ahnung hatte, wo sie nach den beiden suchen sollte. Sie wusste schließlich herzlich wenig über Wylie, kannte nicht einmal seine gegenwärtige Adresse. Im Nachhinein nervte es sie höllisch, dass sie sich so Hals über Kopf mit ihm eingelassen hatte. Zumal es derzeit aussah, als hätte er sie bloß benutzt, um an Drake heranzukommen. Im Grunde gab es nur einen einzigen Ort, wo sie mit ihrer Suche ansetzen konnte.

Sie kam gerade rechtzeitig in Enfield an, um Astrid aus dem Haus treten zu sehen. Sie trug ein enges schwarzes Kleid, dazu so hochhackige Schuhe, dass sie jeden Normalsterblichen überragte, und trotz der Abendhitze einen Parka, dessen voluminöser Kragen ihr Gesicht mit einem Pelzkranz umrahmte. Während sie die Tür hinter sich zuknallte, beobachtete sie, wie Flick aus ihrem Wagen stieg.

»Ich gehe aus.«

»Haben Sie was Nettes vor?« Flick eilte zur Haustür, hinter der die Hunde bellten.

»Die Jungs übernachten bei einem Freund, also nutze ich die Gelegenheit, um mich zu betrinken und reiche Männer kennenzulernen.«

»Klingt nach einem Plan.«

Astrid schürzte die Lippen. »Was machst du hier, Flit Crowley?«

»Ich kann Sam nicht erreichen«, antwortete Flick. »Er geht nicht an sein Handy.«

»Aha.« Astrid grinste. »Willkommen in meiner Welt.«

»Ich muss wissen, wo er ist.«

Astrid zuckte übertrieben mit den Schultern, wobei sie

beinahe von den Eingangsstufen kippte, denn ihrer Fahne nach zu urteilen, hatte sie bereits einiges getankt. Sie hielt sich am Türklopfer fest, um das Gleichgewicht wiederzufinden.

»Woher soll ich wissen, wo er ist?«

»Kommen Sie, es ist etwas Berufliches, Sam ist mit einem Kollegen von mir unterwegs.« Flick nickte zur Tür. »Es dauert nicht lange.«

Seufzend schloss Astrid wieder auf. Zwei Hunde sprangen um ihre Füße herum, der dritte fehlte. In der Küche warf die junge Frau ihre Tasche hin und füllte ein Schnapsglas randvoll mit Tequila. Flick sah, wie sich Astrids Gesichtszüge entspannten, als der Alkohol durch ihre Kehle rann.

»Er ist Polizist«, sagte Flick. »Stimmt's? Ein Detective bei der Met.«

Halbherzig versuchte Astrid, die Hunde von ihren Beinen zu verscheuchen. »Das war er, als wir uns kennenlernten. Inzwischen bin ich mir da nicht mehr so sicher.«

»Sie müssten es eigentlich wissen.«

»Ich habe es aufgegeben, ihn zu fragen. Ist für alle Betroffenen besser so. Da kommt keiner zu Schaden.« Wieder zuckte sie mit den Schultern. »Allerdings würde es sein Interesse an dir erklären.«

»Wie bitte?«, fragte Flick.

»Bei Sam steckt immer was dahinter. Er ist ein guter Vater, das muss ich ihm lassen. Seine Jungs halten ihn für einen Gott, ich hingegen habe gelernt, lieber misstrauisch zu sein. Sieh mich an.« Sie strich mit den Händen über ihren Körper. »Ich bin nicht so übel, bis heute nicht. Aber ich habe den Fehler gemacht, mich in Sam zu verlieben, und bin hier gelandet. In diesem Haus, in diesem Leben. Das war mir eigentlich nicht als Schicksal zugedacht, Flit Crowley.« Es klopfte, und sie eilte durch den Flur zur Tür. »Mein Taxi ist da. Zieh die Tür fest hinter dir zu, wenn du gehst.«

Flick rannte hinter ihr her. »Wo ist er?«

Astrid lachte. »Jetzt hast du eine kleine Kostprobe davon, wie es für mich ist. Nie zu wissen, wo er steckt, was er macht. Wir haben ihn früher kaum gesehen. Er war über Wochen, Monate verschwunden, ohne irgendeine Erklärung. Du denkst, dass du ihn kennst. Irrtum, irgendwann merkst du, dass du es nicht tust. Du entdeckst, dass er ein Mann voller Geheimnisse ist.« Sie sog an ihren Zähnen. »Es nervt mich wahnsinnig, dass ich ihn immer noch liebe. Um fair zu sein: Er lügt lediglich dann, wenn sich seine Lippen bewegen«, fügte sie sarkastisch hinzu, ohne über den Witz zu lachen.

»Helfen Sie mir«, bat Flick. »Verraten Sie mir, wo er sein könnte.«

Astrid musterte sie von oben bis unten. »Ganz ehrlich, ich habe wenig Lust, dir zu helfen. Ich bin eine verbitterte Trinkerin.«

»Ich habe Angst«, gestand Flick.

»Und das aus gutem Grund. Falls Sam etwas von deinem Freund will, nimmt er es sich.«

Als sie sich zum Gehen wandte, hielt Flick sie zurück und knallte die Tür zu.

»Es ist Wylie, um den ich Angst habe. Der Mann, mit dem er unterwegs ist, kann sehr gefährlich sein. Wylie hat keine Ahnung, wozu er in einer Ausnahmesituation fähig ist, ich schon. Es wäre schließlich furchtbar, sollte dem Vater Ihrer drei Jungs etwas zustoßen.«

Langsam zog Astrid die Oberlippe zwischen ihre weißen Zähne und begann zu überlegen.

»Da gibt es ein Haus außerhalb der Stadt, es gehört einem Kollegen von ihm. Ich frage nicht gern, was er dort tut. Mir hat er erzählt, dass er heute Abend hinwill. Er hat neulich einen der Hunde dorthin gebracht.«

»Einen der Hunde?«, fragte Flick. »Wozu?«

»Ach, wer weiß, was in seinem Kopf vorgeht? Sam liebt das Theater, das große Drama.« Sie öffnete die Tür und sah das Taxi wegfahren. »Jetzt sieh dir das an. Ich hatte gehofft, irgendwohin zu fahren, wo es nobel und teuer ist, wo ich einen besseren Typen kennenlernen kann. Jetzt ist das Taxi weg, und Geld habe ich auch keins, Flit Crowley. Es ist nie genug Geld da.« Sie seufzte. »Vielleicht sollten wir beide einen Ausflug zu einem Geldautomaten machen, wo du deine Karte in den kleinen Schlitz steckst und auf diese Tasten drückst, *piep, piep, piep, piep* – das könnte meinem Gedächtnis hinsichtlich der Adresse auf die Sprünge helfen.«

# 59

Die Pfefferspraydose wölbte sich in ihrer Jeanstasche, als Poppy die Treppe hinunterging, deshalb rief sie den Umrissen hinter der Milchglasscheibe zu: »Einen Moment!«, eilte wieder nach oben, nahm eine weite Strickjacke aus dem Kleiderschrank und steckte die Dose in eine der Taschen. »Komme!«

»Mum?«, rief Gabriel hinter seiner geschlossenen Zimmertür.

»Schlaf!«, ermahnte Poppy ihn streng, lief zurück nach unten, fuhr sich mit den Händen durchs Haar, wie sie es immer tat, wenn jemand kam, und öffnete die Tür.

Tatia wartete nicht auf eine Einladung, sondern marschierte einfach ins Haus.

»Überraschung!«

Rasch zog Poppy Joel nach drinnen. »Willkommen in meinem bescheidenen Heim!«

Tatia drehte sich langsam um die eigene Achse und sog alles in sich auf. Sie trug den üblichen hässlichen Kapuzenpulli und die unkleidsamen Cargoshorts und Arbeitsstiefel. Eine rissige Plastiktüte mit Kleidung rutschte aus ihren Fingern auf den Fußboden.

»Wir haben keine Blumen. Es war alles so … hektisch.«

»Ist vollkommen in Ordnung«, erwiderte Poppy munter.

Tatia sah sich gebannt um, Häuser waren schließlich ihre Leidenschaft.

»Darf ich?«, fragte sie, deutete auf eine Tür und war bereits verschwunden, bevor Poppy antworten konnte.

Ihr machte Joels dumpfes Starren Angst. Ihr Bruder sah mindestens so schlimm aus wie beim letzten Mal, wenn nicht schlimmer. Seine Schultern und sein Hals waren gebeugt, seine Knie leicht eingeknickt, als fiele es ihm schwer, das eigene Körpergewicht zu tragen.

»Wie geht es dir, Joely?«, fragte sie, doch er antwortete nicht.

Tatia erschien wieder in der Diele. »Dein Haus ist … exquisit.«

»Später kann ich euch oben alles zeigen, bevor ihr ins Bett geht«, hielt Poppy Tatia zurück, als diese Anstalten machte, die Treppe hinaufzugehen. Sie beäugte die Plastiktüte. »Oder habt ihr nicht vor zu bleiben?«

»Wir würden sehr, sehr gerne bleiben.« Tatia trat einen Schritt zurück und legte dramatisch eine Hand auf ihr Herz. »Vielen Dank.«

Verunsichert von Joels starrem Blick, klatschte Poppy in die Hände. »Lasst uns essen!«

Tatia wanderte die Küche und den Wintergarten ab, sah sich alles genau an. Poppy fürchtete schon, sie werde sich nie hinsetzen. Unauffällig schloss sie die Küchentür, damit Tatia den Abgang zum Keller nicht entdeckte, öffnete eine Flasche Rotwein und stellte sie zusammen mit drei Gläsern auf den Tisch. Dann zündete sie eine Kerze an und zog sich die Topfhandschuhe über, um die brodelnde Lasagne aus dem Ofen zu holen.

»Ich helfe dir«, bot Tatia an, aber Poppy winkte ab, bestand darauf, dass sie sitzen blieb.

Das würzige Aroma von Fleisch und Käse füllte den Raum. Tatia drückte Joel eine Gabel in die schlaffen Finger, ohne dass er Anstalten machte, sie zu benutzen.

»Isst du nichts?«, fragte Tatia an Poppy gewandt.

»Ich bin zu aufgeregt.«

»Natürlich bist du das.« Tatia griff nach dem Besteck und merkte, dass es sich bei dem Messer um ein Brotmesser handelte. »Haha, du hast mir ein falsches Besteck gegeben!«

»Oh, tut mir leid«, sagte Poppy und holte ihr schnell ein anderes.

»Es ist ein sehr witziger Irrtum.«

Sie zog alle erdenklichen Grimassen, während sie aß, stieß zufriedene Laute aus und genoss jeden Bissen. Sie schaufelte Essen auf ihre Gabel, hob sie an den Mund und wurde rot vor Verlegenheit, als sie sah, dass Poppy sie beobachtete.

»Obwohl ich gerne so schlank wäre wie du, kann ich nicht widerstehen. Es ist lange her, seit ich etwas so Köstliches gegessen habe.«

»Bitte.« Poppy rang sich ein dünnes Lächeln ab. »Genieß es.«

Joel hingegen rührte sein Essen nicht an.

Irgendwann schob Tatia ihren leeren Teller weg und stand auf.

»Was hast du vor?«, fragte Poppy erschrocken, weil sie eine Durchkreuzung ihrer Pläne fürchtete.

»Darf ich die Toilette benutzen?«

»Selbstverständlich. Nimm die den Flur runter.«

Tatia tupfte sich den Mund mit einer Serviette ab. »Ich freue mich so darauf, deinen Mann kennenzulernen und Gabriel zu sehen.«

»Sie können es nicht erwarten, euch kennenzulernen«, versicherte Poppy. »Leider sind sie unterwegs und kommen erst später zurück.«

»Tut mir leid, das zu hören. Na, wir haben ja den ganzen Abend.« Tatia lächelte nachsichtig. »Und viele Jahre danach.«

»Ja.« Poppys Blicke folgten ihr, als sie die Küche verließ und den Flur entlangging. Als sie vor der Kellertür innehielt, bliebt ihr fast das Herz stehen. »Nein, nicht die Tür, die nächste!«

Nachdem Tatia in der Toilette verschwunden war, atmete Poppy erschöpft auf. Plötzlich registrierte sie, dass Joel, der bislang reglos am Tisch gesessen hatte, ihr den Kopf zuwandte und sie prüfend ansah.

»Was ist?«, herrschte sie ihn gereizt an.

Seine Stimme war kaum ein Raunen. »Warum tust du das hier?«

»Tue ich was?«

Joels Schultern berührten fast die Tischplatte. »Warum sind wir hier? Wo du dich doch gar nicht für uns interessierst. Du hast uns alle verlassen, Mum, Dad und mich. Du wolltest nichts mit uns zu tun haben.«

Poppy griff nach der Weinflasche und schenkte sich ein Glas ein, das sie gleich zur Hälfte austrank.

»Ich versuche einfach, das Richtige zu tun.«

»Ach ja?«

»Ich möchte, dass du glücklich bist und dass es dir gut geht, ist das so schwer zu verstehen?«, ereiferte sie sich und fügte, als Joel sie weiter anstarrte, hinzu: »Ich habe mich geschämt.«

»Weswegen?«

»Wegen dem, was damals geschah. Wie konnte eine

Familie erlauben, dass einem Kind so etwas passierte?«

Poppy schob das Glas an dem langen Stiel hin und her. »Tatia ist Gift, Joel. Ist sie immer gewesen und wird sie immer sein. Und jetzt ist sie zurück.« Sie schnaubte angewidert. »Und benutzt mein Gäste-WC.«

»Sie liebt mich und interessiert sich für mich. Als Einzige.«

»Sie ist *irre.* Ich weiß, was sie getan hat, Joel. Ich lese die Zeitungen, sehe die Nachrichten. Diese armen Leute, Joel. Was sie denen angetan hat.« Sie rümpfte die Nase.

»Es war nicht Tatia.«

Sie lehnte sich vor, um ihm in die Augen zu sehen. »Zumindest war sie da, stimmt's, Joel? Und du, warst du auch dabei, als diese Leute umgebracht wurden?«

Sie empfand ein krankes Triumphgefühl, als er den Blick senkte, und schenkte sich mehr Wein ein.

»Sie hätte nie einem von uns etwas Böses angetan«, sagte er schleppend. »Du hast gelogen. Sie hat Will nicht gestoßen. Wenn ich die Klippe sehe«, er hob die Hände, als sähe er sie jetzt, »sehe ich Sarah nicht. Ich sehe sie nie.«

»Nenn sie nicht so. Sie heißt Tatia.«

»Warum hast du gelogen?«

Sie nahm einen großen Schluck. »Hör auf, Joel.«

»Sie war nicht mal in seiner Nähe.«

»Willst du die Wahrheit wissen?« Poppy spürte den Alkohol, der ihre Wut befeuerte. »Ja, ich habe gelogen, sie jedoch ebenfalls. Weil wir keine Wahl hatten.«

In diesem Augenblick tauchte Tatia wieder auf und warf Poppy einen warnenden Blick zu, schüttelte den Kopf.

»Warum soll er es nicht wissen?« Erneut füllte sie ihr Glas und wandte sich direkt an Joel. »Du hast versucht zu vergessen, was wirklich geschehen ist, hast eine übermenschliche Anstrengung aufgebracht, um zu vergessen – und zugleich hast du dich an genug erinnert, dass es dich zerstört.« Angeekelt gestikulierte sie in seine Richtung. »Guck dir an, was es aus dir gemacht hat. Sieh dir an, was du geworden bist.«

»Poppy«, mahnte Tatia. »Bitte nicht …«

»Vielleicht muss die Wahrheit endlich ans Licht.« Nach einem weiteren großen Schluck Wein stellte sie das Glas behutsam ab. »Tatsache ist, dass du recht hast. Es war nicht Tatia, die Will von der Klippe gestoßen hatte. Weil du es warst, Joel. Du hast deinen Bruder getötet.«

# 60

## Einundzwanzig Stunden nach Will

Für wenige Minuten wurden die beiden Mädchen allein in einem Zimmer auf der Polizeiwache gelassen, wo es so kalt war, dass Sarah ihren eigenen Atem sehen konnte. Hinter der Tür hörten sie die murmelnden Stimmen ihrer Eltern, die mit einem Beamten sprachen.

Sie gab ihr Bestes, Poppy zu trösten, legte die Arme um sie, doch ihre Schwester reagierte nicht, igelte sich ein, die Beine angezogen, die Arme darum geschlungen, den Kopf auf die Knie gelegt. Sarah wünschte, ihre Eltern würden bald zurückkommen.

Gestern, als endlich Hilfe auf der Klippe ankam: Polizei, Sanitäter, Taucher in ihren Neoprenanzügen, die mit Booten auf dem unruhigen Wasser trieben, hatte niemand sie gefragt, was passiert sei. Den Kindern wurde lediglich eingeschärft, dass sie im Van weiter oben am Hügel sitzen bleiben sollten, und das über Stunden. Polizisten hatten freundlich mit ihnen geredet, ihnen Limonade und Sandwiches gegeben. Dann, nach einem langen Tag, schickte man die ganze Familie nach Hause und bat sie, am nächsten Morgen auf die Wache zu kommen, damit die Kinder befragt werden konnten, was sie gesehen hatten. Für Joel, den Jüngsten, war das alles sowieso zu verwirrend. Sarah fragte sich, ob er überhaupt verstand, was mit Will passiert war. Und Poppy war einfach untröstlich.

»Bitte.« Es brach Sarah das Herz, sie so zu sehen. »Lass mich dir helfen.«

Poppy funkelte die Adoptivschwester zunächst wütend an, dann wurde ihr Gesicht weicher.

»Ich weiß, dass du mich nicht besonders magst«, sagte Sarah, »trotzdem möchte ich dir helfen.«

»Ich habe Angst um ihn«, stieß Poppy hervor. »Joel ist zu klein, um zu erklären, was passiert ist, und ich bin nicht mal sicher, dass er begreift, was er getan hat. Er ist bloß vorbeigelaufen – und Will ist gefallen.«

»Es war ein furchtbarer Unfall«, stimmte Sarah zu.

»Allerdings glaube ich nicht, dass Mum und Dad es so sehen. Ich fürchte, sie werden Joel nie verzeihen. Er und Will haben sich immer gezankt, da werden sie denken, dass er es mit Absicht gemacht hat. Er ist kein starker Junge – du weißt, wie still und empfindlich er ist. Und ich habe Angst, dass sie ihn von jetzt an anders behandeln.« Sie holte zittrig Luft. »Und er wird nicht verstehen, warum.«

Sarah empfand tiefes Mitgefühl mit ihrer großen Schwester und dem kleinen Bruder. Sie würde alles dafür geben, um die Zeit zurückdrehen und diese schreckliche Tragödie verhindern zu können.

»Sag mir, was ich tun kann.«

Poppy richtete sich auf und griff nach der Hand der Jüngeren. Normalerweise vermied sie irgendwelche Berührungen. Ihre Hand war heiß und feucht und umschloss fest Sarahs Finger.

»Verstehst du nicht? Will hat dich geliebt.«

Sarah war gar nicht in der Nähe des Kleinen gewesen, als es passierte. Sie war allein herumgelaufen, weiter hinten auf den Klippen, und hatte die wilde Weite des Meeres und den endlosen Himmel bewundert. Sarah erinnerte sich, dass sie am Klippenrand gestanden und bei dem Gedanken gegrinst hatte, etwas Schauriges zu entdecken oder eine Möwe, einen Fisch oder eine niedliche Robbe in den Wellen. Von dem Geschehen selbst hatte sie gar nichts mitbekommen. Sie merkte erst, dass etwas nicht stimmte, als sie Poppys Schreie in der Ferne hörte und hinter sich Joel sah, der mit weit aufgerissenen Augen dastand.

Sarah runzelte die Stirn. »Ich weiß nicht, was du meinst …«

»Du könntest ihnen sagen, dass du es warst«, erklärte Poppy.

»War ich aber nicht, ich habe nicht …«

»Wenn du Joel hilfst, werde ich dich für immer liebhaben.«

Sarah stand der Mund offen vor Staunen. Poppy hatte sich alle Mühe gegeben, sie spüren zu lassen, dass sie bei ihnen nicht willkommen war. Das zeigte sich schon daran, dass Poppy sich weigerte, den neuen Namen zu akzeptieren und sie ausschließlich mit Tatia ansprach. Nichts, was Sarah tat, schien ihr Verhältnis bessern zu können. Sie hatte sich vergeblich angestrengt, ihre Schwester dazu zu bringen, sie zu mögen. Und jetzt plötzlich gab es eine Chance, die alles verändern könnte.

Poppy blickte zur Tür. Draußen auf dem Korridor waren die Stimmen lauter geworden.

»Meine Eltern denken nur das Beste von dir. Wenn du sagst, dass es ein dummer Unfall war, werden sie nicht daran zweifeln und dir keine Schuld geben. Anders bei Joel.«

Es quälte Sarah, die sonst so überhebliche und selbstbewusste Schwester in einer derart elenden Verfassung zu sehen, wenngleich es eine schreckliche Ironie wäre, ein Unglück zu nutzen, um sich Liebkind zu machen. Das Mädchen sah das sehr wohl, war jedoch oft genug in ihrem jungen Leben herumgestoßen worden, um nach jedem Strohhalm zu greifen, Und obwohl sie sich schämte, dass sie Poppys Liebe und Anerkennung dringend genug wollte, um einen Vorteil aus dem Tod des armen Will zu ziehen, neigte sie dazu, Ja zu sagen.

»Es ist schwer zu entscheiden, was ich tun soll. Ich …«

»Bitte, *Sarah*«, drängte Poppy. »Tu es für Joel.«

Dass die Ältere sie endlich bei diesem Namen nannte, gab den Ausschlag. Es war das Wunderbarste, was ihr je passiert war. In diesem Moment, wo sie Hand in Hand dicht beieinandersaßen, waren sie wirklich Schwestern.

Poppy riss ihre Hand zurück, als die Tür aufging und Patrick und Jill Bliss reinkamen. Ihre Mutter hatte Joel auf dem Arm. Er war eigentlich zu groß, um getragen zu werden, dennoch hielt sie ihn ganz fest, als würde ihm etwas Entsetzliches zustoßen, falls sie ihn bloß für einen Augenblick losließ.

Während ein Polizist, der sie begleitete, sich im Hintergrund hielt, stützte Patrick Bliss die Hände auf die Tischkante. Sein Gesicht war müde, sein Blick trübe.

»Kann uns eine von euch beiden erzählen, was passiert ist?«, fragte er mit versagender Stimme. »Poppy?«

Sarah rieb sich nervös die Knie. Ihr war bewusst, dass sie jetzt eine Entscheidung treffen musste – ob sie die Wahrheit sagte oder die Schuld an Wills Tod auf sich nahm.

Womit sie nicht allein Joel davor bewahrte, sein Leben lang Schuldgefühle mit sich herumzuschleppen, sondern für immer zudem die Freundschaft und Dankbarkeit seiner Schwester gewann.

»Poppy«, wiederholte Patrick. »Kannst du uns erzählen, was mit Will passiert ist?«

Flehende Augen richteten sich auf Sarah, sodass die schließlich flüsterte: »Es war ein Unfall.«

»Sarah?«

»Es tut mir leid, ich wollte das nicht, er ist gefallen.« Sie spürte, dass alle sie ansahen. »Ich bin an ihm vorbeigelaufen und muss … Keine Ahnung, ich habe es nicht mal gemerkt, als es passierte.«

Nach einem Moment angespannten Schweigens sagte ihr Vater: »Willst du damit sagen, dass du verantwortlich bist, Sarah?«

Eben war er noch da, und im nächsten Moment …

»Ich habe gesehen, wie Sarah an ihm vorbeigelaufen ist und Will … plötzlich weg war«, kam es leise von Poppy.

»Es war ein Unfall«, hakte Patrick Bliss nach. »Ist es das, was ihr meint?«

Poppy sah zur Seite. »Wenn du es so nennen willst.«

Jill Bliss stöhnte in Joels Haar.

»Es tut mir so leid.« Sarah kamen die Tränen. »Ich muss irgendwie ungeschickt gewesen sein.«

»Ungeschickt«, wiederholte Patrick.

»Ja, ungeschickt.«

Als Poppy ihr ein angedeutetes Lächeln zuwarf, das wohl *Danke* hieß, war sie auf schaurige Weise glücklich und wagte endlich zu fragen, ob sie zur Toilette dürfe.

Der Polizist trat vor und streckte ihr die Hand hin. »Ich gehe mit dir.«

Sobald Sarah draußen war, rieb Patrick Bliss sich die Augen und wandte sich an Poppy. »Du hast diesen Unfall gesehen, stimmt das?«

Poppy wich seinem Blick aus. »Nun, ich sah *etwas*«, sagte sie vage.

»Was?«, fragte ihre Mutter scharf. »Du musst es uns bitte genau erzählen.«

»Wir sind alle völlig am Ende, Poppy«, fügte ihr Vater hinzu. »Und es ist wirklich wichtig, dass du uns erzählst, was du gesehen hast.«

»Wenn Tatia es erfährt …«

Diesmal schalt sie niemand, dass sie das Mädchen Tatia nannte. Zum ersten Mal.

»Was du uns anvertraust, bleibt unter uns«, versprach ihr Vater. »Keiner sonst hört es.«

Poppy fühlte, dass dies ihr Moment war, und sie biss sich so fest innen auf die Wangen, dass ihr die Tränen kamen, denn das machte sich jetzt gut.

»Ich weiß es nicht genau, aber …«

»Aber was?«

»Erzähl es uns einfach«, befahl Jill Bliss.

Sie sah ihre Mutter an. »Ich glaube, Tatia hat ihn geschubst.«

»Du irrst dich bestimmt«, wandte ihr Vater ein.

»Nein, ich habe gesehen, wie sie Will über die Klippe gestoßen hat. Mit Absicht.«

Poppy gab sich mit einem Mal ganz sicher, kein Zögern mehr, kein Lavieren, eine unumstößliche Behauptung, zu der sie eine schwungvolle Bewegung mit den Händen vollführte, die ihre Mutter erschauern ließ.

Patrick schüttelte ungläubig den Kopf. »Nein.«

»Das habe ich genau *gesehen*«, beteuerte sie.

»Es ist nicht möglich, du musst dich irren. Anfangs wirktest du gar nicht sicher …«

»Sie würde nicht lügen«, nahm Jill Bliss ihre Tochter in Schutz. »Nicht bei etwas so Wichtigem. Würdest du, Poppy?«

Sie blickte ihrer Mutter in die Augen, schüttelte den Kopf. »Natürlich nicht.«

Für einen Moment saßen sie schweigend da, bis sie hörten, wie Sarah und der Polizist zurückkamen.

»Dann müssen wir jetzt eine Aussage machen«, kam es dumpf von Patrick.

»Auf keinen Fall«, erwiderte Jill und drückte Joel an sich.

»Wir dürfen das nicht für uns behalten.«

»Du sagst nichts zur Polizei, das wird keiner von uns tun«, beharrte seine Frau leise. »Es war kompliziert, wie Tatia zu uns kam, und es kann gut sein, dass man die Hintergründe ausgräbt. Wir könnten Poppy und Joel verlieren. Du darfst keinem etwas sagen, niemandem, bis wir entschieden haben, was für uns als Familie das Beste ist. Wir werden die Situation unter uns klären. Hast du das verstanden, Poppy?«

Jill Bliss war nicht bewusst, dass sie das Mädchen gerade eben Tatia genannt hatte, nicht Sarah. Poppy hingegen fiel es auf, und es erfüllte sie mit einem unglaublichen Triumphgefühl.

»Ja, geht in Ordnung«, versicherte Poppy mit einer Miene, von der sie hoffte, dass sie hinreichend nach Trauer und Verzweiflung aussah.

# 61

## Heute

Joel saß eine ganze Weile so regungslos da, dass Poppy sich fragte, ob er durch ihre Eröffnung in eine Art katatonischen Zustand gefallen war. Schließlich aber machte er den Mund auf.

»Ich erinnere mich nicht, was passiert ist. Ich weiß nur, dass Will da war, und …«

»Du warst noch sehr klein«, erklärte Poppy. »Und es gibt viele Faktoren, an die du dich nicht erinnern willst. Seien wir ehrlich, Joel, du warst nie … belastbar.«

»Was ich damals für dich getan habe, kleiner Bär«, Tatia nahm seine Hand, »das würde ich immer wieder tun.«

»Es ist, als würde ich feststecken«, sagte Joel zur Tischplatte. »Ich sehe bloß den Klippenrand, das Gras, das Meer und den Fleck, wo er stand, mehr ist da nicht. Tut mir leid, dass ich mich nicht erinnere. Und mehr noch, dass ich ihn umgebracht habe.«

»Du hast ihn nicht umgebracht, es war ein Unfall«, korrigierte ihn Tatia, die seinen Schmerz spürte.

»Aber eines weiß ich.« Seine geröteten Augen richteten sich auf Poppy. »Sarah hätte nie weggeschickt werden dürfen.«

»Nein«, bestätigte seine Schwester. »Hätte sie nicht.«

»Was willst du von uns?«

»Nichts. Es geht mir einzig und allein um dein Wohl.« Sie nahm ihr Glas. »Ist das so schwer zu kapieren?«

»Und Sarah?«

»*Nenn* sie nicht …«

Poppys Hand flog an ihren Mund, bevor sie den Satz beenden konnte. Es machte sie krank, dass er mit einer Irren gemeinsame Sache machte, einer Wahnsinnigen, die für unzählige Morde verantwortlich war, und es wagte, sich in ihre Familie drängen zu wollen.

»Wenn es irgendwas bedeutet, dass wir hier sind«, insistierte Joel, »dann erzähl ihr, was du ihr angetan hast.«

Tatia schüttelte den Kopf. »Das ist nicht nötig.«

»Wenn du dich so um mein Glück sorgst, erzähl es ihr.«

Joels Kopf schnellte plötzlich nach vorn, als hätte er Mühe, ihn zu halten, und Poppy wusste, dass ihr Bruder wahrscheinlich nie wieder gesund würde. Sie erinnerte sich, einmal einen Film über einen Mann gesehen zu haben, der immer kleiner wurde und letztlich kaum mehr zu sehen war. So kam Joel ihr vor, der sich zunehmend aufzulösen schien.

Er war inzwischen nicht mehr als eine erbärmliche Kreatur, wenngleich nicht erbärmlicher als Tatia oder sie selbst. Keiner von ihnen war die Sorte Mensch, die man in seinem Haus haben wollte, geschweige denn in der Nähe geliebter Menschen.

Poppy war genauso angeekelt von sich selbst wie von den anderen, vielleicht sogar mehr, weil sie kaltblütig den Mann umgebracht hatte, den sie liebte. Zur Strafe musste sie jetzt weiterleben, als wäre nichts geschehen. Joel empfand wenigstens Reue. Er hatte alle Schuld für das auf sich genommen, was ihrer Familie widerfahren war, und es fraß ihn auf. Wenn er wollte, dass sie Tatia gegenüber zugab, was sie getan hatte – nun ja, vielleicht schuldete sie ihm zumindest das.

Entschlossen wandte sie sich an Tatia, schluckte die Säure hinunter, die ihr in die Kehle stieg, und sagte: »Ich muss mich bei dir entschuldigen.«

»Nein.« Tatia griff nach Poppys Hand. »Was vergangen ist, ist vergangen. Lass uns nach vorne sehen. Ich war noch nie so glücklich wie in diesem Moment.«

»Sarah«, warf Joel ein. »Sie hat etwas …«

Tatia unterbrach ihn. »Bitte, verdirb nicht alles.«

»Es ist das Beste, wenn du es weißt«, setzte Poppy wieder an.

Joels Augen schienen tiefer in die Höhlen zu sinken. »Sag es … ihr.«

»Ich habe damals auf der Polizeiwache …« Poppy hielt inne, bevor sie tief durchatmete und weitersprach. »Also, ich habe meinen Eltern erzählt, dass du Will von der Klippe gestoßen und es absichtlich getan hättest. Und deshalb schickten sie dich weg«, stammelte Poppy. »Es war eine schreckliche Lüge.«

»Das weiß ich.« Ein gequältes Lächeln huschte über Tatias Gesicht. »Trotzdem verzeihe ich dir … Bitte, lass uns das Thema wechseln.«

»Aber ich habe dir etwas Unverzeihliches angetan, und es tut mir ehrlich leid.«

»Die Vergangenheit ist vorbei.«

»Du hast die Schuld für Wills Tod auf dich genommen, und ich habe es dir gedankt, indem ich dich hingehängt habe. Damit du weggeschickt wurdest. Schlimmer geht's nicht.«

Tatia schien das Ganze peinlich zu sein. »Bitte, reden wir nicht mehr darüber.«

»Sie schickten dich zurück an diesen widerlichen Ort.«

»Das ist alles vorbei.«

Poppy steckte die Hand in die Jackentasche und umklammerte die Spraydose. Vorsorglich, denn weder Tatia noch Joel schienen ihr berechenbar zu sein. Schließlich musste sie handeln: für Gabriel, um ihm die Zukunft zu sichern, die ihm zustand und die sein Vater gefährdet hatte.

»Dieser Wein.« Tatia drehte das Glas in ihren Händen. »Seht mal die schöne rubinrote Farbe.«

»Ich möchte wirklich, dass du weißt«, kam Poppy auf das alte Thema zurück, »wie leid es mir tut …«

»Hör auf«, unterbrach Tatia sie und schlug die flache Hand so heftig auf den Tisch, dass das Besteck klimperte. »Hör auf, hör auf, hör auf!« Sie war völlig außer sich, und als sie auch noch Wein verschüttete, rastete sie endgültig aus. »Ich habe alles verdorben!«, schrie sie.

»Nein.« Poppy eilte zu einer Schublade, um einen Lappen zu holen, und tupfte den Fleck vom Tischtuch. »Schau mal, alles gut!«

»Nein, sieh nur, was ich getan habe!«

Sie entriss Poppy den Lappen und rieb hektisch an der verfleckten Stelle.

»Bitte setz dich.«

Als Poppy versuchte, ihr den Lappen wieder abzunehmen, stieß sie sie wütend weg.

»Mein Leben ist die Hölle auf Erden gewesen!«, kreischte sie, während sie energisch schrubbte. »Mir sind Dinge passiert, die du niemals verstehen wirst. Ich habe Sachen getan, schreckliche Sachen, Poppy, widerliche Sachen. Ich war ein schlechter Mensch, aber ich musste überleben.

Und die ganze Zeit wünschte ich mir lediglich eines: zurück nach Hause zu kommen, zu dir und zu Joel. Wenn du wüsstest, was für ein Mensch ich gewesen bin, du würdest mich nicht in dein schönes Zuhause oder in die Nähe deiner reizenden Familie lassen.«

Sie sackte auf einen Stuhl. »Das war damals, Poppy, jetzt bin ich anders. Du hast mir unrecht getan, ja, nur hast du ebenfalls eine furchtbare Last getragen …« Einen entsetzlichen Moment lang fürchtete Poppy, Tatia würde weinen, stattdessen seufzte sie. »Und jetzt bin ich hier, wir drei sind wieder zusammen, und alles wird gut. Nichts hält uns mehr davon ab, glücklich zu sein. Alles, was geschehen ist, war es wert, weil es uns zu diesem Moment geführt hat. Wir sind wieder eine Familie, endlich. Also bitte, Poppy, ich möchte nicht länger in der Vergangenheit leben. Lass uns nie mehr über das, was passiert ist, reden, es spielt keine Rolle mehr. Ich liebe dich und verzeihe dir.« Das traurige Lächeln war zurück. »Verstehst du das?«

»Ja«, flüsterte Poppy.

»Nenn mich Sarah.« Tatia sah sie flehend an. »Ich bin doch eure Sarah.«

Poppy öffnete den Mund, ohne indes ein Wort herauszubringen.

»Bitte.« Als Poppy nicht antwortete, sah Tatia verlegen zur Seite. »Ich sollte gehen.«

»Nein.« Poppy schob ihren Wein beiseite. »Bleib bitte.«

»Ich muss …«, hörten sie Joel lallen, dessen Kopf inzwischen fast die Tischplatte berührte und der kaum noch die Augen offen halten konnte. »Ich glaube, ich muss jetzt schlafen.«

Tatia weinte vor Freude.

# 62

Sie fuhren im roten Abendlicht durch den Feierabendverkehr auf die North Circular und von dort auf der M25 über das Dartford-Kreuz nach Kent. Wylie wippte mit dem Kopf zu einem Mischmasch aus Klassikrock und erklärte Drake, wie es laufen sollte. Er müsse nichts weiter tun, als aufzupassen, während Wylie ins Haus ging.

»Was für ein Haus?«

»Ein großes«, antwortete Wylie. »Größer, als Sie oder ich es uns jemals leisten könnten.«

*Ein Haus mitten in der Pampa,* sagte Connor. *Die sind dir die liebsten.*

Drake müsse nicht reingehen, erklärte Wylie, müsse sich nicht mal in der Nähe aufhalten, sondern lediglich aufpassen, dass er Wylie rechtzeitig alarmierte, sollte sich wider Erwarten jemand dem Haus nähern.

»Das sind nämlich üble Leute. Wenn die mich drinnen finden, dann Gute Nacht …« Wylie schüttelte sich übertrieben. »Sie verstehen, was ich meine.«

»Verraten Sie mir, was Sie stehlen.«

»Ich stehle überhaupt nichts.« Wylie riss das Lenkrad herum, um einen Wagen auf der Innenseite zu überholen, bevor er wieder auf die Mittelspur wechselte. »Rein technisch gesehen zumindest nicht. Ich hole mir etwas zurück, das mir gehört. Nicht mal mir, das ist ja das Problem, sondern meinem Sohn.«

»Spucken Sie schon aus, was es ist, oder halten Sie an, und ich steige aus.«

*Bringen wir es heute Nacht hinter uns,* hörte er Connors Stimme, und sein Puls beschleunigte sich.

»Verdammt, Ray, wo bleibt das Vertrauen?«, seufzte Wylie enttäuscht. »Es ist ein Hund.«

»Sie stehlen einen Hund.«

»Ich hole ihn zurück von einem Mann, dem er nicht gehört.« Sein Blick huschte zu Drake. »Ich stelle das Gleichgewicht im Universum wieder her.«

»Wie kam es, dass Sie den Hund Ihres Sohnes weggegeben haben?«

»Sie wissen doch, wie das manchmal ist.« Wylie rieb sich das Kinn, während er über zwei Spuren zur Ausfahrt schwenkte. »Wenn man undercover unterwegs ist, sollte man wissen, welche Knöpfe man drücken muss. Als ich den Typen kennenlernte, habe ich sein Vertrauen gewonnen, indem ich einen Welpen mitbrachte, weil er ein Hundenarr ist. Tischte ihm eine Geschichte auf, dass ich das Tier gefunden hätte, lauter Blabla. Dabei habe ich ihn bei meinem Sohn ausgeliehen.«

*Er ist gut, das muss man ihm lassen. Er überzeugt echt.*

»Das Problem war, dass dieser Gangster den Hund unbedingt behalten wollte. Ließ kein Nein gelten. Also gab ich ihm den Hund.« Wylie kratzte sich an der Nase. »Im Nachhinein keine tolle Idee, denn das verdammte Vieh ist gechippt und könnte sie zu meiner Privatadresse führen. Bislang gab es allerdings keine Probleme. Außer mit meinem Sohn, der seinen Hund vermisst, deshalb hat meine Ex hat mir befohlen, ihn zurückzubringen.« Er griff in seine Tasche und angelte Schlüssel und eine klobige Fernbedienung heraus. »Ich habe Zugang zu dem Haus und der Alarmanlage.«

»Meinen Sie nicht, dass er merkt, wenn der Hund weg ist?«

»Keine Sorge, er hat eine Menge Hunde. Ich werde zufällig eine Tür offen lassen, und alle rennen raus in die Nacht. Da wird es niemanden groß wundern, wenn einer nicht zurückkommt. Mit Glück erinnert er sich nicht mal, welcher Hund fehlt.« Wylie grinste. »Mir gefallen unsere Plaudereien, Ray.«

Drake schaute angelegentlich zum Fenster hinaus. Er hatte völlig die Orientierung verloren. Die Vororte lagen hinter ihnen, die Abstände zwischen den Siedlungen wurden größer, die Kreuzungen und Kreisverkehre weniger und die Kurven enger. Dann erschienen hübsche ländliche Pubs mit Reetdächern und bunten Lichterketten – sie waren auf dem Land angekommen mit viel Grün beidseits der Straße.

»Und was genau tue ich?«

»Sie stehen Schmiere. Es wird stockfinster sein, sodass keiner Sie auf dem Weg sieht, und Sie geben mir Bescheid, sobald jemand kommt. Ich bin in null Komma nichts wieder draußen.«

Er bog nach links ab, fuhr einen Weg entlang und riss den Wagen auf den Randstreifen, als Autoscheinwerfer aus der Dunkelheit auftauchten, die Drake vorübergehend blendeten.

»Ich weiß Ihre Hilfe zu schätzen, Ray.«

»Und dann sind wir fertig.«

»Ja, sind wir.«

Wylie presste seine Nase an die Windschutzscheibe, bis

er einen schmalen Pfad entdeckte, der ins Nirgendwo zu führen schien. Matsch spritzte bis hoch zu den Scheiben, und sie selbst wurden auf dem holprigen Feldweg kräftig durchgeschüttelt, zumal die Federung des Mazda nicht die beste war.

Im Übrigen fuhr Wylie viel zu schnell, schrammte mit Ach und Krach gerade so an Baumstämmen vorbei, die im Mondlicht silbrig aussahen. Zweige knackten unter den Reifen. Drake sah ein leuchtendes Augenpaar im Scheinwerferkegel, dann rannte das Tier weg. Auf einer Lichtung hielten sie an.

Es war still bis auf das Ticken des abkühlenden Motors. Wenn alles so einfach war, so unkompliziert, und Wylie einfach schnell ins Haus und wieder hinausschleichen wollte, warum in drei Teufels Namen hielten sie dann mitten in der Wildnis an?

*Es ist stockdunkel, und du bist mitten in der Pampa. Aber wenigstens hast du mich, Ray.*

»Gehen wir.« Sam Wylie stieg aus. »Es ist auf der anderen Seite des Waldes.«

Drake folgte ihm in die schwarze Leere zwischen den Bäumen, wo seine Füße tief in den weichen Untergrund einsanken. Alles Mögliche konnte sie hinter dem Wäldchen erwarten. Drake zuckte zusammen, als ein Nachtvogel mit einem klagenden Schrei aus einem Baum in die Dunkelheit flatterte.

Die Ghost Squad, jene Spezialeinheit der Polizei, war bekannt dafür, Fallen zu stellen. Ein Trick war, Drogen in einem verlassenen Wagen zu deponieren, damit Beamte sie entdeckten, und dann abzuwarten, ob diese Drogen jemals in der Asservatenkammer ankamen. Denkbar wäre also, dass in diesem Moment eine Nachtsichtkamera auf ihn gerichtet war, die seinen stolpernden Marsch durch den Wald in grellem Grün aufzeichnete. Drake könnte sich Wylies Handy greifen – doch die ihn belastende Aufzeichnung war wahrscheinlich längst in eine Cloud oder an einen anderen Server geschickt worden. Wer hatte dann außer Wylie Zugriff darauf? Eine Person oder ein Dutzend? Falls dies eine Falle war, irgendeine Nummer im Alleingang, dann war sie sehr ausgefeilt.

»Alles okay dahinten?«

Wylie drehte sich immer wieder grinsend um, und Drake fand das Ganze zunehmend beunruhigend. Etwas passierte hier, ohne dass Drake im Geringsten ahnte, was.

»Es ist gleich da drüben.«

Wylie schlitterte einen Abhang hinunter, dann standen sie oberhalb eines Weges, der zu einem breiten Eisentor führte, und dahinter ragte ein stattliches Haus auf. Offensichtlich eine Art Landgut, denn Drake konnte seitlich niedere Gebäude ausmachen, die wie Stallungen aussahen. Nirgendwo brannte Licht, sämtliche Fenster waren schwarz, bloß das Mondlicht spiegelte sich in ihnen.

»Geht ganz schnell«, erklärte Wylie und wollte verschwinden, aber Drake packte sein Handgelenk.

»Fünf Minuten.«

»Schlafen Sie ja nicht ein, Ray.«

Mit einem Druck auf die Fernbedienung öffnete Wylie das Tor, schlüpfte hindurch und schloss es wieder. Bewegungsmelder schalteten Strahler am Haus an. Drake hörte von drinnen Hundegebell. Er sah, wie Wylie die Vordertür aufsperrte und im Haus verschwand.

*Von jetzt ab übernehme ich*, sagte Connor leise. *Denn du bist schwach, und ich bin stark.*

Drake ignorierte ihn. Die Außenstrahler erloschen.

Laub raschelte in einer leichten Brise. Irgendwo hoch am Himmel war das verklingende Dröhnen eines Flugzeugs zu vernehmen.

Er wartete fünf Minuten, zehn. Wo zum Teufel blieb Wylie? Schließlich hatte er gesagt, dass er schnell reingehen und gleich wieder rauskommen werde.

Plötzlich hörte er ein fernes Brummen und sah einen flüchtigen Lichtschein zwischen den Bäumen.

Ein Fahrzeug näherte sich dem Haus.

## 63

Tatia legte Joel sanft auf das Bett. Sein ausgemergelter Körper hinterließ keinen Abdruck auf der Matratze.

»Alles okay mit ihm?«, fragte Poppy an der Tür zum Gästezimmer.

Ausnahmsweise nahm Tatia die geschmackvolle Einrichtung kaum wahr – die weißen Wände und Vorhänge, die Hochglanzfronten von Kleiderschrank und Kommode; den schlichten Schwarz-Weiß-Druck an der Wand, die hübsche Nachttischlampe.

Sie strich ihm über die Stirn. »Er wird schlafen wie ein König.«

»Ich lasse euch zwei dann allein.« Poppy ging und schloss die Tür hinter sich.

Joels halb geschlossene Augen lagen tief in ihren dunklen Höhlen. In wenigen Momenten würde er fest schlafen.

»Wir sind die glücklichsten Menschen der Welt«, flüsterte Tatia. »Unsere Geschichte hat ein Happy End gefunden. Und für dich gibt es keinen besseren Ort als Poppys Zuhause, hier kannst du endlich schlafen.«

Joel war in Sicherheit, und deshalb fällte Tatia eine Entscheidung.

»Morgen werde ich mich Inspector Drake stellen. Du hast jetzt Poppy, kleiner Bär, und brauchst mich nicht mehr. Sie suchen nach mir, Joel, nicht nach dir. Ich schäme mich für die entsetzlichen Sachen, denen ich dich ausgesetzt habe, und will nicht zusätzlich dein künftiges Leben belasten. Trotzdem hoffe ich, dass du mir verzeihst und mich im Gefängnis besuchst. Ich werde jeden Tag an dich denken, versprochen, und wenn du glücklich bist, werde ich es ebenfalls sein. Schlaf gut, mein lieber Bruder – wenn du aufwachst, wird sich für dich alles zum Besseren entwickeln. Du wirst gesund werden und wieder leben.«

Tatia war mit sich im Reinen.

Wenigstens für einen Abend, für einen magischen Moment, war ihr Traum wahr geworden. Sie hatte mit Joel und Poppy ein paar schöne Stunden verbracht, wie es in einer Familie üblich war. Ihre Erinnerungen daran würden ihr durch die bevorstehenden schwierigen Monate und Jahre helfen.

Joel öffnete den Mund, um etwas zu sagen, aber sie konnte ihn nicht verstehen. Er war zu müde, um klar zu artikulieren. Sie neigte ihr Ohr zu seinen Lippen, und ihr Haar fiel einem Leichentuch gleich über sein Gesicht.

»Was ist, mein Liebling?«

»Vert… i… ni…«

»Schlaf jetzt.« Sie zog die Decke über seine Schultern. »Wir reden, wenn du aufwachst.«

Stille legte sich über Joel. All das Zittern und Zucken, das sonst seinen Körper durchschüttelte, war fort. Sein Kopf sank ins Kissen. Gleich würde er einschlafen, niemand brauchte den Schlaf so dringend wie er.

Dennoch sträubte er sich ein letztes Mal dagegen. Seine Finger strichen über Tatias Arm, er versuchte ihr etwas zu sagen.

»Vert… Pop… nich…«

Dann schloss er die Augen, und zum ersten Mal seit

Monaten fiel Joel Bliss in einen tiefen Schlaf. Tatia hielt eine Hand vor seinen Mund, weil sie sich vergewissern wollte, dass er ruhig atmete. Sie hoffte so sehr, dass dieser Schlaf der Anfang einer vollständigen Genesung sein möge. Tränen der Freude tropften auf Poppys blütenweiße Bettwäsche.

Tatia schaltete die Lampe aus und verließ das Zimmer.

Unten fand sie Poppy nach wie vor in der Küche vor. Sie spülte gerade ihr Glas unter laufendem Wasser ab, ihr Gesicht wirkte angespannt. Als Tatia sich daranmachen wollte, die Teller abzuräumen, winkte sie ab.

»Lass das«, sagte sie unwirsch und fügte sogleich mit einem bemühten Lächeln hinzu: »Ich mache das morgen früh. Warum gehst du nicht zu Bett?«

»Ja, ich bin müde. Vielleicht setze ich mich noch ein wenig zu Joel.« Sie hob ihre Hände, als wollte sie Poppy segnen. »Ich danke dir.«

Ihre Schwester stellte das leere Glas auf die Abtropffläche und holte tief Luft. Tatia hatte den Eindruck, dass sie von Gefühlen übermannt wurde, und stürzte plötzlich überwältigt auf sie zu, umarmte sie und küsste sie aufs Ohr, flüsterte: »Ich liebe dich, mein Schatz.«

Unangenehm berührt, schüttelte Poppy sie ab. »Ich muss morgen sehr früh raus.«

Tatia nickte. »Gute Nacht, Poppy.«

Dann, als sie zur Tür ging, rief Poppy mit einem Mal irgendwie alarmiert: »Warte!«

Erschrocken drehte Tatia sich zu ihr um. »Was ist?«

»Hast du was gehört?«

»Nein, ich …«

»Aber ich. Da war ein Geräusch«, sagte Poppy. »Es klang, als käme es aus dem Keller.«

# 64

Drake nahm sein Handy aus der Tasche, wählte Wylies Nummer und trat hinter einen Baumstamm, als die Autoscheinwerfer über den unebenen Weg näher kamen und der Wagen unterhalb von ihm stoppte. Laute, aggressive Musik störte die nächtliche Stille.

Wylie meldete sich nicht. Dafür beobachtete Drake, wie das Sicherheitstor rumpelnd zur Seite glitt und ein Van auf das Grundstück fuhr. Im Licht der Armaturenbeleuchtung sah er vage zwei Männer. Ein Zigarettenstummel wurde auf den Randstreifen geworfen, wo er vor sich hin glomm. Die Scheinwerfer wanderten über die Hausfront, als das Fahrzeug sich träge in eine Kurve legte, bevor es vor dem Stallgebäude parkte. Dann wurde der Motor ausgestellt, die Musik verstummte, die Scheinwerfer erloschen.

Wylies Handy klingelte und klingelte.

Vier Männer stiegen aus dem Van, große Kerle in Anzügen. Einer von ihnen – noch größer als die anderen und mit kahl rasiertem Kopf – sagte etwas. Redend und lachend standen sie um den Wagen herum, ohne auf das aufgeregte Gebell aus dem Haus zu achten.

Einer der Männer richtete eine Fernbedienung auf das Tor, das sich mit einem metallischen Kreischen wieder zu schließen begann. Als drei der Männer auf das Haus zugingen, schaltete sich die Außenbeleuchtung ein. Der größte Kerl blieb beim Wagen zurück und steckte sich eine Zigarette an.

Das waren eindeutig keine Typen, die bei der Polizei anrufen würden, sollten sie einen Einbrecher im Haus vorfinden. Die machten kurzen Prozess. Warum zum Teufel ging dieser Schwachkopf nicht ans Telefon?

Drake überdachte seine Möglichkeiten und traf eine Entscheidung.

*Der Mann hält dich zum Narren.*

Er steckte das Handy ein, stieg den Abhang hinunter und hob einen dicken Ast auf, für alle Fälle, hielt sich dicht am Rand des rollenden Tores, ehe er rasch durch den Spalt schlüpfte. Geduckt bewegte er sich über den Vorplatz, achtete darauf, außerhalb der Lichter zu bleiben, bis er die Stallungen erreichte. Als er um die Ecke spähte, sah er den breiten Rücken des Riesen, der nach wie vor am Wagen lehnte, eine Zigarette in der Hand, und Rauchwolken in den Sternenhimmel blies.

Einen Moment später hörte er Rufe aus dem Haus, gefolgt von Schüssen – einen, zwei, drei –, dazu schwache Lichtblitze hinter den Fenstern. Die Hunde flippten aus, bellten und jaulten. Der Mann am Wagen schrak auf, ließ die Zigarette fallen. Als Drake über den Kies ging, drehte er sich um, griff in seine Tasche. Der DI kam ihm zuvor, indem er seinen Ast schwang und ihn fest gegen den kahlen Kopf donnerte, sodass der Riese rückwärtsflog, gegen die Kühlerhaube krachte und wie ein gefällter Baum zu Boden fiel.

In den Taschen des Mannes fand er Autoschlüssel und eine Handfeuerwaffe, leider keine Fernbedienung für das Tor. Drake steckte die Waffe ein, stieg in den Van, in dem es nach Rauch und Aftershave roch, startete und wendete ihn, sodass er mit dem Kühler zum Tor stand. Die Reifen jagten bei dem mit viel Gas durchgeführten Manöver einen Sprühregen aus Kies in die Luft.

Der Detective blieb im Wagen sitzen, behielt im Rückspiegel das Haus im Blick und durchwühlte nebenbei vergeblich das Handschuhfach nach einer Fernbedienung für das Tor. Zur Not würde er eben auf die Kühlerhaube steigen und drüberklettern. Denn egal, was geschah – er würde nicht in dieses Haus gehen.

Noch eine Minute, wenn Wylie bis dahin nicht auftauchte, würde er sich vom Acker machen. Falls er getötet würde, umso besser für ihn. Dann wäre da einer weniger, der ihm was anhängen konnte. Und da es am Tor keine Kamera gab, würde niemand wissen, dass er hier war.

In diesem Moment bimmelte sein Handy, und als er es an sein Ohr hielt, hörte er Wylie etwas schreien, dazu diffuse Geräuschfetzen. Donnernde Schritte auf einem Holzboden, das Kläffen der Hunde, einen Schuss, dessen Mündungsfeuer er in einem der Fenster sah, dann war die Verbindung tot.

Das war's offenbar mit Wylie, dachte Drake, doch eine Minute später stürmte eine Gestalt aus der Vordertür. Geistesgegenwärtig drückte Drake auf die Hupe, sodass Wylie Kurs auf den Wagen nahm und sich keuchend und stolpernd durch die Beifahrertür, die der DI bereits geöffnet hatte, hineinwarf. Ein kleiner Terrier, den er im Arm gehalten hatte, sprang sogleich freudig kläffend auf den Rücksitz.

Wylie, dem Blut übers Gesicht strömte, knallte die Tür zu, Drake machte den Wagen startklar und schrie Sam an, verdammt noch mal das Tor zur öffnen.

»Verraten Sie mir, wer Sie sind«, sagte der Undercovermann mit der Fernbedienung in der Hand.

»Gott, machen Sie endlich das Tor auf!«

»Erst Ihren richtigen Namen.«

*Da hast du es,* flüsterte Connor leise.

»Mein Name ist Raymond Drake, öffnen Sie das Tor!«

»Wer sind Sie? Sagen Sie es mir jetzt, und wir fahren.« Wylie schlug die Fäuste auf das Armaturenbrett. »Kommen Sie schon, Mann, verraten Sie es mir, oder wir krepieren hier.«

Drake sah nach hinten. Die Männer kamen schnell auf sie zu, selbst der große Kerl war wieder mit von der Partie. Binnen Sekunden würden sie bei ihnen sein.

»Sagen Sie mir, wer Sie sind!«

*Jetzt siehst du, warum du mich brauchst.* Connor sprach sehr laut in seinem Kopf. *Denn du bist schwach …*

»Öffnen Sie das Tor!«

Vergeblich versuchte Drake, dem anderen die Fernbedienung abzunehmen, er hielt sie außer Reichweite.

»Verraten Sie es!«

*… und ich bin stark.*

Blitzschnell griff er in seine Tasche und zog die Waffe heraus, die er dem Riesen abgenommen hatte, und hielt sie seinem überraschten Nebenmann an die Wange.

»Hoppla!« Wylie wich zurück.

»Sagen Sie es einfach – sagen Sie …«

Ein lautes Krachen ertönte, dann barst die Heckscheibe und zersplitterte. Der kleine Kläffer war jetzt endgültig von der Rolle.

»Öffnen Sie das Tor, oder ich erschieße Sie auf der Stelle.«

Wylie kicherte albern, wenngleich es ziemlich gequält

klang, doch selbst das verging ihm, als auch noch der Außenspiegel auf der Fahrerseite einen Treffer abbekam und förmlich zerplatzte. Die nächsten Schüsse würden auf sie direkt zielen.

»Öffnen Sie das Tor!«, schrie Drake erneut

»Nicht ehe Sie …«

*Von hier an übernehme ich,* sagte Connor.

Drake drückte den Abzug.

# 65

»Ich habe ein Scharren gehört wie von einer Ratte oder so.« Poppy musste nicht vorgaukeln, verängstigt zu sein. Momentan war sie wie versteinert vor Angst. »O Gott, ich hasse Ratten.«

»Das sind winzige Geschöpfe«, sagte Tatia, »die haben mehr Angst vor dir als du vor ihnen.«

»Ich könnte es nicht ertragen, wenn da eine Ratte ist. Dann kann ich nicht schlafen.« Poppy hob einen Finger. »Da ist es wieder.«

Tatia umfasste die Türklinke und lehnte ihr Ohr an die Kellertür. »Ich höre nichts.«

»Bitte«, bat Poppy. »Kannst du mal nachsehen?«

»Ja, sicher.« Tatia berührte ihren Arm. »Wenn du dann beruhigt bist.«

»Nimm das Bügeleisen mit für alle Fälle.« Poppy ging zurück in die Küche und brachte es ihr, wobei sie es so tief hielt, dass Tatia das Blut und die Fasern nicht sehen konnte, die an der Bügelfläche hafteten.

»Ich brauche das nicht.«

»Nimm es.« Poppy drückte es ihr in die Hand und schloss Tatias Finger fest darum. »Ich fühle mich so besser.«

Mit dem Bügeleisen in der Hand öffnete Tatia die Kellertür und schaltete das Licht an. Sie blickte die Treppe hinunter, konnte jedoch kaum etwas erkennen außer den Plastikplanen, die in dem zugigen Gewölbe leicht wehten. »Ich sehe nichts.«

»Irgendwo da unten muss sie sein.«

Poppy spielte ihre Rolle der hysterischen Frau gut, war aber zugleich fest entschlossen, umzuschalten und Tatia einen Schubs zu geben, wenn sie nicht bald Anstalten machte, die Treppe freiwillig runterzusteigen. Zu ihrer Erleichterung tat sie es schließlich und blickte über das Geländer.

»Siehst du etwas?«

»Da ist nichts.«

»In den Ecken vielleicht.« Poppys Hand lag auf der Türklinke, bereit, die Tür zuzuwerfen. »Ich habe eindeutig etwas gehört.«

Tatia ging ganz nach unten. Gefangen in dem qualvollen Moment, beobachtete Poppy mit klopfendem Herzen und mit einer kranken Faszination, wie Tatia auf den ersten Plastikvorhang zuging und ihn beiseiteschob und sich sodann über Tims Leiche beugten.

»O mein Gott«, hörte sie ihre traurige Stimme, bevor das Bügeleisen mit einem dumpfen Knall auf den Estrich fiel. »Was hast du getan?«

Poppy knallte die Tür zu und schloss sie ab.

Jetzt weinte sie echte Tränen der Angst, rannte in die Küche und kippte den Tisch um, sodass Geschirr und Besteck auf dem Boden landeten. Sie kickte das Brotmesser mit Tatias Fingerabdrücken in die Diele, angelte das Handy aus ihrer Jeanstasche und wählte den Notruf.

»Notrufzentrale«, meldete sich eine Stimme. »Welche Hilfe brauchen Sie?«

»Polizei!«, rief sie ins Telefon.

»Wie können wir Ihnen helfen?«

»Sie ist hier«, schluchzte Poppy. »Die Frau, die all diese Leute umgebracht hat, ist in meinem Haus! Sie ist wahnsinnig! Sie hat uns mit einem Messer bedroht, und« – das Schluchzen verstärkte sich – »sie hat meinen Mann umgebracht! Und ich habe Angst um meinen Sohn, er ist noch so klein.«

Die Frau ließ sich die Adresse geben und fragte dann: »Sind Sie und Ihr Kind jetzt an einem sicheren Ort, Madam?«

»Ich habe sie im Keller eingeschlossen«, stammelte sie. »Sie hat meinen Mann da runtergejagt, und jetzt ist er … tot.« Poppy weinte bei dem Gedanken an Tims kalte Leiche und an das Schreckliche, was sie getan hatte. »Was soll ich machen? Ich habe solche Angst!«

»Die Polizei ist unterwegs«, hörte sie die Frau sagen, »auf jeden Fall sollten Sie und Ihr Sohn sofort das Haus verlassen. Ist das möglich?«

Als sie ein lautes Klopfen an der Kellertür vernahm und sah, wie die Klinke auf und ab gedrückt wurde, zuckte Poppy zusammen und ließ vor Schreck das Handy auf den Fliesenboden fallen.

»Poppy, mach die Tür auf.« Tatias Stimme klang erstaunlich ruhig. »Ich bin nicht wütend, bitte öffne die Tür, damit wir reden können.«

Ihre Worte verhallten ungehört. Poppy war bereits auf dem Weg nach oben, sie dachte an das, was die Frau ihr eingeschärft hatte – raus aus dem Haus –, riss den tief und fest schlafenden Gabriel aus seinem Bett und flüsterte: »Komm, mein Schatz, gehen wir.«

Sein Kopf sank an ihre Schulter, und seine Arme und

Beine schlackerten gegen ihre Hüften, als sie ihn die Treppe hinuntertrug, die Haustür öffnete und zu ihrem Wagen ging. Dort stellte sie den Jungen, der erst halb wach war und sich kaum aufrecht halten konnte, auf die Füße und suchte hektisch in den Taschen ihrer Jeans nach den Wagenschlüsseln.

Bis ihr einfiel, dass sie in der Küche waren. In ihrer Tasche.

»Warte einen Moment«, schärfte sie Gabriel ein und rannte zurück ins Haus, wo Tatia sich offenbar gerade bemühte, mit dem Bügeleisen ein Loch in die Kellertür zu schlagen.

Rumms, rumms. Das Holz begann schon zu splittern.

Schnell schnappte sie sich die Autoschlüssel und eilte zurück zum Ausgang, aber dann gefror ihr vor Entsetzen das Blut in den Adern …

Die Kellertür flog auf.

Und vor ihr stand atemlos Tatia, das Bügeleisen in der Hand.

»Ich habe deinen Mann gesehen«, stellte Tatia lapidar fest. »Da unten. Er ist tot.«

Poppy nickte. »Ja.«

»Du hast ihn umgebracht und willst behaupten, dass ich es war.« Frustriert ließ Tatia das Bügeleisen fallen, hob die Hände und trat ein paar Schritte vor. »Was habe ich dir jemals getan?« Panisch floh Poppy ins Wohnzimmer, gefolgt von Tatia. »Mein ganzes Leben lang versuche ich, dir nicht die Schuld für das zu geben, was du mir angetan hast. Ich sagte mir, dass du aus Furcht gehandelt hast, nicht aus Grausamkeit.« Tatia griff nach einer Vase. »Jetzt erkenne ich allerdings, dass du mich immer nur verachtet hast. Du hast nie meine Zuneigung gewollt, hast sie mit Füßen getreten.«

Sie warf die Vase gegen den Spiegel hinter Poppy, und er zerbarst. Scherben flogen ihr ins Gesicht und schnitten ihr in die Wange.

»Es tut mir so leid.«

»Ich habe alles verloren.« Tatias Lächeln kroch schlangengleich über ihre Züge. »Meine Familie, unsere Familie, die ich mehr liebte, als du dir jemals vorstellen kannst. Ich liebte alle – Mutter, Vater, Joel, Will und dich. Alles, was ich mir je gewünscht habe, war deine Liebe, die Liebe meiner Schwester. Und was habe ich bekommen? Deinen Hass, mit dem du mein Leben zerstört hast. Du bist eine selbstsüchtige Person und hast keine Ahnung, was ich durchlitten habe und wie es ist, zu einem Leben wie meinem verurteilt zu werden.« Eine kleine Figur flog über Poppys geduckten Kopf und zerschellte an der Wand. »Dabei war das Einzige, was mich am Leben erhielt, der Gedanke, dich eines Tages wiederzusehen, und die Hoffnung, dann von dir gemocht zu werden. Ich wollte alles dafür tun, dass du mich magst.« Sie klopfte sich an ihre Brust. »Mich!«

»Tatia, bitte.« Sie tastete nach der Spraydose in ihrer Jackentasche und blickte zur Tür in die Diele. »Es tut mir so leid. Ich wollte nicht …«

Als Tatia die Hände vors Gesicht schlug und zu schluchzen begann, sah Poppy ihre Chance gekommen, sich heimlich davonzuschleichen. Sie kam nicht dazu, denn erneut begann die Frau, die so gerne ihre Schwester sein wollte, zu sprechen, ohne die Hände herunterzunehmen.

»Ich habe Dinge getan, die jemand wie du nie verstehen wird. Jemand mit einem perfekten Leben, Kind und Ehemann, schickem Haus und schicken Sachen, Pediküren und Dinnerclubs, mit Zumbakursen, dem Parkplatz vor der

Haustür und Bauernmärkten. Ich habe so vieles verloren.« Tatias Hände sanken nach unten, und auf ihrem Gesicht breitete sich ein triumphierendes Lächeln aus. »Du hingegen hast nichts verloren, nichts Bedeutendes in deinem vollkommenen Leben, hast immer bloß genommen und trotzdem Furchtbares getan.«

Da war etwas in Tatias Lächeln, das Poppy dort nie zuvor gesehen hatte. Verachtung. Unversöhnlicher, tödlicher Hass. Eine kalte Furcht lähmte ihre Glieder.

»Endlich durchschaue ich dich, du bist ein von Grund auf böser Mensch.« Tatia trat vor und fixierte den Jadering. »Und es wird Zeit, dass du etwas verlierst.«

»Nimm ihn«, stieß Poppy hastig hervor und zerrte ihn sich vom Finger, hoffte, damit diesen rachsüchtigen Geist zu besänftigen, der aus einer anderen Welt gesandt zu sein schien, um sie zu bestrafen. »Bitte, nimm ihn!«

Durch das dunkle Fenster sah sie ihren Sohn draußen müde und verängstigt am Wagen lehnen. Als sie bemerkte, dass Tatia ihrem Blick folgte, wollte sie das Pfefferspray aus ihrer Jackentasche ziehen, doch Tatia kam ihr zuvor, sprang auf sie zu und verdrehte ihr den Arm.

»Ich habe das schon früher gemacht.«

Mit funkelnden Augen löste Tatia Poppys Finger von der Spraydose, packte ihr Handgelenk und drückte es in die Scherben des zersplitterten Spiegels, die spitz hervorstachen. Blut quoll aus den Schnitten, und Poppy schrie auf, woraufhin Tatia ihr einen so heftigen Schlag versetzte, dass sie rückwärtstaumelte und hinfiel.

»Du bist nicht mehr meine Schwester.« Tatias Stimme klang fast betrübt. »Du bist nichts, und ich werde dich fühlen lassen, wie es ist, ich zu sein. Du wirst erfahren, was es heißt, alles zu verlieren, was einem lieb ist.«

Poppy schluchzte. »Es tut mir so leid, Sarah!«

»Du irrst dich.« Sie grinste siegessicher. »Mein Name ist Tatia.«

Und dann hob sie das Pfefferspray vom Boden auf.

# 66

»Verdammt, Ray!« Wylie boxte gegen das Wagendach, als Drakes Tür aufgerissen und er vom Fahrersitz gezerrt wurde. »Sie sind ein echt sturer Mann!«

Die Männer warfen Drake auf den Kies und verpassten ihm einen Tritt in den Bauch, bei dem ihm Hören und Sehen verging und er nach Luft schnappte. Bevor er einigermaßen Atem schöpfen konnte, wurde er ein zweites Mal getreten. Jetzt drehte sich alles um ihn, der Hof schien vor seinen Augen zur Seite zu kippen. Im Wagen hörte er den Hund kläffen und kratzen.

Wylie kam um den Wagen herum.

»Was für ein Trip! Hammermäßig war das. Sie haben doch nicht etwa gedacht, dass wir Ihnen eine geladene Waffe überlassen, oder? Das wäre *wirklich* unachtsam gewesen.« Er schleuderte die Waffe über seine Schulter und atmete erschöpft aus. »Sie mussten nichts weiter tun, als es mir zu sagen, Ray! Das war alles, was Sie zu tun hatten. Kann eigentlich nicht so schwer sein, oder?«

Einer der Männer stellte sich vor Drake und trat erneut zu. Seine Wange begann höllisch zu brennen, und die Umgebung wurde unscharf.

»Ach Mann, Jungs!« Wylie schob den Kerl weg. »Ich habe gesagt, nicht ins Gesicht. Was seid ihr für Menschen?

Tiere? Zurück mit euch, ich möchte mit meinem Freund reden.« Er fuchtelte mit den Händen, als würde er eine aufgebrachte Menge beruhigen, und hockte sich neben Drake. »Ich bin enttäuscht, Ray, bitter enttäuscht, dass Sie mir nicht die Wahrheit verraten haben. Wir könnten inzwischen auf dem Heimweg sein. Stattdessen liegen Sie hier, grün und blau getreten. Muss sehr erniedrigend sein für einen Mann wie Sie.«

Drake streckte sich auf dem Kies aus, schaute zum Himmel hoch, an dem die Sterne merkwürdig zu flackern schienen.

»Mein Name ist Ray Drake.«

Der Kahlrasierte sprang wütend vor. »Er hat mich niedergeschlagen.«

»Warte.«

»Mit einem Prügel, groß wie ein Baum.«

»Tony«, mahnte Wylie ruhig, »halt den Mund und übertreib nicht.«

»So läuft es also?« Drake drehte sich zur Seite und stützte sich vorsichtig auf die Ellbogen. »Auf diese Weise erzwingt die Ghost Squad ihre Geständnisse.«

»Sagen Sie mir Ihren *richtigen* Namen, und wir machen uns auf den Weg. Ich kenne ihn ohnehin: Connor Laird.«

»Mein Name ist Ray Drake«, murmelte er.

Der Kahlkopf lief ungeduldig auf und ab. »Lass mich es mal versuchen.«

*Er weiß Bescheid, und du kannst nichts dagegen tun, weil du schwach bist.*

»Halt den Mund«, erwiderte Drake und merkte zu spät, dass er es laut gesagt hatte, anstatt es seinem Alter Ego stumm zuzuflüstern.

»Was hat er gerade gesagt?«, erkundigte sich der Riese.

»Er ist momentan nicht so gut drauf.« Wylie hielt eine Hand in die Höhe. »Sei nicht so streng mit ihm.«

Trotz dieser Intervention ließ es sich Tony nicht nehmen, Drake mit einem gemeinen Tritt gegen den Hinterkopf zu traktieren, sodass er mit dem Gesicht voran in den Kies stürzte.

*Lass mich das übernehmen,* verlangte Connor.

Und diesmal hörte Drake auf ihn.

Als der brutale Tony ihn für eine weitere Runde nach oben zog, ihn gegen den Wagen stieß und wieder mal nach seinem Namen fragte, legte Drake eine Hand um seinen Nacken und schob sich ganz nah an Tonys Ohr.

*»Das ist Connor«,* flüsterte er und knallte den Kahlkopf auf das Wagendach.

Während der verdutzte Mann sich noch benommen schüttelte, schlang Drake einen Arm zum Würgegriff um seinen Hals und drückte zu. Tonys Finger zerrten vergebens an seinem Arm.

Wylie lachte unsicher. »Kommen Sie, Ray, was soll das bringen?«

Erstickte Laute drangen aus Tonys Mund. Sein Gesicht färbte sich lila, und dann war nichts mehr zu hören.

»Hey, Ray, ist ja gut.«

Wylie trat vor, aber Drake dachte nicht dran, seinen Griff zu lockern. Wenn er so weitermachte, wäre Tony in wenigen Sekunden bewusstlos und in wenigen Minuten tot. Er kämpfte bereits ums Überleben, seine Fersen klopften auf den Kies und wirbelten Staubwolken auf.

*Wir zeigen denen, wer wir sind.*

»Ziehen wir uns zurück.«

Als Drake nicht reagierte und Tonys Augen vorquollen, hob Wylie den Ast auf und wandte sich dem entfesselten

DI zu. »Lassen Sie es gut sein, bevor der arme alte Tony noch weniger Hirn hat als vorher.«

Und wirklich sah es nicht gut aus, denn der Körper des Glatzkopfs begann langsam zu erschlaffen.

»Ich werde bis drei zählen.« Wylie schwang den Ast. »Und dann schlage ich zu. Zwingen Sie mich nicht, das zu tun.«

Drake verzog den Mund, und Wylie seufzte. »Okay, also … drei. Ich zähle rückwärts, Ray, nur dass das klar ist. Zwei … Ich werde zuschlagen, Ray.«

Er hielt inne, als Scheinwerfer zu sehen und Motorengeräusche zu hören waren. Ein Wagen näherte sich dem Tor. Wylie blinzelte angestrengt in die Richtung, versuchte etwas zu erkennen.

»Flick kommt, es ist ihr Auto«, sagte er zu Drake. »Wollen Sie wirklich, dass sie das hier sieht?«

Drake stieß Tony weg, der unsanft auf dem Boden landete. Seine Kumpel schafften ihn auf Wylies Befehl in den Van, er selbst kickte die Waffe unter den Wagen.

»Ich bin enttäuscht, Ray. Das war total unnötig.«

Drake fuhr schwer atmend herum, beobachtete, wie Flick aus ihrem kleinen Auto stieg und am Tor rüttelte.

»Lasst mich rein!«

Sobald Wylie die Fernbedienung betätigt hatte, schlüpfte sie hinein und kam eilig auf die beiden zu.

»Was um Himmels willen ist hier los?«

»Gar nichts.« Wylie hob beide Hände. »Wir hatten gerade ein nettes Treffen. Stimmt's, Ray?«

Flick ging auf Drake zu. »Ist alles in Ordnung?«

»Ja, jetzt ist er weg«, sagte er nach wie vor schwer schnaufend. »Doch er war hier.«

Sie sah ihn stirnrunzelnd an. »Wer war hier?«

»Connor«, antwortete er. »Er ist zurück.«

Einen Moment lang starrte sie ihn fassungslos an, dann führte sie ihn zurück zum Wagen.

»Ich bringe Sie nach Hause, okay?«

»Ich melde mich.« Wylie machte eine Telefongeste mit den Fingern. »Wir reden später.«

»Halt dich fern«, erwiderte Flick. »Von uns beiden!«

»Komm, ich mag dich wirklich!«, rief Wylie.

Sie lachte spöttisch. »Du bist echt unglaublich!«

»Waren wir nicht ein großartiges Gespann, Flick?«

Drohend trat sie auf ihn zu. »Würde ich nicht unbedingt so sehen. Übrigens wette ich, dass du der armen Frau in der Bar das Geld geklaut hast.«

»Das Portemonnaie lugte aus ihrer Tasche.« Er verzog das Gesicht. »Sie hat mich also gewissermaßen dazu verleitet.«

»Ich wusste es.« Flick wandte sich ab.

»Warte!«, rief Wylie ihr nach. »Kann ich später vorbeikommen?«

Flick verdrehte die Augen und bugsierte Drake auf den Beifahrersitz, bevor sie sich selbst hinters Steuer setzte, betrachtete die Kratzer in seinem Gesicht und den schmutzigen Anzug.

»Wollen Sie mir nicht erzählen, was hier los war? Wer sind die Leute? Was wollen sie?«

»Weiß ich nicht.«

»Was haben Sie damit gemeint, dass Connor hier war?«

Sie wartete, dass er antwortete, aber dann klingelte ihr Handy.

»Ja, Eddie.«

Seine Stimme quäkte gerade laut genug aus dem Apparat, dass Drake hörte, wie aufgeregt er war. Er verstand Poppys Namen, Gabriels und Tatias.

Flick beendete das Gespräch. »Es hat sich etwas getan.«

»Habe ich gehört«, sagte Drake. »Fahren wir.

»Ich kann das übernehmen.«

»Und ich will dabei sein.« Er setzte sich aufrecht hin, schien sich einigermaßen gefangen zu haben. »Setzen Sie mich kurz zu Hause ab, damit ich meinen Wagen holen kann.«

Als Flick den Wagen wendete, sah sie im Licht der Scheinwerfer Wylie, der sich ein imaginäres Handy ans Ohr hielt und mit den Fingern gestikulierte, womit er ihr zu verstehen gab, dass er sich melden werde.

# 67

»Ich weiß nicht, wo sie ist. Sie ist einfach weg! Warum sind Sie noch hier? Warum suchen Sie nicht nach meinem Jungen?«

»Wir haben Beamte in ganz London darauf angesetzt, nach Gabriel zu suchen und jeden einzelnen Stein umzudrehen.« Flick sah, dass Ray Drake, inzwischen gesäubert und umgezogen, sich unter dem Absperrband durchduckte und auf das Haus zukam. »Außerdem kann ein besonderes Prozedere, der Child Rescue Alert, ausgelöst werden, wenn anzunehmen ist, dass sich ein vermisstes Kind in Gefahr befindet. Gabriels und Tatias Namen und Beschreibungen sowie alle Daten zu Ihrem Wagen werden zusätzlich an die Medien und die Öffentlichkeit gegeben. Und wir schalten Sondermeldungen im Fernsehen und im Radio. Jeder in der Stadt wird nach den beiden Ausschau halten.«

»Und warum haben Sie diese Großfahndung noch nicht angeordnet?«, fragte Poppy, die in einem Krankenwagen lag. »Sie hat meinen Mann ermordet. Welchen Beweis brauchen Sie noch, dass Gabriel in Gefahr ist?«

»Ein bisschen Vorlaufzeit braucht so etwas schon, weil dieser Alarm von jemandem aus der Chefetage ausgelöst werden muss, aber es wird bald geschehen, versprochen.«

»Was ist, wenn sie den Wagen stehen gelassen hat?« Poppy strich sich mit den Fingern durchs Haar. »Was ist, wenn sie ihn bereits irgendwohin gebracht hat?«

Ihr Gesicht war von Tränen und Rotz bedeckt, und ihre Augen waren rot und geschwollen von dem Pfefferspray. Trotzdem scheuchte sie verärgert den Sanitäter weg, der ihr ein Tuch aufs Gesicht zu legen versuchte.

»Mrs. Mallory …, Poppy.« Flick nickte einem Beamten zu, bei ihr zu bleiben. »Ich werde mit DI Drake sprechen. Bis dahin können Sie vielleicht überlegen, was Tatia Ihnen erzählt hat. Eventuell hat sie ja etwas erwähnt, das Ihnen zu dem Zeitpunkt nicht beachtenswert schien, uns indes einen Hinweis geben könnte, wohin sie mit Ihrem Sohn gefahren ist.«

Poppy schüttelte den Kopf. »Sie hat nichts gesagt.«

»Irgendwas wird sie wohl gesagt haben.«

»Sie hat herumgeschrien wie eine Irre, als sie mich angriff.« Poppy zeigte auf ihre Augen. »Sie war das.«

»Entschuldigen Sie mich kurz.«

Als Flick aus dem Wagen steigen wollte, griff Poppy nach ihrer Hand. »Bitte«, flüsterte sie, »bringen Sie ihn mir zurück.«

Ein letztes Mal beruhigte sie die scheinbar untröstliche junge Frau und lief dann hinter Drake her, der auf dem Weg ins Haus war.

»Poppy Mallory hat angegeben, dass Tatia und Joel Bliss gestern Abend überraschend aufgekreuzt sind – kurz nachdem sie unsere Beamten weggeschickt hatte – und dass sie zusammen zu Abend gegessen haben. Anscheinend wollten sie sich aussprechen.«

»Ihr ist nicht in den Sinn gekommen, die Polizei zu rufen?«

»Die Atmosphäre sei angespannt gewesen, behauptet sie, beängstigend. Tatia habe sie die ganze Zeit wie ein Geier beobachtet. Angeblich hat Poppy sie angefleht, sich zu stellen. Außerdem sagte sie, Joel sei am Tisch eingeschlafen und sie hätten ihn ins Bett gebracht.«

Drake stutzte. »Eingeschlafen?«

»Ja, und als Mr. Mallory nach Hause kam, eskalierte die Sache ihren Aussagen zufolge. Es hat wohl Streit gegeben, und als Poppy mit der Polizei drohte, soll Tatia ausgerastet sein und mit einem Messer herumgefuchtelt haben. Dann habe sie Tim Mallory in den Keller gejagt und ihn dort ermordet. Laut Poppy hat sie Tatia zwar dort unten eingesperrt, doch sie konnte sich befreien, griff sie mit dem Pfefferspray an und fuhr mit dem Jungen in dem Wagen der Mallorys weg. Poppy ist fest davon überzeugt, dass sie ihn umbringen will.«

»Hat sie eine Ahnung, wohin Tatia wollte?« Als Flick den Kopf schüttelte, fragte er: »Wo ist Joel Bliss übrigens?«

Sie nickte zu einem Zivilwagen ein Stück die Straße runter. »Er sieht schlimm aus.«

»Wurde er angegriffen?«

»Nein, eher nicht. Als die Einsatzkräfte kamen, schlief er oben, war kaum aufzuwecken. Ich kann das schlecht erklären, anscheinend hat er irgendeine merkwürdige Krankheit, die sich auch auf seine Psyche auswirkt. Er macht nicht den Eindruck, voll zurechnungsfähig zu sein.«

Im Haus angekommen, stiegen Drake und Flick hinunter in den Keller, wo nach wie vor Tim Mallorys Leichnam lag. Drake fielen sogleich deutliche Spuren in der Staubschicht auf der Plastikplane sowie verschmierte Fingerabdrücke auf. Vermutlich hatte sich der Tote im Sturz dort festgeklammert.

Er nickte zu einer Videokamera auf einem Stativ. »Läuft das Ding?«

»Bislang nicht«, sagte der Spurensicherer, während er die Treppe hinaufstieg.

Drake überprüfte es trotzdem, denn er wollte ungehindert laut nachdenken und spekulieren können, ohne dass es für die Ewigkeit festgehalten wurde.

»Poppy Mallory hat ihren Mann mit einer Mörderin im Keller eingeschlossen«, überlegte er. »Das scheint mir ein bisschen gemein, hinterhältig geradezu.«

»Angeblich hat er ihr zugerufen, sie solle ihren Sohn in Sicherheit bringen. Sie sei in Panik gewesen, sagt sie. Ist irgendwie verständlich, oder?«

Ohne ihr eine Antwort zu geben, umrundete Drake das Opfer. Mallorys leblose Augen starrten blind zu den Deckenbalken hinauf.

Flick, die schon vorher am Tatort gewesen war, deutete auf die roten Male, die auf Drakes linker Wange prangten.

»Was war da eigentlich los?«, fragte sie. »Bei dem Haus.«

»Wylie wollte mich dazu bringen, ihm zu verraten, wer ich bin beziehungsweise war.«

»Woher weiß er davon? Was will er?«

»Gute Frage.«

Sie stemmte die Hände in die Hüften. »Und was meinten Sie mit der Äußerung, dass Connor dort war?«

»Vergessen Sie es.« Er sah nicht auf. »Ich war durcheinander. Egal, es ist vorbei.«

Stimmen von oben veranlassten sie, ihr Gespräch zu unterbrechen, jemand kam die Treppe hinunter.

»Ist es das, Ray?«, fragte Flick leise. »Ist es wirklich vorbei? Myra sorgt sich um Sie, und ich tue es ebenfalls.«

»Müssen Sie nicht.« Er richtete sich auf und sah sie mit seinen blassblauen Augen an. »Ich fühle mich …«

»Wie?«, fragte sie.

Er lächelte. »Wie neugeboren.«

Etwas an der Art, wie er es sagte, wie seine hellen Augen blitzten, ließ sie stocken. Für einen Moment sah er nicht wie Ray Drake aus, sondern wie eine völlig andere Person. Es war derselbe Ausdruck, den Flick Monate zuvor gesehen hatte, als er vor Elliot Juniper stand.

Und das machte ihr Angst.

»DI Drake?«, rief Millie Steiner, als sie um die Planen herumkam. »DS Crowley?«

»Ja, was ist, Millie?«

»Joel Bliss sagt, dass er mit Ihnen sprechen möchte.« Der jungen Beamtin entging die Anspannung zwischen ihren beiden Vorgesetzten nicht. »Verzeihung, störe ich gerade?«

»Wir reden wie üblich über Mord und Verrat, das ist alles«, erwiderte Flick sarkastisch, bevor sie sich zur Treppe wandte.

»Wie lange ist der Junge jetzt weg?«, wollte Drake wissen.

»Über eine Stunde und zwanzig Minuten.«

»Es gibt übrigens eine neue Auswertung der Verkehrsüberwachung«, warf Millie ein. »Das Fahrzeug wurde von Kameras auf dem North Circular und der M25 erfasst.«

»Welche Richtung?«

»Nach Osten.«

»Die M25. Meinen Sie, sie ist nach Dover oder Gatwick unterwegs?«

»Oder zu einer der Adressen in dem Notizbuch«, gab Flick zu bedenken.

»Möglich«, stimmte Drake zu. »Allerdings weiß sie, dass wir das Buch haben und die Adressen überprüfen werden …«

Inzwischen hatten sie die Diele erreicht, und Drake betrachtete nachdenklich das Bügeleisen auf dem Dielenboden. »Wo ist das Messer?«

»Dahinten, vor der Küchentür, sie hat es offenbar hier fallen lassen.«

»Also hatte Tatia ein Messer in der Hand, schmiss es hin und jagte stattdessen Mr. Mallory nach unten, wo sie ihn mit einem Bügeleisen umbrachte, das sie im Keller fand?«

»Sieht so aus.«

»Sonderbar. Gehen wir zu Joel Bliss«, meinte Drake kopfschüttelnd und verließ das Haus.

Eine zum Erbarmen dünne Gestalt lehnte an einem der zahlreichen Wagen, die vor dem Haus standen. Die Wirbelsäule war verkrümmt, der ganze Mann sah aus wie ein Fragezeichen.

# 68

Das blinkende Blaulicht schmerzte Joel in den Augen. Es war mitten in der Nacht, dennoch war alles so hell und laut. Die gelben Jacken der Polizisten reflektierten das Licht der Laternen, knisternde Stimmen drangen aus Funkgeräten. Joel kam sich vor wie ein Mann, der Jahrzehnte verschlafen hatte und in einer ihm fremden Welt voller kaleidoskopischen Lärms und greller Lichtspiele aufgewacht war.

Ein Mann und eine Frau kamen auf ihn zu. Der Mann trug einen schwarzen Anzug. Als er unter einer Straßenlaterne stehen blieb, schienen sich die Schatten tief in seine scharfen Gesichtskonturen zu graben. Nicht indes in seine blassen Augen, die von einer Furcht einflößenden Intensität waren.

»Joel.« Die Frau sorgte dafür, dass alle anderen weggingen. Sie passte auf, dass niemand ihn bedrängte, und er war dankbar, sie bei sich zu haben. »Ich bin DS Flick Crowley, und dies ist DI Ray Drake.«

»Verstehen Sie, was passiert ist?«, fragte der Mann.

Joel nickte, hörte allerdings nur halb hin. Er hätte sich am liebsten aufs Pflaster gelegt. Wochen, Monate hatte er darauf gewartet, wieder schlafen zu können. Sie mussten ihm erlauben, sich hinzulegen, zumindest für ein paar Stunden. Danach würde er ihnen helfen.

»Tatia hat Gabriel entführt, Joel, und wir glauben, dass der Junge in Gefahr ist. Sie wollen uns doch sicher helfen, ihn zu finden.« Als Joel den Kopf senkte, hakte Drake energischer nach: »Joel, haben Sie mich verstanden?«

»Sie war das nicht.« Er hatte kaum die Kraft, die Worte auszusprechen, und merkte selbst, dass er lallte. »Das würde sie nie tun.«

»Was war sie nicht?«

»Was die sagen. Dass sie … Tim umgebracht hat.«

»Aber Tatia hat schon getötet, nicht wahr, Joel?«, insistierte Drake. »Sie hat mir praktisch gestanden, dass sie Carl Clarke ermordet hat.«

»Das war etwas anderes. Sie konnte nicht …« Seine Knie knickten beinahe ein. »Es war die einzige Möglichkeit … Er hätte sonst wieder gemordet.«

»Wie Bryan und Samantha Langley, Gareth Walker, Simon und Melinda Harrow. Sie war dort, als sie starben.«

»Ja, doch umgebracht hat Carl sie alle.«

»Und was ist mit Ihnen?«, erkundigte Drake sich behutsam. »Waren Sie dabei?«

Als Joel die Augen schloss, sah er wie durch zerbrochenes Glas entsetzliche Bildfragmente. Carls Arme, die im weichen Licht um sich schlugen, sein vom Wahnsinn verzerrtes Gesicht, eine verzweifelt schreiende Frau, einen Mann, der über den Fußboden kroch.

»Ich habe gesehen, was er getan hat.«

»Um ihn dazu zu befragen, ist es vielleicht nicht der geeignete Zeitpunkt«, flüsterte die Polizistin ihrem Kollegen zu und wandte sich dann wieder ihm zu. »Das Wichtigste ist im Augenblick, Gabriel zu seiner Mutter zurückzubringen. Sie wollen sicherlich genauso wie wir, dass er heil nach Hause kommt, Joel.«

»Ja.«

»Dann erzählen Sie uns, wo Tatia hingefahren sein könnte.«

Die Stimme klang weit weg.

»Joel!« Er zuckte zusammen, als der Detective ihn ungeduldig anherrschte. »Wohin hat sie ihn gebracht?«

Plötzlich kam Poppy über die Straße gelaufen.

»Wo ist sie?«, schrie sie hysterisch und wand sich im Griff eines Officers, der sie zurückzuhalten suchte. »Wo ist sie hin? Sie wird mein Baby umbringen!«

»Sie war das nicht«, wiederholte Joel leise, ohne auf Poppys Geschrei zu achten. »Sie hätte nie deinen Mann getötet. Warum sollte sie? Alles, was sie sich je gewünscht hat, war deine Liebe, und die hast du ihr verweigert.«

»Wo ist sie?« Wütend riss Poppy sich von dem Officer los und stürzte sich so heftig auf Joel, dass sie ihn umwarf und er auf die Straße sackte. Sie stürzte sich noch auf ihn und schüttelte ihn. »Sie hat Tim ermordet!«, kreischte sie. »Ermordet!«

Ehe die anderen sie wegziehen konnten, packte Joel ihren Hinterkopf und zog sie ganz nahe zu sich. »Was hast du getan?«

Flick und Drake zerrten Poppy hoch.

»Schafft Mrs. Mallory von hier weg«, befahl Drake.

Die aber wehrte sich mit Händen und Füßen, benahm sich wie eine Furie und stieß immer wieder wüste Drohungen gegen Tatia aus.

Flick half Joel auf, der sich jetzt endgültig nicht mehr allein auf den Füßen zu halten vermochte.

»Ich weiß, wo sie ist, Detectives«, hauchte er schwach. »Ich kann Ihnen helfen, allerdings müssen Sie mich mitnehmen.«

»Keine Deals, Joel«, erwiderte Drake. »Nicht jetzt. Gabriel ist in großer Gefahr.«

»Sie verstehen das nicht. Sie wird allein auf mich hören. Ich bin der Einzige.«

»Wo ist sie?«, heulte Poppy. »Wo ist sie hin?«

»Ist das nicht offensichtlich?« Joel sah einen nach dem anderen an: die Detectives und die Uniformierten, dann seine Schwester, die ihm so fremd geworden war. »Zurück zum Anfang, zu dem Ort, wo sie alles verlor.«

Poppy schrie auf, und diesmal war ihre Verzweiflung echt.

## 69

*»Die Räder am Bus drehen sich rundherum«*, sang Tatia. *»Rundherum, rundherum!«*

Gabriel versteifte sich in dem Kindersitz hinter ihr, während der Wagen durch die Dunkelheit fuhr, doch Tatia fühlte sich durch ihn irgendwie an das Kind erinnert, das Joel einmal war. An den kleinen Jungen, der auf seiner Schaukel in den Himmel fliegen wollte.

»Ich will nach Hause«, jammerte Gabriel.

*»Die Räder am Bus drehen sich rundherum …«* Tatia lachte. »Sing mit deiner Tante. Du hast den Namen eines Engels, und mich würde es nicht wundern, wenn du auch wie einer singst.«

»Ich will nach Hause, ich will zu Mummy.«

»Wir machen einen Ausflug, du und ich!« Sie lächelte ihm aufmunternd zu. »Ich sehe was, was du nicht siehst! Es fängt an mit …« Sie schaute sich um, sah aber nur das endlose Asphaltband der leeren Autobahn, hier und da unterbrochen von einer Brücke. Bald würden sie abfahren und wären dann für die Polizei schwieriger zu orten.

»Es fängt an mit K! Du musst genau hinsehen, Gabriel.«

Müde rieb der Junge sich die Augen. »Will ich nicht!«

»Guck nach rechts. Mal sehen, ob du es errätst!« Im Rückspiegel meinte sie Blaulichter in der Ferne zu entdecken – oder bildete sie sich das bloß ein? Inzwischen spielten ihre Nerven verrückt. Nicht mehr lange und sie wären am Ziel, die nächste Ausfahrt mussten sie raus. »Jetzt ist sie weg.« Tatia lachte. »Zu spät. Es war eine Kuh. Ich habe gewonnen.«

Es brach ihr das Herz, ihn so unglücklich zu sehen. Andererseits konnte man ihn nicht einer solch schrecklichen Mutter überlassen – einer verräterischen, hinterhältigen Person, die alles zerstörte und vergiftete und offenbar sogar den Vater des Kleinen umgebracht hatte. Tatia hatte die feste Absicht, ihn vor dieser Frau zu retten.

»Dann hören wir ein bisschen Radio«, schlug sie vor, während sie die Autobahn schwungvoll verließ und sich in einen Kreisverkehr einfädelte. »Was für Lieder magst du?«

Sie fingerte am Radio herum, wollte ihn dringend aufheitern, fand jedoch keinen Sender, der ihm zusagte. Alles Popmusik und viel zu laut. Der Junge presste sich die Hände auf die Ohren und begann zu weinen, schluchzte erbärmlich.

Tatia fühlte sich furchtbar und wäre am liebsten nach hinten geklettert, um ihn tröstend in die Arme zu nehmen.

»Es tut mir so leid, Gabriel!«, rief sie über die laute Musik hinweg und fingerte weiter an den Knöpfen, die sich sämtlich am Lenkrad befanden. Die Scheibenwischer quietschten, Wasser sprühte auf die Heckscheibe. Schließlich gelang es ihr zumindest, die Musik leiser zu stellen.

»So ist es besser.«

Erleichtert seufzte sie und setzte sich aufrechter hin. Ein komfortabler Wagen, das musste sie zugeben. Kein Vergleich mit dem Lieferwagen. Außerdem fuhr er sich besser und roch besser, dafür sorgte ein Lufterfrischer, der an einem Band vom Rückspiegel herabbaumelte. Unter glücklicheren Umständen hätte sie es genossen, diesen Wagen zu fahren.

Als sie den Landschaftspark erreichte, erkannte sie nichts wieder. Zuletzt war sie mit den Eltern, Will und Joel hier gewesen – und mit *ihr.* An jenem ersten Ferientag war sie zum letzten Mal wahrhaft glücklich gewesen. Seither hatte Tatia sich immer wieder vorgemacht, sie könnte Frieden finden, aber sie fand ihn nicht, denn die Umstände erlaubten es nicht, hielten sie im Elend gefangen.

Und eine Person war da, die vor allen anderen Schicksal spielte und für alles Schreckliche verantwortlich war: Poppy!

Bei dem Gedanken daran, was sie getan hatte, stieg unbändige Wut in Tatia auf. Sie würde Poppy leiden lassen. In diesem Augenblick war es endgültig vorbei mit der netten Sarah, die sich so sehr nach Liebe sehnte. Es war eine Illusion gewesen, eine Fantasie, ein Traum – Poppy hatte mit voller Absicht verhindert, dass etwas davon wahr wurde.

Tatias Reise näherte sich ihrem Ende.

Sie spürte es selbst – und sie wusste, dass sie nichts mehr zu verlieren hatte. Poppy hatte ihr das letzte bisschen Würde und Hoffnung genommen. Ein solcher Mensch, kalt und selbstsüchtig, scherte sich nicht um die Gefühle anderer, nicht mal um die des eigenen Sohnes. Insofern tat sie sogar etwas Gutes, etwas Großherziges, Edelmütiges, wenn sie Gabriel vor einem Leben im Schatten dieser schrecklichen Frau bewahrte.

Oder etwa nicht?

Für einen Moment erlaubte sie sich noch einmal zu träumen, wie es hätte aussehen können, wäre Poppy eine andere gewesen oder geworden. Dann würde sie jetzt nicht in einem fremden Auto durch die Nacht brausen, sondern gemütlich an Poppys Küchentisch sitzen und das Zusammensein mit der Familie genießen. Joel wäre nicht krank und Gabriel nicht traurig, Tim würde noch leben und Patrick und Jill Bliss vielleicht auch.

Tatia schloss die Augen und genoss die Szene. »Ach Poppy.«

»Pass auf!«, rief der Junge.

In letzter Minute riss Tatia den Wagen auf die richtige Spur zurück. Es war nicht nur sinnlos, sondern ebenfalls gefährlich, unrealistischen Träumen nachzuhängen. Das hatte sie gerade gelernt.

Kaum hatte sie den Schrecken eines Beinaheunfalls verarbeitet, entdeckte sie etwas anderes, das ihr Anlass zur Sorge gab. Ein rotes Licht, das über den Bäumen hing, ohne sich zu bewegen. War das womöglich ein spezielles Suchgerät für die Nacht?

Tatia ließ das Fenster herunter. Kalte Nachtluft blies ihr ins Gesicht, als sie den Kopf nach draußen steckte, um nach dem Licht zu schauen, das jetzt hinter die Bäume gewandert war. Sie roch Seeluft und sah violette Streifen am Himmel, die die Morgendämmerung ankündigten.

»Erzähl mir einen Witz«, bat sie Gabriel, um sich abzulenken.

Der Junge hatte den Kopf auf die Brust gesenkt. »Ich kenne keinen.«

»Natürlich weißt du welche. Alle kleinen Jungen kennen Witze.«

Der Junge murmelte etwas.

»Was hast du gesagt?«

Sie hatte weniger auf ihn als auf das rote Licht geachtet, das erneut direkt über ihnen aufgetaucht war.

»Ich will nach Hause.«

»Erzähl mir einen Witz«, wiederholte sie und trat aufs Gaspedal. »Dann fühlst du dich gleich besser.«

»Will ich nicht«, sagte der Junge und sah sie zornig an. »Außerdem hasse ich dich. Mummy sagt, du bist verrückt.«

»Rede nicht über sie«, fauchte Tatia ihn an. »Erwähne sie nie wieder. Ja nicht!«

Sofort bereute sie ihre Worte, denn Gabriel bedeckte seine Augen mit den Händen und schluchzte.

»Es tut mir leid!«, rief sie. »So leid!«

Das rote Licht war mittlerweile eindeutig vor ihnen, als würde es die Richtung kennen, die Tatia nehmen wollte. Jeden Moment rechnete sie damit, dass Streifenwagen hinter ihnen auftauchten.

»Komm, bloß einen Witz«, drängte sie ihn in dem verzweifelten Bemühen, ihn aufzumuntern. »Einen sehr witzigen!«

»Klopf, klopf«, murmelte er.

»Wer da?«, fragte Tatia. »Sag mir Gabriel, wer da ist?«

»Kanne«, sagte der Junge.

»Kanne was?«

»Kann er mir bei den Hausaufgaben helfen?«

Zuerst verstand Tatia den Witz nicht, dann fiel der Groschen. »Haha«, lachte sie. »Hahaha!«

Sie lachte und lachte, bis ihr die Tränen die Sicht verschleierten und ihr die Brust wehtat. Weil es der lustigste Witz war, den sie je gehört hatte. Sie bekam keine Luft mehr. Sie lachte so, dass sie das Lenkrad nicht mehr richtig festzuhalten vermochte. Die Straße vor ihnen schien zu schwanken, verlor ihre Stabilität, die Pfosten mit den Katzenaugen wanderten sogar hin und her, mal nach rechts, mal nach links. Und der Junge beschimpfte sie in einem fort, sagte lauter böse, gemeine Sachen. Sie wollte ihm sagen, dass er bitte aufhören soll. Und dennoch lachte Tatia weiter, bis ihr die Luft wegblieb.

Aus einer Querstraße tauchte plötzlich ein Polizeiwagen auf, dessen Blaulichter unheilverkündend blinkten. Er kam direkt auf sie zu. Tatia lenkte den Van auf die Gegenspur, um ihn zu einem Ausweichmanöver zu zwingen. Der Polizist kam von der Straße ab, landete im Graben an einem Baum. Tatia kämpfte mit dem Lenkrad, der Van schoss über den Seitenstreifen hinaus, rauschte einen Abhang hinter, brach durchs Unterholz, die Windschutzscheibe zersprang.

Gabriels Schreie gellten in Tatias Ohren. Sie sah, dass er hin und her geschleudert wurde wie eine Puppe. Sie selbst hatte das Gefühl, sich in einer Zentrifuge zu befinden. Alles drehte sich um sie, Wald und Bäume, Himmel, Mond und Sterne. Zum Glück bewahrten die Airbags sie vor schweren Verletzungen.

Am Ende des Abhangs kam der Wagen, die Hinterreifen in der Luft, in Schräglage endlich zum Stehen. Fauchend erstarb der Motor, und Stille breitete sich aus.

# 70

Unter einem Himmel, der noch das letzte Violettblau der Nacht aufwies, fuhr Drake zügig über die fast leere Autobahn. Unzusammenhängende Mitteilungen aus dem Funkgerät füllten den dunklen Wagen mit Knarzen, Knarren und Knistern. Die vielen Lichter am Armaturenbrett färbten seine Fingerknöchel am Lenkrad pink. Flick neben ihm sprach in ihr Handy. Hinten schwankte Joels Kopf hin und her. Er war quasi sofort eingeschlafen, nachdem sie eingestiegen waren.

Flick war voll und ganz damit beschäftigt, die Updates auszuwerten, die ihnen aus London geschickt wurden. So erfuhren sie etwa, dass inzwischen die Sussex-Polizei mobilisiert und Poppys Wagen von Verkehrskameras auf der M23 erfasst worden war oder dass ein Hubschrauber die Küste absuchte.

»Sie glauben, dass sie sich an Nebenstraßen hält, deshalb wurden Streifen auf den Zufahrtswegen zum Beachy Head postiert. Sie kann nicht in die Nähe kommen, ohne abgefangen zu werden. Wie lange noch?«

Drakes Blick, der sonst unverwandt auf das dunkle Asphaltband mit den weißen Markierungen gerichtet war, schweifte kurz zur Uhr im Armaturenbrett.

»Zwanzig Minuten ungefähr.«

Flick blickte kurz zu Joel, dessen Kinn auf seine Brust gesunken war und zum Takt des Motors leicht vibrierte.

»Denken Sie, dass er mit den Einbrüchen zu tun hatte?«, fragte sie Drake.

»Wie Sie vorhin sagten, sorgen wir erst mal dafür, dass der Junge in Sicherheit ist. Über alles andere können wir uns später den Kopf zerbrechen. Rein gefühlsmäßig würde ich aber Nein sagen.«

Eine Weile fuhren sie schweigend weiter, verließen die Autobahn, brausten jetzt über Landstraßen dahin. Häuser flogen vorbei, während sich über den Baumwipfeln die Morgendämmerung zeigte. Bald würden sie den Seven Sisters Park und die Kreidefelsen an der Küste erreicht haben.

Plötzlich weiter vorn ein Polizeifahrzeug, ein Constable, der sie rauswinkte. Zuerst sahen sie einen Streifenwagen, dessen Vorderteil sich praktisch um einen Baum gewickelt hatte, und weiter unten einen Van, der leicht zur Seite geneigt im niederen Gebüsch hing.

»Lassen Sie mich raus.«

Flick löste ihren Gurt und öffnete die Beifahrertür, bevor Drake sie bremsen konnte. Er sah, dass sie zu einem Polizisten in Warnweste lief und sich zu der halb umgekippten Familienkutsche führen ließ. In der Ferne brummte ein Hubschrauber.

Drake saß nach wie vor im Auto.

»Lassen Sie mich mit ihr reden«, sagte eine Stimme hinter ihm.

Er drehte sich um und sah verwundert Joel an, dessen Anwesenheit er vorübergehend ganz vergessen hatte, dachte einen Moment nach.

»Sie bleiben vorerst im Wagen.«

»Bitte, Tatia hat sicher Angst, ist aufgewühlt und ein bisschen verwirrt. Macht vielleicht Dummheiten. Auf mich wird sie hören«, drängte Joel. »Auf sonst niemanden.«

»Und ich kann nicht zulassen, dass Sie sich einmischen«, entgegnete Drake.

»Sie ist kein schlechter Mensch. Wissen Sie, sie hatte es nie gut im Leben.«

Inzwischen war Flick auf dem Rückweg zum Auto und telefonierte, während in der Umgebung des verunglückten Vans Taschenlampen zwischen den Bäumen aufblitzten.

»Sie hätte Poppys Mann nie getötet«, beharrte Joel. »Warum sollte sie? Alles, was sie wollte, war, dass wir alle wieder eine Familie sind.«

»Ihre Schwester behauptet, dass Tatia Ihre Familie gehasst hat.«

Joels Lippen verzogen sich zu einem misslungenen Grinsen. »Die Einzige, die unsere Familie je gehasst hat, ist Poppy.«

Flick stieg zurück in den Mercedes, das Telefon immer noch am Ohr. »Wir sind etwa fünf Minuten entfernt, Eddie«, sagte sie, beendete das Gespräch und zog den Gurt über ihre Brust. »Es ist Poppys Wagen, aber keine Spur von Tatia und dem Jungen. Sie müssen zu Fuß zu den Klippen unterwegs sein.«

Drake lenkte den Mercedes zurück auf die Straße, wo ein Beamter sie an den vielen geparkten Fahrzeugen vorbeidirigierte.

Mit Blick in den Rückspiegel fragte der Inspector: »Will sie zum Beachy Head?«

»Ich erinnere mich nicht. Seit wir hier waren …, das ist so lange her.«

»Zu welcher Klippe will sie, Joel?« Drake trat das Gaspedal durch, dachte an die vielen Klippen an der Ostküste von Sussex, die sich über Meilen erstreckten.

Flick hielt sich an ihrem Türgriff fest und sah über ihre Schulter zurück zu Joel. »Wenn sie nicht nach Beachy Head will, sondern zu einer der anderen Klippen, dann kommen unsere Leute, die bereits vor Ort sind, eventuell zu spät …«

Joel schüttelte bedauernd den Kopf. »Ich erinnere mich nicht, welche Klippe es war, tut mir leid. Es gibt so viel, was ich nicht mehr weiß.« Als Flick wieder nach vorne sah, fügte Joel hinzu: »Bitte lassen Sie mich mit ihr reden, wenn wir sie finden …«

Doch seine matte Stimme ging im Motorenlärm unter.

# 71

Tatia zog Gabriel den Hang hinunter Richtung der Kreidefelsen, wobei er auf dem unebenen Gelände ins Stolpern geriet. Oberhalb von ihnen lagen die Straße, der Parkplatz und das Besucherzentrum am Birling Gap, unterhalb sah sie Beachy Head, wo Will in den Abgrund stürzte. In diesem Bereich würde die Polizei auf sie warten. Deshalb hatte sie es vorgezogen, zu den hinteren Klippen zu gehen.

Hier waren sie allein.

Das Meer am Horizont war aufgewühlt, eine brodelnde Masse, so weit das Auge reichte. Mit einem Mal mischte sich ein anderes Geräusch in das Tosen der Wellen. Das von Rotorblättern. Und dann erspähte Tatia den Hubschrauber, einen Metallvogel, der im ersten Morgenlicht glänzte. Voller Entsetzen malte sie sich aus, wie es wäre, wenn Männer mit Waffen an Stahlseilen heruntergelassen würden. Hastig lief sie über eine Schafweide, wo die Tiere blökend vor ihnen flohen, und hielt die Hand des Jungen fest umklammert.

*»Die Räder am Bus … drehen …«*

Aber sie hatte nicht genug Puste zum Singen, und der Junge verlor immer wieder das Gleichgewicht auf dem felsigen Untergrund.

»Fast da! *Die Räder am … Bus!* Lauf, lauf!«

Sie weinte jetzt, beide weinten sie. So nahe am Klippenrand brannte der Wind auf ihren Wangen, reizte die Augen und rauschte in ihren Ohren. Die Frau und das Kind waren gleichermaßen erschöpft. Gabriel fiel ständig hin, Tatia würde sich am liebsten fallen lassen und nie mehr aufstehen. Sie fühlte sich, als wäre sie ewig gelaufen, durch Wälder und über Felder, geduckt hinter Hecken, weil der Hubschrauber über ihnen kreiste. Noch wenige Schritte bis zur Kante, wo ihre Reise enden würde.

*»Räder …«*, keuchte sie. *»Bus … rundherum.«*

Sie musste Gabriel vor dieser Frau retten, ihn barmherzig vor dem Elend bewahren, das ihn mit einer solchen Mutter erwarten würde. Außerdem musste sie Poppy eine Lektion erteilen. Damit sie ein für alle Mal begriff, dass böse Taten Folgen hatten. Und sie sollte spüren, wie es ist, wenn man etwas Wichtiges verlor.

Alles war so durcheinander in ihrem Kopf.

Gehetzt blickte Tatia sich um. Würde sie es schaffen? Inzwischen rumpelte ein halbes Dutzend Streifenwagen über die Felder hinter ihnen heran. Sie stieß einen Schrei aus, einen Kampfruf fast, und mobilisierte noch einmal ihre Kräfte. Als sie während des Laufens über die Schulter zurückblickte, sah sie, dass die Polizisten ihr jetzt zu Fuß folgten. Der Hubschrauber schwebte über der Kante des Kreidefelsens, als wollte er herabstoßen wie ein Raubvogel und seine Beute greifen.

»Fast da!«, rief Tatia dem Jungen zu. »Wir sind fast … »

Sie torkelte zur Felskante, wo tief unter ihnen die Wellen anbrandeten. Und just in diesem Moment brach die Sonne durch den dichten Morgendunst, warf ihre Strahlen auf das aufgewühlte Wasser und verwandelte es in flüssiges

Gold. Ein Meer aus Gold für sie beide, das bis zum Horizont reichte. Tatia fühlte Wärme auf ihrem Gesicht. Bald wären sie sicher, sie und der Junge.

Niemand könnte ihnen mehr wehtun.

# 72

»Sie sind am Klippenrand«, meldete ein Uniformierter und beugte sich zum Fahrerfenster. »Beide, die Frau und der Junge.«

Drake stellte den Motor ab und zog die Handbremse an, drehte sich zu Joel um. »Sie bleiben hier.«

»Ich bin der Einzige, auf den sie hört. Ich …«

Aber die beiden Detectives waren bereits aus dem Wagen gesprungen und eilten den Hügel hinab. Aus allen Richtungen rauschten Fahrzeuge heran: Polizei, Notärzte und Sanitäter, eine mobile Seelsorgeeinheit. Man wollte für alle Fälle gerüstet sein. Funkgeräte plärrten, und am Himmel wartete nach wie vor der Helikopter, von dem aus im Ernstfall jemand in die Felsen heruntergelassen werden konnte.

Joel saß untätig im Wagen, ohne helfen zu dürfen.

Er fühlte sich merkwürdig, ihm wurde schlecht, und er hatte das Gefühl zu ersticken. Deshalb drückte er die Tür auf, stemmte sich trotz der Proteste eines Officers, der ihn bewachen sollte, nach draußen.

»Ich brauche frische Luft«, erklärte er, atmete tief die Seeluft ein, und plötzlich veränderte sich seine Wahrnehmung.

An diesem Ort, den er jetzt zum ersten Mal nach so

vielen Jahren wieder in der Realität sah und nicht bloß in seiner verschwommenen Erinnerung, erlebte er eine neue Fokussierung, eine plötzliche Schärfung seiner Sinne und seiner Wahrnehmung. Er spürte das rutschige Gras unter seinen Füßen, roch die salzige Luft, den Tang und die Algen, hörte die Schreie der Möwen, sah die dünne graue Linie am Horizont, wo sich Himmel und Meer trafen. Der Wind ließ seine zu weite Kleidung flattern, blies durch sein kraftloses Haar und kühlte sein brennendes Gesicht.

Mit einem Mal ging in seinem Kopf ein Feuerwerk der Erinnerungen los, mal wirr, mal seltsam vertraut und konkreter als bisher, weniger flüchtig, farbig statt sepiafarben.

Grüne Grasbüschel zitterten am Rand der weißen Kreideklippe. Eine graue Wolkenarmada zog über den blauen Himmel.

Und zum ersten Mal seit ihn die Bilder heimsuchten, sah Joel zu seinem Erstaunen Will am Klippenrand.

Die Erkenntnis traf ihn mit der Wucht einer Flutwelle, und in seinem Kopf erstand ein Bild von der Abfolge der Ereignisse, das so ganz anders war als alle bisherigen Mutmaßungen über den Hergang des Unglücks.

Dort stand Will, er weinte – und jemand war bei ihm. Joel erkannte ganz deutlich, wer es war.

Das musste er Tatia erzählen.

Zaghaft entfernte Joel sich vom Auto – sein Bewacher war gerade von einem Kollegen abgelenkt –, wurde immer sicherer, bahnte sich seinen Weg zwischen den Fahrzeugen hindurch und wunderte sich, wie gut seine müden Beine ihn trugen.

Und dann, außerhalb des Wagendickichts und obwohl er nicht wusste, woher er die Kraft nahm, begann er zu laufen.

# 73

## Was wirklich geschah

Will war in der Nähe der Klippen Sarah gefolgt, als er über einen Stein stolperte und hinfiel. Poppy, die nur auf einen Vorwand gelauert hatte, rannte hinüber, um ihn hochzuzerren und ihn zu schimpfen, nannte ihn einen dummen kleinen Jungen.

Joel, der etwas oberhalb hockte, stand auf, um zu sehen, was als Nächstes passierte. Wenn man so etwas zu Will sagte, rastete er aus. Jeder in der Familie wusste das, aber Poppy legte es offenbar darauf an, den Kleinen zu ärgern.

»Lass mich!«, sagte Will und trat ihr gegen das Schienbein, versuchte sich aus ihrem Griff zu befreien.

»Aua!« Sie packte seine Schultern und schüttelte ihn. »Du kleines Stück Scheiße!«

»Ich erzähle Mum und Dad, was du gesagt hast!«

Poppy wollte ihn nicht loslassen. Immer wieder sagte sie ihm, er solle sich nicht so aufführen und zudem vom Klippenrand wegbleiben. Es sei gefährlich, sagte sie, dabei wusste Joel, dass sie vor allem sauer war, weil Will den ganzen Nachmittag hinter Sarah hergelaufen war. Sie hasste Sarah. Und obwohl die kleinen Brüder ihr lästig waren und sie lieber nicht allzu viel mit ihnen zu schaffen hatte, machte es sie wütend, richtig wütend, wenn Joel und Will ständig mit Sarah herumhingen. Es war nicht das erste Mal, dass sie versuchte, einen der beiden davon abzuhalten, mit ihr zu spielen.

Joel sah Sarah ein Stück weiter hinten an der Klippe. Sie genoss es, sich am Rande der Welt zu fühlen, und bekam überhaupt nicht mit, was vor sich ging. Joels Eltern waren zum Wagen gegangen, um den Picknickkorb zu holen, nicht ohne Poppy strikte Anweisung zu geben, dass sie keinen der Kleinen zu nah an den Klippenrand lassen durfte.

Will versuchte, sie in die Hand zu beißen, drehte sich weg und duckte sich, als sie ihn erneut packen wollte. Übermütig sprang er um sie herum – es machte ihm sichtlich Spaß, sie zu ärgern.

»Komm her!«, befahl Poppy ihm und deutete auf den Platz zu ihren Füßen, als wäre Will ein kleiner Hund. Doch er gehorchte nicht, reizte seine Schwester immer mehr.

Schließlich bekam sie die Kapuze seines Pullis zu fassen und zog ihn zu sich. Will trat um sich und begann loszuzetern.

»Keiner mag dich«, hörte Joel ihn schreien. Will wusste genau, wie er Poppy zur Weißglut brachte. »Jeder hasst dich, sogar Mum und Dad.«

»Tun sie nicht.«

»Joel hasst dich auch.«

»Hör auf!«

»Ich hasse dich.«

Er konnte sich losreißen, stolperte und geriet näher an die Kante. Trotzdem ging das Theater weiter.

»Das reicht«, sagte Poppy.

Will, völlig außer Rand und Band, sprang und hüpfte weiter über das Gras und ließ sich nicht einfangen.

Sie versuchte, ihren Zorn auf den Kleinen zu zügeln. »Ich fasse dich nicht an.«

»Ich hasse dich!«

Angstvoll schaute Joel zum Auto hinüber und fragte sich, ob er seine Eltern holen sollte.

»Hör auf!« Poppy hatte die Nase voll und stürzte nach vorn.

Will wich weiter zurück. »Tu ich nicht!«

»Du verdammter Bengel!«, schimpfte Poppy, warf ihm noch andere Beleidigungen an den Kopf wie Heulsuse und Langohr, woraufhin Will jämmerlich zu weinen begann.

Er müsse auf sie hören, verlangte Poppy, schließlich sei sie seine große Schwester.

Inzwischen war Joel von hinten herangekommen, ohne dass ihn einer der beiden bemerkt hätte.

»Du bist nicht meine Schwester!«, schrie Will sie erbost an. »Sarah ist meine *richtige* Schwester.«

In dem Moment vergaß Poppy schlagartig, dass sie ihn beruhigen wollte. Mit wutverzerrtem Gesicht ging sie auf ihn los.

»Sie ist nicht deine Schwester. Sie ist nichts!«

»Ich liebe Sarah – und dich hasse ich.«

»Nenn sie nicht so!«

»Sarah!« Will verzog das Gesicht. »Sarah! Sarah! Sarah!«

Poppy kreischte vor Wut, trat vor und warf die Arme drohend nach vorne.

Stieß ihn fest gegen die Brust.

Und er flog nach hinten.

Eben war Will noch da, und im nächsten Moment war er – fort.

Grasbüschel zitterten am Rand der Kreideklippe. Eine

Wolkenarmada jagte über die Linie am Horizont, wo der Himmel aufs Meer traf. Aber alles, was von Will blieb, war die Ahnung einer Bewegung. Ein Schemen im leeren Raum, dort, wo er gerade noch gewesen war, über dem bebenden Gras und dem weißen Felsen, und wo nun, einen Lidschlag später, nichts mehr von ihm zu sehen war.

Poppy stand mit ausgestreckten Armen vor der Kante, hinter der sich das weite Meer erstreckte, dann schlug sie die bebenden Hände vor ihr Gesicht und schrie.

Joel bemerkte sie nicht, obwohl er nur wenige Schritte entfernt stand. Schreiend rannte sie den Hügel hinauf, rief nach ihren Eltern.

Wenig später kamen Patrick und Jill Bliss angelaufen, ihre Rufe verloren sich im heulenden Wind. Die Augen seiner Mum waren riesig vor Entsetzen, taumelnd lief sie über den steinigen Grund. Sein Vater schrie, sie solle nicht zum Klippenrand gehen, um Himmels willen.

Und als Joel den Klippenrand entlangblickte, sah er in einiger Entfernung Sarah, die scheinbar selbstvergessen, die Hände auf die Knie gestemmt, in den Abgrund spähte, während der Wind ihr das Haar in das hübsche Gesicht peitschte und an ihrer Jacke zerrte. Langsam ging er zu ihr hinüber.

»Weg da, zurück!«, rief sein Dad, der bereits das Ausmaß der Katastrophe begriffen hatte.

»Will! Will!«, schrie seine Mum, die es noch nicht wahrhaben wollte

Und dann blickte Sarah über ihre Schulter, bemerkte auf einmal die Unruhe und sah fragend ihren jüngeren Bruder an, mit einem strahlenden Lächeln im Gesicht.

»Was ist denn, Joel? Habe ich was verpasst?«

# 74

## Heute

Tatia stand am Klippenrand, Zentimeter von der Stelle entfernt, wo es in den Abgrund ging. Sie hielt die Hand des Jungen fest umklammert. Nur ein Schritt, und sie würden in die Tiefe fallen. Zudem konnte jederzeit der Boden unter ihnen wegbröckeln, sodass sie ins Stolpern gerieten, wegrutschten – die Klippen hier waren berüchtigt für Erosion und plötzliche Felsabbrüche, wie Drake wusste. Manchmal stürzten ganze Felsbrocken ins Meer.

Er bewegte sich vorsichtig auf sie zu, bis er vielleicht drei, dreieinhalb Meter entfernt war. Der Junge versuchte sich ihrem Griff zu entwinden, und für einen Moment glitt er über den Klippenrand, sodass Tatia ihre ganze Kraft aufwenden musste, um ihn wieder nach oben zu ziehen.

»Hallo, Tatia. Ich bin Detective Inspector Drake.«

»Ja, Sir.« Nervös blickte sie zu Flick und den anderen Beamten hinter ihm. »Ich erkenne Ihre Stimme wieder.«

»Wäre es Ihnen lieber, wenn die anderen weggehen?«

»Es spielt keine Rolle mehr«, sagte sie. »Jetzt ist es zu spät.«

Trotzdem bedeutete Drake den Männern, sich zurückzuziehen.

»Ich wollte nicht, dass diese Leute sterben«, wiederholte Tatia, was sie schon am Telefon beteuert hatte. »Es war nicht meine Schuld. Ich war dort, konnte Carl aber nicht aufhalten. Er war krank, müssen Sie wissen, der arme Carl.«

»Es ist schön, dich wiederzusehen, Gabriel.« Der Junge starrte unsicher den Detective und dann den Hubschrauber an, der sich ihnen näherte. »Bringen wir Sie beide an einen sicheren Ort, Tatia, und dann können Sie mir in Ruhe alles erzählen. Ich bin froh, endlich die ganze Situation klären zu können und Gabriel wohlbehalten nach Hause zu bringen.«

»Ihr Mann«, sagte Tatia. »Sie müssen wissen, dass es nicht …«

Sie brach ab, hielt sich ein Ohr zu, war verwirrt vom lauten Dröhnen des Helikopters. Drake gab Flick ein Zeichen, damit sie den Piloten anwies abzudrehen.

»Was sagten Sie eben, Tatia?«

»Es war, ich habe nicht …« Sie schüttelte den Kopf. »Ich habe es vergessen.«

»Sie sind bestimmt erschöpft. Es war eine lange Nacht. Sehen Sie sich Gabriel an, der arme Junge kann kaum noch stehen. Er muss ins Bett. Er trägt überhaupt keine Schuld. Nichts hiervon hat irgendwas mit ihm zu tun. Übergeben Sie ihn meiner Kollegin, Tatia, und wir beide unterhalten uns anschließend in aller Ruhe.«

»Nein!«, rief sie und zog den Jungen näher zu sich heran. »Ich habe Carl getötet, das war ich, Sir … Diese Leute dagegen, wissen Sie … Er hörte einfach nicht auf. Dabei wollte ich bloß frei sein.«

»Wir können über Carl sprechen und über das, was bei Poppy geschehen ist, doch tun Sie mir einen Gefallen.« Er trat näher. »Kommen Sie von der Kante weg.«

»Bitte, Sir, gehen Sie zurück!« Sie atmete erschöpft aus. »Sie bekommt immer, was sie will, hat am Ende alles, und ich habe nichts. Poppy ist kein guter Mensch, Sir, das ist sie nicht. Aber die Leute«, verwundert schüttelte sie den Kopf, »die glauben ihr trotzdem.«

»Ich werde Ihnen zuhören, Tatia.«

»Sie werden mir bestimmt nicht glauben.«

»Das kann ich nicht entscheiden, solange Sie mir nichts erzählt haben. Lassen Sie den Jungen zu mir kommen.«

»Nein, es ist zu spät.« Weit unter ihnen brüllte das Meer, Wellen schlugen donnernd gegen die Felsen, die Gischt sprühte bis über den Klippenrand. »Ich rette diesen armen kleinen Kerl, Sir, vor einem schrecklichen Leben.«

»Nein, Tatia, tun Sie das nicht!«

Sie packte die Hand des Jungen fester, dann allerdings fiel ihr Blick auf Joel, der den Hügel heruntergelaufen kam und direkt auf sie zusteuerte.

Ungläubig starrte sie ihn an: Joel lief.

# 75

Er rannte den Hang förmlich hinunter. Obwohl sein schwaches Herz in seiner Brust flatterte und seine Knie immer wieder einzuknicken drohten. Plötzlich strauchelte er und stürzte. Er roch das Gras an seinen Händen und den Duft feuchter Erde.

Ein Officer packte ihn.

»Sarah! Sarah!«, rief er mit krächzender, heiserer Stimme.

»Joel!«, schrie Tatia vom Klippenrand. »Joel!«

Drake kam angelaufen und befreite Joel aus dem Griff des Officers, nahm seinen Arm und führte ihn weiter den Hügel hinunter. Joel war zwar körperlich erschöpft, schien jedoch ansonsten recht wach und frisch zu sein.

»Können Sie mit ihr reden?«

»Ja, natürlich, das will ich bereits die ganze Zeit.«

»Joel!«, rief Tatia, als er näher kam.

»Du hast mich verlassen«, sagte er zu ihr. »Du hast versprochen, dass du mich nie verlässt.«

Sie lächelte ihn traurig an. »Es tut mir leid, kleiner Bär, so war es das Beste.«

»Du darfst nicht gehen.«

»Gut siehst du aus«, sagte sie zu ihm. »Ohne mich wirst du wieder gesund. Ich bin kein guter Mensch.«

»Nein, du darfst mich nicht alleinlassen«, widersprach er. »Nicht schon wieder.«

»Sie hat mir alles genommen. Dir auch, und sie darf diesmal einfach nicht damit durchkommen.«

»Lass wenigstens Gabriel gehen. Du bestrafst nicht sie, sondern ihn.«

»Ich befreie ihn.«

Joel ignorierte ihren Einwand. »*Sie* ist mir egal, bedeutet mir nichts. *Du* bist meine Schwester.« Er klopfte sich an die Brust. »Ich brauche dich. Verlass mich nicht, Sarah.«

Unter Tränen schüttelte sie den Kopf. »Es gibt keine Sarah, lediglich eine Tatia. Bitte, bleib weg. Gabriel und ich gehen jetzt an einen besseren Ort.«

»Ich erinnere mich wieder, was mit Will passierte. An jede Kleinigkeit. Und wenn ich es erzähle, wird sich alles ändern.«

»Was ist denn passiert?«

Er sah zu dem Jungen. »Lass Gabriel gehen, dann erfährst du es.«

Joel wusste nicht, was er tun oder sagen sollte, war sich nicht sicher, ob er sie mit seinen Worten überhaupt erreichte. Er fürchtete ernstlich, dass sie sprang, wenn er noch einen Schritt nach vorn machte. Mit dem Jungen.

Erschöpft schwankte sie im böigen Wind. »Poppy hat mir mein Leben geraubt«, schluchzte sie. »Und deshalb nehme ich *ihr* jetzt etwas.«

»Stopp, ich kann das nicht noch einmal geschehen lassen«, versuchte Joel sie umzustimmen. »Ich werde dafür sorgen, dass alle erfahren, wie das mit Will war, was wirklich passiert ist.«

»Ich war nie zuvor so glücklich wie an jenem Tag. Als ich auf dieser Klippe stand, hinaus aufs Meer blickte und daran dachte, wie sehr sich mein Leben zum Guten verändert hatte. Eine Familie – Eltern, Geschwister – und ein Zuhause. Alles, was ich mir wünschen konnte. Dann drehte ich mich um, und Will war nicht mehr da – und von einem Augenblick zum nächsten wurde alles anders. Poppy überredete mich zu sagen, dass ich für Wills Tod verantwortlich sei – angeblich um dich zu schützen –, und ich stimmte zu. Sie hat mich reingelegt, kleiner Bär.«

Joel nickte. »Ich weiß, ich habe ja gesehen, was wirklich geschah. Natürlich hätte ich es damals sagen müssen, doch alles war so durcheinander in meinem Kopf. Außerdem habt ihr alle etwas anderes erzählt, als ich gesehen hatte, da war es leichter, das auszublenden, was wirklich passierte. Aber jetzt erinnere ich mich klar und deutlich, Sarah, und ich werde es der Polizei erzählen.« Joel sah Drake an. »Sie werden die Wahrheit erfahren.«

Tatia reagierte nicht, kam immer wieder auf ihr Trauma zurück, und Joel vermochte nicht zu erkennen, ob sie ihm überhaupt zugehört hatte.

»Poppy behauptete sogar gegenüber ihren Eltern, ich hätte Will absichtlich gestoßen. Das stimmt nicht, ich wollte dir helfen und hoffte, dass sie mich dann mögen würde.«

»Inzwischen weiß ich genau, was sie getan hat. Bitte, Sarah, komm von der Kante weg.«

»Ich bin nicht Sarah! Sarah war ein Traum, eine Fiktion. Ich bin Tatia, bin es immer gewesen.«

»Du bist meine Sarah.«

»Sie hat gesagt, unsere Eltern würden mir verzeihen, wenn ich zugäbe, ihn versehentlich gestoßen zu haben, weil ich zu dicht an ihm vorbeigelaufen sei. Und dann erzählte sie ihnen Lügen, und ich wurde weggeschickt. Für kurze

Zeit, sagten sie, später dürfe ich wieder zurück. Ich habe gewartet und gewartet, Monate, Jahre. Keiner kam.« Sie verzog das Gesicht. »Keiner, Joel.«

»Sarah, lass das und hör mir zu. Ich werde alles richtigstellen, alle Welt soll wissen, was mit Will geschah und was Poppy getan hat. Und wenn dies hier vorbei ist, können wir wieder eine Familie sein.«

»Es tut mir leid«, entgegnete Tatia mit einem unglücklichen Lächeln. »Sie hat mir mein Leben genommen, und deswegen muss ich ihr etwas nehmen. Es ist das Einzige, was ich tun kann, um die Gerechtigkeit wiederherzustellen.«

*»Ringel, Ringel, Reihe«*, sang Joel plötzlich.

»Wir gehen.«

»Komm schon, du und ich, Sarah, ein letztes Mal«, bat er sie. *»Ringel, Ringel, Reihe, wir sind der Kinder dreie, wir sitzen unterm* … Na los, Sarah! Mach mit!«

»Nenn mich nicht so«, sagte sie mit einem müden Lächeln. »Es ist zu spät.«

»Ein letztes Mal mit mir zusammen.« Er trat näher zu ihr und streckte die Hände aus. »Nur noch ein letztes Mal.«

»Joel!«, rief Drake. »Nicht.«

»Still!«, erwiderte Joel. »Das ist ein Ritual zwischen mir und meiner Schwester. Meiner einzigen Schwester.« Er wandte sich erneut Tatia zu, die am Klippenrand schwankte. *»Ringel, Ringel, Reihe, wir sind der Kinder dreie …«*

Plötzlich sang sie leise mit: *»Wir sitzen unterm Hollerbusch.«*

*»Und machen alle«*, er nickte Drake zu. *»Husch …«*

*»Husch!«*, wiederholte sie.

Joel hob die Arme in die Höhe, Tatia tat es ihm nach und ließ den Jungen los.

»*Husch!*« Joel flog auf sie zu, schlang seine Arme um ihren Körper, und gemeinsam stürzten sie über den Klippenrand.

Eben waren sie noch da, und im nächsten Moment …

# 76

Falls die Zahl der Trauergäste aussagekräftig war, musste Tim Mallory ein sehr beliebter Mann gewesen sein. Freunde und Kollegen waren in Scharen gekommen, um ihm die letzte Ehre zu erweisen. Und natürlich waren jede Menge Schaulustige da, die von den Sensationsberichten der Medien angelockt worden waren und sich einen Blick auf die schöne Witwe und den tapferen kleinen Sohn erhofften.

Selbstverständlich war auch die Presse anwesend. Die Teleobjektive unzähliger Fotografen richteten sich aus diskreter Entfernung auf Poppy Mallory, geborene Bliss. Lediglich einem einzigen Journalisten war es erlaubt worden, bei der Zeremonie selbst anwesend zu sein. Er stand in einigem Abstand hinter der Familie und sorgte dafür, dass seine Konkurrenten sich Poppy nicht nähern konnten, bevor ihre tragische Geschichte in seiner Zeitung erschienen war – so war es vertraglich vereinbart.

Die Witwe sah dem Anlass entsprechend sehr traurig und zugleich überaus stilvoll aus in ihrem schlichten schwarzen Designerkleid mit V-Ausschnitt und den hohen schwarzen Pumps. Ihr Haar trug sie hochgesteckt, ihr Make-up war dezent, von einem etwas zu roten Lippenstift abgesehen. Nie zuvor hatte sie verletzlicher ausgesehen – und noch nie umwerfender. Gabriel stand in Anzug und Krawatte neben ihr, und alle waren sich einig, dass er wahrhaft ein vornehmer kleiner Gentleman sei. John und Tanya Mallory flankierten ihre Schwiegertochter, während der Geistliche am Grab sprach.

Ray Drake schloss sich der Prozession der Menschen an, die Poppy ihr Beileid aussprechen wollten. Sie drückte Hände und empfing Küsse, nickte den Trauergästen dankbar zu. John und Tanya blieben in der Nähe, um jederzeit einschreiten zu können, sollte die Situation sie überfordern. Drake wusste, dass die Familie direkt im Anschluss nach Portugal fliegen würde, wo ein berühmter PR-Freund von John zu ihnen stieß, um mögliche Medienprojekte mit ihnen zu besprechen.

Ein Buch war geplant, und ein amerikanischer Fernsehsender hatte sogar Interesse an einem Mehrteiler bekundet. Die Öffentlichkeit zeigte ein ebenso makabres wie reges Interesse an der Story. Als Opfer einer geradezu absurden Abfolge von Ereignissen ließ Poppy sich hervorragend vermarkten. Ihr Ehemann wurde von einer rachsüchtigen Psychopathin ermordet, ihr geliebter Sohn entführt und in allerletzter Sekunde gerettet. Ein Stoff, aus dem Träume oder auch Albträume waren.

Und da im Internet gelegentlich finstere Mutmaßungen auftauchten, legte die Familie größten Wert darauf, Poppys Version der Geschichte unter die Leute zu bringen. Deren Tenor war, dass sie seit dem Tod des kleinen Bruders in der ständigen Angst gelebt habe, diese Verrückte könne zurückkehren. Was sie ja tatsächlich getan habe. Und für jeden grenzte es an ein Wunder, dass Mutter und Kind diese Tortur unversehrt überstanden hatten. Für den Ehemann war es leider nicht so glimpflich abgelaufen.

So sah Poppy das und die Leute mit ihr.

Überdies verkündete sie, niemand könne nachvollziehen, was sie durchgemacht habe. Für immer werde sie mit diesem Trauma leben müssen. Vor allem, dass Tim, die Liebe ihres Lebens, tot sei. Trost finde sie allein darin, dass ihr Sohn gerettet wurde, er sei jetzt ihre einzige Freude und die seiner hingebungsvollen Großeltern.

Als Ray Drake am Grab auf sie zutrat, schob Poppy Gabriel wie einen menschlichen Schutzschild vor sich. Ihre Hand fühlte sich schlaff und kalt an.

Er lächelte dem Jungen zu. »Hallo, Gabriel. Schön, dich wiederzusehen.«

»Hallo«, antwortete der Junge.

»Danke, dass Sie gekommen sind«, sagte Poppy, und die Leute drum herum kamen näher, um zu lauschen. »Ich verdanke Ihnen das Leben meines Sohnes.«

»Da sollten Sie Ihrem Bruder danken«, entgegnete Drake. »Joel hat ihm das Leben gerettet.«

Poppy nickte gebührend traurig ob des Opfers, das ihr armer Bruder gebracht hatte. Hunderte Meter entfernt sirrten Kameras, doch Poppys Aufmerksamkeit wurde bereits von der Ankunft eines Investmentbankers, einem Kollegen ihres verstorbenen Mannes, in Anspruch genommen.

»Es gibt noch ein paar Punkte im Zuge der Ermittlung, über die ich gern mit Ihnen sprechen würde, wenn Sie so weit sind«, erklärte Drake. »Einige Unregelmäßigkeiten, die wir klären möchten.«

»Natürlich.« Poppy lächelte tapfer. »Was immer Sie brauchen. Wenn Sie mich jetzt entschuldigen würden.«

Hastig ging sie an ihm vorbei, um den hochgewachsenen, gut aussehenden Banker zu begrüßen.

»Poppy«, machte sie ein gemeinsamer Freund bekannt, »darf ich dir Tims Freund Lee vorstellen?«

Für einen kurzen Moment leuchteten Poppys Augen auf, bevor sie sich wieder auf ihre Rolle der trauernden Witwe besann.

Der Mann nahm ihre Hände. »Ihr Verlust tut mir unsagbar leid«, sagte er. »Tim war ein guter Mann.«

Tränen glänzten in ihren Augen. »Es bedeutet mir sehr viel, das von Ihnen zu hören.«

»Ich würde gerne helfen«, erklärte er. »So gut ich kann.«

Sie presste die Lippen zusammen, überwältigt von seinem rührenden Angebot.

Drake kehrte zurück zu seinem Wagen und entdeckte, dass jemand daneben auf und ab ging, dabei wild auf dem Display seines Handys herumwischte.

»Ich mag Beerdigungen«, meinte Wylie fröhlich.

»Für wen arbeiten Sie?«

Zum Zeichen, dass er schwer mit seinem Handy beschäftigt war, hob Wylie einen Finger in die Höhe. Drake schob die Hände in die Taschen und wartete. Er war diese Scharade jetzt schon leid. Schließlich steckte Wylie grinsend sein Handy ein.

»Ich habe es aufs nächste Level geschafft.«

»Für wen arbeiten Sie?«, wiederholte Drake.

»Und zu Ihrem Glück musste ich keine Beerdigung für meinen Freund Tony planen. Wow, Ray, Sie sind mal reizbar drauf! Da müssen wir künftig höllisch aufpassen.«

Drake wiederholte seine Frage ein drittes Mal.

»Ich arbeite für einen interessierten Dritten.« Wylie beobachtete jeden, der den Friedhof verließ. »Die fragliche Person sah ein Foto von Ihnen in der Zeitung und empfand so ein komisches Kribbeln. Was sie richtig nervt. Anscheinend erinnerten Sie die betreffende Person an jemanden, den sie vor langer Zeit kannte – jetzt möchte sie eine Bestätigung, dass Sie wirklich derjenige sind, *Connor.* Aber ich muss gestehen, dass Sie ein weit spannenderer Typ sind, als ich mir vorgestellt hätte. Gefährlich, unberechenbar.«

»Wer kennt mich?«, fragte Drake.

»Ich habe von dieser armen Frau gehört.« Wylie nickte in Poppys Richtung. »Diese Hauseinbrüche. Verdammt scheußliche Sache. Flick redet nicht mit mir, wie Sie wahrscheinlich wissen. Ich bin am Boden zerstört, weil ich sie ehrlich mag. Ich hoffe bloß, dass wir noch Freunde sind, Ray. Mir hat unser gemeinsamer Abend richtig gut gefallen.« Wylie zog eine Zigarettenschachtel hervor und zündete sich eine an. »Bis auf den Teil natürlich, an dem Sie mir die Rübe wegblasen wollten … Sie hätten mich tatsächlich umgebracht. Dabei dachte ich, wir sind Kumpel.«

»Wer ist es?«, fragte Drake.

*Es wird nie vorbei sein.*

»Alles zu seiner Zeit. Machen Sie mit Ihrem Leben weiter, jagen Sie ein paar böse Jungs. Unsere gemeinsame Bekanntschaft wird sich melden, wenn sie so weit ist. Ich persönlich freue mich darauf. Das Leben ist so viel spaßiger mit Ihnen in der Nähe.« Er zwinkerte ihm zu. »Man sieht sich.«

*Du musst dir keine Sorgen machen,* sagte Connor.

Drake blickte Wylie nach, als er wegging, und lehnte sich gegen den Wagen.

*Ich bin hier, und ich werde dich schützen, ob es dir passt oder nicht.*

Drake beobachtete, wie Poppy und der Banker allein den Weg auf dem Friedhof entlanggingen und sich langsam von den Trauergästen lösten. Ihren Sohn hatte sie vergessen mitzunehmen.

*Weil du schwach bist, und ich bin stark.*

# 77

## Drei Tage vor Wills Tod

Sie wurde vom Motorengeräusch geweckt und von den Lichtern der entgegenkommenden Autos.

Poppy brauchte einen Moment, um zu begreifen, wo sie war: Sie saß eingequetscht auf der Rückbank des Wagens, war ein bisschen steif geworden, und ihre Wange fühlte sich taub an von dem kalten Fenster. Sie befanden sich auf dem Weg nach Brighton. Joel in der Mitte presste sich notgedrungen an sie, und sein Kopf schlug immer wieder gegen ihre Schulter. Tatia dagegen, die den Platz am anderen Fenster hatte, schien es recht bequem zu haben, hatte sich gemütlich eingerollt und sich eine Jacke als Kissen unter den Kopf geschoben.

Tatia bekam immer, was sie wollte, dachte Poppy, wickelte Mum und Dad um den kleinen Finger.

»Sie lebt sich gut ein«, hörte Poppy ihren Vater leise sagen. »Will liebt sie geradezu abgöttisch – und Joel ebenfalls.«

Ihre Eltern saßen vorne, wurden fast vollständig verdeckt von den Kopfstützen. Poppy sah lediglich ein kleines Stück vom Gesicht ihres Vaters und die Knöchel seiner linken Hand, die auf dem Lenkrad lag. Ihre Mutter, die direkt vor ihr saß, war komplett abgeschirmt. Will ruhte an ihrer Brust, den Kopf an ihre Schulter gelehnt.

Typisch, dass sie beim Aufwachen als Erstes eine Unterhaltung über *sie* mitbekam. Sarah dies, Sarah das, wie nett sie war und wie klug und wie freundlich. Darum drehte sich alles. Deshalb würde Poppy sie nie bei diesem Namen nennen. Eher fror die Hölle zu, bevor sie Sarah zu ihr sagte. Sie war nicht Sarah. Sie war Tatia und würde es immer sein.

Ihre Mutter flüsterte: »Poppy mag sie nicht.«

Patrick Bliss hob die Hand vom Lenkrad. »Poppy muss lernen, dass die Erde nicht um sie kreist.«

Vertraute Wut brodelte wie Lava in ihr, wollte sich Luft machen. Am liebsten hätte sie geschrien, dass sie dieses Mädchen niemals in ihrem Zuhause akzeptieren werde. Tatia mochte alle anderen zum Narren halten, aber nicht Poppy.

Sie waren glücklich gewesen, bevor sie sich bei ihnen breitmachte, eine richtige Familie: Mum, Dad, Poppy, Joel, Will. Warum mussten ihre Eltern alles verderben, indem sie eine Fremde in ihr Leben brachten? Sie war ein Eindringling in ihrem Heim, jemand, der dort nicht hingehörte – und das Schlimmste war, dass es ihre Eltern gar nicht interessierte, wie es ihren eigenen Kindern damit ging. Von ihnen wurde erwartet, dass sie es einfach hinnahmen. Keiner hatte Poppy gefragt, ob sie eine Schwester wollte.

Keiner hatte die Bohne Rücksicht auf *ihre* Gefühle genommen.

Dabei war Poppy die Einzige, die erkannte, was für ein Freak Tatia war. Joel sah es nicht, Will war zu klein, um es zu kapieren. Und Poppy verstand nicht, warum ihre Eltern

Kinder retten wollten und gleichzeitig das Leben ihrer eigenen zerstörten. Wie ungerecht war denn das!

Als sie aufsah, bemerkte sie, dass Wills Augen offen waren. Poppy hasste, wie er sie über die Schulter seiner Mutter anstarrte, als wüsste er, was sie dachte, und sie streckte ihm die Zunge raus.

In diesem Augenblick beschloss sie, dass Tatia dafür würde bezahlen müssen, dass sie sich in ihr Leben gedrängt und alles verdorben hatte. Sie wusste noch nicht, wie oder wann. Früher oder später ergab sich bestimmt eine Gelegenheit, bei der sie diese kleine Schlampe loswerden konnte.

»Alles wird sich beruhigen. Über kurz oder lang gewöhnt Poppy sich an die Situation.« Patrick Bliss legte eine Hand auf den Arm seiner Frau. »Und bis dahin werden wir erst mal einen schönen Urlaub verbringen.«

Poppy hob den Kopf, schielte zu Tatia hinüber, und für einen kurzen Moment wurde das Lächeln auf ihrem Gesicht vom Scheinwerferlicht entgegenkommender Wagen erhellt.

Die lächelte im Schlaf! Normale Menschen taten das nicht.

Gott, wie Poppy dieses Lächeln hasste.

# Danksagung

Geben Sie mir bitte noch eine Seite, um einigen der wunderbaren Menschen zu danken, die geholfen haben, dieses Buch wahrzumachen!

Dank an Inspector Kevin Horn, Mick Gradwell und Bob Cummings, dass sie geduldig Myriaden von Fragen zu Polizeiabläufen hinnahmen, und an Senior Paramedic Jason Eddings für seine medizinischen Informationen.

Mein Dank geht ferner an die Mobile-Network-Koryphäen Jo Purdue und Steve Dyett für ihre Hightechberatung, an Dr. Neil Stanley, der mit mir über Schlafstörungen gesprochen hat, und an Vicky Mackinnon, die mir das damalige Adoptionsprozedere erklärte.

Ich stehe tief in der Schuld von Jamie Cowen, meinem fantastischen Agenten bei Ampersand Agency, und Rosie und Jessica Buckman – sowie jedem anderen bei Buckman Agency für all ihre wundervolle Arbeit.

Ed Wood ist mein genialer Lektor bei Sphere, und ich habe Glück, mit anderen unglaublich begabten Leute bei Little Brown zu arbeiten. Gemeint sind Thalia Proctor, Charlotte Chapman, Ella Bowman, Tom Webster, Emma Williams und die Verkaufstruppe. Und vergessen wir nicht Bekki Guyatt und Sean Garrehy, die das sagenhafte Cover gemacht haben.

Von Herzen danke ich Fiona und Archie für ihre unerschütterliche Geduld mit mir, wenn ich schreibe – und wenn nicht. Ich bin meinen Freunden und meiner Familie enorm dankbar für ihre Ermutigung sowie allen, die den Vorgängerband *Ich vergebe nicht* gelesen und sich die Zeit genommen haben, etwas darüber zu schreiben.

Und schließlich danke ich meiner Englischlehrerin, Mrs. Patricia Tighe. Vor vielen Jahren setzte sie einem mittelmäßigen Schüler eine unglaubliche Idee in den Kopf: dass er vielleicht, ganz vielleicht eines Tages ein Buch schreiben könne …